走入森林

INTO the WOODS

故事結構的五幕之旅

A Five-Act Journey Into Story

BBC劇作家學院創辦人

JOHN YORKE 約翰·約克——著

何佳芬——譯

「藝術有許多的限制，而畫框是每一幅畫最美的部分。」

—— **G. K. 卻斯特頓（G. K. Chesterton）**

各界好評 —— *Reviews*

「熱愛寫故事嗎？你需要這本啟發靈感的書。約翰・約克以歡欣的熱情與猶如百科全書般的精確知識，層層剖析故事的結構，保證讓你帶著全新的靈感和動力回到書桌前。」

克里斯・奇布諾爾（Chris Chibnall），英格蘭編劇與製作人

作品包括《小鎮疑雲》（*Broadchurch*）、《小鎮疑雲》美國版（*Gracepoint*）、《火車大劫案》（*The Great Train Robbery*）

「一本關於故事結構的好書。」

格雷厄姆・萊恩漢（Graham Linehan），愛爾蘭編劇與製作人

作品包括《泰德神父》（*Father Ted*）、《I T 狂人》（*The IT Crowd*）、《布萊克書店》（*Black Books*）、《亞瑟・史莊伯爵》（暫譯，*Count Arthur Strong*）

「精彩絕倫，字字珠璣並悉心解釋。」

蘇珊・希爾（Susan Hill）

《顫慄黑影》（*The Woman In Black*）作者

「教人寫完美劇本的書籍不勝枚舉，但很少能比這本博學之書更深入探討寫故事的藝術。」

《金融時報》夏季選書（*Financial Times*, Summer Reads）

「任何喜歡閱讀、看舞臺劇、電視劇或電影的人，都會有更深刻的體驗；而身為編劇的人也會發現有幫助的指導——因為當你知道原因之後，該如何做就水到渠成了。」

《週日獨立報》（*Independent on Sunday*）

「從亞里斯多德（Aristotle）到《歡樂合唱團》（*Glee*），從莎士比亞（Shakespeare）再到《軍情五處》（*Spooks*），約翰・約克的這本書蘊含了龐大的參考資料，即使是持懷疑態度的人，也會為之高度信服並樂在閱讀。其中關於如何與為什麼要講述故事的訊息與智慧，著實無人能及。」

多明尼克・德羅古爾（Dominic Dromgoole）

莎士比亞環球劇場（The Globe Theatre）藝術總監

「約克對於所有藝術相關活動的敘事結構如數家珍、眼光獨到，讓此書猶如珍寶。」

《泰晤士報》（*The Times*）

「從《哈姆雷特》（*Hamlet*）到《大國民》（*Citizen Kane*），如何說一個好故事的卓越研究。」

《星期日泰晤士報》（*Sunday Times*）

「結合『如何做』的授業教學和『為何做』的頌揚，本書對各類形式的故事展開全面的探索，全書充滿熱情的感染力……令人振奮且發人深省。」

艾瑪・佛斯特（Emma Frost），編劇

作品包括：《白皇后》（*The White Queen*）、《牙買加客棧》（*Jamaica Inn*）、《無恥之徒》（*Shameless*）

「每一位電視編劇都該單獨閱讀第一章。」

賽門・艾胥頓（Simon Ashdown）

《東區人》（*EastEnders*）編劇及影集顧問

「這本書驗證了『學理和實務在理論上沒有什麼區別，但在實踐上卻有大大不同。』此書是熱愛故事者的愛——博學、詼諧、更充滿實用的魔法，是我迄今讀過的同類書籍之最，保證每一位作家都能從中受益，雖然他們可能因為太沉醉於每一頁的閱讀而忽略了這一點。」

尼爾．克羅斯（Neil Cross），知名編劇

作品包括《路德探長》（*Luther*）、《海盜王國》（*Crossbones*）、《超時空奇俠》（*Doctor Who*）、《軍情五處》

「關於故事結構的書籍到處都是，但我同學約克的書才是貨真價實。」

凱薩琳．佛萊特（Kathryn Flett）

「太棒了……這是一本值得閱讀的好書，睿智、切實，是所有編劇的必備之作。」

大衛．艾爾德里奇（David Eldridge）

《那一個晚上》（*Festen*）、《巴西爾登》（暫譯，*In Basildon*）編劇

「一本出色的書，只有它和P・G・伍德豪斯（P. G. Wodehouse）能讓我微笑並大喊『沒錯』！」

露西・嘉農（Lucy Gannon），編劇與製作人

作品包括《士兵啊士兵》（*Soldier Soldier*）、《巔峰實習》（暫譯，*Peak Practice*）、《法蘭基》（暫譯，*Frankie*）、《最好的男人》（暫譯，*The Best Of Men*）

「令人驚奇……本書關於說故事的藝術，資訊量龐大卻非常值得一讀。」

連尼・亨利（Lenny Henry），英國演員與作家

「考慮從事電視這一行的人，都應該閱讀此書；而任何在電視圈內工作的人也應該要閱讀這本書。」

東尼・葛朗德（Tony Grounds），英國編劇

作品包括《少女從軍記》（*Our Girl*）、《大不如前》（暫譯，*Gone To The Dogs*）、《生日，婚姻與死別》（暫譯，*Births, Marriages and Deaths*）

目錄 Contents

第五幕　歸途與改變　*Act V*　Home Again, Changed

附錄

推薦序 Foreword

先有故事結構，才能醞釀風格

陳世杰
亞太．金鐘編劇／文化大學戲劇系專任副教授

二〇二〇年，甫拍完《雙子殺手》（*Gemini Man*）的李安導演，返台接受訪問時，被問到是否認為電影編劇三幕結構的第一幕是最為重要的？李安回答時，略微無奈地表示，許多好萊塢導演（包含馬丁．史柯西斯〔Martin Scorsese〕）皆傾向在電影開頭好好鋪陳與布局，如此方能在電影後端，帶給觀眾感動；但他們這些大導演近年來最大的痛苦，在於製片方愈來愈不願意給導演足夠時間拍第一幕，就算《斷背山》（*Brokeback Mountain*）在全球叫好又叫座，還是屢被挑剔開場的交代時間過長。李安認為，這背後的主要原因之一，是目前觀眾常期待迅速看到作品中的具體事件與衝突，否則就會感到不耐。

李安與馬丁．史柯西斯的感嘆，突顯出「故事形式與風格」會隨著觀影習慣的不同而改變。就像當代已經不大可能照本宣科演出全本的希臘悲劇，因為希臘悲劇會利用歌隊幫助敘

說劇情，也會運用歌隊代替劇中角色唱出主要的台詞，而這樣的形式已不符合時下劇場的主流美學。

許多初學寫劇本或說故事的創作者，一開始往往會陷入各式各樣的迷失或困境，常被「嶄新的說故事方式」所吸引，他們認為，既然故事的形式與風格會隨著時代而演進，那劇本怎麼寫都可以，怎麼寫都可能成為突破窠臼的偉大力作。於是，他們可能掌握了一個特殊的訣竅，知悉了一則聽起來光怪陸離的真實事件，或是認識了一位具有特殊事蹟的人物，便希望自己能以此為本，寫出一個與眾不同的精彩文本。

然而，他們寫著寫著，幾乎沒有例外的，都將感到艱難與困頓，尤其是在面對製作前端甚至市場考驗，其結局往往都是殘酷的。不是因為這些年輕創作者缺乏創意或想法，而是因為他們不熟悉、不重視「故事的結構」，甚至僅是沉迷於各類風格與美學，而未曾真正理解故事該有的架構與節奏。

什麼是故事的內在結構？早在西元前四世紀，亞里斯多德所撰著的《詩學》（*Poetics*），就已揭示戲劇分成「開始、中間、結束」的三大結構，這被視為「三幕劇」的濫觴。而後經過兩千多年的歷史演進，諸多劇作家與學者在亞里斯多德建立的基礎上，提供關於故事結構的更進階見解。比方神祕學家喬瑟夫．坎伯（Joseph Campbell）在耙梳各民族的神話與故事，於一九四九年出版的《千面英雄》（*The Hero with a Thousand Faces*），指出所有的故事都具有類似的走向，每則傳說裡的英雄都是同一種英雄，他們以不同的面貌存在於各種時代與社會的文明之中，也都踏上屬於他們的旅程。

坎伯的洞見直接啟迪了許多作品，最有名的便是喬治·盧卡斯（George Lucas）的《星際大戰》（*Star Wars*）；甚至影響了好萊塢最負盛名的故事顧問克里斯多夫·佛格勒（Christopher Vogler）。佛格勒在《作家之路》（*The Writer's Journey*）提出了「英雄旅程的十二階段」，儼然成為編劇界的圭臬。後續還有女性的榮格治療師茉琳·莫德克（Maureen Murdock）撰寫的《女英雄的旅程》（*The Heroine's Journey*），更奠定了女性敘事美學的核心論述。

值得注意的是，不管是亞里斯多德、坎伯還是莫德克，都不是「發明」這些故事結構或編劇公式的人，他們是閱讀了許多流傳已久的偉大史詩與動人故事，從中發現這些故事背後都依循著一套「原理與原則」，經過彙整與分類後，各自凝鍊出專屬於故事之所以被傳頌、沿用的核心架構。而這些情結藍圖，可以是三幕劇，也可以是英雄旅程的十二階段，當然也可以是超越二元對立的女性成長之旅。

這本由具有影視編劇與製作人身分約翰·約克所著的《走入森林：故事結構的五幕之

旅》，即是奠基在前人的基礎上，更深刻挖掘許多尚未被解答的說故事之謎。比方，過往諸多編劇難免會覺得三幕劇的架構不夠全面，約克在此書提出諸多見解與論證，並以「五幕劇」的思維，為故事結構提出更精闢、也更精準的理論擴充，讀來實在暢快過癮，深受啟發。

就我的觀察，即使是風格多麼具備個人特色的影視導演，其劇本大多仍遵循著故事該有的章法。先有故事結構，才能醞釀出風格。本書中提到的諸多作品先例，不但影響好萊塢等歐美主流商業及藝術電影，甚至是各具敘事風格美學的侯孝賢、楊德昌、李安、王家衛、吳念真等華人編導；更能在時下流行的韓劇、日劇與美劇找到顯著的契合——關於編寫劇本故事的結構，其實萬變不離其宗；在此，鄭重推薦您於提筆創作之前，不妨仔細研讀此書章節裡，以普遍實例加上淺顯論述，探尋生趣盎然的林間幽境。

導讀

故事與哲學在此融為一體

耿一偉
臺北藝術大學戲劇系兼任助理教授

Epigraph

對故事創作來說，情節與角色，到底孰輕孰重？約翰・約克曾任英國第四頻道戲劇部總監暨BBC戲劇製作部門主管，他構想過的故事情節吸引了超過兩千萬名觀眾，現在他嘗試帶領讀者在本書找到一個解決之道。在解決這個問題的過程中，他對許多深受讀者喜愛的故事教學大師的理論，進行了持續的對話與交鋒，包括了《千面英雄》的喬瑟夫・坎伯、《作家之路》的克里斯多夫・佛格勒、《先讓英雄救貓咪》（*Save the Cat!*）的布萊克・史奈德（Black Snyder）、《故事的解剖》（*Story*）的羅伯特・麥基（Robert McKee）、《編劇的藝術》（暫譯，*The Art of Dramatic Writing*）的拉約什・埃格里（Lajos Egri），還有俄國形式主義大師普羅普等人的著作。本書將各家理論融匯貫通，讀者讀完應該會功力大增，如果把它當作是探討故事創作的故事創作書，是一點都不為過。

毫不令人意外，《走入森林：故事結構的五幕之旅》也是透過五幕結構來書寫。我認為約翰·約克留意到五幕才是故事的基本結構，與他作為英國人的背景有關，特別是他對莎劇、舞台劇與經典小說的熟稔，讓他不會侷限在二十世紀下半由好萊塢電影推導出三幕說故事，而是使這本書「成為結合了歷史、哲學、科學與心理學之旅，直達所有故事的核心」，最後可以應用到各種不同說故事的媒體。這也說明了，為何本書最後兩章特別聚焦在電視劇與系列劇，而這正是當下串流影音平台的主流說故事型態。

「神話當然是基本故事的原始體現，但不是故事創造了結構，而是結構創造了神話。」五幕說故事的關鍵，在第三幕會出現一個中間點，這也是一個轉折點，主角在此面對了從想要（外在追求的目標）到需求（內在轉變）的考驗，從而獲得觀眾的共鳴。如果沒有情節結構的支持，角色弧線就無法被彰顯。五幕的結構創造出各種引發對立的戲劇性效果（本書稱之為「二加二整合法則」），但是角色才是吸引觀眾買單的關鍵。創作邏輯上，情節結構先行，但從閱聽人角度來看，角色才是認同故事的核心。

面對外在世界的變動不居，故事結構所賦予的一種穩定性，讓人類可以藉此面對偶然性帶來的不安，角色的成長則暗示了觀眾本身的轉變可能性。本書標題「走入森林」（Into the woods），即是指角色進入未知世界，在克服挫折與恐懼中成長，最後找到完整人生意義的旅程。

串流時代提供了更多訴說故事的方法與機會，人們視故事產業為賺大錢的機會。沒錯，人的身體會需要食物，人的心靈也會渴望故事。開餐廳可以賺錢，但餐廳經營得好的人，最終還是因為喜歡做菜與看到客人滿足的樣子。故事產業也是一樣，你得要有想說故事的動力與熱情，而不是只是想到錢，畢竟開餐廳最終倒閉的，也有不少。

這本書不是提供公式的編劇手冊，卻能讓你找回說故事的初心，向大師看齊，理解與訴說成為人的欲望，故事與哲學在此融為一體。

開場白 *Introduction*

一艘船停靠在不知名的海岸上，一名極力想證明自己的年輕人和當地居民打成一片，他的任務是和居民成為朋友，然後獲取他們的祕密。然而，年輕人卻迷戀上那裡的生活，和當地一位女孩墜入情網，並開始質疑起他的上司。當上級發現年輕人已經融入居民的生活後，決定消滅他和所有的居民，一勞永逸。

這段敘述是《阿凡達》（*Avatar*）還是《風中奇緣》（*Pocahontas*）？這兩個故事的情節幾乎一模一樣，有些人甚至認為詹姆斯・卡麥隆（James Cameron）竊取了美國原住民的神話故事[1]。這個爭議解釋起來並不難，但卻非常錯綜複雜，因為兩部片的故事架構不但極為常見，也能普遍套用在所有的故事上。

以三個不同的故事來看：

「一隻危險的怪物對整個地區造成威脅，這時有人一肩挑起保護大家的使命，最後不但殺死怪物，也讓整個家園恢復幸福的生活。」

這是一九七六年上映的《大白鯊》（*Jaws*）劇情，也是《貝武夫：北海的詛咒》（*Beowalf*）的故事內容（改編自西元八至十一世紀盎格魯—撒克遜〔Anglo- Saxon〕的史詩故事）。

不僅於此，更熟悉的還有《突變第三型》（*The Thing*）、《侏羅紀公園》（*Jurassic Park*）、《哥吉拉》（*Godzilla*）和《黑暗騎士》（*The Darker Knight*），這些電影裡都有一個真實形體的怪物。但如果把怪物的性格套用在人物身上，那麼每一部詹姆士·龐德（James Bond）系列電影、每一集的《軍情五處》、《急診室》（*Casualty*）、《怪醫豪斯》（*House*）或是《CSI犯罪現場》（*CSI*）也都說得通。我們也可以在《大法師》（*The Exorcist*）、《鬼店》（*The Shining*）、《致命的吸引力》（*Fatal Attractions*）、《驚聲尖叫》（*Scream*）、《驚魂記》（*Psycho*）和《奪魂鋸》（*Saw*）中發現相同的情節。

若基本的架構不變——敵人被擊敗，群體的秩序得以恢復，這個怪物可能從《半夜鬼上床》（*Nightmare on Elm Street*）的鬼變成《永不妥協》（*Erin Brockovich*）的無良企業；也可能是《火燒摩天樓》（*The Towering Inferno*）的大火；《海神號》（*The Poseidon Adverntre*）那艘翻覆的船；《凡夫俗子》（*Ordinary People*）裡小男孩的母親。儘管表面上看起來故事線各異，但結構都是相同的。

「主角跌跌撞撞闖進一個美麗新世界，一開始他被其中的富麗堂皇和絢爛奪目迷惑，但事情漸漸變得險惡起來……。」

這是《愛麗絲夢遊仙境》（*Alice in Wonderland*）的故事，也是《綠野仙蹤》（*The Wizard of Oz*）、《迴轉幹探》（*Life on Mars*）和《格列佛遊記》（*Gulliver's Travels*）。如果把奇幻世界替換為讓主角感到新奇的世界，那麼《慾望莊園》（*Brideshead Revisited*）、《蝴蝶夢》（*Rebecca*）、《美麗曲線》（*The Line of Beauty*）和《黑獄亡魂》（*The Third Man*）全都符合這個結構模式。

「當某一群體發現自己身陷危險，而解決的辦法，是到遙遠之地尋找並帶回靈丹。其中的一名成員身負重任，獨自踏上危險重重的未知……。」

這是《法櫃奇兵》（*Raiders of the Lost Ark*）、《亞瑟王之死》（*Morte D'Arthur*），也是《魔戒》（*Lord of the Rings*）和《瓦特希普高原》（*Watership Down*）的橋段。若將場景從奇幻

轉換為更貼近現實，那就會是《怒海爭鋒》（*Master and Commander*）、《搶救雷恩大兵》（*Saving Private Ryan*）、《六壯士》（*Guns of Navarone and Apocalypse Now*）與《現代啟示錄》（*Apocalypse Now*）。如果再接著改變主角想要追求的東西，那麼《警匪大決戰》（*Rififi*）、《刺激驚爆點》（*The Usual Suspects*）、《瞞天過海》（*Ocean's Eleven*）、《逍遙騎士》（*Easy Rider*）和《末路狂花》（*Thelma & Louise*）都會一一入列。

也就是說，三個不同的故事，可以產生各種風格迥異的衍生。這是否意味歸納總結之後，其實只有三種不同類型的故事？當然不是如此。《貝武夫：北海的詛咒》和《大白鯊》都是「怪物」故事，但同時也描述了一個人陷入全然陌生的恐懼世界。在《現代啟示錄》或《海底總動員》（*Finding Nemo*）等經典的「探尋」故事中，主角既會遇到怪物，也會進入陌生的新世界。而像《格列佛遊記》、《證人》（*Witness*）和《金髮尤物》（*Legally Blonde*）這類邁向「勇敢新世界」的故事，則同時符合這三個故事線——主角本身的追尋、打敗專屬自己的怪物。

雖然表面上看起來各異其趣，但它們實際上共有一致的故事結構和故事引擎——將角色帶入完全陌生的新世界，而且都和擺脫困境、尋找新方向有關，每個故事中無論哪一種形式的「怪物」，最後都被擊敗。而在某種程度上，這三個故事都脫離不了人身安危、心境上的安全感、完成目標、強調家的重要性。

這些結構原則除了出現在電影、小說之外，在電視劇集中也看得到，像是《軍情五處》、《反恐危機》（*Homeland*）或是《謀殺》（*The Killing*）。我有一位朋友，他的兒子——一個九歲的小男孩，決定要寫一個故事，小男孩沒和任何人討論，就直接把故事寫了出來：

「有一家人很期待去度假，媽媽為了付房租，連假日都要上班。孩子們在花園裡發現一張埋在土裡的藏寶圖後，決定出發尋找寶藏。一路上他們遇到了一堆麻煩，還被追趕，最後終於找到寶藏，度過了一個更美好的假期[2]。」

為什麼一個小孩，會潛意識地寫出與幾世紀前相似的故事類型？為什麼他在寫故事時，能自然而然展現對故事結構的認知，且與幾世紀前的故事，有如此明顯的呼應？為什麼人們持續寫出架構相似的故事？

這可能是因為每一代都會複製上一代的成功模式，於是便建立了一系列的慣用手法。這個說法或許有助於解釋特定模式普遍存在的原因，然而在不反傳統的模式下，人們卻又能持續塑造出具新鮮感和有趣的故事，可見這當中必然還有其他因素。

故事都有一個型態，這個型態主導了所有故事的講述方式，可以追溯到文藝復興時期，甚至是文字記錄的起源。無論是在藝術殿堂還是市井影院，我們都熱切地吸收這個型態。它可能是一種普遍的原型。

「大多數的藝術文章都是由非藝術家撰寫，因此造成了誤解。」

尤金・司克里布（Eugene Scribe）

探究故事的普遍結構並不是什麼新鮮事，從二十世紀早期的布拉格學派（Prague School）和俄國的形式主義（Russian Formalists），到諾斯洛普・弗萊（Northrop Frye）的《評論的剖析》（暫譯，*Anatomy of Criticism*）及克里斯多福・布克（Christopher Booker）的《七大基本情節》（*The Seven Basic Plots*），都在試圖理解故事的運作模式和結構。以我自己的領域來說，這可以稱得上是一門行業——市面上關於編劇的書有數百本之多（但幾乎沒有一本以電視為主），這些書我大部分都閱讀過，但讀得愈多，有兩個問題愈是困擾著我：

1. 大多數的書都提出了截然不同的模式，卻聲稱那是寫故事的唯一方式。怎麼可能每一本書都是對的呢？
2. 沒有一本書問「為什麼」[3]。「為什麼」要分成三幕來講故事？「為什麼」故事的運作型態，都極為詭異地相似？

有一些書蘊藏著無價的寶貴資訊，也有不少值得一窺究竟的見解。所有書都熱切想要告訴我們該「如何」寫一個好故事，並狂熱地堅持「第十二頁一定要出現觸發事件」，卻沒有一本書解釋「為什麼」應該如此。仔細想想，這實在有點荒謬，如果你不能回答「為什麼」，卻直接說明「如何」進行，就像是把大樓蓋在沙地上。而當你嘗試摸索答案時，才意識到大多數的理論（儘管有一些分析得非常徹底）並不完全合理。

誰規定第十二頁必須發生觸發事件？或是英雄之旅一定要有十二個階段？當然沒這回事！這些都是構想出來的，除非我們能夠找到前後一致的論據，證明這樣的模式確實存在，否則就沒有理由認真看待這些作者的說法。他們不過是天花亂墜的江湖郎中，正在賣力推銷自己的商品罷了[4]！

成年後的我，大部分時間都在講故事，也有幸參與製作英國電視上大受歡迎的許多節目，我構想的故事情節，吸引了超過兩千萬名觀眾，更曾積極協助重新定調戲劇節目的樣態。我在藝術電影界和流行節目圈都工作過，這在業界幾乎是獨一無二的經驗，我對兩者同樣熱愛，也發現聽過的故事愈多，就愈瞭解這些情節的潛在模式（觀眾肯定買單的特定事物），具有極其驚人的一致性。

六年前我開始閱讀有關故事敘述的文章與書籍，更重要的是，我也開始諮詢曾經合作過的所有編劇，瞭解他們的寫作祕訣。有些人慣用三幕劇結構，有些人則對此提出駁斥，也有些人雖然駁斥了，卻沒意識到自己還是用了三幕劇的結構。少數編劇堅稱自己用的是四幕劇，有些主張五幕劇，其他人則認為根本沒有所謂幾幕劇。有些人持續從劇本寫作手冊中學習，另外一些人則認為結構理論是魔鬼的產物。但我讀到的每一個好劇本，都有一個共通因素，無論是初出茅廬的新人，或是多次獲得英國影藝學院電影獎（BAFTA）的老手，他們的劇本都有相同的結構特徵。

透過兩個簡單的問題：這些相同的特徵是什麼？為什麼會一再出現？讓我開啟了一個塞滿戲劇歷史的寶藏箱。我很快就發現，三幕劇的範例並不算現代的發明，這種現代的表演結構，是為了更實際的需求——配合觀眾日益縮短的注意力和布幕的發明而來。其中最有趣的，或許是五幕劇的歷史，透過十九世紀法國劇作家尤金．司克里布、德國小說家古斯塔夫．佛瑞塔格（Gustav Freytag）以及莫里哀（Molière）、莎士比亞與班．強森（Ben Johnson），帶我回到了羅馬時期。我逐漸明白，若想讓這個論據成立並符合邏輯，就不能僅限於劇本寫作，而是必須適用於「所有的」敘事結構。也就是說，所有的故事敘述，都應該具備特定的模式，不然就是什麼模式都沒有。倘若故事的敘述真有一個原型，必須不證自明。

這項調查研究衍生出許多有趣的分線，不過最初專注於電影和電視，讓我得以：

- 探索故事結構在單一主角和多主角戲劇中的運作方式。

- 解釋主角為什麼必須有所行動。
- 更加詳細描述結構原則在電視劇上的運用。
- 瞭解旁白如何破壞整齣戲。
- 詳細解釋為什麼許多角色，會在一齣戲的倒數第二階段紛紛死亡。
- 解釋為什麼幾乎所有的警察，都是不太合群的獨行俠。
- 解釋由於戲劇的必然法則，系列影集都有特定的生命週期（通常在三年內），否則就很容易掉入拙劣的自我窠臼。
- 說明人物的塑造不僅源自戲劇結構，也是戲劇結構的核心要素。

然而，最初這些意外的發現，到後來反而變得很重要，也讓原本基於劇本寫作的演進探索，慢慢成為了歷史、哲學、科學和心理學之旅，直達所有故事的核心，展現了戲劇結構不是經由編造而來，而是人類心理學、生物學和物理學的產物。

我在本書中，試圖探索和揭露故事結構的美感，觸及其歷史的發展，理解它如何體現在小說的各個層面——從人物到對話與其他方面，以及其中的運用原理。在範例上，主要會以我較熟悉的電影為主，但涵蓋的範圍遠超過電影的部分，還包括了電視劇和其他節目類型，像是《誰是接班人》（*The Apprentice*）、《X音素》（*The X Factor*），進一步跨及歷史的陳述及藝術和廣告的詮釋——甚至是在法律審判中，如何形成認定無罪或有罪的看法。為什麼《X音素》能夠橫掃先前所有類似的節目？為什麼伯明罕六人隊（Birmingham Six）最初被判定有罪？歸根究柢都和故事有關。

這趟探索旅程的終點，不但讓我能夠說明故事形成的基本結構，更重要的是，我得以解釋這個型態為什麼存在，以及為什麼無需學習，也可以完全複製它。一個九歲的小男孩，怎麼能憑空編出一個完美的故事？這是一個關鍵問題，瞭解這一點，就可以解開戲劇結構的真正型態和目的，甚至是真正的原因。這個問題顯然任何編劇老師都不曾提過。

但，我們需要知道這些嗎？

「你必須讓大家（從電影理論）解放開來，而不是硬讓他們戴上緊箍咒，把他們的故事、生活、情感和對這個世界的感受，都限制在一個框架裡。電影圈裡有百分之八十都是由一知半解的人所經營。有人讀了喬瑟夫・坎伯和羅伯特・麥基的詩，就大言不慚地跟你討論起英雄之旅，讓人真他媽的想塞住他們的嘴[5]。」

吉勒摩・戴托羅（Guillermo del Toro）說出許多編劇和電影製作人的想法，很多人都有一種根深蒂固的信念，認為研究文本結構，幾乎等同背叛自己的天賦，只有平庸之輩才會用這種替代方式尋求靈感[6]，甚至認為這樣的研究，只會以一種方式結束。大衛・海爾（David

Hare）說得好，他說：「觀眾會覺得厭倦，是因為從一開始，就可以預測出UCLA（加州大學洛杉磯分校）電影學院令人疲乏的一貫公式——橋段、弧線以及個人旅程，硬塞一堆榮格基礎心理學和喬瑟夫·坎伯的寫作建議，實在讓人感到憤怒和受辱，現在所有偉大的作品，都已經不屬於這種類型了[7]。」

比大多數人更極力挑戰、突破好萊塢模式的查理·考夫曼（Charlie Kaufman）進一步指出：「每個人似乎都被固有的編劇結構限制，就是那個三幕劇結構，但我對這部分並不感興趣。若和大多數的編劇相比，我對結構更感興趣，因為我會思考[8]。」但這些指控似乎過了頭，誠如我們所見，海爾對《愛·慾·癮》（*My Zinc Bed*）近乎成癮的研究，與考夫曼的劇本《變腦》（*Being John Malkovich*），都是經典故事型態的完美呈現。無論他們對三幕劇結構有多麼憎恨（我認為他們被自己的憤怒背叛了），卻也不自覺遵循自己公開嫌惡的範例。這是為什麼呢？

因為所有故事，都是從同一個樣板衍生而出，作家實際上對自己使用的結構，並沒有任何的選擇，而是如同我想表明的——他們只是遵循著物理、邏輯和形式定律的法則，因此也依循著相同的道路。這個樣板是什麼？為什麼作家要遵循它？我們如何說故事，又為何要說故事？正是本書的主題[9]。

所以，這就是「說故事」的神奇之鑰嗎？對於這般傲慢的認定，勢必要小心謹慎，免得落入強迫推銷、解釋、分類和對號入座的偏誤。若否認戲劇的豐富多樣性，以及非比尋常的多重面貌，就和《米德鎮的春天》（*Middlemarch*）裡毫無生氣的卡索邦（Casauborn）差不了多少——他一邊試圖解釋人生，卻又背棄了生活。若過度想要用一個科學公式，解構彩虹的形成，反而會讓它的神奇黯然失色。

但規範的確存在，正如《白宮風雲》（*The West Wing*）的原創者艾倫・索金（Aaron Sorkin）所言：「真正的規範是戲劇的原則，是亞里斯多德所說的那種。虛假的電視規範，則是電視高層的笨蛋會告訴你的『你不能這樣做，必須那樣做，需要三種這樣的東西，和五種那樣的東西。』真的非常愚蠢[10]。」索金說出了所有偉大藝術家都知道的事——我們需要瞭解的是工藝本身。每一種藝術的內涵，就如同任何一種語言的語法一樣，其中的語法和「結構」不單單只是一種建構，而是人類在想法與思緒運作上最美妙、精巧的展現和表達。

作家並不需要瞭解結構，這點必須慎重說明。許多優秀作家都有一種神奇的能力，他們能夠自然而然地運用故事型態，因為這個概念就在他們的腦子裡，就像在那個九歲小男孩的腦海中一樣。這本書想探討的，不是如何刻意使用所謂的寫作規範，而是思索並檢視敘事型態，探查它為什麼存在？以何種形式存在？為什麼一個小孩能毫不費力地寫出故事——而且遵循規範。

毫無爭議的是，對許多人來說規範很有幫助。弗里德里希・恩格斯（Friedrich Engels）提出了精闢的見解，他說：「自由是對必然性的『通透理解[11]』。」彈琴的人若不懂得音調和節奏，很快就會變得索然無趣，遵循傳統形式，並未阻礙貝多芬、莫札特和蕭士塔高維契（Shostakovich）成為偉大的鋼琴家，即使想要違反規範（為什麼不？），也必須先具備厚實的基礎。

現代主義先驅——抽象印象派、立體派、超現實主義和未來主義者，在解構形式之前，都是具象繪畫的大師級人物，他們都必須先清楚自己的所限，然後才能超越基本的型態。正如偉大的藝術評論家羅伯特・休斯（Robert Hughes）觀察到的：

「過去近百年來，從秀拉（Seurat）到馬諦斯（Matisse），從畢卡索（Picasso）到蒙德里安（Mondrian），再從貝克曼（Beckmann）到德庫寧（de Kooning），幾乎毫無例外都曾接受（或自行接受）「學院派」的繪畫訓練——長期挑戰正統並與之搏鬥的現代主義，最終也證實了傳統訓練是讓他們奠基，使現代主義能夠提升為正式派別的唯一基石。也唯有如此，才得以讓這些畫家從一脈傳統中，進行徹底的變革，展現出深厚的內涵……而蒙德里安的方塊和格子的哲學之美，正始於他畫第一棵蘋果樹的經驗而來[12]。」

電影和電視中，有非常多結構上不符正統的偉大作品（特別是在歐洲），但即使如此，它們的根基依然牢固扎根於一個普世原型，也反應了這個普世原型。猶如休斯所說，這些非正統的作品，有意識地改變了既有傳統，但是大師們並未拋棄基本的構圖原則，他們只是不再受到表象束縛，而是將其融入藝術中。所有偉大的藝術家——不管是音樂、戲劇、文學還是藝術，都對其中的規範有所理解，無論是刻意或潛意識。中國有一句古老的諺語是這麼說的：「你需要眼到、手到、心到，缺一不可。」

這不是一本教你「如何寫作」的書，寫作大師已經夠多了。從表面上來看，這本書和戲劇結構有關——涵蓋電視劇、舞台劇和電影三方面，不過時不時也會穿插新聞、詩歌和小說的例子，突顯說明的重點。

雖然書中可能偏好以電影作為範例，但僅是因為這些例子眾所皆知或比較容易理解，並非該原則唯獨適用於特定的媒體，因為它們只是藉由最新的技術表現，來引介古老的規範。探索電影和電視的美妙之處，不僅在於其易於取得和分析，還有點像是腸胃鋇餐的顯影檢查——如果使用得當，就能顯示出所有的故事結構和敘事方法（包括虛構的和其他類別），揭開人們感受與表達所有經驗的方式。因此，電影和電視劇的結構是本書的基石，但這些媒體帶給我們的意義與教導，其實更為廣泛。

人類和故事脫離不了關係，它幾乎就像呼吸一樣重要。從聚集在營火旁聽神話故事，到後電視時代大爆發的戲劇，故事主宰了我們的生活，所以我們理應試著去瞭解它。

法國藝術大師德拉克羅瓦（Delacroix），直接地辯駁人類對於知識的恐懼，他說：「先學習成為一名工匠，它不會阻止你成為天才。」從古至今的故事當中，有一個主題不斷重複出現——進入幽暗森林的旅程，在其中找到賦予生命意義的祕密。這本書試圖找出隱藏在森林深處的祕密，所有的故事就從這裡開始……。

Act I
Home

第一幕
家園

第1章 什麼是故事？

What is a Story?

「很久很久以前……。」

讀到這一句話，你立刻知道接下來將會出現一個場景，在那個地方會發生一系列的事件，這些事件幾乎確定和某個人有關。以基本結構來說大致就是這樣——這就是故事：「很久很久以前，在某個地方，發生了某件事。」當然還有更複雜的解釋，我們也會接觸其中的絕大部分，但沒有一個解釋能夠像這樣如此簡單卻又包羅萬象。

一個典型的故事裡會有一個中心人物——也就是主角，接著會引起你對主角產生共鳴，或更進一步讓他們成為你在劇中的化身。你則透過主角間接經歷整個故事：當他們面臨危險時，你也感到危險；當他們雀躍欣喜時，你也會覺得開心不已。當孩子們在觀看《變形金剛》

（*Transformers*）或《孟漢娜》（*Hannah Montana*）時，情感隨著劇情轉變，並和虛構人物的命運緊密連結在一起，這樣的過程真是令人驚奇。

有了中心人物後，你會對他們產生移情作用，在他們身上將會發生某些事情，這就是故事的開端。傑克（Jack）發現了一棵豆莖、龐德得知布洛弗（Blofeld）計畫掌控全世界，這個「某些事」幾乎都會造成問題，有時還是一個偽裝成機會的問題，通常使主角的世界混亂失衡，對原本平淡穩定的生活造成巨大的衝擊，像是愛麗絲掉進了兔子洞、《軍情五處》得知一個激進恐怖組織的陰謀，或是果陀並未出現。

◎基本建構元素

主角

主角，很明顯是故事圍繞的人物，像是蝙蝠俠（Batman）、龐德、印第安那·瓊斯（Indiana Jones）。如果劇中的主角很難辨識，那麼這個故事的主角或許不只一個，例如《東區人》或勞勃·阿特曼（Robert Altman）的《銀色、性、男女》（*Short Cuts*）；不過主角（若是描繪成功）終究會是觀眾最在意的人物。

但這反而成為了難題，因為「在意」這兩字常常被詮釋成「喜歡」，這也是為什麼許多作家都會被建議（通常是被非作家）：「你能把他們寫得好一點嗎？」從電視劇《溪邊》（暫譯，*Brookside*）開始展露頭角的法蘭克．柯崔爾．波伊斯（Frank Cottrell Boyce）是英國最成功的編劇之一，他比其他人更強烈地指出：「同情對這個行業的高階主管來說，就像是強效古柯鹼，我至少有一個精彩劇本被可惡的同情給毀了。觀眾是需要和角色產生共鳴沒錯，但不必得到認可。如果你的角色要做壞事，好萊塢會要你醞釀出一個理由。[1]」

人們不喜歡《失樂園》（*Paradise Lost*）中的撒旦——但卻愛死這個角色。人們之所以愛，是因為他是邪惡的完美歡樂化身。善良往往會扼殺角色，如果這些角色沒有任何缺陷或讓人感到厭惡的地方，那幾乎可以肯定這個角色也沒什麼吸引力。帶有個性瑕疵或暗黑性格則有趣多了，或許人們不願意承認，但大眾喜愛這樣的角色，因為他觸動了人們內心深處的某些感覺。

如果你玩《俠盜獵車手》（*Grand Theft Auto*）或《決戰時刻：現代戰爭》（*Call of Duty: Modern Warfare*）等數百萬人都在玩的電玩，你便成為那些角色的化身，除了一路打打殺殺、搞破壞或和清除路障，幾乎沒做什麼其他的事情。我們都可能變成另外一個人。大衛．艾德加（David Edgar）曾替他以納粹建築師亞伯特．斯佩爾（Albert Speer）為主角的劇本辯護，他說：「這的確是可怕的事實——也令人害怕，因為一部偉大的戲劇，希望觀眾有所反應的竟然不是理智的思考或反思，卻是『你也是嗎？』或者『若非神的恩典，我也會這麼做[2]。』」

所以，產生同理心的關鍵不在於態度舉止或良好行為，也不像人們常說的在於瞭解動機（當然如果知道這些角色為什麼會做那些事，我們會更喜愛他們），而是移情作用，端看角色是不是具備能夠與我們產生連結的能力。

為什麼戲中有那麼多虛構的警察、醫生和特立獨行的角色呢？或許是作者太懶，但有沒有可能是某種特定性格的廣泛流行所致？許多人都抵擋不了莎拉．朗德（Sarah Lund）在《謀殺》中的魅力，就像其他類似的流行小說主角一樣，她不管規定、無視上司並瞞著他們私自行事，她也像其他主角那樣被丹麥上司警告：「妳只有二十四小時的時間，如果做不到，我就把妳踢出這個案子。」為什麼這個角色——和其他所有特立獨行的角色，都如此大受歡迎？極大部分是因為很多人在某個時刻，也有過相同的感覺。我們都曾在某些時候，覺得自己的周圍都是白癡、不被那些過度官僚的經理所理解；就連同事也是一群缺乏創意的笨蛋，只會看上司的臉色，卻看不到眼前的事實真相?!

倘若同理心和進入虛構人物的思考模式有關，那麼若這個思考模式的感受和自己的感受相似，就會有幫助。當我們看到莎拉．朗德違抗上司時，我們會想：「希望我也能那麼做。」看到《呼叫助產士》（*Call the Midwife*）裡米蘭達．哈特（Miranda Hart）飾演的恰咪

（Chummy）一副笨手笨腳的樣子，也會為她的笨拙感到心疼，因為看到她就像看到自己一樣。而能夠在劇中復仇、證明自己的價值，或像莎拉・朗德飾演的丹麥偵探那樣最終被證明是正確的，這些角色對我們就特別有吸引力。

此外，願望得以實現的吸引力更是不可低估——無論是善意還是受到詛咒。不然還有什麼可以解釋為何《仙履奇緣》（*Cinderella*）的梗無所不在，或是漫威系列在全球所向披靡的盛況？大多數人心中不都有一個渴望變成蜘蛛人的彼得・帕克（Peter Parker）嗎？人們最喜愛的是那些在某個層面上，具備自己想要擁有的特質的角色，無論是好的、壞的，還是醜陋的。我們可能會對自己竟然同情起阿道夫・希特勒（Adolf Hitler）而感到心驚，但《帝國毀滅》（*Downfall*）證明了我們能夠、而且也做得到，因為一位優秀的編劇會促使我們和任何人產生連結[3]。

當觀眾被故事裡的陰謀吸引，是所有戲劇最神奇的時刻，你可以從劇場的現場熟知這一刻——這是主角深入並牽動人心的時刻，咳嗽聲在這一刻戛然而止。之後會有更多關於共情方面的探討，現在值得關注的，是我們之所以認同《決戰時刻》中的大肆屠殺，是因為當中的角色就是「我們」，而我們正在進行拯救世界的任務。

任務的部分很重要，因為我們可以從角色的目標和渴望中，知道很多關於這個角色的訊息。如果知道角色想要從納粹手中拯救失落的法櫃，或是為了躲避警察逃到墨西哥，卻不願意穿越德州走最簡單的路線，只因為那裡曾是他們被迫害的地方，我們就會對這些角色更為瞭解。

事實上，所有典型的故事都有一個清楚界定的基本原則：中心人物有一個積極的目標，他們渴望某個事物。如果劇中角色沒有任何渴望或目標，就幾乎無法讓我們對其產生關心，而我們必須先有關心和在意，因為這些角色是我們的化身，是我們進入故事情境的起點，是我們最想成為或尋求救贖的人——若是劇中的角色犯了錯，我們也會希望他們受到懲罰，因為在深層的潛意識中，我們可能是個受虐狂，而這些角色就是我們。

對立（反派）角色

就這樣，某些事情發生在主角身上，讓他們的生活偏離正軌，迫使他們進入一個從未見過的世界。一個巨大的豆莖長出來了、一位病人倒下、一宗謀殺案發生了，接下來所有的行為都會產生後果，這些後果又引發了阻礙，通常會讓對抗的力量更強大[4]——所有的阻礙相加起來，就是阻撓主角追求渴望的阻力，這個阻力會在故事進入高潮前逐漸累積。

在簡單的偵探故事中，這個阻力由謀殺案所觸發；在醫療劇中則是病人，他們是主角必須克服的問題或障礙。如果劇中有一個殺手或一心想要統治整個星球的邪惡主腦，那麼他們顯然就是對立角色；而病人雖然沒有表現出敵對的行為，但是他們代表了劇中真正的敵人，也就是疾病。因此，所謂的對立角色是主角為了實現目標，必須戰勝的人或事物。

偵探和「怪物」劇情最能說明這一點，但其中的對立性有不同的表現方式——若存在於主角本身時最為有趣，懦弱、酗酒、缺乏自尊等等，這些都會成為阻擋主角實現夢想的障礙，一旦我們發現了其中的原因，就會讓角色人物變得更加真實。儘管反派可能是外在的（龐德系列）或內在的（《潛水鐘與蝴蝶》〔*The Diving Bell and the Butterfly*〕），也可能是兩者兼具（《大白鯊》），但所有的對手都有一個共通點，而希區考克言簡意賅地總結道：「反派角色愈成功，影片也會愈成功[5]。」最棒的龐德電影都是有最佳反派的那一部，對立的力量愈強大，故事就愈精彩。

在簡單的驚悚片模式中，反派角色的特徵，是他們想要控制和主宰其他人的生活，他們無意遵循社會的道德規範，往往是自私的化身。從歷史上來看，他們也常常具有外觀或心理上的畸形或扭曲。《007首部曲：皇家夜總會》（*Casino Royale*）中患有淚腺失調的勒．契夫軻（Le Chiffre），就好比是《第七號情報員》（*Dr. No*）中失去雙手的現代版諾博士，或是《金鎗人》（*The Man with the Golden Gun*）中擁有三個乳頭的斯卡拉曼加（Scaramanga）。在這個政治更正確的年代，身體上的缺失（顯然是內在傷害的外在表現），已然被降低到社會可以接受的程度。

倘若這個反派是內在的，基本上也是同樣的原則，這個內在敵對力量會與原主的良善本性對峙，並使其「弱化」，與可能的一切對立，由此暗示故事結構的深層意義。

龐德和布洛弗、莎拉和魔鬼終結者、戴森（Sam Tyler）和韓真（Gene Hunt）、菲奧娜（Fiona）和法蘭克·加拉格爾（Frank Gallagher）有什麼共通之處呢？「我們沒有那麼不同。」《諜影行動》（*Tinker Tailor Soldier Spy*）中的卡拉（Karla）對史邁利（Smiley）說：「我們的一生都在尋找彼此的弱點。」

他們都是對立的兩方。

如同《黑暗騎士》（*The Darker Knight*）中對故事結構展現深刻理解的小丑，他對蝙蝠俠說：「你完整了我[6]。」稍後會再探討這句話背後的原由，現在只要明白所有對立角色都擁有主角生活中缺少的特質，這就足夠了。

渴望

角色若缺乏渴望，就會變得被動，如果角色是被動的，便毫無生氣；少了渴望賦予主角的生命力，編劇不可能讓角色活起來，也沒辦法好好講述一個故事，這樣的作品幾乎都很無聊。艾倫·索金簡明地指出：「某個人必須想要某樣東西，然後某個事物必須阻撓他得到那個東西。只要這樣做，你就具備了情節[7]。」

以最基本的層面來看，這就是故事的全貌。俄羅斯演員、導演及表演理論家康斯坦丁·斯坦尼斯拉夫斯基（Constantin Stanislavski），首先提出角色會受到渴望驅使的觀點[8]。就像在現實生活中一樣，角色也是如此。人們在每一天的大部分時間裡，都受到目標驅使，無論這個目標有多微小、多麼無足輕重。如果沒了這個目標，人們就會少了起床的動力。

圓桌武士只有在得知聖杯的下落時才會復活，所有的角色也是如此。為了找到尼莫（Nemo）、撲滅高樓大火、洗刷自己的名譽、抓住竊賊，唯有賦予目的並積極尋求，才能讓角色活起來，否則這個角色就跟死了沒有兩樣。為什麼《東區人》裡的角色會有「一切都是為了這個家族」的口頭禪？因為這給了他們值得奮鬥的目標——讓他們生氣勃勃。安東·契訶夫（Anton Chekhov）曾說：「告訴我你想要什麼，我就會告訴你，你是什麼樣的人[9]。」

不過還是有一些需要注意的地方。對於主角來說，只追求愛情或幸福不一定足夠，這個目標太模糊也太抽象。最受歡迎的作品都將渴望具象化，就像主角想要擁有「茱麗葉」、想要等到「果陀」、想要「失落的法櫃」。尤其是在電影和電視中，渴望通常都是簡單的、有形的、容易表述的，可能是一個獎盃或能夠看見、持有的東西。

在《法櫃奇兵》中，只有遺失的法櫃才能拯救世界；《新娘百分百》（*Notting Hill*）裡，會在安娜．史考特（Anna Scott）身上找到愛；《大國民》的故事則建立在記者想要解開「玫瑰花蕾」之謎；《現代啟示錄》是韋勒上尉（Captain Willard）想要殺死寇茲上校（Colonel Kurtz）的願望。在電視劇部分，目標每個星期都會改變，但幾乎都會是主角拯救、保護或強化他們所處世界的具體任務表現。

無論是簡單的（殺死鯊魚）或深刻的（電視劇《愛在戰火紛飛時》〔*The Promise*〕的歸還鑰匙），背後的「追尋聖杯」結構非常清晰。警察想要抓住殺人犯、醫生想要治癒病人，實際上的目標是什麼並不重要，它的重要性是由那些追求的人所賦予的。在電影《北西北》（*North by Northwest*）中，每個人都追著一卷不知道是什麼的微型膠片跑，希區考克表達得最好，他說：「這在片場有個用語，我們稱之為『麥高芬』（MacGuffin），通常是所有故事都會出現的劇情推動元素。在偷竊故事中幾乎總是項鍊，在間諜故事中則幾乎都是機密文件[10]。」

所以聖杯可以是任何物品。不過還有另一個值得注意的面向，那就是幾乎所有成功的舞台劇、電影和小說，都牽涉到人類原始的慾望：成功（《金髮尤物》）、報復（《城市英雄》〔*Falling Down*〕）、愛（《新娘百分百》）、生存（《異形》）或保護家人和家園（《稻草狗》〔*Straw Dogs*〕），要不然人們怎麼會如此貪戀故事呢？愛、家園、歸屬感、友情、生存和自尊的議題不斷出現，因為這些都是我們最關心的主題。美國有線電視影集《陰屍路》（*The Walking Dead*）中，一小群倖存者對抗佔領世界的喪屍，就非常清楚地體現所有的元素。生存下去並繁衍下一代，是劇中的一個主要渴望，但每一集都有次要目標，像是從屋頂上逃走、取得槍、找到家人或失蹤的女孩。如同所有的戲劇，我們看著劇中角色尋求安全，戰勝任何威脅他們的事物時，也希望自己能夠做得到。

當主角在劇情一開始「遭遇到某些事情」時，某種程度上即打破了他們的安全感。在警覺之下，他們開始尋找扭轉情況的方法，他們的「渴望」是重新找回安全感，但又經常選擇在錯誤的地方尋找安全感，而他們認為對自己有利的事情，也常常與實際情況相左。這樣的衝突，正如我們所見，似乎是結構的基本原則之一，因為它包含了外在渴望與內在慾望之間的掙扎。

外在渴望與內在慾望

好萊塢重磅鉅片提供了充滿感官的刺激體驗，劇情和台詞都相對簡單易懂，看起來不花腦筋，畫面更是閃閃誘人，傳遞著性愛、暴力、浪漫、復仇、毀滅和贏得榮耀的虛擬歡愉，技術上甚為出色，偶爾也會觸動人心……但為什麼它們經常給人一種空虛的感覺？為什麼很少讓人記憶深刻？又為什麼人們離開電影院時會感到有點失落、不安，像是糖分攝取過量？

答案似乎隱藏於結構中。除了一兩個例外，鉅片普遍缺乏深度，在那個世界裡的渴望很簡單，劇中的主角想要某些東西——「殺死比爾」或找出獨角獸的祕密。而在追求目標的過程中，主角人物始終「不會」改變。

可能有些人會略帶嘲諷地認為這是系列電影的需求，為的是讓龐德在每一部電影裡保持一致性。但龐德是一種特定類型的角色，他被精煉、簡化，甚至退化[11]。他就像是去除了雜質的白麵包，讓我們更容易消化吸收，是為了讓故事更刺激的產物；在刪剪掉令人不安和困擾的元素之後，成為了我們容易接受的簡單、重複性劇情。龐德這個角色不具深度，因為他從未改變，他被簡化了，但這也是我們持續欣賞他的因素。龐德只是一再地想要做某些事，他是純粹渴望的化身。而立體的角色「會」改變，他們擁有更深層的追尋。他們既有渴望也有需求，而且兩者不一定相同。

當人們第一次看見塞爾瑪和露易絲時，她們是美國保守社會中，生活黯淡的貸款背負者；《竊聽風暴》（*The Lives of Others*）的維斯勒（Wiesler）是東德史塔西情報機構（Stasi）的一名特工，他是在缺乏同理心的世界下的產物，但在極端的鐵幕之下，維斯勒仍然能夠成長發光，他的力量和鋼鐵般的意志令人震懾。

塞爾瑪、露易絲和維斯勒都是帶有「缺陷」的角色，這樣的缺陷或缺乏，在故事中非常重要。維斯勒對一切漠不關心、兩位女性受到壓抑卻不自覺，這些內在的特性都需要個別的角色去克服。為了完全瞭解自我，他們必須踏上戰勝自己內在弱點和缺陷的旅程。

然而缺陷或需求與他們的渴望和想要截然不同。維斯勒想要懲罰他負責監視的不同政治立場的一對情人，塞爾瑪和露易絲想要逃離警方的追緝前往墨西哥，兩組角色都經歷了一段過程後才知道，自己想要做的和需要做的，是兩個對立面的事。前往墨西哥或監禁持不同政治意見的人，都不能讓他們成為一個完整的人。

俄羅斯形式主義者弗拉基米爾．普羅普（Vladimir Propp），創造了「缺失」這個不失優美的詞彙，形容主角在任何故事初期階段所缺少的東西。而具有深度的故事正是運用這個缺失開展，尋求角色他們想要的東西，然後在追尋的過程中意識到自己真正的需要。就這樣，缺失得到了彌補，他們也克服了自己的缺陷，變得完整。

雖然角色很可能獲得他們渴望和需要的（就像《異形》或《星際大戰》中發生的情況），但是當他們為了一些更重要、更具實質幫助和更有意義的事物，而放棄最初的自我中心目標時，就會出現一個更真實、更普羅真理且更強大的故事原型。就像在《洛基》（*Rocky*）、《汽車總動員》（*Cars*）、《搶救雷恩大兵》、《小太陽的願望》（*Little Miss Sunshine*）、《午夜狂奔》（*Midnight Run*）和《窈窕淑男》（*Tootsie*）中，這些主角找到了他們未曾覺察過自己想要追尋的目標。這樣的故事形式為什麼更真實？請容我後續再討論。不過，我們也不該對簡單的原型故事，進行過於嚴厲的批判。

偵探小說或犯罪小說——事實上，任何「警探一定會抓到他」的世界，都會大受歡迎。畢竟如果主角代表的就是我們，那麼當故事情節告訴我們主角都是對的、周圍的人都是白癡、其他人都是錯的，我們就會感到欣慰。但或許我們不應該常常被這麼安排，因為當電影中的角色沒有得到想要的東西時，對我們的影響會更深遠，這樣的電影具備了更深層的含意。和好萊塢鉅片的白麵包相比，這樣的電影就像是全麥麵包。雖然《世界大戰》（*War of the Worlds*）、《ID4星際終結者》（*Independence Day*）或《明天過後》（*The Day After Tomorrow*）這些電影頗具娛樂效果，卻很難得到太多「養分」。

角色不應該總是得到他們渴望的東西，而是應該——如果應得的話，得到他們需求的東西。這個需求，或者缺失，幾乎總是出現在電影的開頭。不過，渴望的部分，在觸發事件

（inciting incident）發生之前不能過於清楚。

觸發事件[12]

所有的故事都有一個前提——「如果……怎麼辦？」

「一位口吃的君王，接受來自殖民地特立獨行者的指導……。」

「一名來自孟買的貧民窟居民，被指控在《誰想成為百萬富翁》（*Who Wants To Be A Millionaire*）節目中作弊……。」

「一個負責收集垃圾的機器人，突然被帶離了居住的星球……。」

故事中的「如果……怎麼辦？」幾乎都是一個觸發事件，而這個觸發事件一定都是發生的「某件事」。從前在某個地方，發生了……。

在《漫長美好的星期五》（*The Long Good Friday*）中，哈洛・尚德（Harold Shand）是一名黑幫分子，他計畫開發倫敦當時的廢棄港區。哈洛邀請黑手黨到倫敦以確保投資計畫順利進行，但毫無預警之下，一名負責開車載他母親去參加復活節禮拜的同夥，在教堂外被炸死，而且開的是哈洛的車，哈洛的世界也瞬間被翻覆——這就是觸發事件，或者是觸發事件的一部分，因為觸發事件還必須喚醒角色的渴望。讓我們回到故事的型態：先是問題發生，然後尋找解決的方法。哈洛的解決方法是找出幕後指使者，接著消滅他們。他喃喃自語地說：「我會讓他們的屍首在午夜前滴血。」這就是他的「渴望」，這就是整部電影。

觸發事件是主角渴望的催化劑。在《急診室》或《蒙羅》（暫譯，*Monroe*）中，這個觸發事件是患者上門尋求醫治；在《路德探長》或《喚醒死者》（*Waking the Dead*）中，則是屍體哀求的問題：「是誰對我下的毒手？」理論上來說，「從前在某個地方，發生了……。」是故事的前提，而「因為上述的前提，所以我要做這件事……。」就是故事了。

之後會再針對觸發事件的結構進行更詳細的探討。現在更有趣的，是奧古斯特．威廉．施萊格爾（A. W. Schlegel）早在西元一八〇八年，就試著將觸發事件編纂成法典，並稱之為「首次決定[13]」。或許將觸發事件，視為電影預告片的主題會比較容易理解，因為這是故事旅程即將展開的那一刻。

旅程

在詹姆斯・卡麥隆極為成功且具開創性的《魔鬼終結者2》（*Terminator2*）裡，身兼編劇和導演的他，對史瓦辛格（Schwarzenegger）的角色做出兩項重大改變，讓他從反派角色變身為英雄，也幫助他被定位為「家庭友善」明星。然而更關鍵的調整，是角色經歷的過程被提升了。新型的終結者T2比第一代更先進，被重新編程為能從周遭環境和經驗中學習。而T2可以進行內部改變的能力，也被巧妙地安插在劇本中。

如同我所強調，內在的改變能讓角色變得更有趣。若拿《第七號情報員續集》（*From Russia with Love*）和《007首部曲：皇家夜總會》、《魔鬼終結者》和《魔鬼終結者2》做比較，可以看出前者都是非常出色的作品，但後者擁有更觸動人心的深度與共鳴。在後者電影中的旅程，當主角們追尋自我目標時，不但讓我們的感受超越感官上的刺激，還觸動了內心深處的悸動。

這兩部續集中，主角們表面上的渴望都沒有得到滿足[14]，而是被內在潛意識裡更深切的渴求所取代，這些角色獲得了他們需要的東西。在追尋期盼事物的過程中，反而發現自己面臨另一個期盼。傳統的世界觀並未改變，偏見也一樣存在，但是主角的世界觀——也就是我們的世界觀，無論是實際上還是想法上，都重新產生了改變。

卡麥隆在《異形》中也運用了類似的手法[15]。當片中漂流在外太空的女英雄蕾普莉（Ripley）被救出，從沈睡中甦醒的她，發現被自己留在地球上的女兒，已經因年老而去世。蕾普莉滿懷內疚（她答應女兒會在十一歲生日前返回地球），雖然她名義上的任務是要返回異星消滅異形，但潛在的任務，則在她收養了在那裡發現的孤兒紐特（Newt）時形成——為了再次證明自己是個母親。蕾普莉的外在渴望或許不會改變，但在追求的過程中，她發現了一些非常重要卻意想不到的東西。就像在《異形》之前很難看到女性武打主角一樣（這部電影比《古墓奇兵》〔*Lara Croft*〕還要早得多），好萊塢鉅片中的主角經歷如此巨大的內在轉變，也極為罕見。

追尋——無論是外部或內在的，都是所有典型故事裡的一個重要部分，或許兩者兼具才最有價值。在追尋中出現某種轉變是其中的關鍵，選擇也是，因為主角最終必須選擇如何改變，這一點在危機時刻顯現得最為明顯。

危機

死亡是危機的其中一種——與劇中主角有密切關係的人死了（《教父》〔*The Godfather*〕），主角自己也死了（《E·T·外星人》〔*E.T.*〕），更常見的是所有的希望都破滅了。有些美國電視連續劇稱之為「最壞的情況[16]」，英國BBC連續劇則稱「最糟糕的時刻」，且幾乎已成為無所不在的術語。這可不是毫無根據，因為這是任何劇本中最危險的一刻，觀眾在這時應該對著螢幕大喊：「噢，不！」也是劇中主角似乎無法「擺脫困境」的那一刻。在獨立的故事中，這個危機的時刻通常會出現在最後一個廣告插播前，用來吊觀眾的胃口。每一集《東區人》的結局、一九六〇年代的《蝙蝠俠》電視劇，以及一九四〇年代以來美國電視劇從《超人》（*Superman*）到《飛天大戰》（*Flash Gordon*）的每一集結局都是如此。

當劇中主角的最後難關變得具體明朗時，危機就出現了，這也是主角面臨整個故事中最重要問題的一刻——他們是什麼樣的人？當主角發現自己似乎陷入一個無法逃脫的困境時，他們也面臨了抉擇。在《星際大戰》中，路克（Luke）因為歐比王・肯諾比（Obi-Wan Kenobi）之死而心煩意亂，他必須在電腦和原力之間做出選擇；在《北非諜影》（*Casablanca*）中，瑞克（Rick）必須放棄伊莎（Ilsa），否則（隱喻）世界就要毀滅；而在《異形》中，蕾普莉必須在拯救紐特或自己之中做出選擇；即使是龐德也需要選擇要不要向諾博士開戰。

這個選擇是劇中角色的最終考驗，也是主角被迫面對他們戲劇性所需或缺陷的一刻。在《星際大戰》宛如朝聖之路的結構中，路克的選擇是當一個男孩或成為一個男人；《北非諜影》的瑞克必須面對與克服他的自私（他在電影中曾說：「我不會為任何人伸出援手。」）；而在《異形》中，蕾普莉瞭解到透過拯救紐特，她可以再次成為一位母親。電視劇中也有相同的橋段設計，在《歡樂合唱團》的首集中，菲恩（Finn）必須選擇加入歡樂合唱團還是足球隊，威爾・舒斯特（Will Schuester）則必須在合唱團和他的職業生涯之間做出抉擇。你可以在這些戲劇裡看到結構設計的巧妙之處——每一個外在的反派對手，都是主角最懼怕事物的化身。為了克服外在困境，他們必須先戰勝內在的鴻溝。

因此，每一次散發死亡氣息的危機，都是主角們擺脫舊自我，重獲新生的機會。他們的選擇會是拒絕改變，回歸到從前的自己，還是面對內心最深處的恐懼，然後克服恐懼並獲得回報。他們可以選擇死亡，或是選擇殺死過去的自己，得以重生。在二〇一一年的《布偶歷險記》（*The Muppets*）中，蓋瑞（Gary）在危機時刻大唱「我是男人還是布偶？」，他其實表達了所有主角在關鍵結構點上面臨的典型困境，而成為「男人」是一條少有人選擇的路，也是更加艱難的選擇。

如同亨利五世（Henry V）在阿金庫爾戰役（Agincourt）的前夜一樣，危機總是出現在最不可能戰勝的最後一戰——這是高潮前的黑夜。

高潮

高潮，是主角從看似無法逃脫的困境中解脫的階段。這是他們與對手的最後對決，也是主角滿足戲劇性需求，克服缺陷的一戰。有時歷史上稱為「必要場景[17]」（Obligatory

Scene，早在十九世紀由法國戲劇評論家弗朗西斯科．薩西〔Francisque Sarcey〕提出），不過如我們即將所見，「必要情節[18]」（Obligatory Act）或許是一個更好的說法。

當塞爾瑪和露易絲射殺強暴犯並決定逃避法律時，有一個基本的情節必須發生——她們要對抗法律，這是故事所需。直覺告訴我們，在這個對決發生之前，故事不會就這麼結束。艾略特（Elliot）一旦收留了E．T．，並將他從不知名的外星大軍中救出後，有一個場景／段落／事件／情節必須發生——艾略特必須面對想要抓走E．T．的「壞人」。

在這兩部電影當中，我們都看得到塞爾瑪、露易絲和艾略特，隨著劇情發展出他們需要克服自我缺陷所需的技能：兩位女性必須相信自己與彼此、艾略特必須發現內在的堅韌和無私。而他們也都在影片的高潮時刻，運用了那些技能。這兩部都屬於經典結構的電影——主角的缺陷皆彰顯在反派對立人物的角色上，所以在《E．T．》的艾略特克服外在險阻後，他的內在也獲得了解放；而當兩位女性拋開了社會枷鎖之後，（觀眾也被引導相信）她們得到解脫並變得完整。

小說《追風箏的孩子》（*The Kite Runner*）與其改編電影，都建立在一個非常相似和清晰的內疚外顯之上。其觸發事件——一通電話告訴主角「還有一個方法能再次做個好人」，非常明確清楚地提出贖罪（拯救孩子）的自我救贖，透過克服外部的障礙，他的內心就能獲得平靜。

高潮也可以被顛覆（柯恩兄弟〔Coen Brothers〕的《險路勿近》〔*No Country for Old Men*〕就在危機時刻讓主角被殺死，不過這是一個非常少見的特例），但會比較類似龐德逃離布洛弗的情節。除非有更出乎意料之外的設計，否則會讓人覺得怪怪的，好像編劇設計了某種情節，卻不甚合理。

所以，觸發事件的出現引發出「接下來會發生什麼事？」的問題，而高潮（或必要情節）則宣告「這件事」。當馬克白（Macbeth）殺死鄧肯（Duncan）時，我們立刻想知道會發生什麼事，而發生的事便是忠於鄧肯的忠誠軍隊逐漸增加，兵力愈來愈壯大，最終也準備好對抗馬克白並報殺君之仇。《馬克白》完美詮釋了故事結構的運作，馬克白殺死蘇格蘭國王之後，他的昔日同僚紛紛逃往英格蘭，陣營變得愈來愈強大，直到勃南樹林（Birnam Wood）真的移動到丹新南（Dunsinane），馬克白也在最後一幕面臨了弒君的後果。

因此，觸發事件引起的問題，將在高潮中得到答案。觸發事件激起了對手或龐大的敵對勢力，接著對手的勢力，就像從山頂滾雪球般逐漸增長，在山谷間發出轟隆巨響，直到終於與主角正面對決。這才是真正的高潮點——主角和敵對一方的決戰時刻。倘若所有的故事都和主角與對手之間的爭戰相關，基本上就不能只有開頭和中間，還必須要有結局，這就是為什麼如果結局被省略或是輕描淡寫，就會讓人覺得怪怪的；也是這一場爭戰通常被稱為「必要場景」的原因。然而如我們所見，兩個對立面之間的對決，絕對比一個場景更加複雜。

高潮在龐德或希區考克系列電影中特別容易辨識，除了幾乎總是落在影片的最後二十五分鐘，往往也是最大並最具指標性的一幕。通常發生在一個獨特的地點，且是劇中主角幾乎陌生的地方。

所以說，高潮是戲劇的頂點，全部的一切都為此建構，所有的情節、所有的事件和所有的鋪陳，都在這個頂點得到了結果。主角面對敵對的角色，他們在這裡進行對決、解決問題。

結局

所有故事的結尾都是讓一切真相大白、感情終於得以宣洩、行動也會得到「獎勵」的場景。英文中的「Denouement」是法文「dénouer」的衍生詞，有「解開」的意思，這就是它的含義——情節的糾結被解開，複雜的問題也會被解決。但結局也有將所有零散的部分綁在一起的意思，在經典結構的作品中，每一個情節都必須得到解決，不能有任何一個情節被忽略或遺忘。

結局也是最後終戰的最終審判。若主角們戰勝了心魔，就會獲得回報。就像休・葛蘭（Hugh Grant）學會了自信、詹姆士・龐德拯救了世界，而且兩個人都抱得美人歸[19]。故事通常以某種形式的性愉悅劃下句點，不過即使在主流電影中，偶爾也會出現一些有趣的反常情況，像《星際大戰》中的路克真的應該和莉婭（Leia）公主配成一對，但到頭來她竟然是路克的妹妹——路克戰勝邪惡的獎勵反而是名望而非愛情[20]。這樣的結局顛覆，在某種程度上或許解釋了這部電影大獲成功的原因，缺乏性方面的情節，使這部電影讓所有年齡層的孩子都能觀賞和接受。但或許它將名譽置於愛情之上的選擇，進而闡述了社會的價值觀，也正是這個社會催生了這部電影，並持續助長它的成功。

傳統上，故事一定有一個幸福快樂的結局，所有的問題都得到解決——不是悲劇主角犧牲了自己，就是浪漫情侶有情人終成眷屬。正如記者兼作家克里斯多福・布克所觀察，工業革命的影響，使故事的敘述方式產生了重大的變化。現在的結局很可能是「開放式結局」，部分原因是為了增加一種不確定感，另一部分則是在無神論裡，死亡不再是過去所想的那樣。就像莎士比亞學者簡・咖特（Jan Kott）所指出：「古代的悲劇是失去生命，現代的悲劇是失去目標[21]。」現今的角色可能會漸漸失去記憶，就像死去一樣（《教父2》）；或是像不可能結婚的一夥人，發現自己在教堂的祭壇上（《妳是我今生的新娘》〔*Four Weddings and a Funeral*〕）。

典型的結局也可以透過扭曲產生深刻的效果。《火線重案組》（*The Wire*）以一種非常聰明的方式，顛覆了傳統的角色弧線（character arc）——在意想不到的斷點，殘酷地把角色除掉。奧瑪·李特（Omar Little）死於一個陌生人手中的劇情安排，之所以非常奏效，正是因為他在敘事結構上是如此不尋常，它援用了所有的傳統手法，直到出現廉價且出乎意料的死亡，從而破壞了經典的英雄旅程。但也明確表達了這是一個毫無規範可循的世界，這樣的顛覆手法同時也告訴我們巴爾的摩毒品交易如何運作，以及其中的殘酷與無情。

將所有元素結合在一起

以上這些建構的元素，就是組成故事的要角。它們或多或少存在於故事當中，若是完全不存在（像是《火線重案組》中奧瑪角色弧線的中斷，或是《險路勿近》中英雄的早逝），那就是有隱喻的敘事作用[22]。在典型的故事模式中，這些元素組合在一起，形成了幾乎是人們看到、讀到或聽到的所有故事架構。若是全部的元素一應俱全，這個架構看起來會像這樣：

「從前有一個名叫艾略特的男孩，沒有朋友的他，在後院發現了一個外星人。他意識到除非自己幫助這個外星生物返家，否則它就會死掉。他決定幫這個忙，不但以智慧戰勝了政府機關，贏得懷疑論者的支持，並與時間賽跑，以真正的勇氣，讓他的朋友尋得自由。」

故事聽起來簡單，從某些方面來說也的確如此，但就像英文字母或五線譜上的音符一樣，能變化出無止盡的組合。若我們看到這些結構要素如何傳達悲劇故事，就能清楚理解其中的變化多端。

◎暗黑的反轉[23]

電影《教父》中麥可・柯里昂（Michael Corleone）首次出現時，他身著軍裝，驕傲地在胸前展示象徵榮譽的徽章。全身上下無不彰顯著戰爭英雄身分的他，向未婚妻解釋自己父親和兄長的邪惡行徑，然後安撫地說：「那是我的家人，凱伊（Kay），那不是我。」《馬克白》也有神奇的相似之處，當馬克白從戰爭中的迷霧走出來時，鄧肯忍不住讚嘆：「你的言辭就像你的傷口一樣，都是榮譽的象徵。」據我們所知，這兩個人也都是注重榮耀之士。

麥可・柯里昂和英勇的蘇格蘭士兵都有缺陷，但是他們的缺陷並非傳統上描述的悲劇性格或盲點，反而是好的特質：無私與勇氣。而這一點正是塑造悲劇故事時，能夠真正發揮作用的關鍵。

《大白鯊》或《E・T・外星人》就完全遵循悲劇開展的原則，但是順序正好相反。《大白鯊》中，布洛迪警長（Chief Brody）學會如何成為英雄；而《馬克白》中，主角的英雄主義則受到腐化。在暗黑的反轉中，一個角色的缺陷，就是傳統社會可能稱之為「正常」或「好」的特質，而這個好的特質被主角以自己的方式所顛覆，成為邪惡的根源。

這和亞里斯多德的假設並不衝突[24]，事實上反而更證實了他的觀點——亦即每個角色的內心，都會有一點野心或虛無主義的想法（角色的悲劇缺陷）。從歷史上來看，評論家一直專注於亞里斯多德描述悲劇英雄致命邪惡缺陷的觀點（馬克白的野心、奧賽羅〔Othello〕的嫉妒），但我認為同樣具有啟發性的，是理解他們的良善如何腐化，這也是崇尚自由主義的美國電影中常見的題材。

在《特務風雲》（*The Good Shepherd*）和《選戰風雲》（*The Ides of March*）中，抱持理想主義的愛國者，發現自己的道德觀逐漸被侵蝕；在《血教育》（*Snowtown*，這是一個既陰暗又精彩無比的故事，描述一位罹患精神分裂的青少年，被捲入最惡名昭彰的澳洲連環殺手世界）和希拉蕊·曼特爾（Hilary Mantel）的《狼廳》（*Wolf Hall*）中同樣明顯，湯瑪斯·克倫威爾（Thomas Cromwell）在《狼廳》也經歷了類似的墮落。克倫威爾的良善造成了他的腐化，他對樞機主教紐曼（Cardinal Newman）的忠誠，使他走上了與馬克白和麥可·柯里昂相同的悲劇之路。

除此之外，我們也可以看到這類腐化的良善情節，其實根據一種典型故事的模式。從《反腐先鋒》（*Line of Duty*）到《白鯨記》（*Moby Dick*）、《浮士德》（*Dr Faustus*）和《蘿莉塔》（*Lolita*），所謂的「好」是一種相對概念，這些主角們都遵循一個清晰可見的路線，那就是他們的道德良知，在追尋目標的過程中隨之潰堤。他們的最初目標可能是好的（《教父》或《反腐先鋒》），看似無害（《卡門》〔*Carmen*〕、《浮士德》），但是到了最後，這些角色都被自我的慾望全面吞噬。黑暗英雄的旅程不像《北非諜影》中的瑞克那樣，從自私轉變成無私，而是朝相反的方向開展。電視則大多避免這樣的情節發展，尤其是電視劇。儘管如此，《絕命毒師》（*Breaking Bad*）還是證明了電視劇仍是一片有待開發的沃土。

「我們的目標是把他從小人物變成疤面煞星。」美國AMC電視頻道《絕命毒師》[25]中，主角華特．懷特（Walter White）的創造者文斯．吉利根（Vince Gilligan）說道：「這是一個狼人的故事，一個變身的故事，是關於我們將一個像毛毛蟲般的男人變成蝴蝶的故事——一隻製造安非他命的蝴蝶。」他花了五季的時間，把一位舉止溫和的化學老師，變成販毒的精神病患，這對電視劇來說，是一個激進的轉變。然而，在這齣充滿貪婪和道德規範的戲劇性旅程中，它的根基牢牢扎根於《馬克白》的蘇格蘭血腥之地。

《絕命毒師》展現了典型的故事運作方式——故事開場的缺陷，在結尾產生了相反的結果，壞變成了好，好變成了壞，這在用來描述善變惡的故事裡最常見。但也像電影《愛瘋了》

（*Like Crazy*）的故事情節，描述一位年輕女子理想中的愛情變得索然無味，此模式可以運用的範疇非常廣泛。

人們似乎很難理解，為什麼在只有八度音階與八個音符的情況下，還是可以創作出源源不絕的樂曲。然而就如同音調可以衍生出半音和節拍，節奏和風格也會改變內容，所以一開始看到的極其簡單的模式，其實包含了無限可能的排列組合。不同類型的性格缺陷，加上對角色的各種獎勵或懲罰，能創造出不同的故事。

當《大紅燈籠高高掛》（*Raise the Red Lantern*）的頌蓮擁抱黑暗面之後，隨即受到了瘋狂的懲罰。《李爾王》（*King Lear*）、《理查二世》（*Richard II*）和《羅密歐與茱麗葉》（*Romeo and Juliet*）描述了情感上的成長故事——這類型的角色傳統上應該都會受到獎勵，但相反地，他們在這些電影中都受到了懲罰，殘酷的悲劇感也更為深刻。

在《計程車司機》（*Taxi Driver*）和《喜劇之王》（*The King of Comedy*）中，黑暗面的主角得到了回報，這無疑是透過顛覆典型故事，對病態社會所做出的反諷。而在《白鯨記》或《科學怪人》（*Frankenstein*）的扭曲世界裡，主角似乎比怪物更糟。《紅袍與黑幕》（*The Scarlet and the Black*）以及非常相似的《金屋淚》（*Room at the Top*），讓我們陷入了猶豫不決的兩難，不確定到底是主角本身，還是那時的社會該為他們的悲劇命運負責。而《精銳部隊》（*Elite Squad*）以模稜兩可的情節，讓主角同時成長和淪喪，《猩球崛起》（*Rise of the Planet of the Apes*）則採取同樣的形式，來顯現社會如何輕而易舉創造出自我毀滅的因子。《爆裂警官》（*Bad Lieutenant: Part of Call-New Orleans*）更進一步，慶祝角色墮入沉淪、利慾薰心的腐敗之中。

亨利克・易卜生（Henrik Ibsen）的劇作《人民公敵》（*An Enemy of the People*），也可以被解讀為暗黑的反轉。這個故事傳統上被視為人民在暴政下對自由的吶喊，但同樣地（尤其若是閱讀了一九六四年企鵝出版社所詮釋的經典系列），也可能更像是有個人突然陷入提倡優生學、厭世和幾近瘋狂的故事[26]。這當然絕非易卜生的本意（從信件中可以得知，他絕對站在主角的那一邊），實際上我們可以將這部作品，解讀為一個利他主義者的旅程——當他被對「人民」的厭惡感所吞沒後（由此可見英雄之旅與其暗黑表親之間的界線是多麼的薄弱），透過劇情結構的操作，很容易創造出數不清、甚至無限的排列組合[27]。

主角和他們的對立面進行爭戰，遵循危機、高潮和結局的旅程迎向勝利，這是每一個故事的建構基石。但是該如何將它們串聯組裝起來呢？在戲劇的傳統方式中，最受推崇的是三幕劇結構，這個簡單的範例，主宰了所有戲劇形式的討論。但它是什麼？為什麼如此普遍？由於它的運作效果非常好，以至於很少有人提出質疑。這似乎有些遺憾，因為三幕劇結構所顯露的，遠遠超過戲劇本身，它還告訴我們很多關於感知、敘事以及人類心智的運作。

第2章　三幕式結構

Three-Act Structure

我揮手打了我的小男孩，我的憤怒強而有力，猶如正義凜然。
然後我發現我的手一點感覺也沒有。
我說：「聽好，我想向你解釋這個複雜性。」
我以父親的身分，認真仔細地說。
說完之後他問，我是否希望他能原諒我。我說是。
他回答不，像是打了勝仗一樣。

《手》（*The Hand*）是美國短篇小說家倫納德・麥可斯（Leonard Michaels）的一個完整故事。倘若所有的故事都包含相同的結構要素，那麼《手》應該相對容易辨認。

主角——敘述者

對立者——他的兒子

觸發事件——意識到手沒有感覺

渴望——向他的兒子解釋

危機——他問……我是否希望他的原諒

高潮——我說是。他回答不

結局——像打了勝仗

《手》當然並非戲劇，而是一個（非常）短的故事。它包含了我們說的所有構成元素，但是這些元素如何組合？按照什麼順序？什麼規則？如果有規則，又為什麼存在？

◎結構是什麼

艾倫．普雷特（Alan Plater）首次為電視劇寫稿時，曾問他的經紀人——傳奇人物佩姬．拉姆齊（Peggy Ramsay），「結構」到底是什麼？她回答：「喔，親愛的，就只是兩個或三個小驚喜，之後時不時再來一個更大的驚喜[1]。」聽起來很像是敷衍地隨口說說，但其實是一個絕妙簡要的分析，也牢牢確定了戲劇的基本結構要素——「幕」。

「幕」是角色將渴望付諸行動的單位，有獨立的開頭、中間和結尾，而結尾會將敘事轉移到一個意想不到的新方向，這當然就是拉姆齊所指的「驚喜」。希臘人稱之為「peripeteia」，這個字最常被翻譯為「轉折」。

簡單來說，就是角色正在追求一個特定目標時，發生了意料之外的某些事，進而改變了他們追求的方向和本質。雖然每個場景都可能出現微小的轉折，但更大的轉折通常傾向分別出現在特定的戲幕中。天行者路克拜訪朋友歐比王·肯諾比之後返家，卻發現自己的繼父母都被殺害——這就是一個轉折。為了報仇，路克現在有了一個新的任務和另一幕戲來演出這一段。

獨幕劇（One-act plays）的歷史可以追溯到尤里庇底斯（Euripides）的《獨眼怪》（*Cyclops*），而情境喜劇通常分為兩幕（《歡樂單身派對》〔*Seinfeld*〕完全掌握了兩幕的形式[2]），但一部作品若是長達一個小時或以上（尤其是電視劇），就很少會低於三幕。部分原因是為了商業廣告的需求，但無論是否插入廣告，這樣的作法其實也是確保這部戲，會定期出現引人入勝的時刻或轉折點。重點是一個故事的幕數並無限制，《法櫃奇兵》有七幕，不過主宰現代編劇以及多數故事撰寫的典型核心，都是三幕劇。

◎三幕劇的形式

三幕劇結構是戲劇的基石，主要原因是，它不只體現了亞里斯多德結構[3]中最簡單的部分，同時也遵循了無從爭議的物理定律。那就是一切都必須有開始、中間和結束。美國編劇導師希德·菲爾德（Syd Field），率先闡述三幕劇的結構模式，將劇本結構分解成鋪陳（情節安排）、衝突和解決三個要素，並在第一幕（觸發事件）和第二幕（危機）末端出現轉折。

這是所有現代主流電影與電視劇背後的敘事模式。許多人都認為這是出自希德·菲爾德之手，實則不然。只要閱讀萊德·海格德（Rider Haggard）在一八八五年出版的《所羅門王的寶藏》（*King Soloman's Mines*）——顯然就是電影《法櫃奇兵》的前身，便能清楚看出現代電影形式的結構原型。

這種結構的闡述，始於世界上第一本編劇指南，由E·W·薩金特（Epes Winthrop Sargent）所寫的《電影劇作技巧》（暫譯，*The Technique of the Photoplay*），這是一本極具價值且現今讀來依舊有

趣的書，撰寫於一九二一年無聲電影蓬勃發展時期。若薩金特同意，他絕對有資格獲得首位電影「大師」的稱號。雖然書中並未具體提到戲幕的結構，但書中提供的每一個例子，都涵蓋了原型結構（像是故事不能只有一個開始，還必須有一個具體目標和結束或高潮）。

馬克．諾曼（Marc Norman）在他的美國編劇史著作《接下來呢？》（暫譯，*What Happens Next?*），追溯了由艾德溫．波特（Edwin Porter）和D．W．格里菲斯（D.W. Griffith）引入電影，但實則可以回溯至更早的古希臘，且讓現代日益依賴的典型敘事模式。

> 「經典電影的敘事結構簡單，卻能有無數的變化，適用於戲劇或喜劇……（劇中）主角有一個渴望的目標，這個渴望很容易引起觀眾的共鳴，接著對手出現了，是某個人或代表某個敵對的勢力，成為了主角的阻礙。
>
> 這個阻礙在電影上呈現，其中的情節或多或少加劇了衝突與險阻，像是牛仔和槍手、戀人與反對的父母，就如同古典音樂的起伏一樣可預見……這個連續性的衝突造就了第三幕的對抗，亦即高潮，然後以符合模式的解決作為結束，最典型的就是悲劇的死亡和喜劇的婚禮[4]。」

但為什麼必須以三幕的形式來寫故事呢？查理．考夫曼談到三幕式時曾說：「我對這部分並不感興趣。」暗指這是一種怠惰、墨守成規、保守的寫作方式，然而考夫曼的所有電影都體現了這個形式（查理．考夫曼的完整分析，請看附錄三）。他的作品概念和李察．寇蒂斯（Richard Curtis）一樣，都描述一個有缺陷的人，被放逐在一個陌生的世界，然後發現自己有了徹底的改變。為什麼他無法避免地做了自己不屑的事？相同的基本模式不斷重現，暗示著講述故事的方式可能存在著生理、物理甚至心理方面的因素。那麼，或許人們說故事的方式並不是一種自主的「選擇」，而是不得不這麼做。

簡單來說，人類透過比較思考的方式理解這個世界，由於無法隨機辨識和確認，我們堅持要對任何觀察到的現象和接收到的訊息加以解讀。我們擁有既存的概念，然後觀察接收新的概念刺激，兩者在過程中都發生了變化，這正是辯證法所謂的正題、反題與合題。學生遇到不瞭解的事物，進行探索並理解吸收，然後和他們已知的知識融合，最後得到成長。因此，每一次的感知，都是想要明白與試圖理解這個混沌宇宙的嘗試。故事，在某個層面上即是這個過程的體現。猶如大衛．馬密（David Mamet）所說：「戲劇結構不是任意、甚至刻意的發明，它是人類資訊排列的編纂機制。事件、闡述、結局；正、反、合；男孩遇見女孩、男孩失去女孩、男孩得到女孩；這就是第一幕、第二幕、第三幕[5]。」

如果將三幕式結構拆解開來，會看到這個必然模式的運作：

第一幕：論點
第二幕：反論點
第三幕：融合

「好萊塢」的典型故事即是最簡單的辯證形式[6]——塑造一個有缺陷的角色，然後在第一幕結束時，讓他進入一個陌生的世界，接著讓他吸收、理解那個世界的規則，最後在第三幕中測試他，看看他是否學到了什麼。或者，簡單言之：

第一幕：塑造有缺陷的主角
第二幕：讓他與對立面進行對峙
第三幕：融合兩者並產生平衡

這個模式不僅存在於戲劇，幾乎所有的故事，都關於角色被丟到一個陌生的世界——進入這個世界，代表他們面臨了前所未有的情況，必須在這個迷霧森林中重新找到自己。在《貝武夫：北海的詛咒》、《格列佛遊記》和《黑暗之心》（*Heart of Darkness*）中，擁有缺陷的主角，要面對一個無法理解的世界，這個世界蘊含了主角本身所缺乏的特質。

若再更深入研究，很多電影都清楚展現出這一點：《汽車總動員》中，自私、傲慢、一心追求速度的閃電麥坤（Lightning McQueen），淪落到了二十世紀的五〇年代偏遠地區；《大白鯊》中，布洛迪警長寧靜安詳的生活被威脅、恐懼和道德恐慌所撕裂，而在《慾望莊園》一書和銀幕改編劇中，莊園裡厭惡自我的查爾斯·萊德（Charles Ryder），發現自己身處一個難以想像的奢華與自信世界。倘若接受了這個新世界的概念（發現自己在約翰·馬可維奇〔John Malkovich〕的大腦裡就是一個絕妙的例子），那麼故事原型和所有的組成部分就會是其中的焦點。

佩姬·拉姆齊所說的「驚喜」，更常被視為「預期的顛覆」——一種突然的轉折，令人驚訝卻又合理地將故事推往新方向；通常發生在每一幕的結尾（像是《末路狂花》中的強暴未遂和槍擊，或是《漫長美好的星期五》中的爆炸，都是非常符合的例子）。這種「預期的顛覆」在曲折迂迴的影片中更加明顯，例如《愛麗絲失蹤事件簿》（*The Disappearance of Alice Creed*）或《靈異第六感》（*The Sixth Sense*）。人們很容易將這些衝突性的轉折當成噱頭，但事實上並非如此，預期的顛覆是所有敘事背後極為重要的結構策略，故事裡的角色必須藉由它的出現進入新世界。這類的顛覆並不是現代的發明，而是類似劇情的反轉，是將主角推向與當下狀態相反的手段——從論點到反論點，從家園到未知的世界。

這也是觸發事件的本質——它們是「對立的爆發」，是醞釀角色欠缺的所有特質的結構性工具，事實上也體現出他們所需要的一切。扣人心弦的情節、觸發事件和危機點，基本上都相同：在一幕戲最後的轉折點，促使主角們進入新世界的意外反轉。這些爆炸性衝突來自於角色本身所缺乏的特質，造成現存世界的崩塌，將他們推往一個必須試圖理解的陌生世界。

如此一來，說故事可以被視為一種透過三幕劇形式編排的學習方式；而正、反、合的辯證模式，是人們認識這個世界的核心方法，也是觀察結構非常有用的方式。一個有缺陷的角色，被一次觸發事件推入全然陌生的世界，在摸索的過程中，新舊相互融合並趨於平衡。我們無法接受混亂，因此必須讓一切井然有序。倘若一個故事牽涉到混亂的入侵和重新恢復秩序（所有的典型故事都是如此），那麼就不得不採用三幕劇結構。

在徐林客（Bernhard Schlink）的小說《我願意為妳朗讀》（*The Reader*）中（以及大衛・海爾隨後改編的電影），可以非常清楚看出三幕劇的段落。第一段裡，十五歲的麥克（Michael）愛上了一個年長的女人漢娜（Hanna），有一天她卻突然消失無蹤。第二段開始已時隔七年，麥克成為一名法學院的學生，在旁聽一場戰時罪犯的審判時，他發現站在被告席，被指控戰時在奧斯威辛集中營擔任警衛的，正是自己過去的愛人。漢娜在大規模謀殺三百名猶太婦女的事件中被判有罪。第三段中麥克則試圖在他所愛過的女人，和眼前這個世人面前的怪物之中尋求平衡點。最後，透過理解（在這個故事中是漢娜的不識字），麥克與「事實」達成了某種妥協。這三個段落（以及後來的三幕戲），呈現了愛、恨和理解，也就是論點、反論點和融合。

在任何故事的第一幕中，都會呈現出角色的特定缺陷或需求。然後在第一幕逐漸開展或即將結束前，主角「掉進了兔子洞」。在第二幕裡，主角試圖回到他們原本的世界，也慢慢發現另一個同等重要的世界，正在等待著他們，其中或許也可以學到寶貴的教訓。這一幕的最後，處在低潮的主角必須做出抉擇，決定是否透過擷取學到的經驗來面對敵人，還是瑟縮退回原本的自己。主角們在這個危機時刻，幾乎都會選擇面對生命中最大的征戰（或高潮），測試並運用新的技能，他們的辛勞也會在最後得到回報（結局）。

大衛．海爾執導的《不速之客》（*Wetherby*）和《舔舔希特勒》（暫譯，*Licking Hilter*）就是如此；查理．考夫曼的《王牌冤家》（*Eternal Sunshine of the Spotless Mind*）也是。而在《手》中，掌握權力和力量的敘述者，更是被拋到一

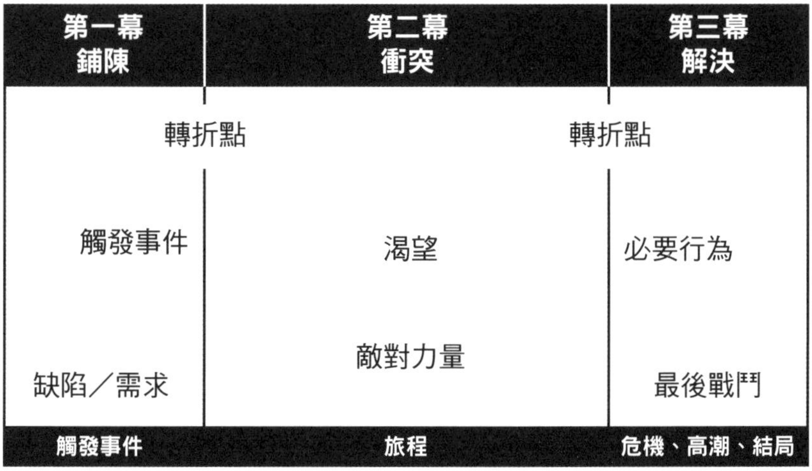

第一幕 鋪陳	第二幕 衝突	第三幕 解決
轉折點		轉折點
觸發事件	渴望	必要行為
缺陷／需求	敵對力量	最後戰鬥
觸發事件	旅程	危機、高潮、結局

個充滿罪惡感和羞恥之地。這些故事都有相同的基因：主角遇到他們的對立面，然後融合並做出改變。

然而，如果三幕劇形式就能體現故事的根本結構，那麼二十世紀之前的戲劇（包括莎士比亞），為什麼大多採用五幕劇？人們很容易將五幕劇形式視為歷史時代的表現手法，但若深入探究它的演進、歷久不衰的原因和潛在的結構特性，就不難理解它的重要性。在探索的過程中，也能尋獲敘事真正得以發揮運作的重要線索。

第 3 章 五幕式結構

Five- Act Structure

羅馬抒情詩人賀拉斯（Horace）約在西元前十九年時，在他的論著《詩藝》（*Ars Poetica*）中闡述了劇本結構的原則。他在書中的一個定義，深深影響了塞內卡（Seneca the Younger）的劇作，被世人重新發現後，也左右了戲劇未來的發展方向。塞內卡宣稱：「一部戲如果想要引起注意並被帶上舞台，就不能少於或多過五幕[1]。」

西元二〇〇七年，記者拉斐爾・貝爾（Rafael Behr）在《衛報》（*Guardian*）刊載他對當時大為流行的「性感媽咪文風」的嘲諷版本[2]：

第一章：我被嬰兒的吐奶聲吵醒，那不再對我感「性」趣的丈夫則繼續裝睡。不久之前我還在媒體界呼風喚雨，男人們無不為我著迷，現在這一切到底哪裡出了問題？

（當然除了我的孩子之外，我愛他們。）

第二章：我急急忙忙送孩子上學，途中被一個開著四輪驅動休旅車、腳踩一雙昂貴鞋款的女人嚇到。我那頤指氣使的婆婆來到家裡，讓我覺得自己是個不合格的家庭主婦，然後我不小心傳了一封簡訊給「我暗戀的那個男人」。

第三章：「我暗戀的那個男人」來了回覆，我好開心呀！這表示我成了蕩婦嗎？應該還好吧，畢竟我的先生已經對我不理不睬。如果我常把「後女權主義者」掛在嘴上，應該就沒什麼大不了的。

第四章：我跟「我暗戀的那個男人」接吻／睡覺／差一點就上床，感覺棒透了，但我覺得內疚，因為我愛我的丈夫和孩子。我也開始對婆婆改觀，她其實沒有想像中的那麼糟。順帶一提，我爸是我的英雄。

第五章：我參加了一個派對，裡面都是我認識的人。感覺非常戲劇化，因為我的偷情陷入了兩難的危機。我必須在不完美的現實生活和虛幻的美好之間做出抉擇。我意識到「我暗戀的那個男人」是個混蛋，所以選擇回歸家庭。我以為自己的丈夫很無趣，但事實證明他非常可靠，也原諒了我的出軌。他是我的新英雄，儘管他永遠也不能取代我的父親。

賀拉斯的宣言經過兩千年的漫長旅途之後，在貝爾戲謔性的改編之下嶄露。貝爾的仿作神奇地在不自覺中，遵循了古人所制定的五幕劇模式——由泰倫斯（Terence）偶然發現，並透過班．強生融合、莎士比亞實踐；而舉凡人們寫的、讀的、說的，都深受莎士比亞的影響。

◎三幕式和五幕式結構

我要特別強調，五幕式結構和三幕式結構並沒有特別不同之處，只是在細節上有一些改變。從歷史的演進來看，兩種結構都可以追溯到古代。為什麼這麼說呢？波蘭斯基（Polanski）的電影《馬克白》採用經典的三幕劇形式，但其中也包含了莎士比亞的五幕劇。

簡單來說，五幕劇基本上就是在傳統「好萊塢」範例的第二幕中間，穿插另外兩幕，兩種形式的第一幕和最後一幕則保持相同。但這會如何幫助我們瞭解故事呢？美國學者湯瑪斯．鮑德溫（Thomas Baldwin），在其針對莎士比亞戲劇結構進行的指標性研究中[3]，將首次出現五幕劇的年代回溯到泰倫斯（西元前一〇二～一四九年），並指出他的所有劇作都有相似的型態[4]：

		莎士比亞	波蘭斯基
觸發事件	巫師的預言／決定謀殺鄧肯	第一幕	第一幕
	馬克白成為國王	第二幕	第二幕
	班柯（Banquo）被殺／弗里恩斯（Fleance）逃跑／麥克德夫（Macduff）流亡	第三幕	
危機	馬克白夫人發瘋／馬克白被背棄	第四幕	
高潮 結局	最後對戰 馬克白被殺	第五幕	第三幕

「第一幕交代後續即將引起的拚搏所涉及的訊息……第二幕出現主要爭戰前的預備行動和敵對行動。在第三幕中，反對年輕一代的勢力發動主要攻擊，也似乎取得勝利。第四幕，支持年輕一代的將軍集結了他的部隊進行反擊，敵對勢力在這一幕最後確實潰敗了，但是年輕一代還未獲得真正的勝利。第五幕，他們贏得了勝利。」

如果我們將貝爾的「性感媽咪」與之相較，就會發現兩者的章節幾乎完全吻合。這是巧合嗎？或者暗示著其中有更深層的鏈結？鮑德溫如此評論泰倫斯：

「他的劇作由五個清楚劃分的階段所構成，泰倫斯肯定意識到這一點，而且一定是刻意如此區分，否則不會出現如此細膩緊密的平衡結構……無論泰倫斯是否將這五個階段視為演出的五幕，他的戲劇確實是以五幕劇的形式所組成[5]。」

古典思想在文藝復興時期的振興，無疑讓長期被遺忘的五幕劇形式，再次受到重視與流行。泰倫斯建立的模式，也成為當時法國和伊莉莎白時代劇作家尋找經典靈感的範本。而塞內卡的影響格外強烈，因為他的劇作全部都由五個部分組成（中間以解釋劇情的合唱間隔開[6]）。班．強生被認為是第一位在英國推動此結構的英國人，他不僅在自己的作品中完全採用五幕式，更是第一個將《詩藝》翻譯成英文版本，使賀拉斯的深刻結構性思考，得以傳遞給求知若渴的新一代知識分子。

那麼，莎士比亞知道這個五幕劇形式嗎？若考慮到泰倫斯和賀拉斯，是他求學時文法學校的課程之一，那答案幾乎是肯定的。除此之外，五幕劇形式到了十六世紀中葉已成為大肆流行的顯學，所以莎士比亞套用了嗎？儘管莎士比亞所屬的國王劇團（King's Men）在一六〇八年已經佔有布萊克福萊爾斯劇場（Blackfriars Theatre），且當時強制實施修剪蠟燭的要求（每一根蠟燭可以點燃的時間就是每一幕的時間），所以必然會導致五幕劇形式，但在學術界還是引起很多（有趣的）爭議[7]。這個問題就意義和目的性而言，其實都無關緊要，關鍵在於最早在泰倫斯作品中發現的模式，竟和莎士比亞的作品有著驚人的契合。就算莎士比亞反駁這一點，或是根本對戲劇結構一無所知，但他的作品的確自然呈現出泰倫斯和強生的形式。若真如此，也就進一步證實了一個論點：說故事有一個自然產生的形式。

所以，這個形式到底是什麼？它又是如何運作的？若要回答這個問題，我們必須再次回溯過去。

◎佛瑞塔格金字塔

德國小說家古斯塔夫．佛瑞塔格，是第一位正確編纂泰倫斯模式的人（如其在伊莉莎白時代戲劇中的呈現模式），在佛瑞塔格一八六三年的史詩級作品《戲劇的技巧》（*Technique of the Drama*）一書中，向世界公布了「佛瑞塔格金字塔」（Freytag's Pyramid）。經過長時間的仔細研究，佛瑞塔格發現了一個潛在模式，提出每場悲劇都有五個階段的說法[8]：

1. 詳細說明：我們會見了劇中人物，確立時間和地點，瞭解故事的前情。並把注意力導向衝突的萌生和緊張的戲劇情節。

2. 複雜化：情節變得更加複雜，「難題」出現了，利益衝突和陰謀紛紛產生，事態朝著明確的方向加速展開，緊張的局勢加劇增強。

3. 劇情高潮：衝突發展到最高峰，主角面臨抉擇的十字路口，關乎勝或敗、毀滅或平步青雲。

4. 劇情轉弱：反轉劇情出現，發生第三幕情節的後續結果，情節的節奏趨緩，錯認的希望／恐懼加劇了緊張的氛圍。如果不是悲劇，主角看起來應該能被解救；如果是悲劇，則可能會失去一切。

5. 結局：衝突得到解決，無論是透過一場大災難、主角的垮臺，或者他的勝利、轉變。

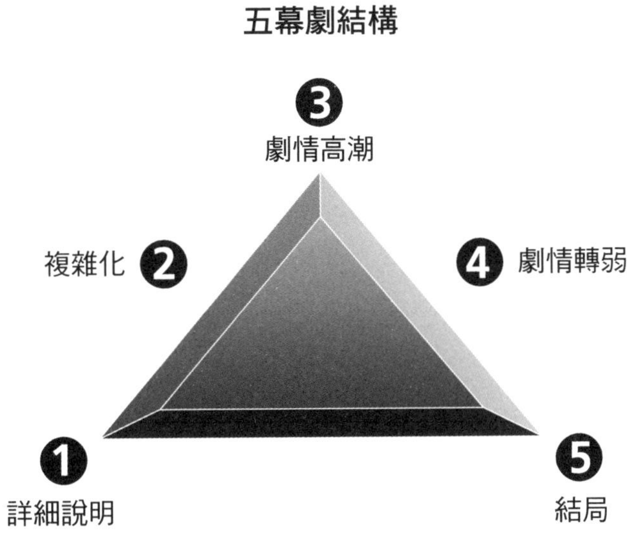

五幕劇結構

3 劇情高潮
2 複雜化
4 劇情轉弱
1 詳細說明
5 結局

佛瑞塔格的戲劇定義最初可能令人困惑，因為我們直覺上會認為高潮（階梯的頂端），應該在第五幕而不是第三幕。但佛瑞塔格是對的，他首次清楚指出戲劇更深刻關鍵的部分——亦即目前在結構研究中，通常被稱為「中間點」的時刻。

◎中間點

《馬克白》中的班柯被謀殺和《金手指》（*Goldfinger*）中的雷射拷問，以及《麻雀變鳳凰》（*Pretty Woman*）裡，在鋼琴上的性愛有什麼共同之處？班柯的死去發生在第三幕的第三場，正是全劇的重心，也正好位於一齣戲的中間，就像龐德被嚴刑拷問及薇薇安．沃德（Vivian Ward）的誘惑一樣，都將片中的風險或危機大幅拉升到了最高點。

中間點是重要關鍵事件發生的時刻，幾乎都恰恰出現在每一個成功劇本的中間位置。《鐵達尼號》（*Titanic*）中的船隻撞上冰山、《致命的吸引力》男主角發現他的情婦懷孕了，以及《異形》裡從凱恩（Kane）不察異樣的胃中，爆出來的那隻異形。

莎士比亞的作品也完全符合中間點模式。在《哈姆雷特》的中間點，王子確知了克勞狄斯（Claudius）的罪行；在《李爾王》中，主角在荒原的暴風雨裡，瞭解到自己的真實樣貌；

理查二世也是在這個中間點，發現波林勃洛克（Bolingbroke）篡奪了他的王國（「讓我們坐在這片土地上，說說關於國王已死的悲慘故事。」）《奧賽羅》裡的中間點，是摩爾族將軍奧賽羅聽信了手下掌旗官伊阿古（Iago）的讒言誘餌；《凱薩大帝》（*Julius Caesar*[9]）的中間點則是馬克・安東尼（Mark Antony）煽動群眾成為暴徒的那一刻；也是《冬天的故事》（*The Winter's Tale*）里昂提斯（Leontes）得知德爾斐神諭（Oracle of Delphi）的判決時。《馬克白》更是絕對典型，就在班柯被謀殺和他的兒子弗里恩斯急忙逃亡，使得馬克白意識到出現了重大改變之時。莎士比亞甚至在字裡行間中揭露：

> 「我已深陷血海，走得太遠，若不再繼續往前，回頭的路也同樣使人厭倦。」

這是第三幕的第四場，對於馬克白——以及所有人而言，過去的生活再也回不去了。

所以，為什麼塞爾瑪和露易絲在和愛人發生性關係之後，性情突然轉變？為什麼傑森・包恩（Jason Bourne）在《神鬼認證：最後通牒》（*The Bourne Ultimatum*）劇中的一半時，得知自己身陷困境的真相？為什麼中間點對於塑造情緒張力如此重要[10]？對故事理論毫無概念的編劇們，是在潛意識裡遵循中間點的寫作模式嗎？為什麼他們知道具有改變人生意義的事件，應該出現在中間點？是什麼原因得知的？

克里斯多福·布克在他探索故事的百科全書《七大基本情節》[11]中，認為所有的故事都可以分成五個明確的部分。我簡短地摘要如下：

1. 武裝號召
2. 夢想階段
3. 挫折階段
4. 噩夢階段
5. 從死亡逃脫的刺激和結局

他的意思是，這五個階段（如我以下轉述），事實上遵循著一個簡單的模式——正如我們最初在泰倫斯的作品中所見：

1. 建立並號召行動。
2. 情況順利，達成最初的目標。
3. 情況開始變得不妙，敵對勢力逐漸增強。
4. 情況變得非常糟糕，導致危機出現。
5. 危機和高潮，與對手展開最後終戰，有了或好或壞的結局。

那麼，如果將每個階段運用在一齣戲上，該怎麼發生？這麼做的確極端簡化，卻不失為一個簡單的對照方式。布克的理論，特別適合套用在莎士比亞的戲劇模式上，例如《馬克白》[12]：

1. 巫婆的預言和決定謀殺鄧肯。
2. 馬克白成為國王。
3. 麥克德夫的叛變。
4. 馬克白夫人發瘋，馬克白被拋棄，英格蘭發動攻擊（最糟糕的時刻）。
5. 最後終戰，馬克白被殺。

或是《羅密歐與茱麗葉》：

1. 羅密歐和茱麗葉相遇。
2. 羅密歐和茱麗葉祕密立下婚約。
3. 茱麗葉發現她將遠嫁到巴黎，同時羅密歐因為殺害蒂巴特（Tybalt）而遭到放逐。茱麗葉假裝同意出嫁，卻決定自殺。
4. 修士要茱麗葉同意婚約，並讓她服用能夠假死的藥水。羅密歐聽到茱麗葉的死訊，又在陰錯陽差之下錯過了茱麗葉留給他的信（最糟糕的時刻）。
5. 羅密歐飛奔到茱麗葉的墳前並自殺，茱麗葉醒來後看到自己的愛人已死，也跟著了斷自己的生命。

舉凡從賀拉斯到莎士比亞，強森、司克里布到莫里哀和拉辛（Racine），每個階段的劇作都與這個形式相契合。就連任何一部龐德電影、《異形》系列電影和皮克斯（Pixar）製作的影片——實際上任何成功的電影或電視劇，都能看到一樣的狀況，劇中都展現出由賀拉斯提出、泰倫斯運用的模式[13]。

好萊塢電影在傳統上不被認為是五幕劇，因此三幕劇的創作模式，竟能完美地與五幕劇形式契合[14]，分外引人注目。五幕劇不僅有助於闡明三幕劇中的第二幕，在過程中也能突顯戲劇結構的本質。而作為連結第二幕與第四幕的中間點，則顯現出非常清晰的樣貌。

雖然布克看出了五幕劇的型態，卻未

戲劇弧線

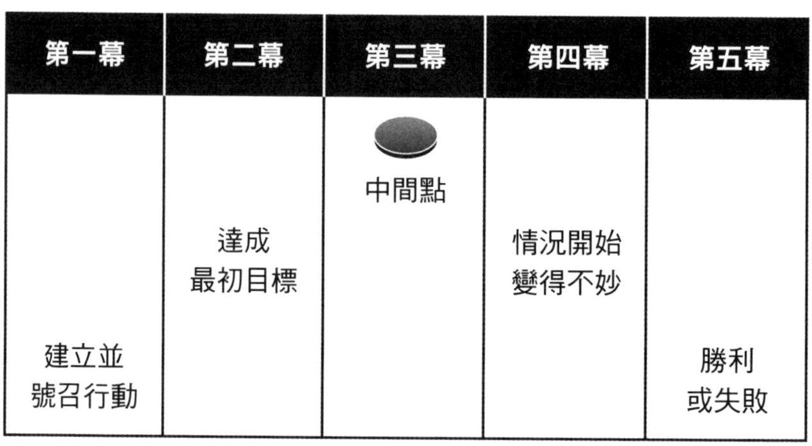

第一幕	第二幕	第三幕	第四幕	第五幕
建立並號召行動	達成最初目標	中間點	情況開始變得不妙	勝利或失敗

注意到其中的細節。在第三幕中，情況不會立刻變糟或持續每況愈下[15]，反而會在下半場命運發生逆轉前，於中間出現劇情的高峰。如果用一張圖表，說明轉折點在每一幕中如何反映出角色的際遇，就不難看出圖表的頂點——中間點，在戲劇中的高度重要性，也能清楚看到一個熟悉的比喻，那就是「戲劇弧線」。

無論對角色弧線的理論，抱持勢必遵循或批評抨擊的想法，每個從事戲劇工作的人，都會在某個時刻接觸到角色弧線的概念，更何況這個概念確實存在，其在型態上的潛在對稱，暗喻著更深層、更有意義的東西，我們之後會針對這部分進行深入的探討。感覺太過簡化了嗎？查理．考夫曼在批評經典結構時當然這麼認為，他指出：「對我而言，這有點像是『你畫畫的時候一定要把天空畫在這邊，人畫在那邊，然後地平線在這裡。』但你不一定要這麼畫。在其他藝術形式或媒介中，它們會認為這只是你可以利用的一種形式之一[16]。」

考夫曼的類比並不正確。若是對藝術史稍有瞭解的人會告訴你，就算否定了文藝復興時期的完美科學比例或「黃金比例」概念，藝術依然和找出秩序感以及尋求平衡有關，即便是傑克森．波洛克（Jackson Pollock）與抽象主義者，還是能在混亂中找到型態。因此當璐特（Lotte）鑽進約翰．馬可維奇的大腦中，和她的朋友美絲（Maxine）發生性關係時，考夫曼可沒有反潮流。因為這一幕剛好發生在整部電影的中間，也提高了劇情的危機感——把璐特的丈夫變成了敵人，這正是典型的中間點。考夫曼誤把內容當成了型態，而研究五幕劇結構能夠揭露角色們欣喜踏上的內在旅程——特別是《變腦》中的角色。

那為什麼現在是三幕劇當道呢？五幕劇結構主導了超過兩百年來的劇場形式，是什麼原因造就了它的風靡一時？如果五幕劇真的如此舉足輕重，又是什麼導致了它的式微？

◎五幕劇 V.S. 三幕劇

所有藝術形式的發展，除了對藝術本身的衝動之外，還有兩個主要的催化劑：生理限制和科技發展。五幕劇之所以普及的原因，不僅是因為它創建了一個讓編劇能夠成功編寫故事的戲劇樣板，人類無法長時間站立和膀胱容量有限，需要頻繁中場休息，很可能也是其中的關鍵因素。若再考慮使用蠟燭作為夜間照明和室內演出的時間限制，五幕劇就成了最能被接受的故事建構形式。

五幕劇形式在尤金．司克里布（一七九一～一八六一）的作品中達到巔峰，這位法國巨擘發展、甚至可以說創造了「匠心獨具」或「精心製作」的作品。司克里布極為多產（總共「寫」了四百多部作品，收錄在至少七十六卷著作中），這大部分歸因於他雇用了一組年輕的團隊，並按照他所打造的完美公式來進行，就類似當今作家詹姆斯．派特森（James Patterson）所做的那樣[17]。司克里布以莎士比亞的經典形式來建構他的作品，也就是在每一幕以轉折點或反轉作為結束。他堅持以人們關注的時事為主題，要求結局必須「根據應得的報應公平分配賞罰」，因此也被認為這麼做是為了強調當代的道德觀[18]。

雖然司克里布以當代時事為主題的作品已然過時，但他仍不失為戲劇寫作的重要人物，也可以說是第一位提倡利用模式大量創作的人。劇作家對觀念信奉的懼怕，以及理當將自身人格置於利益之上的心態，意味著司克里布的聲譽勢必受到損害，也掩蓋了他的作品結構其實非常出色的事實，而且充滿華麗的修辭手法，在當時更是有趣。

然而司克里布的成功、受歡迎的程度以及娛樂至上的偏好，使他當時成為被嘲諷的對象。喬治・蕭伯納（George Bernard Shaw）還曾輕蔑的質疑道：「一個可以像莎士比亞、莫里哀、亞里斯多德和尤里庇底斯那樣寫作的人，為什麼要像司克里布？[19]」話雖如此，司克里布為後人帶來的深遠影響，著實是被低估了。

年少的易卜生曾執導司克里布的二十一部劇作[20]，由此可見司克里布對這位十九世紀戲劇泰斗的深刻影響。易卜生的五幕劇作品《人民公敵》，幾乎令人難以置信地遵循司克里布的模式，他的四幕劇《海達・蓋伯樂》（暫譯，*Hedda Gabler*）和三幕劇《群鬼》（*Ghosts*）也是如此。事實上正如史蒂芬・斯丹頓（Stephen Stanton）博士指出[21]，易卜生創立的「新戲劇藝術流派」主要採用了司克里布的結構，只不過改用「嚴肅的討論取代傳統上最後一幕的謎底揭曉[22]」。蕭伯納也同樣虛偽，因為他不但知曉司克里布對易卜生的影響[23]，就連他自己的作品，也與其有無法否認的相似之處。

倘若少了司克里布，就不會有後來的易卜生或蕭伯納（至少不會完全一模一樣）。「精心製作的戲劇」在一九六〇年代成了一種貶抑的代名詞[24]，並將泰倫斯・瑞堤根（Terence Rattigan）等人逐出英國舞台。這種心態至今仍然存在，人們以一種懷疑的眼光看待雕琢之作，認為它違反了真實性，這對戲劇和司克里布都是一件憾事，尤其司克里布的影響力，不僅體現在易卜生和蕭伯納的作品上，也遍及了從威廉・羅伯森（T. W. Robertson）到奧斯卡・王爾德（Oscar Wilde）、布爾沃・李頓（Bulwer- Lytton）和普里斯特利（J. B. Priestley）等歷代成功的劇作家。這正顯示出無論司克里布的作品有多過時，他的關鍵地位理應受到更大的肯定。

三幕劇在十九世紀的興起，並非為了反駁莎士比亞的戲劇形式，而是因應舒適度和科技的發展而來。《暴風雨》（*The Tempest*）中的風暴，不再只能依靠言語的描述，而是能坐在擁有天鵝絨座椅的溫暖室內，沉浸在舞台機械裝置和精密燈光效果的魔法所展現的魔力中。到劇院看戲成了愉悅的提議，即使沒有華麗驚人的壯觀場面（感覺應該像寬螢幕或３Ｄ剛問世時帶來的衝擊），但較不頻繁的中場休息次數，讓觀眾有更舒適的體驗——少了很多干擾。三幕劇再次重新崛起的原因，正是適逢電影的誕生，而電影和電視戲劇結構的演變，則必須歸功於劇院這個最方便的參考對象。

成功的三幕劇如我們所見，模仿了規模更為龐大的結構型態，事實上三幕劇主角的心路歷程，在五幕劇裡更能夠被清楚表現出來。被困在好萊塢戲劇模式的編劇通常會發現，五幕劇的型態，反而能讓他們把在三幕劇中難以拿捏的第二幕掌控得更好。若是安排得當，不但可以強化整個結構，創造出規律且引人入勝的轉折點，提高敘事張力，也從而消弭了新進編劇最常出現的問題之一：鬆散、脫節、混亂且往往讓人很難入戲的第二幕。

五幕劇還有其他優勢，如果繼續深入研究，就會發現五幕劇還能引領我們，挖掘出更驚奇且錯綜複雜的潛在模式。

第 4 章

轉變之路

The Importance of Change

他把槍放在馬桶水箱後面，鎮定下來之後，朝廁所的門走去。索洛佐（Sollozzo）和麥克勞斯基（McCluskey）不耐煩地坐在這間義大利小餐館裡。他回到桌邊坐了下來，列車在頭頂上轟隆作響，但是他除了自己的心跳聲之外，什麼也聽不見。用餐的客人絲毫不覺異樣地交談著，列車呼嘯而過，他拔出槍，遲疑片刻後，瞬間朝兩位客人的額頭各射進一顆子彈。血霧噴灑而出，桌子隨之翻倒，麥可．柯里昂的人生也將永遠改變。

麥可槍殺了一名腐敗的警察隊長和其黑幫友人的這場戲，可謂是好萊塢的經典場景，然而它的指標意義，不僅僅在於《教父》這部電影。仔細看看麥可的臉，他的眼神以及背後的掙扎——忠誠、守法的戰爭英雄和即將成為殺人犯之間的拉扯，以及他所做的事，將讓原本遠離家族事業之外的未來，從此和犯罪事業連結在一起的糾葛。扣下板機的那一刻起，麥可的命運已然底定。從本來的自我到即將成為的自己之間的衝突，還有扣下板機前的意識狀態轉換，都完美被鏡頭捕捉下來[1]。

事實上，每一部電影中都會出現這樣的情節。艾爾・帕西諾（Al Pacino）在這一刻顯現了所有戲劇建立的本質：轉變。而角色必須經歷內在的掙扎，才足以實現這樣的改變。

在刻劃生動的立體故事裡，人們看到主角踏上征服自我缺陷的旅程，他們在過程中學會了實現目標所需要的特質，也就是自身的改變。因此，轉變和戲劇性有著千絲萬縷的關係；倘若一個角色想要某個事物，他們就必須有所改變才能得到。

在艾倫・索金的電影《軍官與魔鬼》（*A Few Good Men*）中，由湯姆・克魯斯（Tom Cruise）飾演的海軍中尉卡菲（Lt Kaffee）為自己設定的目標，是打倒腐敗的傑瑟普上校（Colonel Jessup，傑克・尼克遜〔Jack Nicholson〕飾演）。卡菲是個自視甚高、膚淺，甚至有點被寵壞的大男孩，他靠著避免上法庭和替客戶爭取認罪協商，為剛起步的職業生涯鋪路，但卡菲決定將一名欺凌新兵致死而受審的陸軍參謀長繩之以法。除非卡菲變成熟，克服自身的缺陷，勇於在法庭上獨自對抗擁有至高權力的傑瑟普上校，否則將無法達成他的願望。卡菲的缺陷在於身處男人世界中的他還只是個男孩，為了得到想要的正義，他必須轉變——成為一個男人。這種特定的表現形式，就是完全建立在轉變之上的戲劇原型。

《絕命毒師》中的反英雄虛構人物華特．懷特，對此表達得極為貼切，當他嘗試在科學課堂上，對一群不感興趣的學生解釋化學時，他說：

「嗯，理論上（它）是物質的研究，但我更喜歡把它看作是變化的研究。想想看，電子能改變能量的等級，分子呢？分子能改變鍵結。元素則能結合在一起並轉變成化合物。這就是生活的全部了，對吧？……得先找出問題的答案，然後才能解決，接著一而再、再而三。就像先是成長，然後崩壞，之後才能轉變[2]。」

轉變是生命的基礎，因此也是敘事的基石。有趣的是如同故事本身，轉變也有一個潛在的模式。在每一個經典故事中都能找到一個樣板（或分身），這個不變的模式能幫助我們解開結構之謎。

這個模式是什麼？又該如何運作？

◎轉變的模式

雷利．史考特（Ridley Scott）和卡莉．克里（Callie Khouri）的電影《末路狂花》，可以分為五個明顯的階段：

1. 兩個女人出發去露營，露易絲情緒緊繃且壓抑，塞爾瑪則天真生活在自以為幸福的暴力婚姻之中。她們在酒吧停留，放鬆身心。塞爾瑪被人意欲強行侵犯，露易絲與侵犯者對峙，然後一槍將對方擊斃（觸發事件）。

2. 露易絲立刻決定逃離犯罪現場前往墨西哥，塞爾瑪無奈自首並回到丈夫戴洛（Darryl）身邊，直到一通電話，讓她第一次看清丈夫極端控制慾的真面目，露易絲同意加入塞爾瑪，成為法律的逃犯，前往墨西哥。

3. 兩個女人開始放鬆並享受生活。在塞爾瑪的慫恿下，她們勾搭上一位俊美的男孩（布萊德·彼特〔Brad Pitt〕飾演），露易絲首次聯繫她的男朋友（麥克·邁德森〔Michael Madsen〕飾演）尋求幫助。那天晚上兩個女人都在汽車旅館發生了性關係。第二天早上，露易絲向她的男人做了最後的道別，塞爾瑪則發現她的小狼狗竟然把錢都偷走了。逃亡中的她們既沒錢又得不到任何援助，只好搶了一家便利商店。警察已經開始因為謀殺案展開通緝，也初步掌握到她們的確切下落。

4. 警方開始逼近。露易絲堅持不從德州進入墨西哥，也說出自己多年前在德州被強暴的事。想要逃到墨西哥的目標幾乎遙不可及，再加上被一個好色油罐車司機尾隨不放，兩人更加陷入低潮，她們連夜開車，開玩笑說著向警察自首的想法。卻不小心洩漏了行蹤（危機）。

5. 在已經一無所有的情況下，她們轉而襲擊油罐車司機，引誘他步入陷阱，然後炸毀他的車。她們被警察包圍，即將面對司法當局的威權……兩人決定手牽著手，加速衝下懸崖，朝前方的峽谷而去。

這兩位受到殘酷父權社會壓抑的平凡女性，找到了超乎她們庸俗生活之外的滿足感。並且讓我們知道，這不是自殺，而是更優雅、更壯麗的事。編劇、演員和導演集結了卓越的技巧，讓我們相信這個結局——主角們克服了各自的缺陷，是某種提升和獎勵。

結構

我不確定編劇卡莉・克里是否刻意將劇本寫成五幕式，但這部電影顯然能夠劃分成經典的原型階段，有趣的是也因此顯現出編劇上的對稱與一致性。像是「第三幕」持續四十分鐘、中間點將這部電影一分為二，以及其他每個部分的長度為二十分鐘。

電影中描述塞爾瑪從一個依賴他人的小女孩，到成為不受傳統束縛的自主女性的過程；即使露易絲也經歷了同樣的歷程，但卻有著不同的方向——兩者都從壓抑到解放。塞爾瑪學會自己作主，露易絲則學會分享。她們走在同樣的道路上，卻有著各異的歷程。此外，若我們認可了主角的缺陷：塞爾瑪的天真和露易絲的憤世嫉俗及厭世，就可以看出故事的底層架構，是圍繞著對立面所建構，而且兩個角色都克服了自身的缺陷，以相同的方式達成了自我實現。

然而以目前來看，最重要的部分，是兩個角色都按照相同的模式產生轉變，這個模式根據角色的核心缺陷或需求所建立。如果我們還記得這些元素，在每個故事的一開始都是無意識的，那麼就可以追蹤出這些缺陷，是如何被帶入意識之中，反映在行為上，最終被融入角色裡：

塞爾瑪——露易絲

第一幕

天真——憤世嫉俗

打開眼界——打開眼界

觸發事件

新世界——新世界

第二幕

想要通知警察——想要逃亡

逃避——逃避
兩人同意一起逃到墨西哥

第三幕

在車裡唱歌／塞爾瑪和ＪＤ看對眼／露易絲聯繫吉米（Jimmy）
中間點
兩人和男友上床
塞爾瑪取得掌控——露易絲放手一搏——搶劫

第四幕

對未來感到恐懼
退縮回原來的自己
危機
摒棄或接納新的自我？

第五幕

新自我的確立
炸毀油罐車

自殺／提升

在電影中，大多數的重要時刻都由兩位主角共同經歷，儘管導引出不同的結果——塞爾瑪變得更有自信，露易絲學會放下。她們彼此相同與恰恰相反的反應相輔相成，直到雙方最後找到了自我的內在平衡而變得完整（同樣的模式也出現在《哈姆雷特》和其他戲劇中，見附錄二）。

若以任何一部具有深度的電影為例，然後將角色們在每一幕戲中的改變標示出來——她們如何意識到自己的缺陷，最終與之和解，我們會發現每一部戲，其實都有相似的安排設計。實際上就是一條關於轉變的路線圖，從逐步瞭解自己的缺陷，漸漸接受，然後又逃避不去面對，最後終於徹底重生。基本上就像這樣：

轉變的路線圖

第一幕

毫無察覺

逐漸意識到

覺醒

第二幕
疑惑
克服不情願
接受

第三幕
嘗試已知
中間點——關鍵認知
嘗試後來知道的

第四幕
懷疑
愈來愈不情願
退縮

第五幕
再次覺醒
重新接納

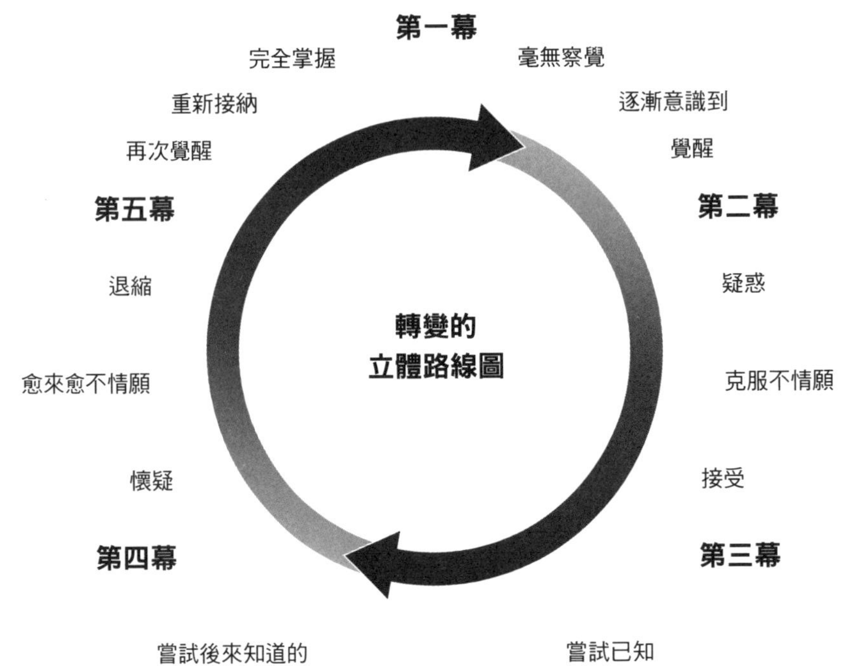

完全掌握

或參考圖示。

《歡樂單身派對》巧妙以其「不擁抱、不學習」的節目訴求，以及當劇本編輯膽敢問作者：「你的角色學到了什麼？」得到翻白眼的橋段，嘲諷編劇為人詬病的陳腔濫調。然而正如上圖所示，學習是每一個立體故事的核心，也就是角色「如何」轉變，他們學會克服自身的缺陷，也似乎都按照某一種模式學習。他們缺乏自覺的缺陷被揭露出來，暴露在一個新世界中，導致特定的行為；他們探索克服缺陷的後果，經歷質疑、逃避，最後決定克服缺陷，擁抱全新的自己。

我們可以在《舞國英雄》（*Strictly Ballroom*）、《異星大作戰》（*Attack the Block*）和《竊聽風暴》中看到相同的情節設計，大衛・海爾的《愛・慾・癮》也在此列，甚至他所有的作品在某種程度上都是。這些電影之所以不同，是因為缺陷的不同。《舞國英雄》裡的史考特（Scott）必須學到勇氣；《異星大作戰》裡的摩西（Moses）需要與自己的怯懦搏鬥；《竊聽風暴》裡的維斯勒則是同理心。在《E・T・外星人》一開頭，傑克（Jack）責怪弟弟艾略特惹媽媽不開心，他說：「他媽的，你為什麼不懂事點？想想別人的感受。」這是艾略特的缺陷，他必須學會換位思考，必須踏上一段旅程，讓自己最終能夠放下最親密的朋友。電影中的每一幕戲，都是這場旅程的不同階段，艾略特漸漸克服了他的缺陷，完全如同塞爾瑪和露易絲的模式[3]。

若將這個模式顛倒過來，就是《馬克白》和《教父》；主角從良善到敗壞的過程如出一轍。在典型故事中，每一個角色都有缺陷，而「路線圖」則描述了他們克服的過程（請參考附錄四）。太沒說服力了嗎？看起來確實很簡單，容易到令人無法相信這是真的，不過只要檢視每一部電影，從《北非諜影》到《鋼鐵人》（*Iron Man*）、《鴻運當頭》（*Juno*）到《育嬰奇譚》（*Bringing Up Baby*）、《非洲女王號》（*The African Queen*）到《007首部曲：皇家夜總會》幾乎都是如此。甚至連莎士比亞也是，就如同海爾的《愛・慾・癮》，考夫曼的《變腦》，以及戴托羅的作品。

然而為什麼？如此統一的結構怎麼可能存在呢？

◎克里斯多夫・佛格勒與英雄之旅[4]

一九七三年，《美國風情畫》（*American Graffiti*）剛成為史上最成功的賣座電影，孕育出這部電影的喬治・盧卡斯，開始對故事的本質展開思考：「神話故事到哪裡去了？當今的西部片在哪裡[5]？」當盧卡斯發現人類學家喬瑟夫．坎伯針對跨文化成人儀式的故事研究後，意識到坎伯以榮格理論的神話解讀，與他自己剛萌芽的電影大綱很接近。盧卡斯將兩者融合在一起，獲得了超乎想像的結果[6]，造就了《星際大戰》的誕生，但可能吞沒整個電影產業的怪獸也因應而生。

一九七〇年初期，是美國電影飛黃騰達的年代，凡是能拍出像《五支歌》（*Five Easy Pieces*）、《計程車司機》和《唐人街》（*Chinatown*）這樣的作品，一定都是健康的年代，而且除了極少數（具里程碑意義）的例外，大多數作品都並非專一於好萊塢最擅長的賺大錢戲碼。因此當一個飢渴的產業看到《星際大戰》如此瘋狂地大受歡迎，又得知它是根據某一個模式製造出來，而且可以複製的時候，大眾當然全部蜂擁而上，造成了一股淘金潮。突然間出現了一張「路線圖」，如果你不遵循著路線圖照章行事，就很難有發光發熱的成果。但這張路線圖讀起來需要花一點工夫，所以也讓人忍不住抄起捷徑來。

克里斯多夫．佛格勒，一位在迪士尼任職的年輕劇本分析師，就在這時登場了。他將坎伯的神話研究巨作《千面英雄》，濃縮成一份僅有七頁的備忘錄[7]，之後集結成《作家之路》這本書，成為影響整個世代的電影製作人和業界高層的模板。這不但激起正統主義的怒火，許多作家也開始覺得，若是不跟著煉金石的步伐走，他們的作品根本無從問世。對他們而言，佛格勒把繆思簡化成一個簡單的包套計畫，這雖然並非事實，但由於從《星際大戰》到《獅子王》（*The Lion King*）的情節架構似乎真的能夠點石成金，所以許多人會認為確實如此。

佛格勒究竟濃縮了什麼？殘酷一點來說，就是一個專為傻瓜濃縮的「坎伯懶人包」（Campbell for Dummies），他所提出的原則都是經過簡單化、過度簡化，但包含了某些特別重要的核心內容——某些部分甚至連作者本人都不曾意識到。佛格勒根據坎伯在一九四九年提出關於「單一神話」的觀點，建立了一個結構模式[8]。

坎伯認為在所有古代的傳統故事中（通常是超自然的，大多是自然現象的起源或人類行為方面），背後都有一個相同的基本模式。這個單一神話的概念相當簡單，意即「一個英雄從平常的生活，進入到一個超自然的神奇世界，在那裡他接觸到神奇的力量，贏得決定性的勝利；接著，英雄從神祕的冒險中歸來，同時擁有了能賜福同胞的力量。」坎伯在所有神話中發現的，都是對神奇妙藥的追尋，以及隨著要將其帶回家鄉而產生的戰鬥。

我初次閱讀佛格勒（然後才是坎伯）的書時，還是一個年輕的劇本分析師，當時的我對它根本不屑一顧，那時我正參與《東區人》的製作，壓根看不出來英雄旅程要如何套用於在洗衣店工作的寶琳．弗勒（Pauline Fowler）身上。但當我開始認真研究結構理論後，又再次回到了這本書，它確實有所謬誤且過度簡化[9]，但卻有助於揭開結構設計的一些關鍵要素。佛格勒的英雄之旅，歷經十二個主要階段：

1. 英雄出現在平凡世界之中。
2. 受到冒險的召喚。
3. 一開始很不情願或拒絕召喚。
4. 受到導師的鼓舞。
5. 跨過第一道門檻，進入獨特的世界，在那裡……。
6. 他們受到考驗、遇見盟友與敵人。
7. 進入洞穴最深處，跨過第二道門檻……。
8. 在那裡遇到最難以承受的苦難折磨。
9. 獲得獎賞並且……。
10. 在回歸平凡世界的路上被追捕，歷經精神上的死亡，然後……。
11. 跨過第三道門檻，經歷了復甦並因而改變。
12. 帶著靈丹妙藥、恩賜或寶藏回歸，造福平凡的世界。

我之前會這麼快感到食之無味的部分原因，與佛瑞塔格相似，因為它表明了整部戲的最高潮和最大戲劇衝突點，是在影片的中間點——代表接下來的旅程會倒退著走，不會再有對抗的局面。我同樣也無法理解，怎麼會有兩種不同的編劇模式，不是應該只有一種，或者根本完全沒有？

然而只需要兩個簡單的調整，就能夠解開這個矛盾。第一，嘗試將兩個模式融合為一，將佛格勒的「英雄之旅」視為其中一幕的結構。佛格勒本人就提出了他的模式如何融入三幕劇結構，但五幕劇的模式再次顯得更具啟發性：

第一幕

1. 英雄出現在平凡世界之中。
2. 受到冒險的召喚。

第二幕

3. 一開始很不情願或拒絕召喚。
4. 受到導師的鼓舞。
5. 跨過第一道門檻，進入獨特的世界，在那裡……。

第三幕

6. 他們受到考驗、遇見盟友與敵人。
7. 進入洞穴最深處，跨過第二道門檻……。
8. 在那裡遇到最難以承受的苦難折磨。
9. 獲得獎賞並且……。

第四幕

10. 在回歸平凡世界的路上被追捕，歷經精神上的死亡，然後……。

第五幕

11. 跨過第三道門檻，經歷了復甦並因而改變。
12. 帶著靈丹妙藥、恩賜或寶藏回歸，造福平凡的世界。

現在，將其應用到現有的作品中——實際帶入角色的缺陷[10]。

在巴茲．魯曼（Baz Luhrmann）的《舞國英雄》裡，史考特．哈斯廷（Scott Hastings）是出色的舞者，但在情感上殘缺脆弱，是一個自戀、孤獨的工作狂。他極度渴望贏得泛太平洋舞廳的舞蹈冠軍，卻未覺察到自己其實更迫切需要親密關係，這就是他的缺陷。假使我們將「親密」換成「靈丹妙藥」，就會發生有趣的事。

第一幕

● 我們在史考特的封閉世界，看到了一個懷有抱負、固執己見、情感有些障礙的男人，他一心執迷於以自己的方式贏得比賽。

●他遇到了法蘭（Fran），一位膽敢邀請史考特一起跳舞的業餘舞者（他受到勇氣的召喚）。

第二幕

●史考特一開始並不情願且拒絕了這個召喚，但受到法蘭堅毅的性格鼓舞……跨過了門檻，和她一起搭檔比賽。

第三幕

●在持續和法蘭一起跳舞／調情之下，引起同儕的嘲笑、受到考驗、贏得同盟也激怒敵對者……直到跨越第二道門檻，最終勇敢對抗那些譴責他們成為一對的舞蹈權威們，史考特經歷了極大的折磨，但對權威們不予理會。

●史考特贏得了法蘭的芳心（他的獎賞），向她展露了自己的脆弱。史考特學會了用心跳舞，試著用新的方式看世界，但是……。

第四幕

●當史考特發現伴隨新勇氣而來的同儕壓力和失敗風險，比他想得還要難以承受時……受到內心的懷疑、不安和不確定性影響，他又回到原本的平凡世界。由於擔心自己永遠不可能和法蘭一起贏得比賽，他拒絕了她，並面臨精神上的死亡。

第五幕

- 史考特必須在贏得勝利和感受親密真愛之間做出選擇，他跨越了第三個門檻，經歷了復甦——終於無所畏懼勇敢面對折磨他的人——甩開了規則，跟隨他的心，和法蘭在決賽中一起共舞。
- 從經歷中轉變的他，帶著仙丹靈藥回歸（造福凡世的恩惠或寶藏）。

我們可以在每一幕中清楚看見，這個靈丹對英雄或祖國來說彌足珍貴，也正是主角治癒缺陷所需要的，因此這個故事變成了尋找史考特克服個人問題的解藥。

對塞爾瑪來說也是如此，她學會了掌握主控權，露易絲則學會拋開過往；整個故事的結構型態，圍繞著她們的發現、找回自我，最終奪回曾經失去的人生。她們從一開始帶有缺陷，到找到靈藥、學習如何運用，最後完整了自己。

佛格勒值得讚揚之處，在於他最早在現代電影中發現坎伯的原則，開始挖掘當中的相同結構。然而令人沮喪的部分在於，佛格勒只在意與「單一神話」相似的部分，無意更進一步深入探討，加上他的闡釋常令人感到困惑且缺乏真正的理解[11]（頂多只是一些艱澀難懂又故作神祕的字句）。

和受到的讚美吹捧相反，佛格勒的模式在本質上，不過是從主角的觀點來看三幕式結構，一點也不複雜或原創。最重要的貢獻充其量可能是幫助我們回答「為什麼？」這個關鍵問題，藉由深入探究「英雄之旅」和「傳統」結構共有的特徵——「中間點」或「嚴峻考驗」，就能愈接近問題的答案。

◎中間點的重要性

《教父》的中間點在麥可槍殺了警察，他的人生也從此永遠改變的段落；《鐵達尼號》的中間點則在遊輪撞上冰山的當下。但到底什麼是「中間點」？它如何結合傳統好萊塢的典型三幕劇、佛格勒的觀點以及莎士比亞的五幕劇結構？甚至它到底為何存在？

中間點在轉變模式中對應到的，是佛格勒的「嚴峻考驗」時刻。而「英雄之旅」的這個階段是主角進入「敵人巢穴」並偷回「靈丹」，在我們的模式中，正是「巨大轉變[12]」的時刻。不一定是最戲劇化的一刻，但絕對具有特殊意義。如同《馬克白》臺詞中所描述，從那一刻起就沒有回頭路了。我們的英雄第一次瞭解到「真相」，主角獲得寶藏或找到能治癒缺陷的「靈丹」。不過這裡有一個重要的警示……在故事的這個階段，主角還不知道該如何正確運用靈丹，所以「回歸之旅」就會建立在英雄對擁有「靈丹」的反應，以及他們是否學會以明智的方式善用它。

在《非洲女王號》中，亨弗萊・鮑嘉（Humphrey Bogart）和凱薩琳・赫本（Katharine Hepburn）飾演一名船夫和傳教士，兩人因納粹大屠殺而在非洲相遇，儘管看彼此不順眼，他們還是決定冒險沿著一條危險的河流而下，想要炸毀一艘德國戰艦。就在影片的一半，他們行經一座戒備森嚴的堡壘，極有可能因此失去性命。儘管過程困難重重，最後還是成功了，兩人還因為被好運沖昏頭，第一次抱在一起並親吻了對方。

如同《末路狂花》，《非洲女王號》的兩個主角明顯對立——他，粗俗、市儈；她，優雅、含蓄。就情感面來說，這一幕代表他們第一次完全克服自己的缺點：他表現出溫柔的一面，她則顯現出情慾。他們的第一個反應是覺得尷尬，然後否認發生的事；兩人都想回到原本的狀態，但卻做不到，因為事情已經發生了，他們必須為接吻這件事承擔後果。除此之外，電影也在這個時間點加入了之後的危機情節，德軍現在已經知道他們的行蹤，所以兩位英雄必須在被憤怒且無情的敵人追趕下，同時適應他們新建立的親密關係。

因此，這個中間點是主角們得到非常強大的「靈丹」，卻不一定知道該怎麼正確服用的一刻，而接下來他們會如何獲取知識，就構成了電影後半部的發展主軸。一個精心設計的中間點具有風險／回報的比例——主角會獲得一些重要的東西，但也因此加劇了風險，讓自己身陷危機。這個風險產生了戲劇化的危機，在過程中迫使英雄做出改變並克服它。這個改變開啟了主角的不歸路，亦即從外在尋找「答案」的旅程宣告結束，回歸之旅從此刻展開。

梅爾・吉勃遜（Mel Gibson）的《阿波卡獵逃》（*Apocalypto*）就是一個非常明顯的例子，整個故事都圍繞在一個向外與回歸的旅程。影片中的英雄豹掌（Jaguar Paw）是一名年輕戰士，他被俘虜到數百英里遠的地方等待被獻祭，但他的妻子還留在躲藏的地洞裡。

就在劇情的一半，豹掌在即將被殺害的那一刻脫逃了（第一次完整展現了他的勇氣），並在覺得受到羞辱而變得更加兇殘嗜血的他族部落追殺下，帶傷跑回去解救他的妻子。豹掌從故事開頭那個缺乏勇氣的男孩，最終變成了一個男人。這是轉變模式中最恰如其分的戲劇性展現，劇中最大的改變似乎就落在整個故事的中心點。

這在電影或電視劇中都一樣。《頭號嫌疑犯》（*Prime Suspect*）的前三季都以兩部分的模式呈現，每一季的第一部分結尾，正好是每個故事的中間點——讓人想對著劇中主角珍・泰妮森（Jane Tennison）發出警告的尖叫，因為她面臨了改變整個調查的新阻礙。中間點的出現次數頻繁到不太可能是巧合，的確也不是。若能瞭解它真正的獨特意義，就能打開一扇門，而這扇門的背後，隱藏著故事之所以會以此樣貌呈現的原因。

第 5 章 —— *How We Tell Stories*

如何說故事

「《湯姆．瓊斯》（*Tom Jones*）全書共有一百九十八個章節，分為十八卷，前六卷以鄉村農莊為場景，中間六卷以農莊到大都會的旅程為背景，最後六卷則以倫敦為主……而在整本小說的中間，大多數的主要人物都經過同一家旅店，但不曾相互遇到彼此，因為若是如此就會太早洩漏故事的結局……。」作家暨評論家大衛．洛吉（David Lodge）曾說：「對稱性對小說家而言，比讀者想的更為重要[1]。」

E．M．佛斯特（E. M. Forster）《印度之旅》（*A Passage to India*）的故事情節，是從一位當地醫生和一位外來英國婦女，在巴拉巴洞窟發生了一件難以界定的「意外」而展開。小說中的一切都是由這一刻開始——從黑暗洞穴中謎樣般的邂逅，進入螺旋式的劇情開展，正巧在這本書的中間頁。

這個在小說中普遍存在的現象，說明了結構中的某些重要規範確實存在。就像為什麼荷馬（Homer）的《奧德賽》（*Odyssey*）分為二十四卷，前十二卷敘述了奧德修斯（Odysseus）從特洛伊返回伊薩卡的過程，其餘則敘述他奪回王國的故事？又為什麼維吉爾（Virgil）的《埃涅阿斯紀》（*Aeneid*）書中的安排也如此相似？藝術家蒙德里安曾說：「自然創造出的平衡關係——全然和諧，（是）藝術的目標[2]。」我們同樣必須對過度簡化格外謹慎，但「中間點」的存在說明了故事確實有對稱的傾向，而且每個故事的中心都具有獨特的重要性。

這看起來似乎違反直覺，不過檢視中間點在其他故事形式中的運用——無論是平面故事還是多主角，都可以進行更深入的探究，找出是否發生了超出巧合之外的事。

◎平面故事的中間點

我們已經建立「轉折」是所有戲劇根源的共識，但同時也注意到在平面故事中，主角不會出現轉變。然而如果缺乏轉折，戲劇就不可能存在，所以如果在某個世界裡的偵探始終保持不變，那麼用來推動劇情發展的是什麼？

在經典的《神探可倫坡》（*Columbo*）和《摩斯探長》（*Inspector Morse*）影集中，主角們追尋的是犯罪事件背後的「真相」，儘管主角們的內心同時踏上了一段探索真我的旅程，並因此療癒了自我，外在的他們也獲得了所調查罪行的真正肇因，抓到行兇者，從而撫慰了這個世界。他們的內在並未改變，但是對情況的認知產生了變化。

這些角色缺乏的並不是性格上的缺陷，而是知識上的不足，並隨著故事的發展而得到知識的補充。摩斯探長一開始對兇手一無所知，到最後可是瞭若指掌。這樣的轉變也有一個模式可循。在本・理查茲（Ben Richards）編劇的《軍情五處》第三季最後一集[3]，我們的英雄亞當（Adam），得知他的妻子費歐娜（Fiona）和同為特務的丹尼（Danny）被綁架，此處同樣可以將故事分解為傳統的五幕式型態：

第一幕

亞當告訴費歐娜：「即使給我全世界，我也不願意拿妳去交換。」費歐娜在一次例行任務中，和丹尼一起被北非的恐怖份子綁架（觸發事件）。

第二幕

綁匪要求英國政府立即從伊拉克撤軍——英國首相必須在當晚的高峰會上宣布這項決定。費歐娜和丹尼想盡辦法向同事求救。亞當終於得知他們被綁架的消息，但也被另外一個綁匪凱特拉（Khatera）抓走。

第三幕

軍情五處起了疑心，開始系統性地搜尋失蹤的夥伴。就在這一集的中間處，軍情五處設法在亞當和凱特拉身上裝監聽器，也因此得知誰才是真正的恐怖份子（中間點）。丹尼和費歐娜嘗試逃跑，可惜又被抓回去。丹尼為了救費歐娜而身亡，亞當則被迫在電話中聆聽這驚恐的一幕。

第四幕

凱特拉堅持要亞當帶她去政府的會議現場，她想要親自聽到總理的撤軍聲明。亞當試著勸她「改邪歸正」，但還來不及成功，又發現了另一件更迫在眉睫的事。原來恐怖分子對政府的宣告根本毫不在意，凱特拉在身體內放了一顆炸彈，並騙了亞當讓他把她引向總理（危機）。

第五幕

亞當發現凱特拉的真正動機，並說服她透露費歐娜的下落。亞當在最後一刻的追逐戰中拯救了世界、妻子和他的國家。

這個故事不但遵循了經典的結構，劇中團隊的「認知」變化，也似乎和立體故事裡會出現的轉變大致相同。亞當在故事一開始，對所有的情況一無所知，到了第二幕的結尾，才對他的對手有了初步的概念，綁匪的身分在中間點被揭露，然後他發現，自己和總理就站在一個人體炸彈的旁邊。所以整個結構大致如下圖：

在平面故事中，中間點會出現在主角真正開始瞭解，敵方力量有多強大的那一刻——也就是軍情五處發現並確認是誰綁架了亞當、費歐娜和丹尼的那一刻，亦即真相大白的「關鍵時刻」（moment of truth）。

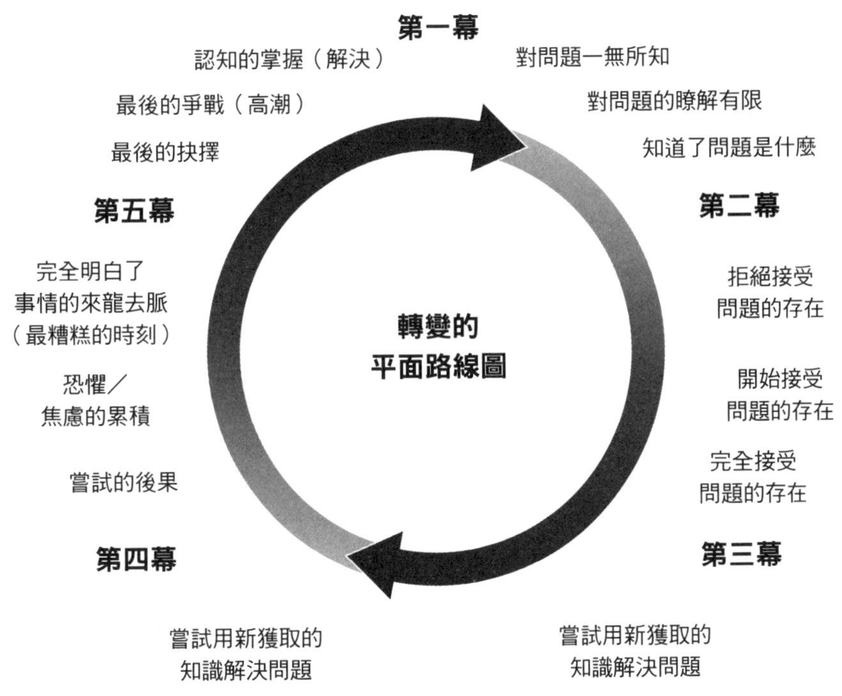

這一刻也是詹姆士・龐德發現自己被囚禁，然後一道雷射光從他的兩腿間往上移動——金手指的真實面貌也曝光了[4]；或是在《黑色豪門企業》（*The Firm*）中，當湯姆・克魯斯察覺他的律師事務所竟然是黑手黨的幌子時。這一刻通常也是主角掌握了如何解決問題的時候，可以是他們爭相得手的東西，像是《第七號情報員續集》中蘇聯情報部門的解碼器，或者找到的某個人，比如《空降危機》（*Skyfall*）裡哈維爾・巴登（Javier Bardem）飾演的西法（Silva）[5]。在偵探電影中，則是完全改變整個故事走向，並提供第一個關於真兇確實線索的訊息；在阿嘉莎・克莉絲蒂（Agatha Christie）的小說中往往是謀殺本身，是白羅（Poirot）開始懷疑這可能是一起謀殺案的那一刻，而不是人們以為的觸發事件。

這是驚悚故事的中場階段，意謂在實現目標的旅程中，外在旅程的結束與回程的開始。從這一刻起，主角的冒險之旅將有全新的開展。這部分和立體故事一樣，都具有重大的意義——是「真相」大白的時刻。

但其他類型的故事呢？勞勃・阿特曼的多主角電影或塔倫提諾（Tarantino）顛覆常規的《黑色追緝令》（*Pulp Fiction*），真的也遵循這樣的模式嗎？

◎多主角

喬治・盧卡斯的《美國風情畫》是關於四位青少年——柯特（Curt）、史蒂夫（Steve）、陶德（Toad）和約翰（John），在一九六二年的某一個夜晚所發生的事。這個時間點正是約翰・甘迺迪（J. F. Kennedy）遇刺前不久，因此這部電影似乎在暗示美國純真年代的消逝。故事背景設定在加州的小鎮莫德斯托（Modesto），這裡也是盧卡斯成長的家鄉。劇情圍繞著柯特突然決定不和他最好的朋友史蒂夫一起去東部念大學。在當代搖滾樂的背景音樂催化下，整部電影充滿了懷舊的氣息，也暗示著即將到來的悲劇：陶德（我們從令人震撼的後記中得知）將在越南被通報失蹤，約翰則命喪於一場酒駕事故。

電影裡的每一個角色，都有促使自己採取行動的原由，而且每一個角色都被拋進樹林裡，無論是隱喻性的（超酷的約翰不得不照顧一個十二歲的女孩；一向乖乖牌的柯特，發現自己一夜間犯下多項罪行），或是實際上的（陶德和史蒂夫剛好在電影演到一半的地方，發現自己被遺棄在樹林裡）。面對自我對立面的他們，最後都以自己的方式學習和改變，原本打算留在小鎮上的柯特決定離鄉念大學；計畫離鄉念大學的史蒂夫，反而決定留了下來。

儘管電影中的四個角色，被這個世界和時間的安排連結在一起，但是每個人都有屬於自己的故事，擁有各自的觸發事件、轉折點、危機、高潮和解決的結局。每一個角色在第一幕中，各自演繹著自己的故事，然後再進入結合的第二幕直到影片結束。那中間點呢？

約翰在鎮上的汽車墳場與十二歲的卡蘿（Carol）交談的畫面，不僅是一個死亡的預示，也是角色第一次不刻意展現虛假的形象——約翰說出了真心話。片中透過一個角色的中間點，有效地貫穿其他角色的中間點，從這一刻開始，四位青少年都必須用自己的方式，坦承真實的自我，這感人的一幕也讓整部電影有了完美的定調。但這和我們的模式有什麼關係？

多角色電影乍看之下似乎極為複雜，因為每一個角色的故事，有很多不同的相互連結方式——可能按照探討的議題（《為人父母》〔*Parenthood*〕）、場所（《餐館》〔*Diner*〕）、角色之間的互動（《銀色、性、男女》），或是主題（《火線交錯》〔*Babel*〕），甚至以上所有的任意組合。

在最複雜的形式中——像是大堆頭的電視劇《白宮風雲》，或是《急診室的春天》（*ER*）的第一集，就是很好的例子，整部片似乎採用片段且不連貫的金句方式來帶動，但若仔細觀察，就會發現結構規則是相通的。所有故事的關鍵組成，都是從觸發事件到解決，但是每一部分由不同的角色來擔綱，故事的接力棒從一個角色傳到另一個角色，並伴隨著各自的小插曲：葛林醫生（Dr Greene）受到觸發事件的影響，中間點是護士海瑟威（Hathaway），高潮處則由班頓博士（Dr Benton）領軍，這些不同片段的角色聚集在一起，共同創造出人們熟悉的故事型態。

即使是在一本探討蘇聯不同地區經濟政策的小說——法蘭西斯・斯布福德（Francis Spufford）的《遍地紅》（暫譯，*Red Plenty*），也可以發現同樣非常複雜的結構原則。擁有各自故事和章節的不同角色被拼湊在一起，呈現出俄羅斯經濟體與共產主義的創造、興起和毀滅。看似任意拼湊，實則有一套不變與確定的規範。但是那些跳脫經典故事型態，且帶著戲謔的創作，又是怎麼一回事？

昆汀・塔倫提諾和羅傑・艾弗瑞（Roger Avary）的《黑色追緝令》敘述了三個獨立的故事：南瓜（Pumpkin）和小白兔（Honey Bunny）打劫了一家餐廳；文生（Vincent）得帶老闆的女朋友米亞（Mia）出去吃晚餐；布區（Butch）未能履行一場拳擊交易。這部片看似以不按時間順序的剪輯手法，蔑視了敘事的慣例，但若仔細檢視它的結構，還是會發現一些非常相似的部分：

序幕

小白兔和南瓜決定搶劫他們正在用餐的餐廳。

第一幕

朱爾（Jules）和文生替他們的老闆馬沙（Marsellus）殺了一個人，文生不情願地說出，他被要求帶馬沙的老婆米亞出去吃晚餐（觸發事件）。

第二幕

布區收下一筆錢要在一場拳擊賽中上場。文生帶米亞到「傑克兔」（Jack Rabbit Slim's）餐廳，他們一起跳舞，建立了情誼。

第三幕

文生回到米亞家，米亞吸毒過量，劇情隨著危機的增高來到了轉折點，文生冒著極大的風險，往米亞的心臟注射高劑量的腎上腺素（中間點）。布區出賣了馬沙，不但沒在拳擊賽出場，還下重手把他的對手打死。當布區在逃亡途中，發現自己忘了帶走一支具有深刻情感意義的手錶，他的脫逃也宣告失敗。他回來時發現文生已經等著為馬沙報仇，文生向他開槍，但布區後來卻在街上看到了馬沙。

第四幕

馬沙和布區被澤德（Zed）監禁，還在布區面前雞姦了馬沙。布區後來解救了馬沙，也因此獲得自由回到女友的身邊。也正是她的提問：「誰是澤德？」才有了經典的巧妙回答——

「澤德死了」（危機）。

第五幕

又回到了序幕時的餐廳，南瓜和小白兔掏出槍，卻被也在餐廳裡吃飯的朱爾和文生轟飛了出去——他們奇蹟般地復活，準備好再大幹一場。

《黑色追緝令》為了打造一場「英雄之旅」，刻意重新安排敘事的時間順序，讓故事的接力棒在主角之間（尤其是布區和文生）交互傳遞。塔倫提諾和艾弗瑞也將文生的死亡場景，提前到一決勝負的槍戰和在餐廳最後佔上風的劇情之前，以此創造出一個經典的行動、冒險、死亡和重生的結構。

每一位主角都有他們自己的三幕式故事，但透過穿插剪接和敘事順序的重新排列，編劇們組合出了整體而言屬於五幕劇的「主要型態」——就像其他的每一個故事。它的主要核心就在一個具指標意義的場景：文生將腎上腺素注射進米亞的心臟，也同時呼應了這部電影所抱持的真理——生命戰勝死亡。這當然與以殺人為業的殺手世界相反，也激起觀眾的興奮感；這個中間點完美預告了之後極其聰明的歡喜結局。

這個例子提供了平面、立體和多角色故事型態的骨架，無論是藝術風格或獨立電影的形式，每個故事的「真相」，都會在中間點時呈現在主角的面前。

◎故事的型態

若以莎士比亞的所有戲劇，或是我們提到的任何電影，來比較第一幕和第五幕、第二幕和第四幕以及第三幕的兩半，就會發現它們都近似於彼此的鏡像；中間點的兩邊反映出相反的心理狀態，外在旅程的每一場戲，也都與返程相互對映。再來看看改變的範例，尤其是在第一幕和第五幕的對應上，讓人特別難以忽視。

在我們舉例或提到的所有故事當中，無論是平面還是立體故事，都有著數量驚人的共同元素：

- 「家園」受到威脅。
- 主角遭受到某種缺陷或問題。
- 主角踏上尋找解方或問題關鍵的旅程。
- 在故事的中間處，他們找到了解方或答案。
- 在回程途中被迫面對獲取解方或答案的後果。

- 面臨實際或隱喻的死亡關頭。
- 重生為一個嶄新的個體，完全擁有治癒的解方，也在過程中拯救了「家園」。

這顯示出其中必然有一個基礎結構，也非常簡單。

啟程與回歸

這樣的模式通常很容易辨認，像是《奧菲斯與尤麗狄絲》（*Orpheus and Eurydice*）——進入冥土取回最重要的東西，並將其帶回生者之地。在神話中，從波瑟芬妮（Persephone）到伊阿宋（Jason），這個模式比比皆是；而巴斯特．基頓（Buster Keaton）在《將軍號》（*The General*）中，勇闖聯軍要塞奪回他的火車頭，也具同工之妙；甚至我們從孩提時就很熟悉這類的故事：

「貧窮的傑克爬上了豆莖，發現了巨人和會下金蛋的鵝，他偷了金蛋逃回家，不但打敗了巨人，也不再是個窮人了。」

「巨龍抓走了公主，一位勇士挺身而出殺了巨龍，也救回了公主，卻發現巨龍其實並沒有死……。」

從本質上來看，以上的模式可以轉換如下：

- 出現了一個問題
- 主角踏上旅程
- 發現了解決方法
- 回歸
- 問題得到解決

在《仙履奇緣》中，仙杜瑞拉愛上王子，也把整個事件帶回了家裡。《糖果屋》（*Hansel and Gretel*）中，韓賽爾與葛蕾特找到了智取女巫的勇氣，平安回到家。提修斯（Theseus）斬除了牛頭怪米諾陶（Minotaur）；柏修斯（Perseus）殺死戈爾貢女妖（Gorgon）。人類需要火……男人需要女人……女人尋找愛情……在故事中間找到缺少物品的模式不斷重複出現。即使主角不是真的必須殺死一條龍，或從眾神處竊取火苗，他們永遠都必須離家才能解決問題，他們在遠方找到解決的方法或物品，然後帶回家鄉。永遠都有啟程與回歸。

有些故事看起來好像不符合這個模式，例如《搶救雷恩大兵》、《現代啟示錄》、《E．T．外星人》和《教父》，這些影片中的主角，直到最後才得到他們想要的，而不是在故事中間就獲得。為什麼這幾部片和其他片的結尾，都結束在外在旅程的終點？

答案很簡單，那就是典型的「啟程與回歸」結構，都隱藏在更為明顯的外在旅程之中。在《搶救雷恩大兵》的故事進行到一半時，小隊得知了雷恩的下落，前往救援無異等同於自殺，但他們還是懷著希望和勇氣繼續執行任務。而在《現代啟示錄》的電影中間，士著酋長堅持執行平常的職責，並搜查了一艘舢舨船，但韋勒對一名無辜的人開槍，拒絕了他的要求。在《E．T．外星人》的影片中間，E．T．接通了打回外星的電話。在《教父》中，人們則看到麥可犯下了血腥謀殺。

這些事件的共同點應該很清楚：在每一部電影的中間點，就是主角第一次接受能讓自己變得完整，且得以完成各自旅程的特質，也是他們發現關於自我「真相」的時刻。在典型劇本中，這個真相將會和主角所體現的一切完全相反，而主角會在故事的後半部接受這個真相，並嘗試融入和理解。

因此在立體戲劇裡，中間點是角色瞭解自己能力所及的地方；在平面戲劇中，則是揭露出對手的真面目（或這個角色的處境），我們通常會同時看到兩者。《教父 2》中，麥可在中間點發現了弗雷多（Fredo）的背叛，並決定將他除掉（雖然我們在很久之後才得知）。

某種程度上，所有故事都是在尋找它們所探討主題的真相。正如同感知是在尋求感受事物的「真相」一樣，說故事就是模仿了這個過程。所以，故事的「真相」會出現在中間點。

主角在中間點的行動將會是克服障礙、接納真相，並開始了回程的歸途——理解「真相」代表的真正意義的旅程。

因此，「啟程與回歸結構」存在於所有典型的故事之中。無論是如實呈現（如《傑克與魔豆》〔*Jack and the Beanstalk*〕）、隱藏在故事裡並成為內在轉變的一部分（如《E．T．外星人》、《教父》），或體現在知識的尋找、取得並採取行動（如《軍情五處》）。

在所有故事中，應該都能夠找到與這個常見結構相似的地方：

- 主角遇到問題
- 離開熟悉的世界
- 踏上一段旅程
- 找到所尋找的物品
- 將物品帶回
- 承受將物品帶回的後果
- 克服後果並解決了問題[6]

我們已經探討了，故事如何將角色推入一個與其所相信與堅持的一切相反的世界，以及觸發事件如何呈現主角缺乏的所有特質。前面所舉例每部影片的中間點，也似乎都包含了缺失的本質——與主角的初始狀態相反。這就是他們在尋找的「真相」，或者用喬瑟夫·坎伯的話來說，亦即隱藏在敵人洞穴中的靈藥。

這樣的故事結構應許個體去找到、擁有並吸收內心缺失的東西。在平面戲劇中，這是抓住罪犯或治癒病人的關鍵線索；也是在這兩種情境中的主角必須學習的真相。致力於童話書寫的小說家希拉蕊·曼特爾是這麼描述「進入森林」的典型旅程：

「進入森林的旅程，是心靈從誕生到死亡再到重生的旅程。韓賽爾和葛蕾特是樵夫的孩子，他們熟悉森林的周遭，但不曾走進森林深處；白雪公主被遺棄在森林裡。若我們進入森林深處會發生什麼事？文明與不滿將會被非理性和若隱若現的事物取代。

人與人之間的交惡關係，讓我們變得神經質，但森林將我們的瘋狂全然釋放。鳥兒和動物向我們攀談，過往的靈魂開啟了對話。小屋裡的微弱燭光，成了逐漸消逝的記憶。我們在燈火逐漸熄滅的黑暗中迷失，伸手不見五指。我們失去了身體的所有感知，整個人融入了樹木、樹皮和樹液之中。我們從綠色的血液中得到了治癒，獲得新生[7]。」

曼特爾的字句遠遠超出了她的本意，已然涵蓋了「所有」故事的形式——經由迷失而找到自己的模式。因此，所有故事在某個程度上，都是一段進入森林、尋找自我缺失的旅程，然後讓我們變得完整。所以，故事可以簡單——也可以複雜。這就是模式，是我們「如何」說故事的方式。

不過，我們需要更深入探討所謂的微結構——敘事中似乎毫無關聯的微小面向。然後便會發現，結構不只是一個巧妙且比比適用的可重複模式，而是角色、對話、主題、類型等所有一切的根源。

《虎豹小霸王》（*Butch Cassidy and the Sundance Kid*）的編劇威廉·高德曼（William Goldman）[8]曾說：「結構是電影劇本的關鍵。」不僅是電影劇本，所有的敘事作品皆是如此。透過探究其中的如何與為何如此，或許就能找到我們「為什麼」說故事的答案。

Act II
Woodland

第二幕
林地

第 6 章

分形結構

Fractals

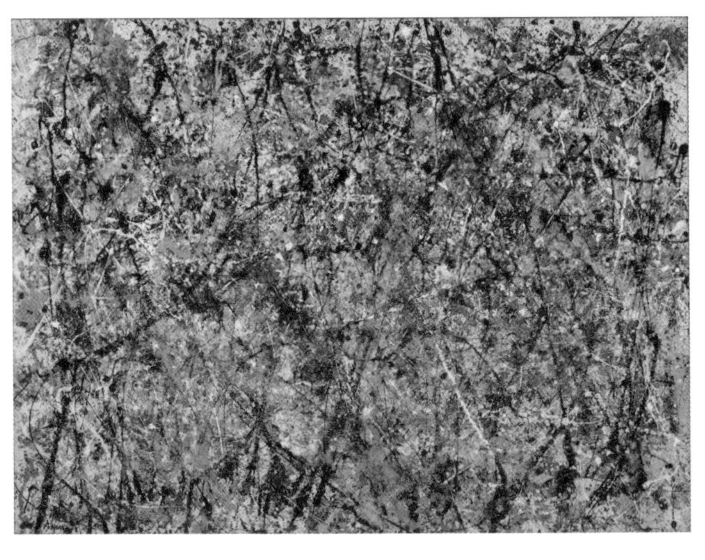

藝術始於秩序與混亂之間的持續拉鋸，就算在看起來一片混亂的狀態下，仍然有其秩序或形式。這種張力在希臘雕像[1]、波洛克（Pollack）與巴尼特・紐曼（Barnett Newman）滿佈色彩的畫作，以及每一個藝術作品中皆可看見。這個張力來自於人們亟欲想要緩解或平衡對立的本能。

當弗里德里希・尼采（Friedrich Nietzsche）在《悲劇的誕生》（*The Birth of*

Tragedy）一書中宣稱，「藝術的持續演變，歸功於太陽神與酒神的二元對立」時，不明而喻地點出他認為形式與內容、理智與情感，以及紀律與慾望之間的對立，正是戲劇結構的基石。

英國電影編劇教父吉米．麥高文（Jimmy McGovern）曾經這麼說：「寫劇本要寫兩次，第一次傾注所有的熱情、憤怒、能量與沮喪；然後再回過用頭腦來寫[2]。」若是失去情感，最終完成的大概只是一本指導手冊；若是不經思考的整理，就會成了《在路上》（*On the Road*）裡垮掉的那一代。

有人聲稱兩者都是一種藝術形式，但楚門．卡波特（Truman Capote）曾對該書作者凱魯亞克（Kerouac）厲聲斥責，他說：「那不是寫作，那只是打字！」事實上，一個極端之於另一個極端並無所謂的對錯，偉大的藝術需要兩者兼具。

那麼波洛克的「行動繪畫」（action painting）到底是什麼呢？波洛克的抽象表現主義，乍看之下似乎極為混亂，但若仔細觀察，就會看出其中隱藏的結構。波洛克的畫作充滿「分形」線條，畫中的微小部分呈現出整體的結構，簡單的幾何圖案以不同的放大倍率重複出現。想像你正在看一張樹枝的照片，如果刪除比例或背景的認知，你可能就分辨不出這是一張樹枝、樹枝的小分枝或樹幹的照片，因為它們都是從同一個大結構裡，複製出來的小結構和更小的結構。

戲劇也是如此。故事由每一幕的劇情所建構，每一幕則是場景的組合，而場景是由更小的單元構成，稱為節拍。所有的這些都是由三個部分構成——三幕式的分形版本[3]。正如同一個故事包含了開端、觸發事件、危機、高潮和結局，每一幕的劇情和每一個場景也是如此。

這個三部分形式最明顯可見的，就是影片有開頭、中間、結尾；鋪陳、對立、結局。類似的故事結構已被傳誦千次：男孩遇見女孩、男孩失去女孩、男孩再次獲得女孩的芳心；如同《妳是我今生的新娘》、《當哈利遇上莎莉》（*When Harry Met Sally*）、《新娘百分百》等劇情。令人著迷的是，每一個擁有相同結構的微型版本，都執行著和上層結構完全一致的功能。故事，就是從這個「祕密部門」形成而來；這個循環重複的敘事結構，不斷在每一幕和每一個場景中運作。

藉由先觀察每一幕的劇情結構，分析出現順序如何對目的造成影響，接著再進一步深入場景的微觀研究，應該就能讓我們更清楚知道分形結構如何作用，進而揭開潛藏在看似自由與混亂的表象下，極其有序的世界，以及其中的藝術奇想。

第7章 揭開序幕

Acts

《法櫃奇兵》擁有經典的故事結構，由七個明確的階段構成。在第一幕中，印第安那．瓊斯與納粹考古學家貝洛克（Beloq）之間的競爭即已展開；到了第二幕，印第安那．瓊斯開始尋找聖經中的法櫃。第三幕，他與前女友瑪麗昂（Marion）重逢，並同意一起尋找；第四幕，他找到了法櫃，卻被對手搶得；第五幕，他奪回了法櫃，卻在第六幕被搶走，更慘的是瑪麗昂還被綁架；到了第七幕，印第安納．瓊斯不但救了女友也拿回法櫃，貝洛克被打敗，印第則贏得女友的愛（更細節的結構，請參考附錄一）。

這部片有非常明顯的「進入森林」型態，還有一個清晰的典型中間點：在一個非常漆黑的洞穴中發現法櫃。而這個中間點正好出現在第四幕的中間，賦予故事一個經典的對稱結構，並經由觸發事件的鏡像對應得到證實——與貝洛克競爭——危機點——貝洛克在印第不知不覺中偷走法櫃和瑪麗昂。每一幕的劇情結構，都藉由清晰且自成小單元的情節貫穿在一起，主要由從不同地點獲得、失去和再次獲得聖經寶藏所構成。

若在網路上搜尋史匹柏的這部史詩鉅作，會出現五種可能的劇情結構——每一種都不一樣。我不確定編劇勞倫斯．卡斯丹（Lawrence Kasdan）是否計畫編出七幕，我看過的劇本上也沒有特別標註。那麼，我們如何知道是哪一種結構呢？答案取決於一個關鍵性的結構問題：你如何定義每一幕的劇情結構？

劇情結構之所以能夠辨識，是因為其中具有模仿整個故事型態的三部分架構。我們已經發現，劇情結構受到強烈的戲劇性需求限制，之中的轉折點讓劇中角色轉而追尋新的目標。除此之外，依據分形理論的概念，每一幕的劇情結構都會涵蓋故事的所有基本元素：主角、對手（反派角色）、觸發事件、旅程、危機、高潮和（偶爾的）結局，同時會完成一系列由單一慾望引發的行動，無論成功與否。以卡斯丹（Kasdan）劇本的第一幕為例：

「時間是一九三六年，考古學家印第安納．瓊斯身處秘魯叢林中一座到處都是陷阱的神殿，尋找藏在裡頭的一尊金色神像。他找到了神像，但在離開神殿時遇到了死對頭——考古學家雷納．貝洛克，他不但偷走了神像，還讓印第安納．瓊斯自生自滅。幸好印第安逃離險境，搭乘一架等待載客的水上飛機逃走。」

整個故事的所有關鍵要素都在第一幕中呈現：

主角——印第安納．瓊斯
對手——貝洛克
觸發事件——發現神殿
渴望——拿回金色神像
危機——貝洛克出其不意
高潮——貝洛克偷走了神像
結局——印第逃離險境並保住了性命

這當中還包括了一個中間點：從戒備森嚴的神殿中拿回神像（再次呼應了「進入森林」的結構）。這是一個非常簡單的三部分單元架構，完全模擬了整個故事的型態，這就是一個分形，它在結構中不斷重複，以建構一個更大的整體——如同波洛克的畫作，或像是分子與原子的關係。

在《王者之聲：宣戰時刻》（*The King's Speech*）的第一幕中，也出現了令人驚訝的相似之處。當中有三個明顯的架構階段：柏帝（Bertie）在溫布萊球場的糟糕致詞場面、他的妻子尋求治療方法，以及未來國王與羅格（Logue）的第一次會面。這是整部電影的迷你版：有單獨的觸發事件（演說）、單獨的危機（柏帝選擇去或不去）、單獨的高潮（與羅格之間的拉扯），以及極為明顯的中間點（伊莉莎白〔Elizabeth〕在黑暗地下室裡，尋找來自澳大利亞的潛在治療機會）。

最後一幕也是如此——國王到羅格的住所請求他回來，他們在西敏寺進行排練，然後國王發表了一場撼動人心的演說。此外，中間點也恰如其分出現在「我有話要說！」這句台詞上。

由此可知，每一幕戲的戲劇結構就是整部影片的分形拼組方塊。一旦釐清這點之後，其他的結構元素也會開始變得清晰可見，因為它們都是從相同的三部分架構建構而來。它們是哪些元素？又為什麼成為架構的一部分？

◎問與答

在三部分架構中，第一和第二個轉折點，大致和觸發事件及危機點相對應，第一幕是故事的開端，最後一幕則是高潮。因此，觸發事件和危機點有直接的關聯[1]。怎麼說呢？因為危機點的發生，來自第一次

第一部分	第二部分	第三部分
轉折點	轉折點	

戲劇爆發時所做決定的最壞後果。

在一個架構完整的故事中，這個決定無情地讓角色面對他們的最大恐懼，迫使他們正視自己的潛在缺陷。如果角色遲遲無法做出承諾，那麼這個危機將迫使他面臨失去所愛之人（《北非諜影》）；若這個角色是自私的，他可能就會因自私而失去一切（《玩具總動員》〔*Toy Story*〕）；或者若這個角色是膽怯的，可能就要面對因膽怯所付出的代價（《新娘百分百》）。

這就是典型架構的運作方式——透過場景、戲劇和故事的結構，讓主角正視自己最暗黑的恐懼或脆弱，然後迫使他們在危機點面對這個恐懼或脆弱。在《玩具總動員》開場時，儘管伍迪（Woody）把自己塑造成無私的領袖，但他其實是自私的，而且害怕被拋棄。接著巴斯光年（Buzz）來了，伍迪把他推出窗外（雖然有部分是意外使然），導致了一場出走（進入森林）的旅程，直到必須選擇是否與其他人合作的危機點，伍迪的旅程才會終止。假使他不改變，就會變成一個真正的自私鬼（相對於原本只是看似），那麼這個危機就會讓伍迪永遠失去他的朋友。

有時候以問答的形式來思考架構會更容易。問：馬克白決定殺害蘇格蘭國王的最壞後果是什麼？答：國王的盟友和對抗者，將會大舉集結向馬克白進行報復。一個好的結構會產生一個危機點，迫使主角在舊自我和新自我之間做出選擇。請記住，馬克白的缺陷實際上就是他的謙遜（這個故事是一個暗黑的反轉），馬克白到了最後一幕，以全然的傲慢之姿克服了他的缺陷，相信「沒有一個婦人所生下的人」可以傷害他。從謙遜的戰爭英雄到無所不能的暴君，馬克白完成了他的旅程，但這是一場悲劇，所以他死了。

這種問答的架構思考，不但能讓故事緊密相扣，似乎也出現在所有的劇情結構中。在《末路狂花》裡，兩個女人在沒有男性的陪伴下，走進路邊酒吧（小觸發事件）的最壞後果，就是其中一個成為強暴未遂的受害者，另一個則射殺了施暴者（小危機）。而在影片的最後一幕，炸毀某人油罐車的最壞後果，是被警察追到無路可逃。在這兩部片中，第二個轉折點都屬於典型危機，使得主角必須做出攸關生死的選擇：投降還是繼續逃亡？兩部影片的主角，最後都選擇逃避法律的制裁。

一旦瞭解了三部分架構之後，另外兩件事就變得顯而易見，那就是每一幕的劇情結構都有相同的型態，但會根據在故事中出現的順序，而有不同的目的。在故事開頭的三部分架構，會演變成觸發事件；在中間則會形成中間點的基礎；在結尾會是一個高潮。這就是戲劇型態的美妙之處，簡單的結構分子聚集在一起，建構出極具複雜性的單元結構。

第8章

觸發事件

The Inciting Incident

柯曼（Corman）：你的任務是搭乘海軍巡邏艇前往農河（Nung River），再沿著寇茲上校的路徑而行，沿路找線索。找到上校之後，用一切可能的手段滲透到他的團隊之中，然後除掉他，讓他無法再繼續發號施令。

韋勒：除掉他？上校？

文書人員：徹底消滅他。

《現代啟示錄》

約翰・米利厄斯（John Milius）編劇

法蘭西斯・柯波拉（Francis Coppola）執導

在《現代啟示錄》中，經歷越戰而精神受創的韋勒上尉，被召集到總部賦予一項任務：沿著河流前行，然後暗殺一名脫離軍隊的惡棍上校。如果所有的故事都是一場追尋，那麼觸發事件就會像這樣——一個開啟旅程的邀請，它告知主角：「這是你的目標。」

倘若一個故事由「從前，某件事情發生了」開始，那麼觸發事件就是開啟故事的「某件事」。但……一切都這麼簡單嗎？

在彼得・威爾（Peter Weir）一九八五年的電影《證人》中，一位阿米希男孩（Amish boy）在火車站廁所目睹了一起謀殺案。哈里遜・福特（Harrison Ford）飾演的刑警約翰・布克（John Book）被分配接管這個案件，令他震驚的是，自己的上司麥克菲（McFee）竟然就是兇手。當麥克菲得知他的陰謀被發現時，還試圖殺死布克，逼得他和男孩及男孩母親逃離城市，躲到阿米希社區。

編劇手冊傾向認為，觸發事件是導致主角世界分崩離析的引爆點。倘若真是如此，那麼《證人》中的哪一個部分激起了「行動」呢？

正如我們知道的，三部分架構形式中的第一幕劇情結構，與整體的影片結構相仿：

1. 鋪陳（包括小觸發事件）

2. 對立（以危機點結束的衝突）
3. （高潮和）結局

在《星際大戰》中，莉婭公主從達斯・維德（Darth Vader）的軍隊逃脫，向 C-3PO 與 R2-D2 發送了求救信號。與此同時，在塔圖因（Tatooine）星球上的天行者路克正為人生感到沮喪，因為沒人把他當一回事。路克發現了求救信號，但什麼也沒做。只有在他的繼父母遭到殘忍殺害後，他才下定決心離開自己的星球，踏上復仇之路。

在《熱情如火》（*Some Like It Hot*）中，傑瑞（Jerry）和喬（Joe）兩位音樂家，發現自己身處一家被警察突襲的地下酒吧。身無分文的他們，試圖借一輛車趕去另一場演出，卻意外目睹了情人節的大屠殺。在意識到自己的生命受到威脅後，他們認為唯一的逃生希望，是假扮成女生加入一個女子樂隊，逃到邁阿密。

在這兩部電影裡，可以明顯發現三個清楚的階段。在每一部片的第一幕中，主角會：

- 對自己以外的陌生世界保持警戒。
- 決定如何應對，採取一系列行動，因而導致一場危機的發生。
- 這將迫使他們做出決定，把自己推入一個全新的世界。

這種分形的故事結構顯而易見，在《證人》中就非常清楚。第一幕的第一階段，結束在布克警探接受目睹謀殺案的阿米希男孩案件。第二階段在麥克菲被揭露為兇手時達到高潮。以經典術語來說——如果我們想要確認第一幕中的一個特定時刻為觸發事件——那就會是第一幕的危機點（第二個轉折點）[1]。就如同所有好的轉折點，它會是對期望的顛覆、緊張懸疑、與之前發生的事情對立。這是讓主角必須做出選擇的時刻，決定是否跨出第一步，離開自我設限的世界，進入充滿新體驗的森林裡。分形結構再次顯示了它的神祕之處。

值得觀察的是，這和我們在第四章「轉變之路」裡探討的議題非常相近。倘若第一幕的「無意識」透過「逐漸意識」到「意識到」（完全嶄新的世界），那麼觸發事件的結構功能：將主角推入一個陌生世界，應該更加明顯。

如同《末路狂花》的最初，塞爾瑪和露易絲正展開一趟露營之旅，她們在一間路邊酒吧的停留，顯然讓兩人踏進了一個與原本截然不同的世界。從兩人將頭髮鬆開的那一刻，她們也拋開從前的自己。但別忘了，這是戲，每一個行為動作都會產生後果。當地的一個大老粗被塞爾瑪吸引，還兇殘地襲擊她。危機突如其來，在選擇殺了他或把他嚇跑的情況下，露易絲（在被激怒之下）一槍射中他的頭，兩人隨即逃離了現場。她們被迫進入一個全然陌生的世界——再次進入了森林。

觸發事件有時候並不是立即可見，因為觀眾不一定從一開始，就知道劇中角色會展開什麼樣的旅程。勞勃・瑞福（Robert Redford）執導的《凡夫俗子》（*Ordinary People*），描述一名青少年因兄長的死亡飽受創傷，因而尋求心理協助的過程。這一段進入森林的旅程——以及啟動的那一刻，唯有當觀眾開始明白，這是一趟通往療癒的旅程後才變得明顯。

是什麼引起了這段旅程？第一幕的第一階段，結束於康拉德（Conrad）的母親在他面前將早餐扔掉，使康拉德遭受新的創傷；反而引發一段內省之旅，最後以憶及兄長的死結束。對康拉德來說，這是一個選擇：繼續折磨自己或是尋求協助[2]。如果影片中的觸發事件是「某件事」，那麼回憶顯然就是康拉德尋求幫助的動機，而「行動」則讓他終於找到內心的平靜。每一個部分都環環相扣，也本該如此。不過問題與答案，即所有結構的根源，則存在於情節的危機和高潮之中。

在這樣的概念之下，觸發事件提供了兩個要素。第一幕的危機點呈現出一個問題：主角是否會與舊自我進行切割？而正如我們之前提到的，為了讓故事真正啟動，主角現在必須做出如何回應的決定。劇情的「驚爆點」及其所創造的慾望，通常會出現在第一幕，並體現在危機和高潮之中。如果以「什麼」（what）和「如何」（how）來看，危機就成了「什麼」：問題是什麼？高潮就是「如何」：看我怎麼處理它。

這個決定通常簡單迅速。在《現代啟示錄》中，韋勒顯然已經清楚表達了他的回應——收下遞過來的一支菸。從三部分架構的角度來看，這個決定屬於第三階段——即第一幕的高潮點。不過這並非說故事的唯一方式。如同我們所見，劇情結構的美妙之處，在於它能夠像音樂般具有無盡的協調組合。其中最常見的一種，我認為也是最容易被誤解的，就是喬瑟夫．坎伯所稱的「拒絕召喚」。同樣地，若透過五幕劇形式的稜鏡來檢視，就能清楚看出它的真實本質。

◎延遲的召喚

在《法櫃奇兵》中，第一幕就已經燃起瓊斯對貝洛克的反感，但缺乏引爆的方向，直到他在第二幕結束時接受了任務。我們在第一幕結束時，知道他討厭貝洛克，但這時並未發展出故事，只有當瓊斯在第二幕開始尋找拉之杖（Staff of Ra）之後，兩人才成為對手，共同出現在電影的主要情節畫面上。從技巧上來說，瓊斯的行動是一種延遲反應：反感在第一幕就已出現，但直到第二幕結束才有行動的方向。

《永不妥協》也有類似的模式，第一幕劇情圍繞在艾琳（Erin）急於找到工作，但這部片真正的故事（偵查化學犯罪），直到第二階段結束時才逐漸聚焦。這是一種極為普遍的技巧，在BBC的《迴轉幹探》一劇中，甚至成為劇情結構的一部分——犯罪事件在第一幕發生，然後戴森或韓真其中一人拒絕加入辦案，直到第二幕最後的轉折點出現動機後才改變主意。

為什麼要延遲這麼久的時間？我們可以從「轉變的路線圖」——主角在第二幕從「拒絕改變」轉向「投入[3]」，來分析其中的模式。在《末路狂花》中，塞爾瑪最初拒絕陪她的朋友逃到墨西哥，直到電影進行四十分鐘後，當她接到丈夫那一通傲慢又帶著男性沙文色彩的電話，才決定踏上這段旅程。

在立體戲劇中，主角通常在第一幕結束時，即已展開他們的旅程，但其中的轉變過程，直到第二幕的轉折點才會出現，可謂是一種隱藏的「拒絕召喚」。《證人》中的約翰·布克在第一幕結束時逃到阿米希社區，但直到影片二十分鐘後，他把槍交給芮秋（Rachel）時，才真正展開他從自私到無私的內在轉變。

這也是莎士比亞戲劇中慣用的手法：馬克白在第一幕最後，萌生了殺害國王的念頭，但他一直猶豫不決到第二幕結束。哈姆雷特的幽靈父親在第一幕結束時就想要報仇，卻直到第二幕最後，哈姆雷特才決定陷害克勞迪斯的計畫。而《李爾王》的第一幕在李爾王離開高納里爾（Goneril）時結束，但直到第二幕最後，他才發現自己被兩個女兒無情地拒絕，也因此展開他真正的旅程，前往荒野的風暴中心[4]。

因此，觸發事件並非如電影編劇流傳的「爆點」那麼簡單，它是結構的表現，也是人們理解世界秩序運作下的產物。觸發事件就像其他劇情結構一樣，由正題、反題與合題組成，是一個架構完整的形式。如果對故事結構產生疑問，以童話故事來進行驗證總是能夠奏效——因為裡頭幾乎包含了每一個故事的結構因子。以《傑克與魔豆》為例：

1. 父親過世後，家裡只剩下最後一分錢，於是母親讓傑克把他們的牛——黛西（Daisy），牽到市場賣了。
2. 半途中，傑克受到一位神祕陌生人的遊說，用牛換了幾顆魔豆。傑克的母親氣壞了，把魔豆丟出窗外。
3. 一夜之間，一顆巨大的豆莖直衝天際。

以上的哪一個部分是觸發事件？如果真要突顯一個單一面向，那麼觸發事件就會是離開家園進入森林的邀請，也就是否認第一階段的論點，進入新世界的契機；是進入樹林（爬上豆莖）之旅的開端。

然而觸發事件不一定都必須是「驚爆點」，《非常大酒店》（*Fawlty Towers*）裡就不是，只有一個接著一個的複雜狀況。好萊塢往往過於極端，但故事完全可以從貝佐（Basil）不喜歡某一個客人開始，不需要老是從大爆炸展開，也可以是一道能讓陽光照進來的裂縫那麼簡單[5]。若按照這樣的邏輯，觸發事件也可以視為主角在故事中，所做的第一個重要選擇。

觸發事件的研究，讓我們明白分形故事型態的無所不在。每一幕戲中都有兩個轉折點，後者形同一個驚爆點，引領主角進入一個陌生的世界。在第一幕中，第二個轉折點被稱為觸發事件；如果是倒數第二幕，那就會是危機點。從結構上來說，兩者的作用完全相同，都是讓主角做出抉擇，只是根據在故事中出現的位置，而有名稱和功能上的分別。如果出現在故事的前半部，就會帶領主角更深入森林深處；若是出現在後半部，則代表主角的回歸。

而所有的危機點如同所有的選擇，都是一種進入不同世界的邀請，觸發事件就是第一個邀請。然而這個邀請不但出現在整個故事和情節中，它的分形模式也會在建構戲劇的基礎單位——場景的微結構中被複製。

第 9 章 場景 *Scenes*

「戲劇，就是刪除生活中枯燥的部分。」

阿爾弗雷德・希區考克

傑克・克拉比（Jack Crabb）已經一百二十一歲了，這部述說他一生的影片總長一百三十九分鐘，即使這部片的片長已經超過平均的長度，《小巨人》（*Little Big Man*）的編劇們只有約略六十秒的時間，來涵蓋他每一年的事蹟[1]。

他們當然沒這麼做，因為那不是編劇的工作（這部電影一共有五位編劇，包括主演的達斯汀・霍夫曼〔Dustin Hoff man〕和費・唐納薇〔Faye Dunaway〕，或許這可以解釋片長之所以超乎常態的原因〕。編劇的任務是透過選擇想要聚焦的重要或關鍵片刻，將故事精煉到一個適切的長度，通常是一個小時或九十分鐘。他們會找出這些片刻，提煉濃縮、推敲斟酌，嘗試從精簡的內容中呈現全貌，並根據想採用的故事類型和風格，以最常見的因果關係編寫出來。

所有的戲劇性結構都建立在變化的架構上。這個完整的變化過程通常被稱為「戲劇弧線」。就如同故事是由每一個場景所建構的一幕一幕戲組成，每一個戲劇單位也代表了不同的轉變。由整體故事呈現出完整的改變，每一幕則展現出主要的轉變，那麼每一場戲所要表現的，就是次要的單獨變化。而後者這些整體中的小單位，正是編劇集中火力的地方，因為每一場戲都是轉變的基礎。若能正確選擇與建構，就能夠藉由描繪人生中的其中一小部分，捕捉到整體的精髓，創造出令人信服、驚喜並感動的作品。

但這該如何運作呢？若深入探討，是不是就能明白微小細節上的變化如何發揮作用？是不是就能看出這些微小細節，如何顯露出更廣泛的戲劇形態？

就像完整的故事或戲劇情節，每一場戲也有其內部結構。從鋪陳到衝突再到危機，然後到高潮和結局。每一場戲也如同每一幕和整個故事一樣，有自己的三幕式結構，同時如實仿效典型的故事型態。

正如每個故事中的主角，在追求目標時都會與對立面抗爭一樣，每一場戲也會複製這個結構。對於《東區人》的蘿倫·白朗寧（Lauren Branning）來說，光是想要喝一杯酒還不夠；《白宮風雲》裡的巴特勒（Bartlet）總統也不能夠就這麼起床。以戲劇的角度而言，每一場戲都需要出現衝突。如果蘿倫想要喝酒，那麼凱特（Kat）就必須不讓她喝；如果巴特勒總統想要起床，他的妻子就一定得阻止他。為了讓戲劇得以開展，主角必須面對一個能力相當，但渴望相反的對手。主角和反派對手在每一場戲中的目標，都必須產生直接衝突——一次次呈現對立的局面。

正如主角和對手在一個完整的故事中，都有他們各自的目標，但只有一方能獲勝。所以如果蘿倫或巴特勒總統想要獲勝，就需要一個轉折點。而這個轉折點能運作得多好，端看編劇的能力。轉折點是一部戲中的關鍵結構工具，瞭解它在戲劇中的運作方式，能幫助人們理解它如何在所有戲劇——甚至所有故事中的運用。

◎轉折點

每一場戲都有一個轉折點，原因很簡單——每一場戲之所以存在，就是「因為」它有一個轉折點。轉折點是變化的單位，是角色的關鍵時刻，也正是編劇選擇用來說故事的原由。

以下的這場戲出自東尼．喬丹（Tony Jordan）的《東區人》，凱特和柔伊（Zoe）這對姊妹正在爭論，柔伊想去西班牙，但凱特不希望她去。在柔伊說出自己計畫和哈利叔叔（Uncle Harry）一起移民後，她們在一家印度餐廳發生激烈的爭吵。她的姊姊凱特反應激烈，大力阻止這件事，並在酒精的作用下和柔伊在阿爾伯特廣場（Albert Square）爆發爭執：

場景33／60，橋街，外景，23:30

（柔伊衝出餐廳，凱特追出來）

凱特：柔伊，等等！

柔伊：不要，我受夠了你老是挑我毛病！

凱特：我沒那個意思。

柔伊：妳在大家面前讓我難堪。

（凱特在橋街趕上柔伊，維多利亞女王街傳來嘈雜聲。）

凱特：聽我說，好嗎？

柔伊：我就是要去，不管你做什麼都沒用。

凱特：妳要賭賭看嗎？我們要不要一起

去問爸爸，看看他會聽誰的？

柔伊：妳可不可以不要管我？

凱特：妳不能去西班牙！

柔伊：我要去。

（柔伊大步走開，凱特抓住柔伊的手臂，柔伊轉身將凱特推開。）

柔伊：離我遠一點！

凱特：不！

柔伊：妳不能控制我的人生。

凱特：妳不能去西班牙，這沒得討論！

柔伊：為什麼？

凱特：因為我說不行，就這樣。

柔伊：難道我做每一件事都要經過妳的同意？

凱特：不是……但……。

柔伊：〔打斷對話〕妳沒資格告訴我該怎麼做，妳又不是我媽！

（柔伊再次轉身，這一次快步走開）

凱特：〔在她身後大叫〕我就是！

（柔伊猛然停下腳步，轉身看著凱特。）

淡出。

雖說場景是任何劇本的主要建構單位，但它們可以再分解成更小的單元，一般稱為節拍。東尼．喬丹的每一場戲——應該是所有場景的戲，都是由一系列的行動和回應所構成，每一個行動和回應就是一個單獨的「節拍」：

凱特：聽我說，好嗎？

——行動

柔伊：我就是要去，不管你做什麼都沒用。

——回應

凱特：妳要賭賭看嗎？我們要不要一起去問爸爸，看看他會聽誰的？

——行動

柔伊：妳可不可以不要管我？

——回應

兩個角色人物都針對同一件事，卻有完全相反的目的。其中一個角色做（或說）一件事，然後另一個角色給出回應。這個狀況貫穿了整場戲，直到一個關鍵時刻：

凱特：妳不能去西班牙，這沒得討論！

——行動

柔伊：為什麼？

——回應

凱特：因為我說不行，就這樣。

——行動

柔伊：難道我做每一件事都要經過妳的同意？

——回應

凱特：不是……但……。

——行動

柔伊：〔打斷對話〕妳沒資格告訴我該怎麼做，妳又不是我媽！

——回應

（柔伊再次轉身，這一次快步走開）

凱特：〔在她身後大叫〕我就是！

——意外的回應

所有的場景都以行動／回應／行動／回應的排序進行，直到突然出現一個意外的回應：即某個角色達成了目標，而另一個角色失敗的那一刻。這就是轉折點。

如果場景是戲劇結構的縮影，那麼場景的轉折點，就會對應到劇情和故事中的危機時刻。就如同任何一個危機點，主角必須在這一刻做出選擇。「他們會怎麼做？」的答案，將成為下一場戲的鋪陳，而三幕劇結構也再一次出現在小單元結構上。

然而，轉折點又是如何迫使轉變的產生呢？原因很簡單，因為轉折點會讓角色面臨不改變的後果。在《軍官與魔鬼》中，除非海軍中尉卡菲變得成熟，否則就無法打倒傑瑟普上校；就像這裡的凱特，除非她說出真相，不然就可能會失去柔伊。而卡菲最後的行動危機是選擇繼續當個男孩，進行認罪協商；或者以男人之姿與傑瑟普在法庭上正面對決。凱特的場景危機則是選擇誠實，或者繼續引發女兒的憤怒。

無論是在宏觀和微觀的層面上，對卡菲和凱特來說，這個選擇關乎他們是否要拋下舊自我並重生。角色應該走的路，必定困難重重，為了做出正確的選擇，他們有可能失去一切。卡菲可能會失敗，從而失去日後的任何訴訟機會，而凱特則必須揭露一個更黑暗的祕密——她不但是柔伊的母親，而且猶如聖人的哈利叔叔還是一個戀童癖（連觀眾都不知道這件事），他在多年前強暴了凱特，成為柔伊的父親。因此，選擇艱難的路可能會迫使她揭露最大、最痛苦的祕密。

◎進入得晚，結束得早

威廉·高德曼曾說：「除非到了最後一刻，否則我不會立刻展開劇情……而一旦達成了我（在這場戲）想要的目的，我就會迅速跳開[2]。」大多數的編劇都熟悉「進入得晚，結束得早」這句話，這個編劇手法創造出強大的敘事動能，但同樣也產生了一個有趣的副作用：讓劇情結構變得更難察覺，因為有一些元素在實際運作上經常被省略。

如果結構正確，每個場景都有三個可能經常被省略的部分：鋪陳——可以隱含在上一個場景；高潮和解決——兩者都可以在隨後的情節中展現。實際上，每個場景都可能完全由對抗組成。若是安排得當，戲劇可以圍繞著對抗／危機的順序一路展開，形成一個不斷高潮迭起的劇情；就像法語中的省略發音，去掉不必要的字母音。英國電視影集《街道》（暫譯，*The Street*）的創作者吉米．麥高文就在劇中一再使用這個技巧，艾倫．索金在《白宮風雲》中也應用得淋漓盡致。其中特別傑出的例子是《白宮風雲》的〈兩個殺手的陰影下〉（暫譯，In the Shadow of Two Gunmen）下集的第一幕，第一場戲在總統被槍擊的消息中結束，隨後的劇情變得愈來愈精彩。

有些人稱此技巧為「上旋」（top-spin），因為它創造了非常強大的敘事推力。每一場戲都以一個問題來結束——有一部分是「那是從哪來的？」但更重要的是「他們將如何擺脫困境？」藉由刪除危機點，編劇創造了一個問題／答案的序列，先出現問題，然後給答案，答案之後又是另一個問題。

這麼做為什麼能夠奏效？

E·M·佛斯特曾說：「故事只有一個優點，就是讓觀眾想知道接下來會發生什麼事。反過來說，故事也只會有一個過失，就是讓觀眾不想知道接下來會發生什麼事[3]。」由於危機點的刪除，使得每一場戲在結束時，都需要一個後續解釋，從而讓觀眾產生好奇與期待，藉由延遲滿足讓人們想要繼續觀看。驚悚小說家李查德（Lee Child）簡潔扼要地說出敘事的推動藝術，他說：「你在一本書的開頭提出或暗示一個問題，然後刻意不提供答案。可能有人會覺得這樣的寫法既便宜行事又八股，但它絕對有效[4]。」這也是偵探和醫學敘事的骨架。

我們之前將觸發事件定義為一個問題，危機點則提供答案，但事實上，所有的故事都仰賴問題和答案的重複進行。查德說的一點都沒錯，可見他對敘事有非常深入的理解。而「進入得晚，結束得早」的技巧，只是加速了這個過程，迫使每一場戲都在「最糟的時刻」結束。

艾斯利·法羅（Ashley Pharoah）是《迴轉幹探》的共同創作者，同時也是英國電視最成功的編劇之一，在《東區人》中他磨練出精湛的編劇能力。他在說明自己如何掌握編寫該劇的技巧時說道：「直到我開始想像每一場戲的結尾時，我才知道該如何寫《東區人》[5]。」法羅在無意間發現了一個重要的結構原則，亦即每一集最扣人心弦的關鍵片段，基本上與每一場戲的「意外的回應」、轉折點或危機點相同。扣人心弦的片段就是危機點；危機點就是扣人心弦的片段。

當凱特告訴柔伊自己就是她的母親時，柔伊聽到的「意外的回應」，是一種經典的期望顛覆——發生在角色生活中的大爆炸，迫使他們偏離旅程的軌道。對於從小看《超時空奇俠》、《蝙蝠俠》電視劇或週末早晨劇長大的一代來說，應該很熟悉這樣的編劇手法。所有的場景基本上都是由迷你觸發事件構成，這些事件連接在一起形成一個故事。每一場戲的危機點都是一個迷你爆炸，打亂了角色的生活，但他們也在內心擬定了一個解決的新計畫（或需求）。

所以，觸發事件並不侷限在一齣戲的第一幕。若以分形結構來看，觸發事件可以出現在每一幕的結尾，甚至每一個場景中。顛覆期望是所有典型戲劇中的基本手法：人們被情節引導而懷有預期心理，但過場後卻發現竟然是相反的情況。這就是論點／反論點的劇情表現。

第10章 連成一劇

Putting it all Together

一個極不時尚的人，被邀請進入一個特權世界，並在過程中創造出地球上最酷的俱樂部；在這當中，他失去了唯一的朋友，而且儘管獲得了豐厚的回報，仍無法得到女孩的青睞。《社群網戰》（*The Social Network*）是艾倫·索金和大衛·芬奇（David Fincher）所編寫的虛構故事，改編自馬克·祖克柏（Mark Zuckerberg）被女友甩掉之後，在好友愛德華多（Eduardo）的幫助下創建臉書（Facebook）的過程。這是一部現代悲劇，帶有「進入森林」的結構——邀請祖克柏進入白人精英世界（WASP）的溫克勒沃斯雙胞胎（Winklevoss twins），象徵了祖克柏本身缺乏的每一種特質。然而，這個結構中最引人注目的特色，是第一幕和最後一幕之間，具有非常明確的直接關係：

第一幕

1. 馬克被艾瑞卡（Erika）甩了。
2. 馬克進入 Facemash 工作——徵召愛德華多。
3. 溫克沃斯兄弟邀請馬克的加入。

第五幕

1. 溫克沃斯兄弟控告馬克。
2. 在臉書的工作——解僱愛德華多。
3. 試著和艾瑞卡當「朋友」。

兩幕戲像鏡像般相互呼應。

每一幕戲都是包含相同基本要素的獨立分形單元。然而，當這些分形單元被排列在一起時，就會有令人驚奇的事情發生；就像一個有機組織，每個部分都有獨特的功能與特性，以支持整體的大結構。所以當每一幕連接在一起時，看起來就會形成一個整體性的對稱，因為每一幕能發展出各自特有的功能，來幫助支持更大的結構。雖然很少有作品能達到完美的狀態，但寫和重寫往往能夠雕琢作品，使其更清楚呈現出經典型態——一個每一幕都扮演各自關鍵部分的結構。但是，每一幕戲包含的獨特成分究竟是什麼？

◎第一幕

在任何第一幕中，三部分結構通常都有明確的目的，而小危機點為下一幕和整個故事提供了催化劑。猶如我們所見，第一幕將與整個故事的危機點，有直接而清楚的關係。在《教父》中，麥可．柯里昂單純只是去參加哥哥的婚禮。他原本無意涉足家族事業，直到他的父親被槍殺。這一個行動不僅透過「他會如何反應？」的問題將麥可推入第二幕，也勾勒出整個故事的主線。麥可必須找出是誰背叛了他的父親。在第一幕的結尾畫面，角色站在森林旁，即將開始他的旅程。

◎第二幕

第二幕開始時，角色們往往會基於最初的性格缺陷，尋找短暫的解決方式。麥可或許已經意識到自己涉入了一個新世界，但他只是因為想保護自己的父親才進入這個世界。這時需要第二個「觸發事件」迫使他真正改變——發現他的父親接下來會成為被暗殺的目標。結構上，這是迫使主角意識到，事情無法再繼續保持現狀的時刻：如同塞爾瑪的行為不能再像個小女孩；丹尼爾．卡菲不能再像個小男孩那樣；閃電麥坤也不能再像個淘氣鬼。因此，第二幕有自己的行動號召和危機，迫使我們的英雄在舊自我和新自我間做出選擇。在《教父》中，麥可發現，騙過那些想要暗殺他父親的人之後，自己並不害怕，反倒興奮不已。這時的他，進入了森林。

◎第三幕與中間點

整個故事的中間點，毫無疑問地，也是第三幕的中間點；我們將再次看到單獨的一場戲，呈現出整個故事的縮影。這兩個中間點具有相同的模式——角色在前半部所害怕的東西，現在全心全意地接納了。而正如我們所見，中間點是故事的「真相[1]」，一個主角必須接受的真相。

古斯塔夫．佛瑞塔格在《戲劇的技巧》中這麼描述中間點：「這是英雄精神的行動爆發，或是湧入心靈的不祥預感；是天人交戰下的第一次偉大結果，或是內心道德衝突的開始[2]。」以現代的標準聽起來，似乎過於誇大，但也不至於全然失準。在這個當下，在森林的中心，角色擁抱了新自我，獲取無法失去的知識；他們所「尋找」的，都在這裡「發現」了，而且再也無法回頭。

麥可．柯里昂鼓起勇氣槍殺了警察，然後經歷改變所帶來的獎賞——與一位美麗的女子在西西里鄉村舉行婚禮。但事情永遠沒有那麼簡單：改變再次來臨。麥可的新婚妻子遭到殺害，這是第三幕的危機點，就像任何好的危機點一樣，它迫使麥可面對他之前的行動。他必須再次做出選擇：是停下來回到從前的自我，還是喝下他找到的暗黑「魔藥」，讓神奇的魔力引領他走向家園。

◎第四幕

第四幕的危機點，當然也是整個故事的危機點。對於主角來說，這是他們面臨是否要擁抱改變取得勝利，或是拒絕改變吞下失敗的時刻。這是「最糟糕的時刻」，一切可能都會結束，唯一的後果就是失敗；而空氣中也常常瀰漫著隱喻或真正的死亡氣息。從《馬克白》到《玩具總動員3》，再到《特攻聯盟》（*Kick-Ass*）、《漫長美好的星期五》和《刺激1995》（*The Shawshank Redemption*），死亡的陰影籠罩著一切[3]。這都是結構上的設計。

面對最終危機，結構設計主角必須回應一個簡單的問題：你想要回到過往而死，還是改變並活下去？這是舊自我的終結時刻（對麥可．柯里昂來說，是父親的死亡），好讓新的自我可以存活。這是主角面臨的最大考驗。麥可是否準備好繼承父親的衣缽，從他感受到的無情為父親報仇？他是否強大到足以帶著在森林深處學到的教訓回家？

第四幕有一個連帶的有趣現象，亦即源自《美國賤隊》（*Team America*）中所謂「獨白」的優勢，就在布洛弗或金手指告訴我們「為什麼」和「如何」進行他們的計畫，或英雄說出他的動機時。倘若戲劇是從黑暗到光明的旅程，那麼這段獨白可以視為拼圖的最後一片——這是我們終於在最後的「爭戰」前，真正理解角色動機的時刻，就像在菲立普．克婁代（Philippe Claudel）的《我一直深愛著你》（*I've Loved You So Long*）一樣。有些編劇對獨白抱持高度懷疑的態度，我們將在第十三章中再次探討其中的原因。

因此，當唐．柯里昂（Don Corleone）躺在果園中死去時，麥可承接了一份邀請。他會接受嗎？如果接受了，他會成為什麼樣的教父？

◎第五幕

主角通常帶著一個明確的目標，進入最後一幕——打敗對手、克服心魔、贏得獎賞、回到家或贏得女孩的芳心。換句話說，第五幕的「次要目標」，與整個故事的主要（最初）目標是相同的。他們帶著必須傳達的真相回到故里，但這個真相不一定是同夥想要聽到的。倘若主角現在必須面對的敵手，是真正典型的反派人物，他們就會是主角缺陷的化身，使外部和內在的爭戰融為一體。而利用在中間點獲得的知識，並通過第四幕的重重考驗，他們得以在逆境中擊敗敵人，戰勝了缺陷，從而變得完整。麥可．柯里昂吸收了所有敵手的邪惡力量，變得比他們更加兇險。當他的孩子接受洗禮時，麥可也在血流成河中接受了洗禮，他拋開了靈魂中僅存的良善，完成了一種無比黑暗的完整。

◎分形結構與轉變

如果故事結構追求的是對稱與平衡，那麼應該可以在「任何」戲劇的第一幕和最後一幕之間，偵測到一個明顯的關係。如果轉變的模式的確存在，那麼它應該會在這裡顯現出來。

在每個完整的故事中，有兩個主要的轉折點——一個召喚主角付諸行動，另一個則顯示接受召喚的後果。而那個後果應該以阻礙來呈現，導致主角做出最後的選擇。倘若我們接受分形理論的概念，意味著同樣的結構，不僅會在第一幕中以微小的形式出現（我們在分析觸發事件時即已提及），也會在最後一幕中出現。如果我們是對的，那麼最後一幕將會顯現出一個相同的三部分結構，這個結構將：

1. 面對最糟糕的時刻，主角猶豫不決，不確定該怎麼做，直到一個新的「行動召喚」產生，出現了一個邀請他們重新投入改變的機會。

2. 他們做出選擇，接受了召喚，全心全意地投入行動。他們必須竭盡所能找出合乎邏輯的結論，但這又導致了……。

3. 最終的選擇——他們必須完成最危險也最艱鉅的任務，以戰勝自己的缺陷。

這正是《教父》片中所發生的。唐．柯里昂臨終前告訴兒子家族裡出了叛徒，這個叛徒會伺機接近麥可，並從中撮合一樁買賣，從而暴露其身分。若是以三部分形式的改變路線圖來看，接下來有三個截然不同的階段。

重新投入——在父親的葬禮上，家族的中堅份子泰西歐（Tessio）找上麥可，提出想要促成一筆交易，他就是叛徒，麥可決定採取行動。

立下承諾——在兒子受洗時，麥可殺了泰西歐，也把其他敢挑戰他的人都除掉。

掌控——麥可的妻子問他是否殺了姊姊的丈夫，麥可直視妻子的雙眼否認了這件事。麥可對妻子說的這個謊言是最大的罪，他已然克服了邪惡。

第五幕的第一個轉折點，是一個提供承諾改變的機會（小的「觸發事件」），也（或）是主角明確決定改變的時刻。

● 在《末路狂花》的第五幕開始時，塞爾瑪和露易絲知道兩人已經沒有逃脫的可能。她們可以自首，但這時她們看到了油罐車司機……。
● 在《E．T．外星人》中，艾略特悄悄哀悼E．T．的死亡。然後，E．T．的心臟開始發光……。
● 在《舞國英雄》中，史考特得知他的父親一直後悔沒有做自己想做的事。史考特想要勇敢跟隨自己的心？還是一輩子生活在恐懼當中？他會選擇和蒂娜（Tina）跳舞，還是和他的真愛法蘭共舞？

第二個轉折點則是第二糟的時刻，包含了全片最困難的選擇：

● 在《末路狂花》中，女人們在大峽谷被警察包圍。她們可以投降，或者選擇另一種逃避……。
● 在《E．T．外星人》中，艾略特必須選擇向他最親密的朋友告別。
● 《舞國英雄》中，史考特違背了所有人的建議，選擇和法蘭共舞。但插頭卻被拔掉，音樂驟然停止，他們遭到停賽。在史考特的父親、法蘭的父親和祖母，以及整個觀眾的掌聲中，史考特最終學會了在沒有音樂的情況下，隨著心的節奏起舞。

此外還要注意的，是最後一幕在其三部分形態中，經常完全呼應了每部電影的第一幕結構：

在《教父》中：

第一幕

1. 婚禮——麥可向凱伊吐實
2. 慶祝生命的誕生
3. 父親遭到槍殺

第五幕

1. 叛徒露出真面目
2. 死亡風暴
3. 葬禮——麥可對凱伊說了謊話（更多例子請參考附錄五）

在《末路狂花》中：

第一幕

1. 屈服於父權與道德規範之下
2. 被男性征服與恐嚇
3. 兩人逃離犯罪現場

第五幕

1. 被警察發現行蹤
2. 兩人征服並恐嚇男性
3. 拒絕父權與社會規範

在《E．T．外星人》中：

第一幕

1. E．T．被困在地球上
2. 和當權展開追逐並試圖逃離
3. 艾略特和 E．T．成為朋友

第五幕

1. 艾略特感到哀痛
2. 和當權展開追逐並試圖逃離
3. E．T．返家

在《舞國英雄》中：

第一幕

1. 史考特自私地跳著自己的舞步
2. 他拒絕和法蘭一起跳舞
3. 他選擇和法蘭一起共舞

第五幕

1. 他選擇和法蘭一起跳舞
2. 他和法蘭共舞
3. 他和法蘭跟著隨心的節奏一起共舞

每一幕戲中顯露的微故事結構，都具有更深遠的意義。如果想像將任何典型故事從中間點對折，會更清楚地看出一個絕佳故事，在對稱性上的追求，不但第一幕的前半部分和第五幕的後半部分，如鏡像般相互對應，第四幕也成為第二幕的鏡像對照，而第三幕的一半若從中間點分開，也會彼此相互呼應。

當主角在第二幕中向前邁進並許下承諾，到了第四幕則反過來面對前所未有的難關，先前的承諾受到考驗，隨著最糟時刻的逼近，放棄的念頭也將油然而生。

讓我們再看一次轉變的路線圖：

請注意圖表上，不僅每個階段都有三部分結構，如果將之一分為二（在中間畫一條垂直線），可以看出這兩半之間，有著絕對的關聯性。不僅開頭和結尾有關係（無知／獲取知識），第三幕的兩半也是如此，而第二幕和第四幕更是相同旅程的對立版本。

第一幕和第五幕、第二幕和第四幕以及第三幕的兩半，都在中間點周圍互相回應和呼應。此外，在一個絕對典型的劇本中，第二幕危機

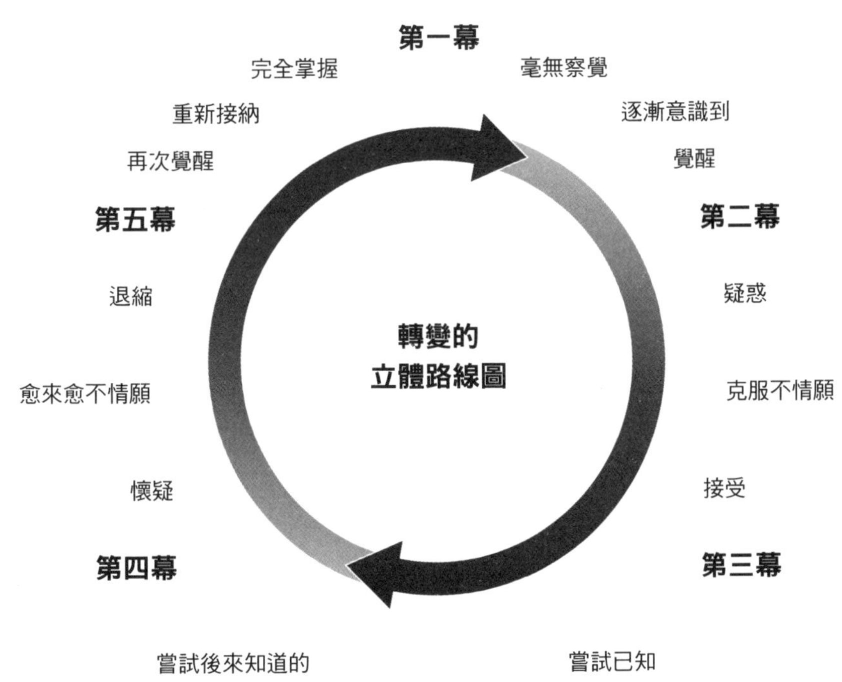

點的運作將如同觸發事件，並和它的鏡像——第四幕危機點有直接的關聯性；不僅故事結構上如此，其中的元素也是一樣。

如果戴洛（Darryl）在《末路狂花》第二幕的結尾是被塞爾瑪冷落的人，那麼在第四幕的結尾，戴洛將在尋找塞爾瑪和露易絲的行蹤上扮演重要角色；羅森克蘭茲（Rosencrantz）和吉爾登斯頓（Guildenstern）在第二幕與哈姆雷特會面，在第四幕中，他們被哈姆雷特殺了。無論從哪一個層面來看，應該都能找出同樣的結構關係。每一部戲的前半部都會出現「這個決定的最壞後果是什麼？」的問題，而後半部則會出現「就是這樣」的答案。

法蘭西斯．柯波拉和馬里奧．普佐（Mario Puzo）在編寫《教父》的劇本時，是否已經意識到這一點（普佐在他的小說中也使用了非常相似的結構）？其實大多數的作家都未意識到這點。那麼，為什麼需要這種對稱性和安排方式？

在觀看電影或電視劇時，我們都能感覺到一種「沒錯，就是這樣」的感受，如果缺乏這種共鳴，或許會讓我們不滿意，最糟糕的情況是覺得無趣。原因可能很多，但常常是因為影片結構的安排不當。我們會感覺怪怪的，是因為它根本不符合故事應該有的結構。雖然這有時候是一種刻意的決定——像是在科恩兄弟作品中，成為特色的一種無秩序感（如《黑幫龍虎鬥》〔*Miller's Crossing*〕、《險路勿近》）；但更多時候的乏味無趣，是來自結構形式的失敗所致

（如《絕地戰警 2》〔*Bad Boys II*〕、《野獸冒險樂園》〔*Where the Wild Things Are*〕）。

在經典的莎士比亞作品中，會看到三部分形態出現了五次——每一次（幕）都包含了正題、反題和融合。莎士比亞的作品讓人有對的「感覺」，因此，即使取消每一幕之間的強制休息時間，他的作品仍然有明確的分幕感——出現在每三部分單元的結束點，形成一種自然的型態與節奏。

然而，偉大的作品完全有可能不遵循這些模式。我們一直在討論的分形模式，雖然是一種理想模式，但並不難找到例外。有些電影故意顛覆這種模式（例如《安德烈盧布列夫》〔*Andrei Rublev*〕、《週末》和《白色緞帶》〔*The White Ribbon*〕），稍後會做深入的探討。

但其他許多電影，在結構上並不完美，有些根本沒有第三幕的後半部分、第四幕（例如《獅子王》），或甚至第五幕；另一些電影可能有七幕，並成為史上第四大成功電影。畢竟只要編劇喜歡，劇本的中間部分想要有幾幕都可以；就如同故事依賴結構一樣，結構也端賴每一個故事的需求。儘管在模式上很少臻於完美，但有多少藝術作品是完全無瑕的呢？藝術的神奇魔力，有部分其實就來自於它們的不完美。

另外必須強調的一點，是大多數編劇在創作時，很明智地不這麼理智思考，他們不會坐下來製作一個圖表。令人著迷的是，典型結構常常就這麼自然而然地出現。我們的大腦分為左、右兩個半腦，左半腦關注秩序、結構和邏輯；右半腦則關注想像力和創造力。正如同如果左右半腦能諧調運作，就可以讓我們達到最佳狀態一樣，故事本身似乎也傾向於達到類似的平衡。於是說故事就是關於如何將對立面結合在一起，平息其中秩序與混亂所引起的衝突。

這個對立面引起的衝突，不只發生在整體故事上，也存在於每一場戲中。對立關係是我們實際感受到戲劇的基本手法，也是接下來必須探討的議題，因為它是一切的關鍵。

Act III
The Forest

第三幕

魔法森林

第11章

Show and Tell的表達方式

Showing and Telling

我如何在畫面中表現她對我的不滿？
我不會直接說：「她對我不滿。」
我會說：「她在跺腳[1]。」

麥克・史金納（Mike skinner）

福斯汽車的「Lemon」單頁廣告，在廣告史上佔有理所當然的一席之地。這則廣告想向把尺寸大小和重要性劃上等號的美國人銷售小型汽車——這時不過是第二次世界大戰結束的十五年後。負責這則廣告的DDB廣告公司（Doyle Dane Bernbach）以展示而非告知的方式，改變了廣告的面貌，也引發了行銷界所謂的「創意革命」。

請先看看這則廣告，然後問自己：「我的大腦立刻想要做什麼？」它會試圖理解圖像和標語之間的關係。大腦可能會問：「這輛車怎麼會是檸檬車？」（譯註：通常指狀況不好的二手車）隨後可能又會問：「他們為什麼會這樣描述自己的產品？」這是一種基本的敘事技巧，吸引你想要閱讀下面的文字，希望從中看出這個奇怪的比喻是怎麼來的。這則廣告緊緊吸引住你，迫使你動腦。因為它在結構上產生了衝突，激發出人們想要找到平息衝突的慾望——這就是戲劇的本質。

皮克斯的編劇兼導演安德魯・史丹頓（Andrew Stanton）是一位電影迷，他看過大衛・連（David Lean）的所有電影，除了《雷恩的女兒》（*Ryan's Daughter*）之外。鐳射光碟在一九九二年開始大流行，他終於有機會看到偶像的這部作品。「一切彷彿撥雲見日[2]。」史丹頓如此說道。其中一段安插在兩場戲之間的畫面，為他解開了戲劇結構的奧祕。第一場戲中，在婚姻中感到不幸福的蘿西・雷恩（Rosy Ryan）試著向她的神父，訴說自己在性方面的不滿足；她覺得生活應該不只這樣。然而，這是戰前的愛爾蘭地區天主教，神父嚴厲警告蘿西：「不要縱容妳的願望，雖然妳無法阻止它的產生，但請不要縱容它，否則妳一定會如願以償。」這時畫面立刻切換到一個高大英俊的陌生人，從巴士走下來，他的側影在海面的襯托下格外耀眼。史丹頓完全理解了大衛．連想要傳達的訊息──「這個男人正是蘿西所希望的，而他也將帶來麻煩。」

影片中並未直接「告訴」觀眾這些劇情上的關聯性，史丹頓自己領悟到，正如任何觀眾一樣──它「表演」給你看。從那一刻起，史丹頓開始理解建構戲劇最基本、但也最重要的原則之一。編劇是用表達而不是用說的；結構是一種圖像的展現，趨使觀眾理解畫面與畫面之間的關係。史丹頓無意中發現了電影理論者所說的「庫勒雪夫效應」（The Kuleshov Effect）。

◎庫勒雪夫效應

二十世紀初期，俄國導演庫勒雪夫拍下一位俄國演員分別盯著一碗湯、一副棺材和一個女孩的畫面。觀眾們無不極力讚揚，這位演員能夠自然表達出飢餓、悲傷和渴望的能力。但觀眾不知道的是，庫勒雪夫每次用的都是這個演員的同一個鏡頭[3]，只是剪接到不同的畫面上。

庫勒雪夫發現這種獨特的電影新媒介，利用了人類對世界秩序的需求。如果在觀眾面前呈現出截然不同的畫面，他們會將其組合成有意義的順序。這是所有電影「文法」的真理。

史丹頓與他在《海底總動員》的共同編劇鮑伯・彼得森（Bob Peterson），為這種將不同畫面並列的重要結構，創造了「二加二整合理論」的術語。他說：

「一個好的故事敘述從不直接告訴你四，而是讓你二加二……不要給觀眾答案，給線索，讓他們自己得出結論。觀眾有一種想為娛樂努力的潛在慾望。當他們自己找到答案時，會感到興奮和愉悅[4]。」

這是一個非常重要的聲明，而且不只適用於動態影像。

「蓋瑞・戴維斯（Gary Davies）問我們是否準備好好跳一場舞時，顯然是想為歌手金・懷爾德（Kim Wilde）在溫布利球場的演出，製造盛大的歡迎場面……然後她出現了，揮動著一條紅色圍巾，還不時彎腰好讓攝影機能捕捉到她的乳溝。『能來到這裡真是太棒了。』她說。聽了一兩首歌之後，我們這排開始討論起供應啤酒和熱狗的餐飲人員服裝，看起來像馬瑟韋爾隊（Motherwell）的制服顏色。最後當然也聊不出什麼重要的結論[5]。」

當電台 DJ 兼記者約翰．皮爾（John Peel），評論金．懷爾德一九八八年在溫布利球場的表演時，也連帶說明了表達與直接告知的區別。人們在寫作時很容易使用直接敘述的方式，像是「金．懷爾德很無聊」這樣的寫法；事實上這種寫法若用在新聞報導上（特別是八卦小報類型）可能很受歡迎，但卻缺乏深度，也不容易引人入勝。而皮爾藉由圖像化的敘述，讓無聊的感覺變得戲劇化，從而讓讀者參與其中。他以「模擬」的方式寫作，使讀者將金．懷爾德和餐飲人員連接在一起，然後自行聯想出事件的生動畫面。皮爾用的正是電影的語言。

而電視在發展初期背棄了這種語言，轉而採用一種更「鏡框式」的方式——鏡頭就是觀眾的部分視角，並從舞台上觀看演出，兩者是分開的。但這樣的方式，忽略了庫勒雪夫和愛森斯坦（Eisenstein，蒙太奇之父，實際上是庫勒雪夫效應的應用）的創作，部分原因是這些理論相對晦澀，另一個原因則是當時的技術，還無法有效率地運用這種快速剪輯的電影並置語言。

雖然科技已經改變，令人驚訝的是，很多人仍認為電視戲劇是敘述性的。儘管美國有線電視劇（在預算更多及科技的幫助下），大多已經擺脫了這種專橫行事，但我們依然不難看到，那些堅持用對話來帶動故事的編劇手冊。許多評論者哀嘆電視劇缺乏戲劇性，聲稱這是一種自然淘汰之下的結果[6]。但他們錯了，原因很簡單——這個方式行不通。這麼做顯得既無聊、沉悶又令人痛苦，因為戲劇不是平面媒體。電視劇就像電影一樣，依賴畫面的並置，傳達心理或意念的狀態；而更仰賴對話的劇場則不然。從劇場的演出方式來看，這點應該顯而易見——沒有特寫鏡頭、很少時間和空間的分割，或根本不存在；觀眾則依賴獨白，來感受一位電影製作人只要透過操控畫面就能創造的感覺。劇場和電視劇相比沒有好壞或優劣之分，因為劇場的魅力在於現場的演出[7]。

電影和之後的電視，解放了對於現實的模擬——並盡情利用了這個潛力，在過程中也完全改變了這個世界傾聽故事的方式。動態影像的發展，有如分子的發現之於科學，開啟了藝術的原子時代。看看下面這幅由抽象表現主義先驅之一的威廉・德庫寧（Willem de Kooning）所創作的畫作。

當你的大腦沉浸在這幅畫上時，請試著思考並解讀其中的形狀。這些是臉嗎？裸體嗎？女人嗎？然後在你知道這幅畫的標題是「挖掘」後，反思自己如何重新評估和解讀其中的意義。這個（將不同元素融合在一起的）解讀行為，創造出呈現在你腦海中的這幅畫。

當馬賽爾・杜象（Marcel Duchamp）以受人質疑的天才之姿[8]，將一個小便斗放在美術館裡，且命名為《噴泉》（*Fountain*）時，他其實只是在進行一個推論的過程——將美術館本身作為作品的框架，而這幅作品的評價則來自於環境，因為它顯然「不」屬於美術館。將兩個對立的事物並排放置，讓藝術由並置而生，這樣的解讀本身就是藝術。

正如最糟的現代藝術所證實的那樣，這是一個容易被濫用和混淆的過程，而且任何東西都可以並置在一起。然而，利用人類傾向弭平對立的慾望，也可以成為一個有利可圖的生意；若以技巧和洞察力來做這件事，則會變成有意義的事。當這些形狀結合在一起，藉由其中的關連性喚起真理時，觀眾就會獲得極其強烈的體驗。

優秀的劇作家深知其中的道理，所以他們會充分利用這一點。若依定義來看，動態影像無法處理我們看不見的東西，這對編劇來說，有兩種解決的方法：他們可以透過文字告訴我們，或者也可以將複雜的情感經驗轉化為畫面。

想當然應該選擇後者。正如E・M・佛斯特所說：「在戲劇中，所有人類的幸福和痛苦，都必須且確實以行動的形式來展現，否則將無法被知道[9]。」在純粹的電影和電視劇中，情感、反思和動機——事實上包括了所有的內心世界，都需要透過行動表達，從而讓觀眾藉由情境進行推論。

一個編劇不能簡單地寫：「大衛凝視著火苗，思考該投票給工黨還是保守黨。」因為觀眾無法推斷出結論。編劇當然也可以讓大衛說：「我一直在思考該投票給哪一黨。」但如果寫的是「大衛凝視著火堆」，並且之前的一個場景，是讓這個角色意識到自己一直支持的某個政黨效力不彰，如此一來觀眾不需要被告知，就可以透過模擬來理解。這樣的安排反而會讓整個情節更強而有力，因為是觀眾自己推理出來的。如同歌手麥克·史金納（Mike Skinner）在名為《街道》（*The Streets*）的這張專輯中所說：「當你可以讓我們看她跺腳的樣子，為什麼要告訴我們她很生氣，我們看到她的臉、看到她的腳，我們就『知道』了。」

一個優秀的電影或電視作品會藉由敘事的結構——畫面出現的順序——來說故事，角色會透過行為或動作來傳達，同時避免用言語解釋動機；角色做了某些事情，而觀眾通過這些行為來理解他們。只要角色有明確的目標，那麼他們選擇的行動方式，就會顯露出他們的本質。聽起來或許有點奇怪，但主角就像電影本身；當他們追求自己的慾望時，會將他們的想法、目的和本質投射到觀眾身上。而當他們停止行動後，也就不再顯露自己；觀眾便因此失去了動力，進而失去興趣。

觀眾「喜歡」動腦思考，也正是這種思考使他們被敘事吸引。在偵探劇中，唯有觀眾想要知道整個故事的來龍去脈，才能推動情節發展的核心，所有的電影和電視劇也是如此。就像《火線重案組》製作人大衛·西蒙（David Simon）所說：

「觀眾喜歡沉浸在一個新奇、混亂且可能危險的世界中，那是一個他永遠不會親眼所見的世界。他喜歡自己不瞭解每一句話或每一句俚語的感覺。他喜歡被信任，得以按照自己的方式取得訊息，憑自己的智慧建立關聯性。大多數的聰明人不願意看電視，因為電視劇一直以來都是抱持優越之姿的媒介，立即解釋一切，不留模糊空間，使用的對話，更削弱了不同世界裡人們實際交流的獨特方式。甚至還要求來自不同地方的角色，用與觀眾相同的方式來說話。這樣當然很糟[10]。」

糟糕的寫法：用文字來解釋；優秀的寫作：用畫面來表達[11]。

安德魯．史丹頓指出，「二加二整合理論」不僅適用於影像。

「我想墮胎，但我和男朋友很難懷孕。」

美國喜劇演員莎拉．席爾弗曼（Sarah Silverman）的笑話，建立在典型的顛覆期望上。但任何笑話或任何戲劇中的所有場景——無論是口頭上、視覺上，還是兩者兼具，都是一種對立面的並置，它不僅是表達的要領，也是所有幽默和敘事的核心。當某樣東西與其對立面產生衝擊時，會促使我們重新思考，自己對那個「某樣東西」的認知。正如本書的第二部分所指出的，場景結構是論點／反論點／融合模式的最小適用單位；而每一個場景的危機點，就是觸發事件的縮影。這一個單位——某樣東西與其對立面產生撞擊，對敘事來說顯然至關重要。

在劇情最緊張的情況下，預期的顛覆不但發生在角色身上，也會發生在觀眾身上。亨利喬治．克魯佐（Henri-Georges Clouzot）一九五〇年代的傑作《惡魔》（*Les Diaboliques*）一片中，一位地方校長的妻子和情婦聯手殺死了他。她們謀殺成功，屍體卻消失了，這件事造成了她們的困擾。原本就心臟衰弱的妻子因為驚嚇過度而死。隨後我們才得知校長根本沒有死，這是他和情婦早就策劃好的事。

在《靈異第六感》和《時時刻刻》（*The Hours*）這兩部電影中，也使用了完全相同的手法，觀眾被驅使相信呈現在他們眼前的事件版本，直到後來才發現關鍵元素與表面上完全相反：這兩部電影中的主角都已經死亡，但觀眾被操控以為他們還活著，直到最後一場戲才真相大白。

這就是庫勒雪夫效應。在這些故事中，觀眾都看到了關鍵的事實，然後被引導推斷出其中的關聯。這是一種將論點／反論點的效果強化到極致，以製造出更劇烈衝擊的方式，正是莎拉．席爾弗曼的笑話結構，也是從古希臘悲劇延續至今的戲劇結構核心技術。在《伊底帕斯王》（*Oedipus Rex*）中，伊底帕斯著手調查引發底比斯爆發瘟疫的原因，結果發現罪魁禍首竟是他自己。

《神鬼認證：最後通牒》和《決戰猩球》（*Planet of the Apes*）的故事也有相同的基因。而在喬叟（Chaucer）的《贖罪券商的故事》（*Pardoner's Tale*）中，三個人計畫出發去找死神，結果卻找到了一堆金錢。他們互相背叛，最終都帶有諷刺意味地死了。在《羅傑·艾克洛命案》（*The Murder of Roger Ackroyd*）中，兇手竟然就是故事的敘述者，回頭再看整部小說，才發現這其實是一封遺書。

亞里斯多德在《詩學》中也談到此效應：「在行動中出現的相反轉變……根據或然率或必然性。」並引用了希臘神話中林叩斯（Lynceus）的故事，來驗證他的觀點。故事中的英雄被帶往處決地點，後面跟著打算執行此行動的達那俄斯（Danaus），「但是，受到先前事件的後果，導致達那俄斯被殺，而林叩斯得救了[12]。」這又是一次幸運逆轉，這個世界突然間變成與表面相反的面貌。對希臘人來說，這都是伴隨著「認知」或「發現」而來，即角色的無知被知識取代。但亞里斯多德卻認為，這是戲劇建構的基本單位結構——某樣東西與其對立面相互衝撞，最終顯露出它的真正面目。

最後一刻轉折、突然的真相大白，似乎與艾力·侯麥（Eric Rohmer）或英格瑪·柏格曼（Ingmar Bergman）的電影大異其趣，也很容易被視為是一種通俗的技巧，可能因為這是肥皀劇中會反覆出現的情節（「妳不是我媽——我是」）。但《東區人》利用這種技巧是有原因的，它不僅直接承襲希臘悲劇吸引人的劇情，還加上逆轉的故事情節，這就是絕佳的組合。不過，還不僅止於此。

角色們在戲的一開頭都有穩固基礎，追求他們認為能夠扭轉人生的目標。就在他們以為自己可能取得進展的時候，某件事情的發生，讓他們的世界再次陷入混亂之中。為了在陌生的世界中找到自我，他們不得不再次質疑：「我該如何擺脫這個困境？」戲劇情結和故事形態會直接相互呼應，而期望的顛覆，實際上是一場迷你的「進入森林」之旅。事實上角色在每一個場景中都會「進入森林」。

「森林」，就是對立的爆發點（無論是以觸發事件、劇情的轉折點、中間點、危機點還是場景轉折點來呈現），也是所有戲劇的根本組成要件。這些要件創造了某個事物與其對立面的對抗。

而庫勒雪夫在偶然之下，發現了這個遠超過巧妙剪輯技巧的東西，他發現這個簡單而基本的建構要件，雖然從未被完全理解，但隨後的一切——角色、對話、多主角並行、主題串聯、電視結構，都源自於此。當兩個對立面正確並置時，火花就被激起了，故事至此才真正生動起來。

Act IV

The Road Back, Night

第四幕

回頭路／夜晚

第12章 角色與角色塑造
Character and Characterization

外景。倫敦劍橋圓環上方的一棟建築，一九七九年。車流緩慢。

內景。俯瞰車流的房間。房內為政府機關風格的裝潢，實用但單調。一張四人桌和四把椅子，桌子中央放著一個菸灰缸。

托比．埃斯特哈斯（Toby Esterhase），舉止拘謹，身形挺拔，穿著體面，進入房間。他拿著一個文件夾，坐下來時小心翼翼，把所有的東西都放好。他看了一下懷錶，不耐煩地抬起頭。

羅伊．布蘭德（Roy Bland），衣著不整，不修邊幅，嘴裡叼著一支菸，背對著進入房間。他不斷咳嗽，但沒有理會埃斯特哈斯，也在桌旁坐了下來。

波西．艾勒萊（Percy Alleline）唐突急促地進來並坐在主席位上。沒向任何人打招呼。

比爾．海頓（Bill Haydon）慢條斯理地進來，手持一杯茶，茶碟放在杯子上，姿勢歪扭。他試圖用後腳跟把門關上，但失敗了。他坐下來，毫不在意。

埃斯特哈斯站起來關門。然後再次坐下來。沒有人吭聲。

艾勒萊點燃他的菸斗，成功後抬起頭來。

艾勒萊：好，我們開始吧。

《鍋匠裁縫士兵間諜》（*Tinker, Tailor, Soldier, Spy*）

約翰・勒卡雷（John le Carré）著

一九七九年由亞瑟・霍普克拉夫特（Arthur Hopcraft）改編為電視劇

所有偉大的戲劇都是以角色為基礎，所有雋永的戲劇也都是以角色為基礎，所有受歡迎的戲劇更是以角色為基礎，而所有令人動容的戲劇亦然。如果沒有可信、鮮明、令人感興趣、生動逼真且引起共鳴的角色，就起不了戲劇的作用。然而是什麼造就了偉大的角色？結構在保證成功的角色中，又扮演了什麼隱藏功能？

◎基本原則

我們都一樣——但也不盡相同。每個人在不同程度上，或多或少擁有相同的基本心理特質：有愛的能力、會嫉妒、有報復心、懷有戒心，但也會有開放的心態和善心；都經歷過或知道為人父母、子女和愛與被愛的感受。這些心理特質的強度和展現，則取決於我們是什麼樣的人。就像所有人類看起來都一樣，卻又完全不同，我們的心理特質也是如此。

每個人的穿著風格各異，開不一樣的車或搭乘不同的交通工具，使用的手機類型也不盡相同，講電話的方式也不一樣。我們都做過類似的事情，不過每個人都有獨特的處事風格。如果有人給我們一千萬元，每個人應該也會有不同的用法。這是角色的標準定義，而且是一個好定義；因為在遇到相同的阻礙之下，每個人都以獨特的方式克服，在過程中留下了屬於自己的印記。

任何阻礙都一樣，就像每個人泡咖啡、吃飯或開車的方式都不同。《鍋匠裁縫士兵間諜》中的每個角色，進入房間的方式各異，所以人們面對障礙時所做的每個決定或行動（透過動作或行為來表現），都是一種個人特質的選擇展現。

請謹記，主角在每一場戲裡都會遇到一個小危機，因此必須選擇如何克服。在面對期望的顛覆——計畫受到阻礙——角色必須選擇新的行動方向，這個過程會讓他們顯露出更多的本性。我們的英雄打電話給女友討論週末計畫，但女友卻說要分手，接下來他可能會把她的車砸爛，也可能會祝福她。或是我們的女主角繼承了一大筆遺產，接著她可能會吸毒成癮，也可能用這筆意外之財賺更多的錢。他們所做的選擇，都會彰顯各自的性格和為人。

在BBC《薩達姆家族》（*House of Saddam*）開場中，薩達姆邀請他的摯友會面，兩人相互擁抱，接著他卻拔槍在友人的頭上開了一槍。雖然這個顛覆觀眾期望的劇情，只出現了這一次，但已在觀眾腦海中留下深刻的印象，無需言語，就告訴了我們他是什麼樣的人。他想向伊拉克人民展現自己的冷酷無情，有什麼方式比槍殺他所愛的人更好呢？如果他能做出這樣的事，依照邏輯推斷，就什麼事都做得出來，但他同時也對家人懷有深厚的親情。正是在這種矛盾中，才得以展現人物塑造的真實性。

◎角色塑造

兩個牛仔被困在峽谷懸崖邊，追捕隊伍在他們身後逐漸逼近；眼前一條湍急的河流在幾百英尺下方奔流。他們陷入兩難的抉擇：

布奇（Butch）：該死！我看我們只有兩個選擇，不是奮力一戰，就是投降。如果投降，就會進監獄。

日舞小子（Sundance）：我已經進去過一次了。

布奇：但如果要攻擊，他們在原地就可以把我們困住；或者佔著位置的優勢，直接對我們開槍；甚至弄個山崩把我們幹掉。他們還能怎麼做？

日舞小子：他們可以向我們投降，但我不指望會發生這種事。（他看了看追捕隊伍的行動）他們的確在找有利的位置，我們得趕快做好準備。（他把槍上膛）

布奇：小子，下次我說「讓我們去玻利維亞之類的地方」，我們就去玻利維亞之類的地方吧。

日舞小子：下次吧。準備好了嗎？

布奇：（凝視著深谷和下方遠處的河流）不，我們跳下去。

日舞小子：（看了看下方）去你的，我才不跳。

布奇：不，沒事的——如果水夠深，我們就不會死。他們就永遠追不上我們。

日舞小子：你怎麼知道？

布奇：如果沒必要，你會就這麼自己跳下去嗎？

日舞小子：我一定得跳，但我不打算跳。

布奇：我們得跳，不然就死定了。他們只能按照原路走下去。來吧。

日舞小子：只要能一槍擊中，就可以了。

布奇：快點。

日舞小子：不。

布奇：我們必須跳。

日舞小子：我不跳！離我遠一點！

布奇：為什麼？

日舞小子：我要跟他們拼了！

布奇：他們會把我們殺了！

日舞小子：也許。

布奇：你想死嗎?!

日舞小子：（揮舞著手中的槍指向底下的河流）你呢?!

布奇：好吧。我先跳。

日舞小子：不行。

布奇：那你先跳。

日舞小子：不，我說不行！

布奇：你是怎麼搞的?!

日舞小子：（極度尷尬地）我不會游泳！

布奇：（驚訝地看著他的搭檔）什麼，你這個瘋子——掉下去可能會把你摔死！

日舞小子搖搖頭，思考自己真的跳下去，逃離追捕者的瘋狂念頭。他接過布奇遞過來的槍腰帶，和他一起跳了下去，然後大聲尖叫。

日舞小子：喔……幹——！

威廉・高德曼《虎豹小霸王》

如果妳的丈夫出軌了，他是美國總統。飢渴的媒體簇擁著請妳發表評論。又或是妳和妳的弟弟正在競爭工黨領袖的職位；妳經驗豐富，所有人都認為妳會贏。如果輸了，妳會有什麼感覺？會對妳的弟弟說些什麼？

我們希望建立的形象，與真實自我感受之間的衝突，是所有角色的根源。編劇大師羅伯特・麥基曾提到：「日舞小子和布奇是同一個性格的兩面，是同一個角色。」他所意指的——儘管不曾充分探討，是內在衝突在角色塑造中的核心重要性。

只要看看上世紀的一些卓越人物，就能觀察到人物形象與行為之間的不協調。史達林（Stalin）聲稱愛他的人民，但據估卻殺害了兩千萬人；英國前首相東尼・布萊爾（Tony Blair）宣揚自己的社會主義信念，卻促成自由市場資本主義的大規模擴張；約翰・甘迺迪（John F. Kennedy）的民主理想，並未延伸到他對待女性的方式，也未落實到他對越南的戰爭擴張。提起這些並無任何譴責之意，因為我們每個人的內心深處——也因此在所有成功虛構角色的內心——都存在著衝突。史蒂夫·賈伯斯（Steve Jobs）的傳記裡是這麼寫的：「他是一個反物質主義的嬉皮，利用朋友想免費贈送的發明賺取利益，他同時也是禪宗的信徒，曾前往印度朝聖，然後決定自己的使命是創立一個企業[1]。」

無論是真實還是虛構人物，成功的角色在意識或潛意識中，都不斷與自我拉扯。如同法國哲學家蒙田（Montaigne）巧妙的說法：「不知道為什麼，我們的內心存在對立的兩面，以至於我們同時質疑自己所相信的，也無法完全擺脫所譴責的事物。」就好比被各國視為「美國的朋友」的隆納·雷根（Ronald Reagan），私底下卻過著近乎孤獨的生活。

在虛構作品中，也能找到同樣的對立性，從《頑童歷險記》（*Adventures of Huckleberry Finn*）的哈克、《大亨小傳》（*The Great Gatsby*）的蓋茨比，到《廣告狂人》（*Mad Men*）的唐·德雷柏（Don Draper）和《黑道家族》（*The Sopranos*）的東尼·索波諾（Tony Soprano），衝突是他們存在的生命力。

每個人的內心都有矛盾。我們都是動物，但也具備了理性。我們都有個人需要確保的生存需求，但也必須在社會上生存。為了使這些動物本能和理性相互適應，我們壓抑了許多感受或想說的話——只因為這些在社交場合中未必能被接受。只要看看網站留言或匿名部落格，就能理解移除社會限制後會發生的事，當身分被隱藏後，我們內在的野性脫韁而出。也難怪自由派網站常常是攻擊性言論的溫床，快速瀏覽一下《衛報》的官網，就可以發現維護自由人道主義之士，與互相叫罵對方「混蛋」的人僅有一線之隔。如果撇開個人身分的識別，你會看到類似妥瑞氏症的失控景象。若是再進而移除容忍和理解的表象需求，甚至會釋放出我們潛藏在內心的那股無力、氣憤和怒火。沒有人能免疫。

在公開場合中，人們往往把自己包裝成公民美德的模範——就像在法國，沒有人支持維琪政權（Vichy regime）；在南非，沒有人曾經投票給國民黨。當《衛報》讀者貝絲．德魯斯（Beth Druce）在二〇一一年九月寫信至報社說：「我喜歡維多利亞．貝克漢（Victoria Beckham）上週展示的第二個時裝系列，但又有點討厭自己這麼說。這是正常的嗎？」貝絲表現了我們都在努力管理別人對自己的看法。我們的暗黑情感——充斥在網站上的憤怒或羞愧——幾乎很少公諸於世，因為不被大多數社群所接受。大多數人的內心都隱藏了這種能力，如同拉丁諺語所說：「我追求並認同更好的道路，但我卻跟隨那條更壞的道路。」聖保羅（St Paul）在《羅馬書》（*Romans*）7:19 中表達得更直接明白：「我願意行的善，我沒有去行；我不願意做的惡，我反而去做。」

我們隱藏了自己的黑暗慾望，耗費心神擔心會被別人如何看待；這個焦慮促成了時尚、音樂和藝術。資本主義不僅利用人們對新奇和進步的需求從中獲利，還（相當聰明地）利用了相反的需求。近年來的「罪惡享樂」（guilty pleasures）現象就是一個明顯的例子，人們一方面感受到停止裝酷是多麼自在，但一轉身卻又隨著阿巴合唱團（Abba）的音樂起舞。「酷」就像是新一季的潮流，具備強大的推動力，更何況人們為了滿足自我優越感，願意付出的代價令人瞠目結舌。罕有評論家在宣布自己的偏好時不考慮潮流，消費者也是如此[2]。

在奧利佛・史東（Oliver Stone）難得表現不俗的電影《請問總統先生》（*Frost / Nixon*）的結尾，尼克森總統盯著甘迺迪的照片，低聲嚴肅地說：「當他們看著你時，他們看到的是他們想成為的樣子；當他們看著我時，他們看到的是他們自己的樣子。」這種角色是誰以及他們想成為誰之間的衝突，正是現實生活賦予戲劇的禮物。編劇一直都很清楚，當他們的角色以自稱不贊同的方式行動，當他們撒謊、自我毀滅、普遍違背自我的信念和信仰時，這些角色會更有趣、更令人心動，也更貼近現實。

近來有兩部成功電視劇的劇情，就圍繞著這種對立衝突。《歡樂合唱團》表達的是放下表面的一切，拋開同儕壓力的壓抑，表現出內在的真我。《廣告狂人》則完全相反，顯現出所有人的情感，都是為了追求外在的聖杯而壓抑自我。這兩部電視劇就像彼此的鏡像，更令人驚嘆（且耐人尋味）的，是它們竟然是同一時代、同一社會的產物。它們根本是相同的劇集，只是顛倒過來而已。

那麼，為什麼立體角色的內心衝突不可或缺呢？如果戲劇結構是人類心靈的內在特質，是否也代表，所有偉大戲劇和角色塑造中蘊含的悖論或矛盾，可能都有其心理基礎？

◎角色塑造的心理基礎

人類是動物的一種，生存和延續血脈是我們的原始本能，每個人在某種程度上，都受到這個強大的動力驅使，而這個動力強大到足以支配和超越我們的理性行為。我們或許不一定意識到這些衝動，但它始終存在。

亞伯拉罕．馬斯洛（Abraham Maslow）在一九四三年發表了《人類動機理論》（*A Theory of Human Motivation*），這篇論文針對人類基本需求的驅動力提出分析，他稱之為「需求層次理論」：

儘管對此提出批評的大有人在，但很難反駁馬斯洛提出的這些需求，在某種程度上確實能成為一種動力。人類總是在尋求「安全」[3]，對食物、水、性、安全感、自尊和自我實現的原始渴望，基本上都是壓倒一切的生存慾望使然。

諷刺的是，尋求安全代表必須在刻意或潛意識下，壓抑其他的這些慾望，以便能夠在群體中生活。因為不受約束的性慾或報復心，並不符合社會的共識——若是如此將會危及人們倚賴社會的安全尋求。因此這些慾望必須被壓抑，從而在我們想要被看到，和不願意向他人、甚至向自己承認的深層感受之間造成了衝突。

這種個人生存慾望，以及與他人共存之間產生的問題衝突，理所當然地存在於所有西方主流心理學理論的核心。最早由佛洛伊德（Freud）率先提出，隨後由他的追隨者進行了辯論、摒棄、闡明或擴展。佛洛伊德認為，這個衝突的本質上是超我（父母）與本我（孩子）之間的爭

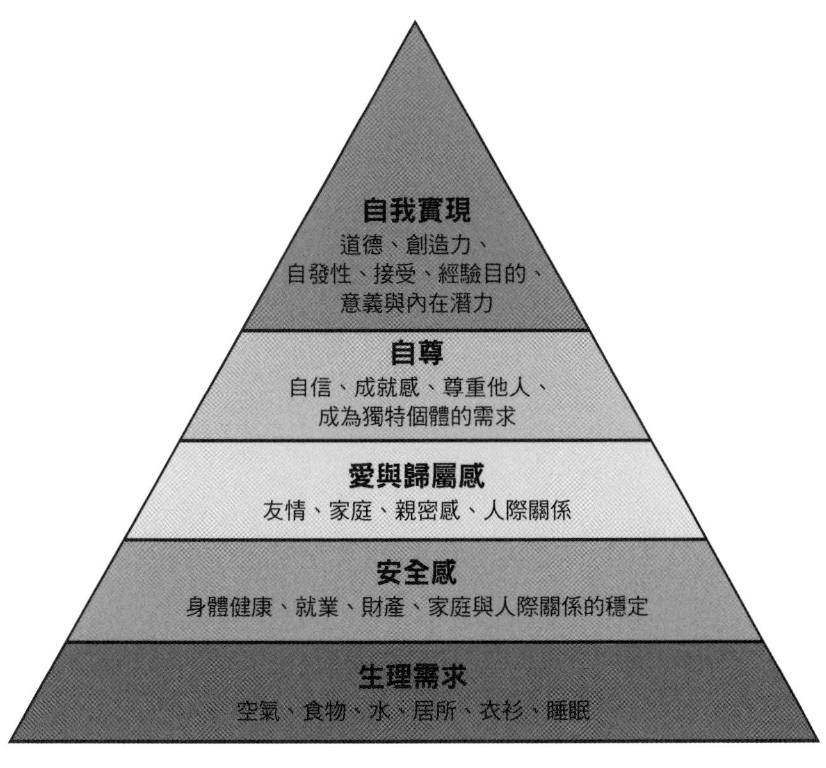

執；是理性、智能、有序的一面，對抗非理性、獸性與性慾的一面。

卡爾．榮格（Carl Jung）的哲學思想（他原本是佛洛伊德的學生），建立在類似的二元論上，也是以同樣的衝突為基礎。榮格相信每一種心理力量都有對立的一面，無論是陰與陽、阿尼瑪（anima）與阿尼瑪斯（animus），或最直接相關的人格面具（展示給外在世界的面貌）與陰影（深埋的潛意識慾望）之間的衝突。佛洛伊德和榮格的後繼者們，包括艾瑞克森（Erikson）及其規範性衝突理論（造成了我們的身分認同危機），個體心理學派的創始人阿爾弗雷德．阿德勒（Alfred Adler，提出了自卑情結），或存在主義精神分析之父羅洛．梅（Rollo May），都觀察到這種心靈的二元性，以此為基礎建立了各自的理論。

這些理論引人注目之處，不在於它們的差異性（雖然有很多不同之處），而在於它們的共同點。不僅所有的理論，都暗示人類生活在一種充滿衝突和神經質的狀態中，原始慾望與社會的可接受行為相互抗衡；除此之外，這些理論還默認了這些神經質需要被整合和克服，才能獲得「幸福」。對佛洛伊德而言，這代表將性衝動昇華為順應社會，並擁有滿意的工作；對榮格來說，則代表必須正視「面具」，與陰影達成和解。

如果你還記得所有的典型故事，都是走向圓滿的旅程——從黑暗到光明的航行——涉及與對立面的和解時，便不難察覺心理學理論與故事理論之間的關聯性。在我們的模式裡，一個有缺陷且具心結的英雄，為了變得完整而踏上旅程，在旅途中融合了從他處學到的教訓。無論在小說還是心理學中，成功的幸福結局都有關個人衝突的解決，學會整合及平衡對立的力量。正如同所有的故事都試圖從混亂中從整秩序，人們也試圖尋求平息內心的激烈衝突。就像史考特・費茲傑羅（Scott Fitzgerald）所說：「卓越智能的考驗，在於是否能同時抱持兩種對立的觀點，並依然具備思考能力。」同樣的這句話，或許也可以套用在「卓越的人類」。或是哈姆雷特在提到他的朋友霍瑞修（Horatio）時說：

「那些被祝福的人……他的熱血與判斷如此完美地交融，因此不會成為命運之指上的笛子，任其隨意吹奏擺佈。」

◎相互矛盾的重要性

「那不是微笑，而是壓在尖叫上的蓋子。」

茱莉・古迪爾（Julie Goodyear）

麥可・柯里昂這個角色一直處於抗爭的狀態——不僅和他人，也和他自己。這個角色在電影的中間點，顯露出那種自認自己是某一種人，但內心深處卻又截然不同的天人交戰，是所有立體戲劇中普遍的核心形象。美國創作歌手崔特．雷澤諾（Trent Reznor）在為電影《社群網站》配樂時，想尋找一個能夠捕捉虛構的馬克．祖克柏這個角色的氛圍，他最後選用了一段淒美哀傷的鋼琴樂曲，搭配強烈的電子節奏[4]。這種孤獨和內在憤怒的結合，恰好抓住了他的樣態。

豪斯是一個厭世者，但他卻會不惜一切代價地拯救生命；《辦公室瘋雲》（*The Office*）裡的大衛．布蘭特（David Brent）相信每個人都喜歡他，以此隱藏害怕孤獨的內心。當你愈深入觀察，就愈能理解內在與外在自我之間的衝突，絕對是戲劇角色塑造的成功核心[5]。

「貝佐是一位有內涵的人，精通生活中的高檔事物；他對自己的服務才能感到自豪，憎恨勞工階級。他也是一個庸俗的人，一個怕老婆的丈夫，和英國托基小鎮上一家廉價酒店的經理。」（《非常大酒店》）

「曼沃林隊長（Captain Mainwaring）是一名士兵，一個成功的公眾人物和受人尊敬的典範。他是一個有趣的人，也是一個困在無望婚姻中的地方銀行經理。」（《老爸上戰場》〔*Dad's Army*〕）

「唐．德雷柏是一個富有、世故的花花公子，掌控著他所看到的一切，是一個擁有一切的人；但他同時也是一個窮困的「白人垃圾」、一個迷失的靈魂和一無所有的男人。事實上，他根本不是唐．德雷柏。」（《廣告狂人》）

在《致命武器》（*Lethal Weapon*）、《48小時》（*48 Hrs*）以及每一部「搭檔」類型的警匪劇中，矛盾的悖論通常建立在兩個角色身上[6]，如同《虎豹小霸王》。角色希望被看見的形象，和他們真正樣態之間的差距，若以最極端的戲劇化來處理，就是拆分成兩個身份。如果進入超級英雄的領域，那就是《超人》、《蜘蛛人》（*Spider- Man*）、《美國隊長》（*Captain America*）和《蝙蝠俠》，《無敵浩克》（*The Incredible Hulk*）則是黑暗的反轉，所有的這些角色，都建構在隱藏於一個人格中的另一個人格的概念。

這當然是這些戲劇成功的根本因素——有哪一個小孩不會對此產生共鳴呢？如果有個經常對一切感到無力又無助的小孩，在父母嚴格堅持上床時間之下，又有誰能比一個看起來如此熟悉，但內在隱藏著神祕力量的人，更能引起他的共鳴呢？

J．K．羅琳（J. K. Rowling）在《哈利波特》（*Harry Potter*）中套用了這個公式，以此征服全世界。同樣有趣的是，超級英雄的悖論現代版本成了《夢魘殺魔》（*Dexter*），這個角色和這部劇與《蝙蝠俠》最暗黑的版本，有著驚人的相似之處。這或許是在告訴我們，說不定一個連環殺手，可能是當代的超級英雄。

但沒有哪一部劇比《辦公室瘋雲》更殘忍利用了「我們是誰」和「我們想成為誰」之間的差距。十年後，瑞奇・賈維斯（Ricky Gervais）回憶道：「拍成偽紀錄片太重要了，如果缺少了這個巧思，就只會是一群人無所事事。但一旦啟動了攝影機……這一切就有了合理的解釋[7]。」攝影機讓角色擁有同時展現真實自我和表面假象的可能，也讓這部劇的主題，變成一群神經質又不快樂的人「希望」被大家看見[8]。賈維斯和史蒂芬・默錢特（Stephen Merchant）將矛盾融入了過去十年來最成功的戲劇之一。劇中的大衛・布蘭特（David Brent）是千禧年的超級英雄曼沃林隊長（Captain Mainwaring）——他絕望的孤獨感，燃起了他拼命展現自己的動力。

布蘭特有一種真實性，這種真實性基於一個簡單的事實——無論是在虛構作品中還是人們的內心（如果誠實面對自己），所有人都是分裂的。然而矛盾不僅是基本的心理學理論和人物性格中的共同特徵；它也是結構設計中不可或缺的一部分。

第 13 章
角色與結構設計
Character and Structural Design

「關係容易建立，卻很難維持。為什麼關係如此難維持呢？因為謊言很難不被戳破！你不能靠真實的自己找到伴。你得撒謊才行。你不能靠你本來的樣子找到伴侶，不能靠你的行為，不能靠你的聲音。當你第一次見到某人時，你看見的不是他們本人，而是他們的表相！」

克里斯・洛克（Chris Rock）

《更黑更暴力》（*Bigger & Blacker*，HBO，一九九九年）

在《火線重案組》第二季中，力奇・索博特卡（Ziggy Sobotka）是個心理受創又不成材的兒子，他的父親是受人尊敬的工會運動家，由於無法並駕父親的聲望，索博特卡試圖透過說服自己和別人，相信他是一個重大罪犯，滿足自己的自尊。然而索博特卡的犯罪能力和他在生活上一樣無能，他的犯罪計畫愈是失敗，就愈成為笑柄，而大家的嘲笑，卻更進一步加劇了他想證明自己的慾望。他想要的形象和真正的自己之間的差距，產成一種典型的精神官能症，如果無法調解這兩者，他的結局注定是悲劇。這是一個典型的故事——為了更滿足「需求」，角色必須放棄自我驅使的目標，卻發現自己做不到，因此受到懲罰。這也告訴我們一些關於角色塑造的內涵。

我們在臉書和 Myspace 上，不就是希望自己被看見嗎？你在 Sky+ 那些未觀看的節目，不就正嘲諷地提醒你真正想成為的是誰嗎？角色的「需求」是一種表象上的渴望，是他們認為自己需要向世界展現的東西，是他們刻意希望自己展現的形象。對《大國民》中的凱恩來說，這種渴望是權力；對《大亨小傳》的蓋茨比來說是財富；對於《黑道家族》的東尼．索波諾則是「尊重」。

洛基想要贏得世界冠軍、閃電麥坤想要洲際盃汽車大賽的獎盃，因為這些將會提升他們刻意塑造的公眾形象、外在樣貌、面具及超我（super-ego）——即他們希望別人看到的「角色」。他們不想輸，因為他們害怕這麼一來，會暴露自己的弱點和柔軟的內心，亦即本我（id）。諷刺的是，他們害怕的，正是那些能讓他們完整的部分。因此他們害怕的對手，就是自己必須克服的「怪物」，也正是他們本身所缺乏東西的具體化。

完整的角色都有一個面具，這個面具由角色認為有益的特質構成，但正如我們發現的，這些特質實際上會毀滅他們。閃電麥坤喜歡被視為既傲慢又冷漠（這是他的角色），但這正是讓他陷入困境的因素。《新娘百分百》中的威廉・薩克（William Thacker）或許與《汽車總動員》的英雄看似完全相反，但他的羞怯、靦腆和保守——困住他的面具——正是阻礙薩克贏得安娜・史考特的原因，這個面具引發了問題。就如同傑克・貝克（Jack Baker）為什麼會在《一曲相思情未了》（*The Fabulous Baker Boys*）中失去了蘇茜・戴蒙（Suzy Diamond）；或是麥可・柯里昂的惻隱之心促使他為父親報仇一樣。

但相反地，角色認為可能是弱點的特質，如果他們確實意識到了，那麼這些特質就能成為救贖的關鍵。就如正是閃電麥坤的無私和同情心，拯救了他的靈魂，而（因為這是一個黑暗的反轉）麥可・柯里昂的無情，確保了他的繼任[1]。因此，角色想要的與他們的外在面具，以及他們需要的東西及內在脆弱之間的關係——換句話說就是一個完整的角色——與戲劇結構有密不可分的關係。

但在戲劇中該如何運作呢？傑夫・布里吉斯（Jeff Bridges）飾演的傑克・貝克在《一曲相思情未了》中，是一個自私、自我中心的傢伙，無法妥善處理親密關係或維繫任何關係。然而，即使劇情讓我們看到了他的種種缺陷，卻也同時顯現出他具備愛人的潛力。他照顧住在樓上的小女孩，為了生病的狗極力付出，此外開場中與他同床共枕的女人，也點出他並非完全的自私——他有一雙「靈巧的雙手」。而麥可．柯里昂或許拒絕了家族的暴力教條，但他向黛安．基頓（Diane Keaton）飾演的凱伊解釋他們是誰時的冷酷，顯示了他未來的自我轉變。內在的衝突從故事一開始就存在，像火種般隨時準備被點燃成火焰。猶如匈牙利評論家拉約什．埃格里所言：「劇作家呈現的每一個角色，都必須內含未來發展的種子。」劇末將變成罪犯的男孩身上，勢必在最初就有潛在的罪惡傾向。

隨著故事的進展，「需求」取代了「慾望」，幫助角色維持外在形象的特質，逐漸被內在「更良善」的因子改變。「需求」在觸發事件中變得顯而易見，在第二幕的結尾被接納，並在中間點取得首次的勝利；因此，塞爾瑪在性愛後展現的表情，以及處在更暗黑旅程的麥可．柯里昂，第一次讓需求戰勝慾望時，痛苦與力量並存的表情，都在彰顯他們浮上表面，且接管了一切的內在潛意識。

在中間點之後，主角必須學會如何融合舊自我，與現在佔主導地位的新自我。單單只是設立一個全新的個人特質並不夠，而是必須讓角色學會如何將新自我的好特質，與舊自我的好特質相互結合[2]。隨著旅程接近尾聲，這兩部分也將達到平衡狀態。這是辯證法——是正題與反題，且再次尋求融合。若是簡略圖示面具與缺陷之間的關係，那麼大致會是這樣：

用數學方式來呈現一個角色當然很荒謬，但為了說明上的方便，我們可以說塞爾瑪在她

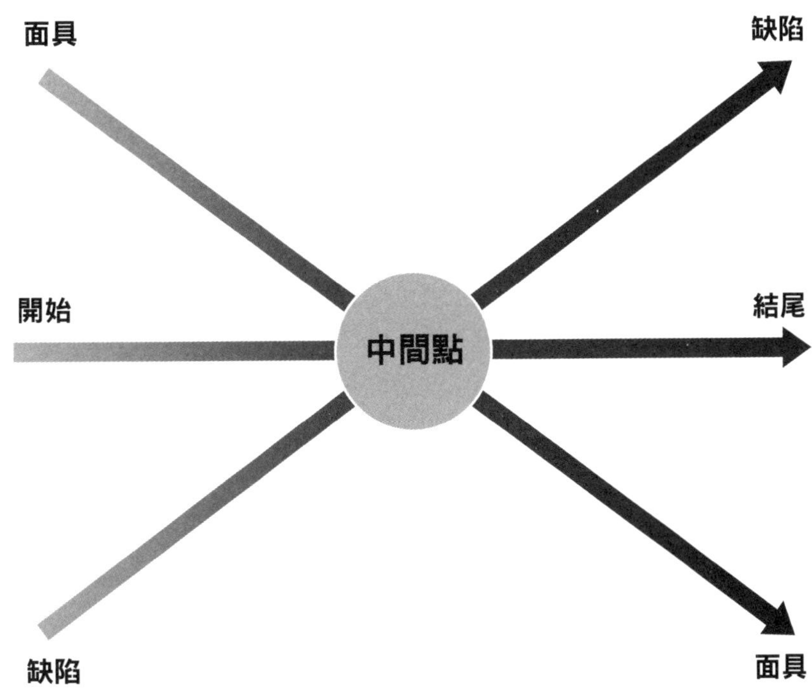

的旅程開始時，是百分之二十五的女人和百分之七十五的小女孩。隨著故事的進展，這兩個比例逐漸改變，最後變成百分之七十五的女人和百分之二十五的小女孩。這確實就是行為結構的辯證本質，在一個極致有序的劇本中，可以清楚地看到角色變化的模式。如果我們接受角色的需求，在中間點將首次戰勝他們的慾望（這其實是一個不錯的中間點定義），那麼就有可能以圖形方式畫出角色的演變過程：

想想《馬克白》以及他內心的遺毒，如何在每一幕中逐漸增長，直到完全將之壓倒。再想想《金髮尤物》中的艾兒（Elle），那個迷糊的傻女孩，竟然有一個出色的法律頭腦在其中萌芽。影片開始時，她穿著一身粉紅色的服裝，梳著誇張的髮型；九十六分鐘後，她的髮型整潔，衣領上有一抹粉紅色。當正題遇到反題並相互作用時，兩者在影片的每一幕中也隨著內在衝突（和她的服裝）發生變化，相互取代。

這種看待角色塑造的方式過於簡化和簡單，因為血肉之軀會讓事情變得更多變複雜，其中還包含了一個潛在的深刻真理。角色與故事是一體的——這是非常普遍的觀念，角色就是他們所做的事情，因此相對地，角色想要的也顯露了他們的本質。在追求目標的過程中，

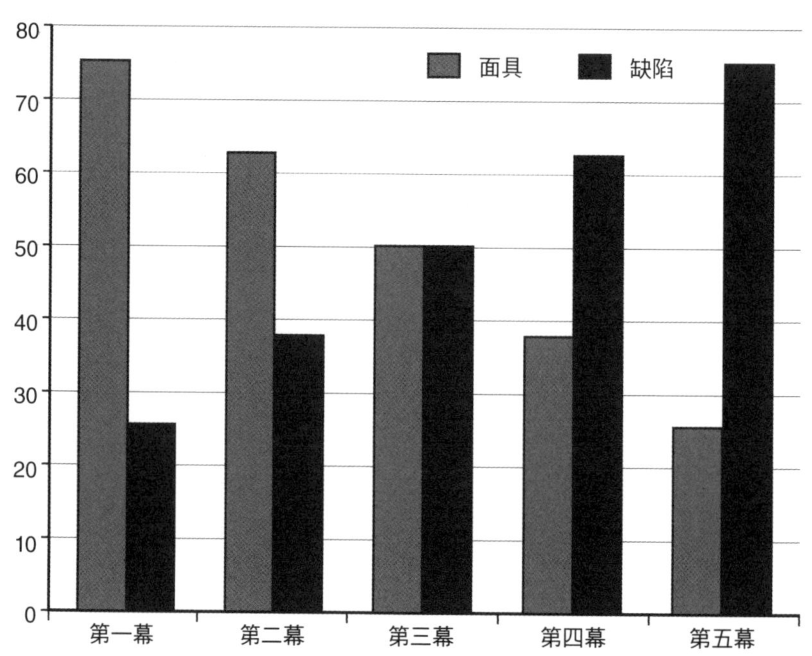

角色表現出的特質（包括有意識和無意識的）都與結構直接相關。在故事的不同階段，這些特質會以不同的比重出現。看似隨機的個人怪異特質，實際上會與一個模式密切相關，引起與對立面之間的爭鬥，以尋求完美的平衡與對稱。

在一個典型的故事結構中，角色在追求目標時所展現的特質，將會是影響他們達到目標的阻礙；如果結局是關於救贖，那麼這些最初無意識成為對立面的特質，將會在最後拯救他們。若在悲劇中，情結則會相反。蓋茨比創造了一個完全虛構的自我贏得黛西・布坎南（Daisy Buchanan），但反而正是創造這個幻想的衝動，迫使她離開了。

角色與結構的關係無法分割。然而，結構若真是如此可循和簡化，就會立即出現一個問題：如果所有的結構都遵循一個相同的原型，那麼又該如何解釋角色的無限多樣性？

第14章 角色個性 Character Individuation

一個陰莖很小的男人建造了一棟摩天大樓；對性愛感到恐懼的女人成為修女；對自我充滿厭惡的男人成了喜劇演員——這些都是人們熟悉的戲碼，但每一個都包含了真理。為了掩飾內心激烈的衝突，我們不得不塑造一個公眾形象，在戲劇中也是如此。吉米・麥高文的《神父》（*Priest*）主角是一名同性戀者；《海濱帝國》（*Boardwalk Empire*）中嚴格執行禁令的是一名性變態。角色創造了假象的面具，掩蓋內心恐懼的東西——每個人都是如此。

因此，角色的面具就是內在衝突的外在表現。但倘若真如此簡單，所有隱藏內在脆弱的男人，都有一個堅硬的外表，那麼理當不會出現太多不同的角色類型。該如何解釋這個明顯的矛盾？這麼說好了，如果設計得當，角色不僅會符合故事的範例，也會是其中不可或缺的部分。《證人》、《搜索者》（*The Searchers*）及《新娘百分百》中的主角，都對親密關係感到恐懼，但約翰．布克、伊森．艾德華（Ethan Edwards）和威廉．薩克這幾個角色之間有著天壤之別。若是故事結構過於模式化，又怎能產生如此多樣化的角色？

答案其實非常清楚直接：因為編劇用不同方式「裝扮」他們的角色，行為上的癖好、語言的運用方式、環境和場景的設定，都能在角色的區分上，給予很大的幫助。但是，如果四個角色都在同一個結構框架裡，也有相同的根本缺陷和內在衝突，怎麼還能如此不同？幸好，衝突有各式各樣的表現方式。

人們創造一個能讓自己感到安心的形象，努力達到他們認為能夠支撐這個自我形象的地位和成就。以虛構小說的用語來說，主角誤認為自己想要得到的，將能使他們完整並平息內心的衝突。這是一個常見的故事寫法——凱恩試圖控制令他恐懼的世界；蓋茨比想要擁有財富掩蓋他的貧困；東尼．索波諾使用暴力掩飾他的脆弱；唐．德雷柏則設立了一個虛假的形象，掩蓋真正的自己。而如我們所見，這些角色戴上的面具，並沒有為他們帶來幸福。他們為什麼選擇這些面具？這又能告訴我們關於角色個性的哪些事？

◎自我防禦的機制

「精神官能症是一個連你都不知道自己擁有的祕密。」

肯尼斯・泰南（Kenneth Tynan）

面對極端壓力，有些角色會笑，有些會哭，有些會訴諸於理智，有些可能會怪罪他人。這是角色塑造的基石，也是心理學理論的核心部分。

佛洛伊德認為，自我（ego）具備應對內部衝突的防禦機制。這些機制是公眾形象（超我）與本我或內在憤怒間不斷爭鬥，產生的精神官能症的宣洩出口。他認為當源自於本我的衝動（性欲或報復的慾望）與超我（提醒我們這是不被接受的念頭）發生衝突時，就會引發不滿、焦慮和精神官能症的產生。為了處理這些不舒服的感覺，自我便建立了防禦機制——這些不是通向幸福的永久途徑，而是個人「管理」日常生活中的心理「應對系統」。

肯尼斯・泰南曾說：「精神官能症是一個連你都不知道自己擁有的祕密。」人們運用各種不同的防禦機制，應對這些「祕密」帶來的問題，其中的許多機制，都出現在佛洛伊德和他女兒安娜（Anna）的創始性研究裡[1]。

這些防禦機制大略分為四類[2]：

1. 病理性（例如：妄想性投射）
2. 不成熟性（例如：被動性攻擊）
3. 神經性（例如：疑心病）
4. 成熟性（例如：幽默／利他主義）

我們都很熟悉大多數的特徵，可以在朋友、同事以及那些具有自知之明的人身上看到。不過這些特徵，在公眾人物身上或許更容易觀察，部分原因是名聲往往會加劇這些狀況，另外則是患有精神官能症的人，可能更渴望追求聲譽和認可。對於我們的目的來說，重要的是它們在戲劇中會更立即可辨：

理性化：集中於非情感方面——《曼哈頓》（*Manhattan*）
壓抑：抗拒愉悅的本能——《長日將盡》（*The Remains of The Day*）
退化：回到早期的發展階段——《大寒》（*The Big Chill*）
昇華：將負面情緒轉移到另一個對象上——《濃情巧克力》（*Chocolat*）
合理化：用似是而非的推理逃避創傷——《遠離賭城》（*Leaving Las Vegas*）
隔離：將情感與想法和事件分開——《搜索者》
投射：將自己的缺點歸咎於他人——《黑道家族》

否認：拒絕承認情感創傷——《失嬰記》（*Rosemary's Baby*）
轉移：把內在的侵略性等轉移到另一個目標——《猛龍怪客》（*Death Wish*）
反向形成：相信與自己感覺相反的事物——《衝擊效應》（*Crash*）

簡單來說，一個有缺陷的角色在塑造假象時，有非常廣泛的選擇。當一個角色無法維持親密接觸，他們會如何反應？他們會……

理性看待？　　責怪他的伴侶？
開玩笑？　　離群索居？
將慾望深埋？　　拒絕承認問題的存在？
表現得很幼稚？　　找妓女解決？
蓋一座摩天大樓？　　攻擊其他人？

人們可以運用各種行為模式來隱藏創傷（或以戲劇而言，隱藏角色的缺陷），對親密關係的恐懼，會促使角色戴上各種面具，這就是為什麼《搜索者》、《證人》和《新娘百分百》的主角們雖然如此不同，但依然有著相同的內在缺陷。

從故事層面上來看，自我防禦機制是角色用來隱藏內心世界的面具；這是我們在故事開始時所看到的角色，如果是典型的情節發展，這部分會隨故事的進展逐漸消失[3]。接著，你會開始看出故事結構的心理根源：對於角色（以及藉由他們獲得感受的我們）來說，這就是化解精神衝突的過程。

然而，造成這種神經衝突的原由是什麼？這個問題的答案，顯現出最常見的一些戲劇技巧，並提出了闡述的本質與重要性，以及整體戲劇結構的關鍵問題。

◎精神衝突的起源與「橡皮鴨」

所有的立體角色在我們初次遇見時，都懷有缺陷。他們在心理學上都是精神創傷的受害者——他們的慾望和需求不一致，都有某方面的失調，為了因應這個失調採用了防禦機制。這個防禦機制在短期內有幫助，但長期持續下來可能會造成嚴重的傷害。而這個創傷通常源自於螢幕上沒演出的經歷，並在電影、舞臺劇或電視節目播出之前就已經發生。

在《東區人》中，可能是凱特被叔叔哈利強暴；在《沉默的羔羊》（*Silence of the Lambs*），可能是克萊兒（Clarice）目睹羊群被燒死。在《為你鍾情》（*Walk The Line*）和《雷之心靈傳奇》（*Ray!*），則是手足的死——前者出現在開場，後者在回憶的倒敘裡。但在最常見的情況下，創傷的根源通常直到故事至少進行到三分之二，甚至到了最後才會公諸於世，這是解釋主角為什麼變成如今這個模樣的最後一塊魔法拼圖。

電影導演薛尼・盧梅（Sidney Lumet）及編劇與製作夥伴帕迪・查耶夫斯基（Paddy Chayefsky），使用了一個目前仍無人能敵的術語——「橡皮鴨時刻[4]」（Rubber Ducky moment），來形容用早年發生的一件事，「解釋」劇中角色現今狀況的現象。這個術語當然帶有嘲諷的意味，他們認為光用「有人在他們還是嬰兒時，偷走了他們的橡皮鴨」解釋心理變態傾向的緣由，實在太過簡單。雖然兩人的揶揄，沒能阻止這種模式成為普遍的戲劇主題[5]，但事實上這種模式受到巧妙地運用，而且還有一定的前撲後繼者。

在《末路狂花》中，這是露易絲在德克薩斯州被強暴的時刻；在《大國民》中，是凱恩與「玫瑰花蕾」分離的時刻；是《北非諜影》中，伊莎在巴黎離開瑞克的時刻；在《雨人》（*Rain Man*）中，則是兩兄弟在嬰孩時期被分開的時刻。

這也是電影中所有使用「週期性」結構的基石，人們在這些電影的一開始對主角一無所知，之後才透過劇情，慢慢向觀眾揭露主角的真實面貌，而不是透過角色本身的內在性格轉變。所以改變不是發生在主角身上，而是「觀眾」。無論是在藝術電影，例如：《我行我路》（*I Know Where I'm Going!*）和《紅路》（*Red Road*），還是主流電影，例如：《瑞秋要出嫁》

（*Rachel Getting Married*）和《神鬼認證：神鬼疑雲》（*The Bourne Supremacy*），這些電影的結構，都以最後揭露主角是誰的那一刻為核心，當然也完美地遵循了轉變的模式。

大多數電影至少會等到第四幕結束前才揭露這一刻，一部分原因是為了在整個故事中，創造神祕感和期待感，另一部分則是因為故事本身就是角色朝向那一刻的旅程。故事再次與心理學的理論並行——角色被引領踏上一段承認過去創傷，並與之和解的旅程。藉由面對和接受創傷的根源，最終讓他們可以繼續向前邁進。

因此，「橡皮鴨時刻」指的是個性最初分裂的時刻，亦即出生時的健康個體，和後來成為受損個體之間產生裂痕的時刻。這是觸發心理防禦機制形成的事件，事實上也是促成形成精神官能症的時刻，角色的面具也因此產生。

凱恩因為缺乏愛，而建立了帝國。

露易絲因為在德州發生的事情變得冷漠、孤僻和控制。

瑞克．布萊恩因為伊莎在巴黎遺棄了他，變得粗魯與自私。

在最好的情況下，「橡皮鴨時刻」會成為一個強而有力的戲劇手法，但若在最糟的情況，則可能會造成過度誇張、自說自話和陳腔濫調（《大白鯊》中昆特〔Quint〕針對印第安納波利斯號被鯊魚襲擊的那段話，就在這兩者之間遊走）。大衛・馬密不留情面地將其稱為「我的小貓死了」的演講——編劇通常在劇的四分之三處，設計一段精彩獨白打斷情節的進行，通常以「我小時候有一隻小貓……。」為開場白。

劇作家西蒙・史蒂芬斯（Simon Stephens）也注意到新手劇作家，傾向書寫關於古老家族祕密的劇本，這些祕密常常在劇本的五分之四處，藉由酒後吐真言的方式被揭露而出。史蒂芬斯像馬密一樣，對此持否定的態度，並指其為「戲劇惰性[6]」（theatrically inert）。奧森・威爾斯（Orson Welles）本人更將「玫瑰花蕾」與「廉價的佛洛伊德」相提並論。

這麼說好了，當戲劇外的過往創傷，能在當下的故事線發揮作用，創造一個積極的目標時，它才會有效，就像《末路狂花》。若以更現代的電影來比較，《社群網戰》角色們「橡皮鴨時刻」的發生，可能就會引起爭論，因為這個手法用在真實故事改編劇本上的效果較差。但這件事應該發生嗎？

馬密堅持編劇必須抗拒這樣的手法：「當電影變成敘述而不是戲劇，當它阻撓了觀眾的想像力，觀眾的興趣就會喪失……冗長的闡述、背景故事的旁白、敘述和刻意的角色塑造，將讀者的興趣限縮於正在發生的事情，實際上也扼殺了整場戲[7]。」馬密嘲笑戲劇中過度解釋的文化，這些糟糕的敘事將觀眾推開，不願意以讓觀眾自行推斷的聰明方式對待他們。

馬密指出，如同E．M．佛斯特之前所說[8]，人們唯一的興趣，應該是接下來會發生什麼事。在二十三部電影之後，我們還是對詹姆士．龐德的背景幾乎一無所知[9]，因為我們不需要知道這些——他純粹只是一個角色；我們知道他是誰就夠了。一個角色的背景故事愈少，觀眾就愈容易與之產生共鳴，因為可以看到更多他們和自己的相似之處，而不是像別人。我們可能「想要」瞭解更多，但正是這種「未知」，讓我們想要繼續看下去。這讓我們能夠完全融入、體驗角色的旅程，積極參與他們追求目標的過程。他們的缺陷被隱藏在面具的假象之下，他們的需求變成了他們的渴望，然後戲劇的目標得以實現：一個豐富、複雜、立體的角色，出現在我們的眼前。

艾爾吉（Hergé）的丁丁（Tintin）完全沒有鮮明的角色特徵，卻擁有深刻的原型形象，是有其原因的——它讓任何一個孩子，都可以輕易穿上短褲成為冒險英雄，因為這個角色是如此貼近他們。大衛．芬奇曾談到勞勃．狄尼洛（Robert De Niro）在《計程車司機》中的指標性角色，他說：「我不知道崔維斯．畢克爾（Travis Bickle）來自何方，也不知道他為什麼做了那些事。我不知道，也不在乎。這就是他令人著迷的原因[10]。」芬奇的觀點雖然簡單卻極其重要。如果一部電影運作正確，主角就會是觀眾自己。觀眾對他們的瞭解愈少，愈能像《變腦》中的角色一樣，走進角色的頭腦，把他們的經歷變成自己的。

真正的典型戲劇能帶來平靜感，故事成為一種暫時的解藥，沉澱[11]了我們內心的煩憂。在看戲時之所以能夠感到療癒，不是因為這部戲告訴我們解決衝突的需求，而是因為它讓我們能夠親自參與這個過程。糟糕的背景敘述，會干擾這個過程，破壞我們的共感。這也是為什麼結構完美的電影，能如此深深觸動我們；因為如果角色和結構是一體的，那就無需多做解釋。

讓觀眾能夠自身感受的深刻影響，在潛意識上比文字更能打動人心。這也解釋了為什麼凌亂的結構，會使人們在觀看時感到痛苦，不過這也不算錯誤，畢竟不是每一個藝術家，都以引發平靜感為目標。

第 15 章 對話與角色塑造

Dialogue and Characterization

龐德：你期待我開口嗎？
金手指：（笑著回頭看）不，龐德先生。我期待的是你死。

《金手指》
理查・邁邦（Richard Maibaum）和保羅・德恩（Paul Dehn）編劇

每一句話，無論多麼難以理解或言不及義，都在某種程度上意圖表達。對話最重要的三個功能——角色塑造、說明和潛台詞，都如我們所見，是源自於角色的慾望。因此，對話既源於結構，也是其必要組成部分。

編劇的至理名言一直是：「演出來，而不是用說的。」大衛．海爾曾矛盾地主張：「告知，而不用演出來。」（即電影既是一種語言，也是一種視覺媒介）才是更正確的方式[1]。他說得沒錯，但原因不是他所想的那樣。口語的流利性很重要，而且可以增添影片的光彩——對話可以使一部作品成功或失敗，但這並不表示電影是一門口語藝術。

一九二七年問世的《爵士歌手》（*The Jazz Singer*），是第一部採取同步錄音方式完成的長片，從此改變了電影的一切。在此之前，觀眾在看電影時，是透過圖像並置進行因果的連結與推斷。然而隨著聲音的出現，奇妙的事情發生了。同樣一批觀眾發現，圖像與對話之間也存在類似的關係。列夫．庫勒雪夫的研究，是在電影歷史非常早期時進行的[2]，那時還是純視覺媒體，而聲音演進的一個關鍵優勢，是讓我們瞭解到（雖然從未明確表達），庫勒雪夫效應同樣適用於對話。

對話在塑造角色面具上，具有關鍵的作用；除非放下防備，否則人們會按照他們希望被看到的方式說話。但面具總有卸下的時候，這時候更真實的意圖，就可以透過言語被發現，意即發生在話語與行為並置時（庫勒雪夫效應）。

如同我們注意到一個角色，所說和所做的事情相互矛盾時，便有戲了起來，因為這當中創造了一個讓觀眾可以參與的空間。所以當話語和行為脫離，但有效地並置時，觀眾會立即更加投入。如果對話僅僅只是告知的敘述，這種效果就不會產生。

因此，好的對話是行為的展現，而不是用來解釋行為。絕佳的對話向我們「展示」了角色是誰。當訊息透過表演來表達時，就能讓觀眾看出角色的真實樣貌。

◎透過對話的角色塑造

如果將一位政治人物在電視上的訪問轉成逐字稿，幾乎可以想像整篇稿子一定滿是速記，需要大幅的修改，畢竟發言者在訪談中，會出現打斷舊想法的新想法，或是一邊講一邊搜尋合適的語句，所以如果寫下的內容看起來亂七八糟，也是理所當然的。

事實上，所謂好的對話並不會像真正的對話，它呈現的是對話的假象，是按照角色塑造和結構上的需求所擬。對話也不是敘事，它的存在不是為了故事的開展，而是呈現角色對敘事的反應，即他們對旅程中遇到障礙的反應。因此，說話是另一種形式的「行動」，是一種用來處理障礙的工具，而每個字句都像是一個指紋，可以讓我們追蹤推敲。如同《吸血鬼獵人巴菲》（*Buffy the Vampir*）的製片和《復仇者聯盟》（*The Avengers*）導演喬斯・溫登（Joss Whedon）所說：

「每個場景中的每個人，包括反派身邊的暴徒，都有他們存在的理由。他們有自己的聲音、自己的身分、自己的過往。如果有人說起話來，好像只是為了幫下一個人的台詞做鋪陳，那就不會有對話，只有簡短的聲音片段……如果你不知道誰是誰、不知道他們為什麼出現在那裡、為什麼感受到他們所感受到的、為什麼在做他們正在做的事，那麼你就有麻煩了[3]。」

對話必須幫助每個角色顯得獨特，為了做到這一點，必須充分掌握角色塑造的原則。好的對話既能傳達角色希望被看到的樣子，又能洩漏出他們想要隱藏的缺陷。喜劇將這一點發揮到了極致。就像大衛·布蘭特和阿里G（Ali G）的表演，前者感覺起來如此熟悉，而後者顯然是模仿英國聖公會主教之子——饒舌DJ提姆·韋斯伍德（Tim Westwood），因為這些角色都明顯存在於真實生活之中。

如果角色做出的每個選擇，都在告訴人們一些關於他們的事情，那麼這也包括他們潛意識的選擇。每個角色的聲音都將是不同選擇的結果，有些甚至可能早在故事開始之前就已經存在。語法、詞彙、句型結構、節奏、句子的長度、行話或俚語——當它們以特定方式組合在一起時，就能讓我們瞭解一個人。若是改變其中的一項，角色也會隨之改變。

對話不僅是關於某人說了什麼，角色選擇如何說話也很重要。因為每一句話都會顯露出他們的慾望、文化、背景、世界觀、地位、社會規範、性別、潛意識的恐懼和成長經歷。

這些選擇可能是潛意識的，但仍然帶有獨特的意義。所以當一部作品變得極具反思性、專注於背景故事或過度解釋，在你聽到「你還記得嗎？」或「這讓我想起了……。」這類的句子時，就會知道這部片大有問題。對話也是如此。當角色在追求目標的過程中遇到了阻礙，而對話無法做出符合角色個性的正確反映，這個對話就失敗了。對話應該是角色的表現之一。

第 16 章 闡述與說明

Exposition

「結婚日快樂，姊姊[1]。」

九〇年代某英國連續劇開場白

外景。西敏寺教堂台階。
男子甲：站在那裡的不是維多利亞女王（Queen Victoria）唯一的兒子，攝政王（Prince Regent）嗎？據說他跟妓女有染。
男子乙：沒錯。

若在西元前五世紀，男子甲說的話會在序幕時陳述。序幕被認為是尤里庇底斯發明，通常以神的形式出現，化身為人形，向觀眾傳達所需要知道的訊息，包括背景、人物生平、角色、劇情和動機，以便讓觀眾理解整個故事。用現在的說法，序幕就是旁白。

如果男子甲是電視對話的旁白，就不會有什麼問題。但是隨著戲劇、電影和電視的發展，及其不斷強調的真實感，如果出現一個站在畫面之外的角色，會顯得不太合適。雖然莎士比亞時期，曾讓紳士們現身評論劇情（如《亨利八世》〔*King Henry VIII*〕的第一、第二和第三紳士），但到了維多利亞時代，序幕的角色，已經交到兩個聊雇主八卦的女僕身上，這個方式被稱為「擦桌子[2]」。這種手法隨著現實主義的發展，已漸漸不再流行，因為觀眾可以在毫無刻意的情況下，透過巧妙且隱含的戲劇性方式，獲取所需的所有訊息。

泰倫斯．瑞堤根堪稱是現代現實主義的首位編劇大師，《豪門風雲》（*The Winslow Boy*）就是獨一無二的例子：一宗盜竊案、一場審判和一件國家醜聞，都藉由媒體報導的橋段毫無破綻地呈現出來，主角一家甚至從未離開過客廳。這樣的技巧極為罕見，其中展現的是「敘事」的才華——糟糕的敘述最容易暴露編劇的水準。

為什麼敘述如此之難？因為在現實生活當中發生的事，很少需要特別再進行闡述或說明，所以在影片中相對難呈現。畢竟敘述是用說的，而戲劇是一種展示和表演——這兩種形式和功能，在根本上就已經背道而馳。最容易的是寫得糟糕，最難的是寫得好，這也是為什麼敘事會成為評論諷刺的第一目標。

內景，霍爾比病房，白天。

私人病房的門猛然打開。本來看著病人茱莉亞（Julia）的米奇（Mickie）抬起頭來，皺著眉頭。威爾（Will）和穆布斯（Mubbs）進入病房，帶著任務。

米奇：我以為康妮（Connie）會來？

威爾：呃，這次不會。看來你只能跟我一起了。

（在他們身後，鮑勃〔Bob〕緊張地跑進來，焦急走向床上的妻子茱莉亞。）

鮑勃：茱莉亞，怎麼了？（對威爾說）你說過這可能會發生。她的心臟要放棄了嗎？

茱莉亞：沒有人要放棄，我只是暈倒了。

鮑勃：是她的瓣膜有問題嗎？就像你說的，寶寶對她的心臟帶來太大的壓力。

威爾：超音波顯示從你們上次來到現在，情況有一點惡化。不過茱莉亞暈倒，是因為她的心臟無法輸送足夠的血液到大腦。

茱莉亞：寶寶沒事對吧？

穆布斯：我們會進行超聲波檢查來確認。（對米奇說）你能開始幫茱莉亞打點滴嗎？

茱莉亞：（嘲弄地對威爾說）我猜你還是覺得我應該把他拿掉？

威爾：妳生下孩子後，我們可以進行瓣膜修復。但妳需要瞭解這種狀況下足月妊娠的風險。

茱莉亞：我有百分之五十的機率會撐不過去嗎？（停頓）我願意冒這個險。

穆布斯：她的用藥情況呢？

威爾：（查看筆記）效果似乎太好了。照理說妳這種情況應該會有高血壓。但實際上妳的血壓非常低。

鮑勃：這不是好事嗎？你說過高血壓代表她可能會中風。

（威爾點點頭，清了清喉嚨。）

威爾：是沒錯，但是……這血壓太低了，茱莉亞會有心臟停止的風險。（他突然想到）妳確實按照我們討論的換成鈣離子阻斷劑了吧？

茱莉亞：是啊。你說過血管緊張素轉化酶抑制劑會對寶寶有害。

威爾：妳不可能服用過量吧？

茱莉亞：我不是白痴！

米奇：我相信柯蒂斯先生（Mr Curtis）不是那個意思。

這段對話來自二〇〇五年的《霍爾比市》（*Holby City*），但或許更讓人想起英國喜劇演員維多利亞．伍德（Victoria Wood）的肥皂劇《橡實古董鋪》（暫譯，*Acorn Antiques*）。在早期的英國連續劇中（我懷疑全世界都是如此），編劇往往認為觀眾不太聰明。所以他們被迫必須解釋一切，以為只有讓觀眾完全瞭解情節點、動機和外科技術，才能讓他們繼續觀看下去。結果……當然大多數都很乏味[3]。

大部分的虛構戲劇必須具備可信度——角色不能說出他們在現實生活中不會說的話，但是角色也需要向觀眾傳達基本的必要訊息。猶如編劇必須處理結構需求和「現實」之間的衝突一樣，他們也在對話上面臨同樣的兩難。該如何解決矛盾？如何避免讓對話聽起來像過時的老《霍爾比市》劇集？答案再次落在戲劇的結構原則。

從根本上來說，有兩種敘述的類型：

1. 傳達觀眾和角色都不知道的訊息
2. 傳達觀眾需要知道，但所有角色都已經知道的訊息

◎傳達其他角色不知道的訊息

醫生和警察佔據了戲劇領域的絕大部分，這不僅是因為人們對生死的議題感興趣，而是兩者的價值，同樣能夠引出重要的情節訊息。一九八五年開播的《東區人》以雷格．考克斯（Reg Cox）的謀殺案為開場，這個安排有充分的戲劇理由——不但提供了一個很好的吸引因素，也讓觀眾能通過警方的審問瞭解整個事件。這就是為什麼大多數的新劇集裡，都會有一個新手的角色，例如《急診室的春天》的卡特（Carter）、《六人行》（*Friends*）的瑞秋（Rachel）、《迴轉幹探》的山姆（Sam）或《急診室》中的任何一位一年級生。他們提出的問題提供了觀眾需要知道的答案。遊客和學生、陌生人和權威人士，都有同樣的作用，提供一個戲劇情節上，需要解釋事實的必要性——這些劇中人物代表了我們。

◎傳達所有其他角色都知道的訊息

當編劇需要傳達所有角色都已經知道，但觀眾不知道的訊息時，情況就會變得非常複雜。舉例來說，如果這是夫妻兩人都已經知道的事情，為什麼妻子會跟自己的丈夫說她有潛在的致命疾病？經驗不足的編劇可能會開始說：「聽我說，你知道你有……。」或者「你聽到醫生說了，是……。」比較有經驗的編劇，更可能先選擇說：「你是不是傻了？」後再重複接下來的敘述。

為什麼這麼做可行？因為透過在問句中加入絕望的情緒，顯示某件事如此重要，以至於需要再重複說一次，提供了這麼做的「理由」。（「看在上帝的份上，去看醫生吧！你得的是癌症。」）而當你有了理由時，角色就有了目的性。

所有的敘述，就像所有的對話一樣，都由這個目的性所驅使。不到位的敘述，因為缺乏推動戲劇的必要因素，所以很容易被察覺。

傳達只有「少數」角色知道的訊息的理由，顯然非常清楚明確。但傳達「所有」角色都知道的訊息，就會讓理由顯得薄弱，所以需要用演出的方式。然而無論是哪一種，光有理由並不一定足夠。

所有優秀的敘述都藉由注入衝突、使其戲劇化的方式來掩飾。在故事結構中，角色的目的或渴望，絕對應該受到對立面阻撓，才能創造戲劇所需的衝突。本章開頭在西敏寺教堂台階上的場景，屬於沒有衝突點的敘事，若是加入對立面，整場戲就會自動變得生動起來：

外景。**西敏寺教堂台階**。

攝政王走出教堂。

男子甲：真是一個好男人。

男子乙：才怪，他是他母親的恥辱。

男子甲：你竟敢汙衊女王的名聲？

男子乙：如果維多利亞女王知道她的攝政王經常召妓，她對他的評價不會比我高。

當敘述被劇中角色用來當成他們達到目的的工具時，這樣的闡述就會達產生效果。如果這個目的遭到反對，就會產生衝突，闡述的作用也因此被掩飾起來。亦即衝突愈大，敘述感愈不明顯。但如果訊息的傳遞，對劇情有影響的話（例如：辦案的警察與罪犯對話，或是醫生討厭告知病人壞消息），敘述就會自動變得更有趣。

在《心臟驟停》（暫譯，*Cardiac Arrest*）的第一集中，編劇傑德．默庫里歐（Jed Mercurio，筆名約翰．麥克尤爾〔John MacUre〕）讓一位驚恐的新手醫生，向死者家屬傳達已故的消息，場景極其尷尬不安。

柯林醫生（Dr Collin）走進親屬房間。格瑞太太（Mrs Grey）和她的朋友坐在窗邊，急切地等待消息。

柯林醫生：格瑞太太。

格瑞太太：醫生，你看起來很累……坐下來吧？

柯林醫生：不用了，請……喔，我還好，謝謝……嗯，我想……妳知道……嗯，艾伯特（Albert）不是很健康。他有間皮細胞瘤……這是一種……肺癌……因為他接觸了石棉……所以，因為他接觸了……石棉……妳知道的，這種事永遠不能百分之一百確定……他不是很健康……呃，我們為他注射了藥物……氧氣……霧化器，我……我們已經盡力了……但最後，我們還是無能為力……實際上，如果妳有任何問題想問我……嗯。

格瑞太太：艾伯特現在怎麼樣了？情況很糟糕嗎？你是這個意思嗎？

情感的衝擊掩蓋了敘述的語句[4]。正如默庫里歐本人所說，如果你用「情感覆蓋」（emotional overlay）掩飾敘述說明，那麼它就會受到影響[5]。就像如果男子甲是王儲阿爾伯特（Prince Albert）的摯友或祕密情人，那麼有關阿爾伯特的訊息將具有更大的力量。同樣地，絕佳的對話需要在對立的熔爐中鍛造而成。

《現代啟示錄》就將所有這些技巧結合在一起。在第一幕中，韋勒上尉被傳喚到指揮官面前，觀眾很快就能看出，這群指揮官顯然要用之前害其他人的那些卑鄙技倆。我們從一個精彩巧妙的場景中，瞭解了所有主要角色的一切——不但包括個人的主要背景，還有他們的為人處事，也從而得知他們的道德標準，以及他們是什麼樣的人。我們來看看約翰・米利厄斯和法蘭西斯・柯波拉如何運用潛台詞、慾望、衝突和深刻的個人因素，傳達瞭解這部片所需的每一個事實。

內景。簡報室。

盧卡斯上校（Colonel Lucas）：進來吧……放輕鬆點。抽菸嗎？

韋勒：不用，謝謝長官。

盧卡斯：上尉，你以前見過這位先生嗎？見過將軍或我嗎？

韋勒：沒有，長官。沒親自見過。

盧卡斯：你經常獨自工作，是嗎？

韋勒：是的，長官。

盧卡斯：你的報告上指出你從事情報、反情報工作，待過特種部隊。

韋勒：（不安地）我目前不想討論這些行動，長官。

盧卡斯：你是不是在CIA的特種部隊工作過？

韋勒：沒有，長官。

盧卡斯：上尉，你是否在一九六八年六月十九日，在廣治省暗殺了一名政府稅務官員？

韋勒：（意識到自己正在被考驗）長官，我對任何的這些活動或行動並不知情——

就算這些行動確實存在，我也不願意討論，長官。

高曼將軍（General Corman）：（他通過了測試）我想我們可以邊吃午餐邊聊。希望你還有胃口。你的手受傷了嗎？

韋勒：休假釣魚時出了一點小意外，長官。

高曼：休假期間釣魚……還好吧，可以執行任務了嗎？

韋勒：是的，將軍，完全準備好了。

高曼：讓我們看看這裡有什麼……烤牛肉和……通常都還不錯，吃一點吧。傑瑞（Jerry），把盤子傳下去。兩邊一起傳，節省一點時間。我不知道你對這些蝦有什麼看法，上尉，不過如果你吃了，你就不需要用其他方式證明你的勇氣了……我拿一塊這個……。

盧卡斯：上尉，你知道華特．寇茲上校嗎？

韋勒：我聽過這個名字，長官。

盧卡斯：第五特種部隊的作戰指揮官。

高曼：盧卡斯，請你為上尉播放那段錄音好嗎？請仔細聽。

（播放錄音）：十月九日，凌晨四點三十分，ＰＢＫ區。

盧卡斯：這是在柬埔寨監聽到的，已經證實是寇茲上校的聲音。

寇茲上校：（播放錄音）我看見一隻蝸牛沿著剃刀邊緣爬行。那是我的夢想。那是我的噩夢。沿著剃刀邊緣爬，蜿蜒而行，然後存活下來。

（播放錄音）：第十一次傳送，十二月三十日，凌晨五點，KZK區。

寇茲：（播放錄音）我們必須殺掉他們，必須燒了他們。一隻豬接著一隻豬，一頭牛接著一頭牛，一個村莊接著一個村莊，一支軍隊接著一支軍隊。他們說我是暗殺者。暗殺者指控暗殺者，這算什麼？他們撒謊……撒謊的人是他們，我們還得對那些撒謊者仁慈。那些權貴，我恨他們，非常恨……。

高曼：華特．寇茲是這個國家有史以來最傑出的軍官之一。他在各方面都表現得很傑出，他也是個好人。他是人道主義者，機智、風趣又幽默。但加入了特種部隊之後，他的思想和方法都變了……變得不健全。

盧卡斯：他現在帶著他的越南土著軍隊越境到柬埔寨，那些人像神一樣崇拜他，遵從他的每一個命令，不管多麼荒謬。

高曼：我還有一些震驚的消息要告訴你，寇茲上校即將因謀殺罪被逮捕。

韋勒：我不明白，長官。誰被謀殺了？

盧卡斯：寇茲下令處決一些越南情報人員。他認為那些人是雙面間諜，所以他自己動了手。

高曼：你看，韋勒……在這場戰爭中，事情變得很混亂，權力、理想、傳統道德觀和實際的軍事需求混在一起。在那裡和那些原住民混在一起，很難抵擋被當成神的誘惑。因為每個人的內心，都存在著理性與非理性、善與惡的衝突。善不一定總是贏得勝利。有時候黑暗面會戰勝林肯所說的人性的天使面。每個人都有臨界的失控點，你和我也有。華特．寇茲已經達到了他的失控點。他顯然已經瘋了。

韋勒：（明顯不確定）是的，長官，非常確定，長官，顯然是瘋了。

盧卡斯：你的任務是搭乘海軍巡邏艇前往農河，在努蒙巴搜尋寇茲上校的行蹤，然後沿途盡可能學習可用的資訊。當你找到上校後，就要不擇手段滲透到他的軍隊，並終止他的指揮。

韋勒：終止？上校？

高曼：他在那裡隨意下令行動，完全超出了可以接受的範圍。而且他仍然在前線指揮他的部隊。

文書人員：徹底消滅。

盧卡斯：你明白了嗎，上尉……這次的行動並不存在，也永遠不會存在。

以上的每一句話，都傳達了每個角色的明確意圖。這些意圖可能經過修飾，但透過對話與影像的並列，透過看到韋勒上尉在否認暗殺政府稅務官員時的眼神，我們知道他確實做了這件事，同時也看出他雖然否認，但實際上等同證實了上級所說的資歷。我們知道這一點，因為這就是庫勒雪夫效應的運用——文字和圖像結合在一起，藉此來傳達超越文字的意義，給予觀眾潛台詞。

若是到了現今，《霍爾比市》的場景會怎麼寫？每個編劇當然會有不同的方式，但關鍵完全不在於對話。和茱莉亞病情有關的訊息，會在之前就先傳達，因為這對病人來說是新的消息，但大部分的結果，會在超音波檢查之後才揭露。這裡唯一真正需要的訊息，是茱莉亞必須進行緊急的超音波檢查——這是這場戲的關鍵。但這部分可以透過隻字片語，或甚至不需要話語就能傳達。護理師米奇可以發現異常，病人可以表現出擔憂，（如果預算允許的話）也可直接將畫面切換到進行超音波檢查的場景。如果米奇在這時候告訴茱莉亞不用擔心，效果會更好。

《心臟驟停》、《搜索屍間線》（*Bodies*）和《反腐先鋒》的製作人傑德・默庫里歐意味深長地說：「對話是我編劇中最不重要的元素。許多新進編劇花大量的時間琢磨對話，試圖以此解決問題，但問題更可能出在結構或角色上[6]。」米利厄斯和科波拉證明，傑出的對話是一門藝術，但結構仍然是戲劇的基石。

第17章 潛台詞 *Subtext*

一九六三年十一月二十二日星期五，新聞主播沃特·克朗凱（Walter Cronkite）在螢幕前停頓了一下，接收他耳機中的消息。「德州達拉斯快訊，看來是官方消息……」他的聲音顫抖著，「甘迺迪總統於中央標準時間下午一點去世……」他摘下眼鏡，停頓了一下，然後花了很大的力氣重新戴上眼鏡，繼續報導：「副總統詹森（Johnson）已經離開醫院……。」

如果你見過這一幕，就會知道它的震撼力。甘迺迪之死經過多年已然變成一個神話，但不可否認的是，克朗凱摘下眼鏡後再重新戴上，堅持繼續播報的那一刻，具有非凡的力量。克朗凱的這個片段，正是庫勒雪夫效應的體現。從一句話（總統去世了）和一個動作（摘下眼鏡），觀眾便可自由推斷這則新聞的實質重要性。在克朗凱身上，我們看到一個從未失去膽量、冷靜或從未被嚇到目瞪口呆的人，被這個消息震驚得一時無言以對。然後，因為他體認到自己的責任，重新振作起來，再次成為一名專業人士。

《沉默的羔羊》編劇泰德．塔利（Ted Tally），簡潔地說明編寫對話的藝術，他說：「重要的不是他們表現出來的情感，而是他們試圖隱藏的情感[1]。」再也找不到比這句話更好的解釋了。克朗凱的播報之所以具震撼力，是源於潛台詞中的情感——觀眾自己推理出答案的過程。

當俄國戲劇大師斯坦尼斯拉夫斯基，要求他的學生在每一句台詞中，尋找潛在的意圖或目標時，他知道表面上所說的話，幾乎很少等同於字面上的意思。對話的真正含義並不在於字面，而是超越了文字。它可能是一種地位、控制、權力，或是渴望表達愛、悲傷或巨大損失的角力。我們已經發現，每一句成功的對話都包含了一個意圖。然而由於各種原因，角色可能很難，或者根本不願意明確表達他們的意圖。克朗凱並不認為展露情感是他的職責，他的職責是進行他的工作，但透過他的言語和行動的對比，就形成了一個力量強大的潛台詞。

角色的渴望有時候很明顯，就像麥可．柯里昂決定殺死索洛佐的毫不掩飾。但很多時候由於各種原因，意圖是被遮掩的，潛台詞正由此而生。

崔佛（Trevor）：妳有任何想說的話嗎？

小莫（Little Mo）：（停頓）我愛你。

當小莫告訴崔佛她愛他（《東區人》，二〇〇一年），並不是因為這是真話——這段對話發生於崔佛在浴室地板上強暴了小莫之後。在這種情境下，她說的話，表達的是對自己人身安全的強烈渴望，她用這些話平息丈夫帶來的暴力威脅。她恨他，但是她太害怕了，以至於不敢說出來，所以她告訴他自己愛他。

因此，潛台詞來自於角色的面具，與他們真正的意圖或目的之間的互動。在壓力下表達真實感受時，很難繼續戴著面具。而當渴望與需求相互碰撞時，真相——角色所說和所做的差距便會顯現出來。這個差距正是戲劇的精髓。

每個角色進入一場戲時都帶著一個渴望，而他們如何表達這個渴望，就取決於他們和誰對話、他們自己的情緒狀態以及所處的環境。如同我們所見，所有的角色都在尋求一種安全感：他們是否能夠安全地表達自己的意圖，或者是否有更安全的方式達成他們的目的？這絕大部分端賴於角色在特定環境中，希望被如何看待，他們能夠顯露出多少真實的意圖？

安全感，如我們所提到的，是一個主觀概念。對某個角色來說，可能是成為地位最高的人；對另一個角色來說，可能是地位最低的人；又對另一個角色來說，可能只有和配偶在一起時才感到安全。這種安全感不管在哪裡被找到，都能明顯表露出來；而不安全感，無論是面對死對頭、暴力的丈夫還是新女友，都意味著意圖會被掩蓋，潛台詞因此產生。

角色無法表達真實感受的原因有很多，從恐懼到想要操控他人都有可能。編劇的工作，就是以一種方式來傳達這些內在的感受，讓我們知道角色的真實自我。舉例來說，每個角色會透過不同的方式施展誘惑。

一個男人走向酒吧裡的一個女人：

1. 男人：我要脫掉妳的衣服。
2. 男人：我真的很喜歡妳。
3. 男人：今天天氣有點冷，對吧？
4. 男人：妳以為妳很特別嗎？

然而無論以什麼方式來掩飾，潛在的意圖（誘惑）仍然不變。觀眾不僅會推斷出背後真正的意圖，還可能推論出許多關於角色的訊息。就像第四個男人毫不掩飾的挑釁語氣，顯示之後會產生的麻煩和擔憂。

因此，隱藏的目的和渴望是潛台詞的主要來源。有時候這種掩飾，是對他人的刻意欺騙，像是《快閃殺手》（*The Ladykillers*）中幫派犯下的罪，或《異形》中伊恩・霍姆（Ian Holm）飾演的狡猾醫生艾許（Ash）。然而，這種假象也很可能是一種無意識的自我欺騙——源自於更大的衝突，以及隨後的自我防禦機制結果。

布萊恩・菲利斯（Brian Fillis）的《斯特普托的詛咒》（*The Curse of Steptoe*），內容描述在一九六〇年代，英國廣播公司BBC的一部情境喜劇大獲成功，兩位主角受到名氣所影響的情境喜劇。其中一個關鍵場景是傑森・艾薩克斯（Jason Isaacs）飾演的哈利・科貝特（Harry H. Corbett）正在接受電視訪問：

採訪者：我們現在來談談《斯特普托和他的兒子》（*Steptoe and Son*）。你最著名的創作。那個舊貨商……。

哈利：不不！舊貨商毫無代表性。我的意思是，我對拍一部關於舊貨商的紀錄片不感興趣。不，它是呃……當哈洛（Harold）……家務事在五到十分鐘內就完成了。這全是政治。它和性別有關，是關於，嗯……普遍經濟學……許多的事……是教會。無論你想說什麼，但它絕對不是關於那個舊貨商的生意。奇怪的是，呃，沒有一點……呃……依賴於……呃……第二個鏡頭、滑稽動作、搞笑的鬼臉，無論你怎麼稱呼它。它都是依賴……話語，還有時機點。以及忠實於……題材的真實性。

虛構人物科貝特害怕不被嚴肅看待，無法接受自己只是逗大家笑的人物；因此必須展現他的智慧[2]。

角色的假象面具，不一定都是刻意地建構——他們可能沒有覺察到自己想要掩蓋的意圖。角色對他人和對自己撒謊的方式本身，就是一個非常豐富的層面。十九世紀的社會學家格奧爾格·齊美爾（Georg Simmel）的闡述極具說服力：「我們透過文字或其他方式與他人交流的一切，即使是最主觀、最衝動、最親密的事情，都是從心理現實面的整體中選擇出來的，因為絕對真實的部分，會讓每個人都進瘋人院[3]。」

若是少了潛台詞，就會剩下一個平淡無奇、直白的世界：一切都是字面上的意思，每一句話都是真心實意。但有了潛台詞，編劇才能藉由語言和思想之間的差距，竭盡所能地施展，從中表現出最接近的某種真相。

一位前BBC管理高層在提及《急診室》時，曾向我說過：「天啊！千萬別讓它太好。」這種想法——特別是（雖然不專屬於）肥皂劇界——認為觀眾不夠聰明，觀眾會因為戲劇過於「真實」，而不想繼續觀看，也因此讓潛台詞受到負面的影響。糟糕的製片人害怕潛台詞，因為它需要理解，但這本來就是潛台詞的目的所在。是為了讓觀眾在戲劇中，成為積極參與者的過程，它不會讓觀眾疏遠，相反地，一旦使用了潛台詞，編劇就增加了引起觀眾興趣的機會。

身為一名資淺的劇本編輯，我曾經不得不忍受許多會議，會議中每一句帶有隱含意義的台詞，都被換成了直截淺白的句子，一部充滿活力和令人心動的作品，慢慢失去了血色。無論一個人的智商高低，都可以輕易理解當一名護理師告訴病人「一切都好」，但實際上卻不是這麼一回事的時候，他們知道也能懂，就像參與猜測驚悚片兇手的遊戲，或者對著電視跟著《誰想成為百萬富翁》（*Who Wants To Be a Millionaire*）大喊大叫一樣。

基於同樣的原因，旁白解說也幾乎普遍無效。人們不太可能長期觀看美國電視劇《生死一點靈》（*Pushing Daisies*），或尚皮耶．居內（Jean-Pierre Jeunet）的《美麗緣未了》（*A Very Long Engagement*），即使兩部片都擁有迷人的視覺美感，但在這兩部作品中都沒有潛台詞，所有發生的一切，大部分都由旁白告知，觀眾沒有什麼可以參與的。法蘭西斯．柯波拉的華麗作品《舊愛新歡》（*One From the Heart*）也是如此，湯姆．韋茲（Tom Waits）和克里斯托．蓋爾（Crystal Gayle）似乎在招手邀請你的加入，但他們的歌詞卻道盡了一切，使你無法再繼續。因為「說」取代了「演」，「告訴」已經取代了「展示」，觀眾當然不需要看下去。

不可信的旁白則是出於相同的原因令人感到有趣。在《贋品》（*F For Fake*）中的奧森・威爾斯（Orson Welles），就是一名經過精心策劃的旁白者，不過還沒有任何人，能跟最早出現的虛構謊言家之一相比。《格列佛遊記》帶領與其同名的英雄踏上人類虛榮的旅程，並有效地戲劇化他對自身物種的日益輕視。格列佛與日俱增的「理性」，最終使他相信人類是如此愚蠢，以至於馬成了他唯一能交談的生物。在他描述的現實，以及所以為的現實相互影響之下（他最後住進了馬廄，快樂地與馬交流），也顯露出他的瘋狂。作者喬納森・史威夫特（Jonathan Swift）正是利用格列佛所做的，以及所描述的之間的差異，讓故事變得戲劇化（同樣是庫勒雪夫效應），而敘事者完全無法體認自己的狀況，讓情況變得更加驚悚。

解釋會扼殺戲劇性，想讓每個人所說的每一件事，都變得清楚明瞭的衝動也是。一個會自動解釋自己意圖的角色，聽起來就很虛假；部分原因是除非失去理智，否則很少有人會揭穿自己的假面目，說出真相；另一個原因則如蒙田所說：「沒有什麼比描述自我更困難。」只有極少數人，能夠真正瞭解自我——如果有的話，那應該是故事的終點，而不是幫助作者交代事情的工具。

人們顯然不需要理解戲劇中的每一句對話，這是真的，從任何一集《白宮風雲》、《霍爾比市》或《急診室的春天》就能清楚這一點；我們需要明白的是角色的「意圖」。觀眾不需要知道手術如何進行，雖然他們可能喜歡聽外科醫生使用的專業對話，觀眾只需知道他們的目標——通常是拯救患者。中學生很早就被教導，如何根據整個句子，推斷出個別語詞的意思，觀眾也完全具有這個能力，並且樂意做到。

若還抱有疑問，請閱讀大衛．沃德（David S. Ward）寫的精彩劇本《刺激》（*The Sting*），當中完全不解釋任何事情。如同大衛．西蒙所說，電視節目認為觀眾需要被餵養訊息的想法，只會得到一種結果——每個角色說話的方式都一樣。許多年前在《東區人》這部片中，我就親眼見證到這一點，首先是因為當時禁止出現所有其他的地方口音，甚至一度（非常短暫地）連倫敦東區的特有口音都禁止。看來電視製作人似乎忘記了上一個世紀的兩大熱門電視劇《珍重再見》（暫譯，*Auf Wiedersehen*）和《寵物與牠的照顧者》（暫譯，*Pet and Minder*），正是以對觀眾來說屬於陌生的小眾方言為趣。

《李爾王》這個故事，敘述了一個男人在譴責寇蒂莉亞（Cordelia）的直言不諱時，瞭解到言語與思想之間的差距所付出的代價。當主角們的旅程即將完成時，他們學會了平衡自我本質上的內在與外在世界、慾望與需求，以及表象與缺陷之間的二面。因此，我們現在必須將言語和行動，加入戲劇的要素列表。當李爾王學會了如愛德伽（Edgar）所言：「說出我們所感受的，而不是我們應該說的。」他也理解到了關於假象的可怕事實，及其與真相調和的必要性。在這個過程中，我們意識到對話以及它的掩飾與揭露能力，和結構的其他部分（如人物、情節劃分、觸發事件和故事本身）一樣，缺一不可。

Act V

Home Again, Changed

第五幕

歸途與改變

第18章 電視劇與結構的歡呼

Television and the Triumph of Structure

一九三〇年七月十四日下午三點三十分前不久，英國首相拉姆齊．麥克唐納（Ramsay MacDonald）坐在唐寧街十號住處的扶手椅上，觀看了英國第一部電視劇[1]的直播，這齣劇由初創的英國廣播公司BBC，在科芬園的貝爾德公司總部播出[2]。可惜麥克唐納對皮蘭德羅（Pirandello）《口中有花的男人》（暫譯，*The Man with the Flower in his Mouth*）的評論已經失傳。不過幸運的是《泰晤士報》記錄了當初的印象，在略帶批評的評論中提到：「今天下午……將被證明是一個令人難忘的時刻[3]。」這部作品本身可能不曾流傳千古，但它的歷史意義完全改變了人們聽故事的方式。

英國電視劇源於該國豐富多姿的戲劇傳統。當BBC從一九三六年開始定期播出後，第一齣戲劇嘗試，是從西區的熱門劇《金盞花》（*Marigold*）中選出的幾個場景，並從亞歷山德拉宮進行直播。之後成為BBC戲劇部門主管的尚恩・薩頓（Shaun Sutton）回憶道：「這充其量只能算是舞台劇的攝影版本，攝影機從遠距離拍攝，以保留劇場的舞台框架慣例[4]。」多年以來，人們普遍認為這就是戲劇的呈現方式——但它只是一部拍攝下來的舞台劇。隨著時間的推移，攝影機開始移動，電視的基本運作術語（交叉淡入淡出、淡出）也被帶入，偶爾也被允許使用外景的畫面穿插。

《安與哈洛》（*Ann and Harold*）是紀錄上的第一部連續劇，總共五集，是一部關於夫妻生活的劇集；《電視犯罪》（*Telecrime*）則是大膽的十分鐘戲劇，劇中由觀眾透過發現的線索，自行推測出每週的罪犯[5]。然而，當時的電視被認為是劇場的一個分支，甚至是一個靜態、乏味的媒介，視覺影像只是跟著對話出現，這種粗淺的假設持續存在了很多年，有些甚至延續到現在。

在現代英國電視劇的發展上，悉尼・紐曼（Sydney Newman）是至關重要的人物。出生於加拿大的他，應邀加入了ABC電視台，該電視台擁有英國獨立電視ITV北部和中部的週末特許經營權，這是在英國商業電視開始後不久的事。紐曼具備認真的性格和理解大眾的本能，他負責電視劇《扶手椅劇場》（*Armchair Theatre*）和《復仇者聯盟》，定義了ITV未來多年極其成功的運營項目。

紐曼於一九六二年，接受了ＢＢＣ戲劇部門的邀請成為了負責人，建立一個專門支持新劇本、新形態和新想法的部門，但最重要的是，這個部門不怕受到歡迎。他最重要的決定之一，也許是將戲劇分為三個獨立的子部門：系列劇、連續劇和單元劇，這個分類至今仍繼續沿用。不久之後，單元劇開始轉型成為單部電影，連續劇（或肥皂劇）則在之後佔有舉足輕重的地位，不過這些和後來的所有變化，都是源自於紐曼定義的分類要素，只是加以混合或分支而出。

故事的敘事發展至此，已經遠遠超過只是幾個人在篝火旁聆聽。平撫孤獨、消除無聊或單純想要分享，人們的這些需求，首先透過印刷的文字得到了滿足，然後是廣播，現在則是電視的時代。科技的進步更宛如開啟了瓶中精靈，使以前侷限於地方的當地體驗變得普遍。在短短不到五十年的時間，電視從一個古怪且耗資不斐的傻事，發展成為全世界吸收資訊的主要方式，至今仍然如此。這個行業及其戲劇發展的成功，遠遠超出了拉姆齊．麥克唐納想像的範圍——但該如何滿足如此龐大的需求呢？這就需要藉由基本戲劇結構的運作來完成。

雖然紐曼的三個戲劇類別（系列劇、連續劇和單元劇）仍然存在，但為了滿足觀眾永遠不滿足的需求，它們已經被改造、扭曲，甚至有些人可能會說得到了改進，有些人則認為其中的某些部分已經消失。

結構及其運作是所有電視戲劇類型的根源。想要理解這一點，首先需要瞭解紐曼歸類的這三種敘述故事的方式，到底是由什麼所構成。

◎單元劇

紐曼的部門因為顯而易見的原因將此稱為「故事劇」，每一單元有不同的故事，具備開頭、中間和結尾，文學性相當明顯。這些作品大多在攝影棚內拍攝，直到一九六〇年代後期前，大多數都是以現場直播的方式進行。隨著媒體的發展，電影語言也漸漸浮上檯面（一九五六年的《交界口》〔*Up the Junction*〕現在看起來仍然很有當代感，也依然令人驚豔），直到一九八〇年代末電影語言完全被採用後，在攝影棚使用錄影帶拍攝的方式也終於被淘汰。

◎連續劇（在美國稱為「迷你影集」）

連續劇的基本形式可以追溯到查爾斯・狄更斯（Charles Dickens）的小說，以及當時的出版方式——逐章發表故事，最終組成完整的一本書。事實上，文學改編可能是連續劇在電視上取得立足點的原因。以連續劇形式呈現的經典小說，一直是電視劇製作的主要內容。ＢＢＣ在一九六七年推出並廣受大眾喜愛的《福爾賽世家》（*The Forsyte Saga*）更開創了此類戲劇的樣板，同時也開啟了一個金色時代，約在一九八一年隨著當時ＩＴＶ的《故園風雨後》（*Brideshead Revisited*）達到顛峰。這齣劇完全以實景拍攝，使用了在當時電視上前所未見的電影語法（和預算）。

◎系列劇

當愛倫．坡（Allan Poe）在筆下創造了世界上第一位偵探Ｃ．奧古斯特．杜邦（C. Auguste Dupin）時，也意外地開創了電視史上最成功的戲劇類型。最初每個星期定期出現調查案件的只有警探，然而當系列類型隨著神探柯南．道爾（Conan Doyle）的小說、漫畫書到大舉進入廣播後，其他類型的定期「問題」也跟著出現。因此「本週案件」可以是「緊急醫療救援」、「國家安全威脅」，甚至是「外星人」。於是這個起初只是模仿廣播的新媒體，很快就被意識到這類經典的系列模式（常態角色不變，但每星期都有獨立的故事）是一種珍寶。劇中的英雄們永遠不會死亡，故事素材也源源不絕，製作成本低廉還極受歡迎——怎麼能不讓人喜歡呢？

「女士先生們：你們即將聽到的故事是真實的，只有名字經過改變，以保護無辜者。」

這是經典影集《警網》（*Dragnet*）在六十年後仍然引起共鳴的開場白，如同該系列劇本身依然在觀眾的腦海中一樣，大多數人即使不知道這齣劇，也會對內容感到熟悉。整整一個世代的觀眾可能完全不知道這部影集，但對警察每個星期打敗不同對手的情節卻非常熟悉。劇中所使用的樣板，可以立即套用在新媒體上，動作、冒險，一個永遠不變的英雄和幸福故事結局——相同的結構，主導我們至今仍然觀看的絕大多數內容。

當《警網》於一九四九年在美國無線電臺播出時，連其創作者傑克・韋伯（Jack Webb），都沒有預見它之後帶來的影響力。這齣戲在一九五一年轉戰電視劇，很快成為全球大熱門。電視圈也從中觀察並學習，系列劇自此之後一直都是所有節目安排的核心，長期來看，它也是電視劇最主要和最重要的結構。

西部片系列劇，如《荒野大鏢客》（*Gunsmoke*）、《牧野風雲》（*Bonanza*）、《浴血邊城》（*Rawhide*），以及醫療和司法警察相關劇集，從《綠色碼頭的迪克森》（暫譯，*Dixon of Dock Green*）到《芬利醫生的案例》（暫譯，*Dr Finlay's Casebook*），都證明了一齣成功的影劇，可以被無限地擷取（《迪克森》〔暫譯，*Dixon*〕和《赤裸之城》〔*Naked City*〕都源自成功的電影——事實上，前者的警察迪克森真的遭遇橫禍），但更重要的是這種無限重複的劇情，真的對觀眾有非常大的吸引力，他們喜歡與永遠不會改變、也似乎不會變老的角色建立長期的關係。

因為這些劇集的低成本和廣受歡迎的程度（這點我抱持懷疑態度），此類型的戲劇，通常被認為屬於低層次的戲劇領域，甚至離垃圾劇不遠。我在一九九〇年加入BBC戲劇部時，幾乎沒有人想要拍這些通俗的片，每個人都想拍自己的（最好是黑白的）作品。

不過一些著名並長壽的系列劇，像是《華頓家族》（*The Waltons*）、《星際爭霸戰》（*Star Trek*）、《超時空奇俠》、《除暴安良》（*The Sweeney*）、《功夫》（*Kung Fu*）、《保鑣》（*Minder*）和《萬物生靈》（*All Creatures Great and Small*）等，也足以激起所有人的爭相仿效，除了那些最頑固的人之外。諾威爾．考沃德（Noël Coward）在《私生活》（*Private Lives*）中談到了「廉價音樂」的力量——這種毫不掩飾的商業化和通俗化，能夠悄悄打動人心。

系列劇中也是如此。許多系列劇說實話並不是很出色；就像所有的流行藝術一樣，可能是急就章、預算限制和好大喜功下的受害者，但也很容易受到過於苛刻的批評。就像希區考克當時發現的那樣，受歡迎程度反而成為獲得評論讚賞的絆腳石。隨著《軍情五處》和《無恥之徒》在英國的上映，以及美國有線電視的崛起，系列劇再度興起，新一代開始意識到最好的系列劇，不僅能與觀眾建立強大的聯繫；它們在技術精湛的人手中，還能展現出深刻的情感深度，成為一種獨立的藝術形式。

之後從單元劇、系列劇和連續劇中，出現了多種結構變體：二部曲、三部曲、帶有連續劇元素的系列劇，和不斷回歸的連續劇。多年來最普遍的當然還是連續劇或肥皂劇，這類永無止境的連續劇，結合了連續劇和系列劇的結構關鍵要素，形成一個強大的商業巨獸。然而，在對新敘事形態的無盡渴望下（首先是ＤＶＤ，接著是網路，提供了全新的生機），系列劇和連續劇的基本結構仍然是持續變革的基因，也值得我們更詳細研究。

第19章 系列劇與連續劇的結構

Series and Serial Structure

◎連續劇的結構

彼得・莫法特（Peter Moffat）的《司法正義》（*Criminal Justice*），是一部由ＢＢＣ製作的五集電視劇，故事描述一名年輕學生班・科爾特（Ben Coulter）與一名剛認識的女孩發生關係，醒來後卻發現她已經被謀殺。在恐慌之下，科爾特試圖掩蓋自己的行蹤，但隨後的行為加上大量的證據，卻清楚顯示出他有罪。科爾特在第一集的結尾被扔進監獄，故事隨後以他在監獄生活中的可怕經歷、努力洗刷冤屈的過程，以及最終被無罪釋放來展開。第一集的結構非常簡單，觸發事件是科爾特醒來時發現身邊的屍體；最糟糕的時刻是他被捕；最後一幕則是他被監禁。但若放大角度來看，還有其他東西正在醞釀。

如果這個故事是關於一個被誤判監禁而尋求釋放的男人，那麼第一集的結尾就會是整個系列的觸發事件；在第二集中，科爾特開始學習適應一個可怕的新世界；第三集則強力抗拒辯護律師企圖編造假故事，要求對方說出真相（經典的中間點）；在第四集的結尾，科爾特知道母親認為他有罪（最慘的低谷時刻）；而在第五集中，真相終於大白。因此，不僅每一集都具備故事的模式型態（每一集都有自己的觸發事件、中間點和危機），整體的系列也是如此。

在重新製作播出的現代版《超時空奇俠》第一季中，博士發現自己正與外星人戴立克（Dalek）作戰，然後在最後一季中，則與一整支戴立克軍隊對抗。在《謀殺》第一季的倒數第二集中，莎拉·朗德的搭檔被殘忍謀殺——就像《陰屍路》第一季中的艾米（Amy）；大衛·西蒙的紐奧良劇集《絕處逢生》（*Treme*）第一季中的克雷頓區；《火線重案組》第一季中的華萊士（Wallace）。戲劇的分形本質再次顯現，每一季的戲劇弧線都包含與每一集、每一幕和每一場景完全相同的結構元素。BBC於二〇一一年的原著改編劇《孤星淚》（*Great Expectations*）分成三集，分別為家庭（麥格·維奇〔Magwitch〕和沼澤）、旅程（倫敦）和回歸（再次回到沼澤）。愛德加·萊茨（Edgar Reitz）的《故鄉》（*Heimat*）將第一季和最後一季的場景設定在虛構的施巴赫鎮（Schabbach），中間則完全發生在柏林；而在《陰屍路》第二季剛好一半處，無論是在劇情本身還是結構上，都揭露了一個令人震驚的可怕真相。

因此，連續劇中的每一集，實際上都是整個故事中的一幕。連續劇結構模仿了標準的劇本形式，根據故事的規模進行調整。在六集劇中，中間點會出現在第三集；在兩集劇中，它將是第一集的懸念部分。尼爾．麥凱（Neil McKay）在ITV以英國弗雷德．韋斯特（Fred West）真實謀殺案件後續發展為主軸的劇情片《第三方》（暫譯，*Appropriate Adult*）中，第一部分結束在揭露貌似無辜的蘿斯．韋斯特（Rose West）與其丈夫同樣有罪。《反恐危機》（*Homeland*）則將分形模式發揮到近乎滑稽的程度，在第十二季的第七集中，主角（一名中情局特工）和反派（一名被懷疑是敵方刺客的戰爭英雄），互相向對方坦誠了重要真相並發生了性關係，自此之後一切都改變了。這場戲發生在哪裡呢？就在一間森林小屋裡。

這是刻意的安排嗎？我想應該不是，這是故事形態的主導力量。同樣的分形模式也可以在《哈利波特》系列中觀察到——七本書，每一本都有獨立的開始、中間和結尾；每一本也都有經典的探尋結構，並在第四本《火盃的考驗》（*The Goblet of Fire*）中出現典型的中間點：佛地魔（Voldemort）第一次被擊敗時。這個明顯的中間點使故事從威脅轉向公開宣戰，直接導致了故事中父親形象的鄧不利多（Dumbledore），在倒數第二本《混血王子的背叛》（*The Half-Blood Prince*）中的死亡。類似的相同形態不斷出現在我們面前，藉由不同手法重新操作和編排，但在某種程度上仍然保持不變。在任何連續性的作品中，無論長短，都可以觀察到戲劇的分形模組。

◎系列劇的結構

成功的系列劇需要具備哪些元素？如果想要列出過去五十年來，對電視產業具有重大影響的系列劇集，那麼以下這些絕對能夠入列：《星際爭霸戰》、《萬物生靈》、《保鑣》（*Minder*）、《除暴安良》、《急診室的春天》、《Z警察》（*Z Cars*）、《急診室》、《山街藍調》（*Hill Street Blues*）、《華頓家族》、《呼叫助產士》、《荒野大鏢客》、《實習醫生》（*Grey's Anatomy*）、《警網》、《神探可倫坡》等。這只是從大海撈針中挑選而來的列表，但非常符合我們的目的。這些系列劇有什麼共同之處呢？

顯然它們每週都有一個獨立的故事，畢竟這是它們之所以屬於系列劇的原因；每部劇也都有明確且可更新的故事引擎，這對於維持長期製作當然至關重要；而且都有非常清楚的劇情型態，和嚴格執行的敘事角度。《急診室的春天》的劇情，會跟著常態角色和客串角色走；《華頓家族》或《山街藍調》只會透過常態角色的視角見到他們的對手。這些劇中似乎還普遍存在一種地位分別，每個角色都知道自己的位置。共情更是絕對的關鍵，每部劇中都有指標性且深受觀眾喜愛的角色。因此，成功的系列劇建立在確定性、可預測性和觀眾的喜愛上——他們也希望成為其中的一員。這些因素或許顯而易見，但其實還有更多。

這些劇都充滿希望，每個星期都以快樂的結局收場。因為觀眾想要有愉快、有趣的感受，如果某些內容讓觀眾覺得沮喪，人們就不太可能繼續看下去了。若典型故事以圓滿結局、「從此幸福快樂」為結尾，那麼系列電視劇就是這一形式的完美縮小版。在ABC的《傲骨賢妻》（*The Good Wife*）第一集中，主角艾麗西亞（Alicia）發現自己成為公眾醜聞的無辜受害者，她的丈夫也為此被送進監獄。除了身上穿的衣服，艾麗西亞一無所有，在毫無選擇之下，她不得不拜託老東家，讓她回到以前的律師事務所工作，並在每一個阻礙下（都發生在一集四十五分鐘的時間內），贏得每一個不可能勝訴的案件。這是一部完美的電視系列劇，劇情似乎真實可信，還有讓觀眾不可能不愛的女英雄，結局更是令人激動地站起來歡呼。故事引擎、可愛的主角、自成一格的故事、嚴謹的戲劇型態——都清晰且具說服力地展現在我們面前。

若拿《傲骨賢妻》和英國電視劇相比，或許能帶來一些啟發，畢竟英國劇集從《軍情五處》問世以來，雖然已有顯著進步，但它與系列形式的關係卻處於彆扭狀態。這是因為英國戲劇常常忘記一個核心原則——主角就是「觀眾」。我們可能會被一部影片中的不公不義觸動（儘管觀眾群會很小），但若要長期且反覆地與一個失敗者產生共鳴，就需要非常特定的觀眾群。

從《搖滾新樂團》（*Beck*，一九九六年）到《陌路驅魔人》（*Outcasts*，二〇一〇年），再到《活埋》（*Buried*，二〇〇三年）和《悖論》（*Paradox*，二〇〇九年），我認為英國電視劇一直不確定嚴肅的角色，是否也能受到一般人的喜愛，這也是多年來他們一直努力想要掌握的。上述劇集的人物，不是極度缺乏同理心，就是失敗的英雄；而且這幾部劇都只有播出一季——甚至有些只播出一集就以失敗收場。這就是現實面的殘酷和無奈，特別是對於那些喜歡看到顛覆常規作品的觀眾而言。然而就只有已經將自我歸類的一小部分人，會每週收看失敗者的生活。

無論我們接受與否，電視系列劇都是建立在一個無可否認的事實之上。NBC的《勝利之光》（*Friday Night Lights*），每個星期敘述一個小鎮足球隊從失敗中取得勝利的故事；ITV在二〇一二年的大膽劇集《鐵達尼號》（*Titanic*），則藉由四個不同的觀點敘述同一個故事，同時創造了四個不快樂的結局——如果再算上隔天的收視率，總共有五個不快樂的結局。

不覺得這些劇有點老套嗎？畢竟《鐵達尼號》確實沉了。戲劇是否應該反映生活，而不是常常用膚淺的幸福快樂來修飾生活？幸福結局，或者缺乏幸福結局，是需要探討的一個重要領域，其祕訣就在於結構。

《火線重案組》的編劇大衛．西蒙公開表示：「我們厭倦了善與惡的對立。我們宣布退出這個主題[1]。」他立即將自己置於正義的一方，將每個膽敢援用「從此幸福快樂」結局的電視管理階層貼上標籤，譴責他們的摩尼教二元論世界觀，但（必須指出）他自己也落入了同樣的陷阱。他的說法正確嗎？「現在的電視劇反映的是幾代以來的美國經驗……而且是從階級高處傳下來的。無論是西部片、警匪片和法律劇，都是由洛杉磯和紐約的業界專業人士構思，然後經過大企業塑造，以確認觀眾看見比實際上更美好、前途更光明的世界，藉此暗示現在正是購買更多汽車、手機、洗碗液和一次性尿布的最佳時機[2]。」西蒙似乎在影射，幸福結局是一種出賣靈魂的行為。

如果可以讓觀眾持續看下去，確實會有經濟上的回報，畢竟太多暗黑劇都得不到青睞，即使它們製作精良（諷刺的是它們往往製作得非常好）。電視劇需要能大受歡迎，雖然這可能牽涉藉此謀利的指責。然而，西蒙的世界觀其實就像他譴責的那個世界觀一樣簡單。如果《糖果屋》裡的韓賽爾和葛蕾特，被銬在床上遭到性侵，然後在片尾跑字幕時，被埋葬在郊區的後院，人們會如何看這部片？這確實會顯得更加「真實」，也能夠明確表達出故事的潛在意涵；但讓兩個孩子安全回到家，不只是考慮市場經濟，也不是「出賣」靈魂的問題，而是單純體現了故事的基本功能之一。

沒有人會說節目不能在危險、甚至極度痛苦或激動中結束。對於孩子而言，恐懼是《超時空奇俠》的必要部分——但只有在能被接受並慢慢理解的狀況下。若本著虛無主義的結尾，讓韓賽爾和格蕾特被鎖在戀童癖的床上，這種結局絕對可能發生，但幸福結局的版本也同樣重要。印度傳奇演員阿米塔・巴昌（Amitabh Bachchan）曾問他的父親，是什麼讓印度電影如此有趣和令人興奮，他的父親回答：「因為你能在三個小時內得到因果報應，這有時候是你一生都可能得不到的[3]。」故事不僅是為了讓我們看清現實，也是為了使現實變得可以忍受。沒有希望的真實就和毫不真實的希望一樣令人難以忍受。每一個健全的大眾傳播機構，都應該要有《火線重案組》，也要有《華頓家族》存在的空間——每一個健全的頭腦也應該如此[4]。

成功的系列劇還有哪些共同特點呢？在一九七〇年代早期，很常看見類似《功夫》和《史密斯與瓊斯》（暫譯，*Alias Smith and Jones*）這樣的劇集，主角在每一集中來到一個新城鎮，發現且對抗他們遇到的邪惡勢力。這顯然是源自中世紀的「遊俠騎士」故事，但這些劇集到了末期幾乎完全消失。不過這類戲劇模式至今仍以小說的形式存在，李查德的《傑克・李奇》（*Jack Reacher*）系列就是最成功的例子。然而，這不再是大多數電視公司主打的劇集類型，因為只要一個主要場景就可以持續整個系列，比每個星期都得換新場景的費用要便宜得多。

雖然財務考量是製作節目時的主要因素，但因此失去了流浪英雄所帶來的場景規模，也令人感到遺憾。但正如限制通常會帶來的影響一樣，單獨一個主要場景的設置，也讓編劇得到了啟發，由於必須專注於角色的「家」，他們因此發現了系列劇中最有力的武器之一，也瞭解到角色的居住環境，在編劇中無法低估的重要性。《星際大爭霸》（*Battlestar Galac-*

tica）或《華頓家族》就非常專注於這部分，這幾乎是每個成功劇集的基礎。就像在《急診室的春天》第一集裡，當葛林醫生拒絕了一份有六位數薪水、一年四次休假和眾多額外福利的私人工作，選擇芝加哥市中心一家破敗的公共醫院時，故事想要傳達給觀眾的是這個地方很重要，這個地方是「家」。

由此可看出，系列劇之所以成功，不只是因為它的重複性和低廉的製作費，一成不變的角色也不一定意味它們就比較差。而是它們觸及了人心更深層的部分——對安全、保障和愛的渴望，以及在全世界都攻擊或不理解我們時，給予支持並拯救我們的家庭。成功系列劇的基本格式非常簡單：敵人都在這個家以外。這個形同家的區域，每個星期都會被某種形式的「他者」入侵，病人、變態殺手、迷失的靈魂等等，而常態角色則每個星期都會讓事情變好並恢復秩序。劇中的常態角色、團隊和家庭，每個星期都會受到外部危險的威脅，在克服分歧、共同努力後，他們戰勝了這些危險。

《迴轉幹探》中的戴森和韓真只有在合作時，才能打敗共同敵人；也只有史巴克（Spock）、寇克（Kirk）和麥考伊（McCoy）一起合作時，才能抵擋克林貢人（Klingon）的威脅。系列劇再現了最早的童年經歷——當我們感到安全、被照護，在受到威脅時得到周圍人的幫助，才能理解並掌控外在的世界。也難怪幾乎所有成功的系列劇中，都有一個核心家庭結構。從《高地》（暫譯，*The High Chaparral*）到《紐約重案組》（*NYPD Blue*），都有一個父親或母親的角色（有時兩者都有），戀人、新進成員和遠親，在某種程度上也都創造了一種真實家庭生活的氛圍。

最後，系列劇也具備了「道德感」。人們很容易低估正義的重要性，或希區考克所謂的「報應條款」。雖然《大騙局》（*Hustle*）講的是一群騙子的故事，但實際上他們是復仇天使，專門懲罰那些貪婪、虛榮和真正腐敗的人；正如角色們反覆告訴我們：「你無法欺騙一個誠實的人。」《無恥之徒》看起來可能缺乏道德觀，但撕開表層之後，它其實和《華頓家族》完全相同（甚至包括旁白），兩個家庭都透過愛凝聚在一起，將敵人驅逐。而敵人確實可能有截然不同的面貌，警察在查茨沃斯莊園和在藍脊山脈上的地位或許大不相同，但主角和反派角色之間的對抗形式則完全一致，都是一個安全的家受到威脅，被迫踏上進入森林的旅程，途中經歷波折，但家庭的價值最終贏得勝利，重新獲得安全。

聽起來可能很膚淺，有時也的確如此，但如果能夠掌握這個形式，就會產生極大的效果。從《華頓家族》和《保鑣》到《星際大爭霸》和《呼叫助產士》，有時我們必須披上苦行僧的粗布衣，才能免於受到這種極端典型力量的影響。

成功的系列劇幾乎完全建立在結構的純粹性之上，但還是有一個與常態不同的偏離。目前最常被使用來解釋戲劇結構的辯證理論，是黑格爾（Hegel）的辯證法。十九世紀哲學家黑格爾主張，新階段的建立是由兩個對立面的融合所產生。在這樣的主張之下，主角會改變，但是在系列劇中主角並不會改變。因此即使系列劇在尋求快樂的結局和完整方面，絕對符合典型的戲劇結構，但又略有不同。系列劇呈現出一種更為經典的辯證法——論點遇到反論點，雙方展開對抗，最終反論點被駁斥。在《華頓家族》或《軍情五處》中，英雄不會被對立面同化，他們只會擊垮對立面、回歸本性；系列劇中的世界不曾改變，對立面必須被擊倒，主角重新回歸。重複是系列劇成功的核心，型態則在重複中油然而生。

但是重複性也會產生問題，而且大多數電視系列劇的壽命都驚人地短。這個失敗很容易被認為是缺乏藝術想像力的關係，但原因遠比這還要複雜。系列劇的結構要求本身就蘊藏著毀滅因子，而這種毀滅來自於成功的命脈所帶來的問題。

第20章 系列劇的改變

Change in Drama Series

我們在編劇室裡最常說：「這已經做過了……。」到最後我們開始想：「剩下哪些天災還沒做過？不過我們這裡的氣候不適合（拍）火山和大洪水[1]。」

鮑勃．戴利（Bob Daily）
《慾望師奶》（*Desperate Housewives*）執行製作

為什麼沒有定期更換角色的系列劇，壽命幾乎都只有短短的兩到三年？BBC的《軍情五處》之所以能持續播出十季，很大原因是劇情中的高風險世界，合理允許核心演員不斷被更替，但除了一兩個明顯的例外，大多數劇集如果不是在盛況巔峰時結束（例如：《迴轉幹探》、《非常大酒店》或《辦公室風雲》），就是因為收視率遞減而痛苦地慢慢結束（例如：《保鑣》、《只有傻瓜和馬》〔*Only Fools and Horses*〕以及或許有爭論的《白宮風雲》）。為什麼肥皂劇中的大多數角色，都會隨著時間逐漸消失，陷入無限循環的相似重複情節，變成了自己往昔的黯淡身影？

答案很簡單。角色只有一個故事，所有試圖反駁這一點的都是謊言。肥皂劇和系列劇是謊言，如果謊言說得好，它們是偉大而燦爛的謊言，但終究還是謊言[2]。肥皂劇和系列劇的某些部分是市場經濟的產物，吸引觀眾並向他們行銷，但就像續集一樣，它們也利用了觀眾希望能延續喜愛角色生命的願望。如同我們對待現實生活中的愛人一樣，我們也希望出現在螢幕上的那個虛構朋友，可以永遠活著。作者和電視台主管體認到這一點，也知道若想要吸引觀眾的注意力，使用那些已經熟悉且經過驗證的事物會更加容易。因此，謊言一再出現。

戲劇需要角色改變，但據實而言，觀眾（我們）基本上希望劇中主角永遠不變。好萊塢從一開始就意識到了這一點，著手解決這個矛盾。在商業化片場系統的「黃金時代」，好萊塢創造出只有一種人格特質的明星，像是鮑嘉（Bogart）或黛德麗（Dietrich），這樣他們就可以出現在一系列不同的冒險中。而隨著片場系統的逐漸凋零，續集開始扮演更重要的角色。

但其中有百分之九十五的續集都讓人失望。比較明顯的例外是《魔鬼終結者2》、《異形》、《玩具總動員》系列或《教父2》，這幾部片為什麼能與首部並駕齊驅甚至更好，關鍵在於明顯的結構性變化——可能是改變了主角的缺陷、改變了反派的性質和規模，或者在《教父》的例子中，將悲劇之旅繼續延伸到精神死亡。大多數的續集都迴避這些挑戰，然而在榨取產品利益和創作出偉大藝術作品的衝突中，往往只有一方能夠勝出。當你觀看《致命武器》、《終極警探》（*Die Hard*）、《醉後大丈夫》（*Hangover*）或《空前絕後滿天飛》（*Airplane*）系列時，幾乎可以看到首集模式帶著一絲自我厭惡，勉強地再次印在膠片上。

電影製片廠或許投入太多心思，對抗角色終究會死的自然法則，多數創作者似乎也一直拒絕接受，變化能為戲劇帶來生命力的事實，因此不可避免地導致了失敗。片廠資料庫裡充斥著嘗試規避故事結構，將其加工成可銷售又容易為大眾接受的「商品」，只要能讓商品活過來，怎麼做都可以。續集（甚至是現在的前傳）已經成了一種特許經營，當其逐漸衰退時，又會重新再炒熱一波。所以每一世代，甚至每十年，我們就會與「符合我們這個世代的」蝙蝠俠一起面對外來威脅。

那電視呢？人們預期電影會逐漸衰退，但電視劇在本質上，是一種反覆回歸的媒體；它們「必須」不斷再製才能生存。系列角色不能就這樣完成他們的旅程，否則故事就結束了，因此創作者面臨與好萊塢同樣的困境，而且更加艱鉅，他們該如何在一個角色必須保持始終不變的世界中，創造出變化呢？

這在純粹的系列劇中非不可能。在《警網》或《警網雙雄》（*Starsky and Hutch*）中，時間彷彿靜止，角色從不老去；他們每個星期如往常般重生，再次迎接新的任務。他們頑固存在於時間和空間之外，被束縛在自己的倉鼠輪上。這樣的結構運作得很出色，但編劇們總是忍不住想引入連續劇元素，讓角色成長。

史蒂芬・博奇（Steven Bochco）為NBC在一九八一年製作的系列劇《山街藍調》，就透過引入連續劇的故事線，讓角色能夠成長，徹底改變了美國電視。多年後，BBC的《只有傻瓜和馬》也嘗試走同樣的道路。這本來就已經是一部非常成功的情境喜劇，但當創作者約翰・蘇利文（John Sullivan）決定藉由延長劇集，引入生育、婚姻和死亡——即具體性來深化劇情時，他也賦予了這齣戲有限的生命，讓它變得真實。生命不能沒有對立面，也因此播下了未來死亡的種子，《山街藍調》也是如此。兩齣劇中的角色都拚了老命，故事編劇為他們的明星角色，安排了愈來愈不合理的劇情，最終只能以不體面的方式結束。

面對集數產量的挑戰，《慾望師奶》發現自己像其他劇集一樣，不得不抓住感官刺激的稻草。年度「災難」劇集成為一種儀式，在播出的八季中，龍捲風、大火、飛機失事和暴動都襲擊了紫藤巷。正如其中一位明星伊娃・朗格莉亞（Eva Longoria）所說：「你還能再有多少外遇？還能再有多少死亡？[3]」

大多數人都會對那些長壽劇感到沮喪，因為裡面的新角色，似乎不曾從過去的經驗中學習；或者同樣令人惱火的，是當他們學到了東西，卻變得不再是我們最初愛上的角色時，也讓人心煩。除了單一故事或不受時間影響的世界外，變化是一個非常難以處理的概念。如果處理不好，就會直接導致無法置信的荒謬，從而產生那些容易受到指責的可怕陳腔濫調（特別是肥皂劇）。但這其實是可以改變的。

編劇的基本手法，通常是插入一些小變化，可能是暫時性的，但最有力的武器是選擇性失憶。在長壽劇當中，沒有什麼比遺忘的藝術還有用。

在多年前的《東區人》中，蜜雪兒．佛勒（Michelle Fowler）的寶寶薇琪，在超市外的嬰兒車裡被綁架了。孩子失蹤了一個月，她被迫在全國電視上發出尋人啟事，承認自己是個失敗的母親，（雖然不完全正確）認為自己必須要為這起意外負責。當薇琪安全無恙地被找回後，所有人都鬆了一口氣，蜜雪兒也慢慢開始重建生活。到目前為止一切都算順利。然而在現實生活中，想要從這起事件中完全康復的可能性微乎其微，無論是創傷的程度、內疚或公眾的關注，都會留下終生的傷疤。蜜雪兒卻完全忘記了這件事，過了六個星期之後再也沒有提起過。

在警匪劇中，常態角色通常會學到寶貴的教訓，但到了下週，他們會再次忘記這個教訓。我們在製作《迴轉幹探》[4]時，約翰．西姆（John Simm，扮演戴森）經常覺得沮喪，因為他的角色似乎從來沒有記取教訓，正如韓真也從來沒有從他那裡學到些什麼。約翰一直以來都是演出單部電影，因此對於角色不會改變的想法感到不習慣。在《迴轉幹探》中，戴森每個星期會變得更直覺一些，而韓真則變得更理性一點；但到了下一個星期又回到原樣，再次學到同樣的教訓。從邏輯上來說，約翰的質疑完全正確，但如果缺少了這種失憶性，角色的旅程就會結束，系列的運作也會被摧毀。戴森和韓真也無法直到最後都相處不來。

在第二季結束時，每個人都覺得我們已經把劇情推展到了極致。有許多關鍵的劇情弧線，讓人幾乎不相信角色可以完全失憶；按下重啟按鈕的次數愈多，天災的情節就會變得愈不可信。在一個完全自成一格的世界（如《布朗神父》〔*Father Brown*〕和《神探酷傑克》〔*Kojak*〕）中，這其實無關緊要；在其他劇集則會有影響。但為什麼要忘記？為什麼不在角色的豐富背景基礎上進行建構？來自第四頻道長壽肥皂劇《溪邊》中，珊米（Sammy）對她男友說的一段話，或許應該掛在每個編劇的牆上。劇中的珊米試圖回憶起一件被遺忘的事，她急切地問：「你記得嗎？那時候你還坐著輪椅，而我是一個酒鬼。」

「跳鯊」（Jumping the shark）成了形容任何節目在缺乏創意時的荒誕演出。這個比喻來自於一九七〇年代情境喜劇《歡樂時光》（*Happy Days*）中的一集，劇中的明星主角方茲

（Fonz）在佛羅里達滑水時，莫名其妙地跳過鯊魚。如此荒誕的構思與該劇的原始DNA相差甚遠，這一集的名字還因此成為一個網站（www.jumptheshark.com），專門記錄當創意枯竭時，出現完全荒謬或無厘頭發展的劇情。《溪邊》出現的劇情可能是英國劇集中的最佳代表——利物浦的中產階級住宅區被發現隱藏一種食肉病毒，導致二十一年內發生了七十四起非自然死亡事件，接著這部劇也在不久後宣告終止。

由於美國系列劇集一簽約通常就是七季或八季，所以不時可以看到絕望尋找故事題材所產生的後果。除了自然災害之外，製作人還會藉由玩弄無關緊要的劇情，或是化解劇中人物的長期（或其他）緊張關係，尋找故事素材。《雙面嬌娃》（*Moonlighting*）和《歡樂一家親》（*Frasier*）的例子，都證明了這種改動很少奏效。當瑪蒂（Maddie）和大衛（David）、奈爾斯（Niles）和達芙妮（Daphne）成為情侶後，「他們會不會在一起？」變成「他們在一起了」，觀眾再也沒有什麼可期待的。因為角色已經達成目標，問題得到解答，任務完成了，推動節目的故事引擎也因而關閉。

戲劇中的所有角色都在尋求完滿。如同馬克白在殺害班柯的計畫失敗後所說：

「……我本來是完美的；像大理石一樣完整，像岩石一樣穩固，像空氣一樣廣闊無邊。」

每個偉大的戲劇故事，都迫使主角直面自己的需求和缺陷，如果角色真的都一一克服，他們也就完成了所有的使命——但也等同於死亡。若以系列劇的黃金法則來看，需求或缺陷可能會短暫被克服，或可能永遠無法克服，但絕對不能在最後一集前克服。這就是為什麼《白宮風雲》中的唐娜（Donna）和喬希（Josh），以及《六人行》中的瑞秋和羅斯（Ross）之間，關係運作得如此好的原因。雖然舊友重逢讓人感到愉快，但《只有傻瓜和馬》應該在戴爾（Del）和羅德尼（Rodney）成為百萬富翁時就結束。

「跳鯊」近來逐漸受到「核爆冰箱」（Nuking the fridge）的威脅——這個詞來自《水晶骷髏王國》（*Kingdom of the Crystal Skull*）中，印第安納·瓊斯以極不合理的方式，逃離原子核爆現場。所有過氣的系列劇都傾向於「跳鯊」，但如果結構上別無選擇，就會出現「核爆冰箱」的誇張手法。除非它們有一個合理的故事引擎，有定期加入或更換的新角色和不同角色，或者堅持停留在平行時空（因此不必顧慮到時間的進展），否則幾乎平均會在第三季後步入精神（如果不是實體上）的死亡。而且還會出現一個明顯的模式：第一年充滿初試啼聲的熱情，第二年建立了鞏固的基礎，第三年出現「我們現在該怎麼辦？」的窘境。

第21章 *Home Again*

重返家園

「從與他人的爭吵中，我們製造了詞彙；
從與自己的爭吵中，我們創造了詩。」

W·B·葉慈（W.B. Yeats）

吉米·麥高文三十年前開始在《溪邊》一劇工作時，還只是一名憤怒的年輕教師，同時也是當時英國電視史上最令人矚目的新進編劇。他以一種赤裸和強烈的方式，描寫工人階級的生活，令人眼睛一亮，因為我們從來沒見過如此憤怒又如此幽默的劇本，也從來沒有人如此慷慨激昂地宣揚自己相信的社會主義理想。這齣劇是舊工黨價值觀的堡壘，主要以工會代表巴比·格蘭特（Bobby Grant）和支持他的妻子席拉（Sheila）帶動整個劇情。這是一部強而有力的激進作品，在當時的大多數電視劇中實屬異類。

那時候 BBC 的《及時行樂》（暫譯，*Play For Today*）已經到了苟延殘喘的地步（於一九八四年停播）。艾倫．布利斯戴爾（Alan Bleasdale）在一九八二年推出的勞工悲歌《黑手男孩》（暫譯，*Boys from the Blackstuff*），感覺像在為激進共識進行最後的禱告禮拜。然而，在它們遺留的餘蔭之下，《溪邊》誕生了，挑釁地喊著「我們還活著」。它的激情和本土化開創了全新的局面，重新定義肥皂劇的類型。在某方面它其實也是單一不變的，因為沒有人與巴比的意見相左。這齣劇剛開播時也曾經搖搖欲墜，然後，一件令人驚奇的事情發生了。

讓麥高文真正成為一名偉大編劇的功臣，是他引入了寇克希爾（Corkhills）一家（一個未參與罷工的家庭，兒子是名誤入歧途的警察），更重要的是賦予了他們「平等的權利[1]」。他像愛左翼英雄們一樣愛著這個家庭，並堅持觀眾也要同樣愛他們。幾乎一夜之間（這是在新冠病毒出現的很久之前），就把《溪邊》從一個非常好看的肥皂劇，轉變為電視史上最棒的劇。

所以到底發生了什麼事？基本上，麥高文對像合唱團佈道似的戲劇形式感到厭倦。他發現「讓一個戀童癖變得有同情心，對編劇來說是一個很棒的挑戰[2]」，而這個挑戰將對他的未來大有幫助。麥高文於一九九九年負責監製了一部關於利物浦碼頭罷工的電影。在一個工作坊中，有很多被解僱的工會成員，他要求成員們從不參與罷工者的角度寫一篇演講稿，但卻遭到拒絕，因為他們不認同這樣的觀點；因此麥高文自己承接了這個任務。由第四頻道拍攝的紀錄片《寫下錯誤[3]》（暫譯，*Writing the Wrongs*），拍攝了麥高文向大家朗讀這篇演講稿的時刻——在充滿憤怒氛圍的四分鐘演講後，最終結論令人結舌，因為罷工者接受了賠償金，他們出賣了自己的原則，而破壞罷工者則堅定堅持自己的原則。這是一個不凡的場景，也是整部片中最強而有力的時刻。麥高文在電影《牧師》中也做了同樣的事情，其中一個角色為亂倫做了令人毛骨悚然的辯護，將其合理化為上帝的工作。

麥高文並不相信這兩種觀點中的任何一種，但他掌握了一個非常重要的原則：無論你相信的是什麼，都應該經得起徹底的檢驗。他拒絕了簡單的煽動宣傳公式，意識到如果沒有正當且強力的反對，故事就會流於平庸。因為所有的故事都是一種論述——論述就是故事的核心所在。

◎主題的重要性

湯瑪斯．鮑德溫在談到泰倫斯時說：「不必強調這種比較。不過值得注意的是，泰倫斯的戲劇一般來說，確實比較遵循訴訟的辯論過程……這與羅馬雄辯家西塞羅（Cicero）及當代修辭學家認為最適合法庭的辯論形式，有密切的相似度[4]。」若就辯論本身的精神，我必須提出異議——需要強調這種類比，因為它揭露出敘事藝術中，一些極其重要的部分。

一個理論被提出，論點被探討，最終得出結論，這就是主題的精髓。主題經常與論點相互混淆，雖然兩者可能相似，但不一定相同。電影《衝擊效應》的主題是種族問題，但其論點是「孤立是否會成為產生同理心的阻礙？」

主題是一種靜態的既定事實，論點則是對想法的積極探索，是一個需要探討的問題。電影《終極警探》的主題，是恐怖分子佔領摩天大樓，要探討的論點則是「人是否只有在面對自己的弱點時，才能變得強大？」因為約翰·麥克連（John McClane）和警察艾爾（Al），都只有在承認自我最深層的缺陷時，才找到了平靜。

《廣告狂人》第一集的十四分鐘[5]，宣布了該劇的主題。在回應精神病學理論時，（非常）保密自己同性戀性向的薩爾（Sal）翻閱《花花公子》（*Playboy*），不可置信地說道：「所以我們應該相信，人們在生活中表現出一種樣貌，但內心卻完全是另一回事？這未免太荒謬了。」在《衝擊效應》中，警探葛倫·華特斯（Graham Waters）的開場白，提出了一個不同的議題：「我們會碰撞在一起，是為了感受某些東西。」當然，這兩者都是論題，都會在第二幕中被探討或挑戰，然後在第三幕得出結論。我們也再一次發現了正題、反論題和融合的潛在結構原則。因為主題就是戲劇，所有的戲劇都是關於世界本質的論述。

故事的運作方式與論文、訴訟，甚至感知本身完全相同——提出一個概念或觀點後進行探索，然後得出結論。如果戲劇想要具有說服力，這個結論就必須被證明為真。《當哈利碰上莎莉》提出了一個簡單的概念：「男女不能當朋友，因為性永遠都會是個障礙。」第一幕提出了「男女能不能只是朋友？」的問題；第二幕藉由反題「男女嘗試做朋友」來進行探索；第三幕則透過綜合觀點得出「男女不能做朋友，除非他們相愛」的結論。觀察劇本的觸發事件和最糟糕點之間的關係——在這裡會看到議題的開展。哈利和莎莉試著做朋友，但他們在危機時刻，發現自己處於極度的痛苦中。馬克白殺死了國王，然後到了第四幕末發現自己（儘管他未察覺）也處於類似的情況。我們已經知道，觸發事件提出了「這會有什麼後果？」的問題，最糟糕點則提供了答案，但這是編劇的答案。在《馬克白》中，莎士比亞認為弒君會導致詛咒；然而對叛亂較為寬容的其他作家，像是德國戲劇家貝爾托．布萊希特（Bertolt Brecht）或愛德華．邦德（Edward Bond），可能就會對謀殺國王有非常不同的看法。

觸發事件與危機之間的關係會帶動論點的開展，而論點就是編劇對生活的「詮釋」。

任何曾觀察過司法過程的人都會知道，雙方辯論得愈激烈，審判就愈吸引人。如果編劇想要對人生提出質疑，那就必須徹底進行檢視。《溪邊》中的寇克希爾一家是典型的對立面，正如希區考克所說，一部電影的好壞取決於它的反派；戲劇只有在確認雙邊都符合結構性的情況下，才能真正運作。一個好的故事必須具備正反兩面，當主角進入森林時，森林必須極度可怕、黑暗和令人恐懼，就像極度溫暖的家那樣。編劇也必須像愛他們的英雄一樣，愛他們的反派。

維多利亞時代的小說家阿諾·班奈特（Arnold Bennett），提出雙邊並列的重要性。他說：「真正偉大小說家的本質，是擁有基督般包容一切的憐憫[6]。」這也是莎士比亞的作品歷久不衰，具備無限詮釋空間的原因之一，他所有的重要角色，都有其正當或是偏激的觀點。在某些作品，例如《凱撒大帝》中，主角和對立角色就像精細平衡的天秤兩端[7]。契訶夫的作品更是如此，他曾在寫給兄弟的信中談到《伊凡諾夫》（*Ivanov*）：「我沒有刻畫一個惡棍，也沒有刻畫一個天使……沒有指責或為任何人辯解[8]。」在他最偉大的劇作中，幾乎無法區分主角和反派角色——他們實際上就是兩者合而為一[9]。但是兩者的存在有其必要，因為戲劇是「關於」對立；如果只是簡單地宣揚一種立場，就是對辯證法的否定。如同安德魯·史丹頓所說：「你會經常聽到『故事都應該有話要說』這句話，但有時候這不只是一句話，它是一個真理，是你作為一個說故事的人相信的價值觀，然後藉由故事辯證這個真理。試圖證明它是錯的，測試它的極限[10]。」

缺乏合適的重量級反派角色，可能會對劇集造成嚴重損傷。在《火線重案組》中，每個人對其他人來說都是主角和對立角色；每場抗爭都是平衡的，你不知道誰會贏——編劇展現了班奈特所說的憐憫。然而，當《絕處逢生》不得不虛構一些刻板的英國記者和天真的遊客來建立對立時，你就知道這部劇集大概即將不保，它希望受到紐奧良人喜愛的渴望，成了致命的缺陷。當戲劇成為它本應該攻擊的獵物時（想讓其角色變得正面、正確），就會步入自我毀滅的局面。我們要謹慎對待那些主角只是被當作編劇喉舌的作品。瑞奇・賈維斯（Ricky Gervais）和史蒂芬・默錢特（Stephen Merchant）的《友情十字路》（*Cemetery Junction*）及《美國風情畫》，有著相似的前提，但缺乏細微的差別：所有的英雄都是等待被發掘的天才，而每個反派都是白癡。對於角色來說，打包行李離開他們的小城鎮太容易了，因為那裡沒有什麼好留戀的，不像在莫德斯托。這樣就沒有戲劇性，因為沒有一個像樣的反派，就不會有確切的議題；沒有議題，就沒有故事。

拉約什・埃格里提出，每個戲劇都需要有「一個精心構思的前提[11]」。這在本質上完全正確，但忽略了一個更重要的事情：議題的浮現。許多作家在寫作時，會有意識地設定一個議題，但更多的作家則不然，不過他們的作品仍然會有議題，這些議題是自然浮現出來的，是作家與現實相互辯證之下的產物。當進行辯證寫作時，議題會自然浮現，這是因為兩者都建立在相同的基礎上——論點／反論點／融合。這個部分非常重要，一部分原因是它進一步證明結構是潛意識的產物，同時也讓人們更理解我們為什麼以及如何說故事。

在繼續探討之前，先來看看其他證據。

◎「所有電視劇都在說故事[12]」

傳奇記者艾斯塔．庫克（Alistair Cooke），一九九七年在皇家電視學會演講時，說出了一個獨特的真理（如果你聆聽《來自美國的信》〔*Letter from America*〕廣播節目，會發現這也是它成功的祕密）。他說：「廣播是一種懸念的控制。無論談論的是什麼——園藝、經濟、謀殺，都是在講故事。每一句話都應該引導到下一句。如果你說了枯燥的話，聽眾有權關掉[13]。」

電視台的主管們終於在千禧年學會了絕妙的一課：所有敘事都需要戲劇弧線，且電視特別適合這種形式。他們意識到，遵循戲劇結構的規則，運用在真人身上，就可以在每週提供傳統電視劇中，原本只能偶爾給予的真實刺激。在發現了戲劇可以僅以舊成本的四分之一來製作（免費的演員！），而且戲劇高潮不但會在一個系列的結尾出現，還可以每週出現之後，電視台找到了一個全新的聖杯。

《超級保姆》（*Supernanny*）、《冒充達人》（*Faking It*）、《交換妻子》（暫譯，*Wife*

Swap）、《誰是接班人》、《神祕百萬富翁》（*Secret Millionaire*）和《大設計》（暫譯，*Grand Designs*），都是實境節目的大巨頭。這些節目有非常明確的第一幕和最後一幕：行動召喚和最終審判，但在期間（源自現實的限制）也展現了與莎士比亞、泰倫斯和賀拉斯相同的結構。在這些節目中，都能看到一個既定模式——最初的熱情、目標達成、事情的分崩離析、面對災難和從失敗邊緣奪回勝利。《X音素》是所有實境節目中的王者，它遵循非常冗長但十分明確的劇幕結構；事實上，所有的真人實境秀節目，都是建立在經典的莎士比亞戲劇形態上，以至於當它打破原型規則時，也會面臨戲劇相同的命運。就像賽門·考威爾（Simon Cowell）的《紅或黑？》（暫譯，*Red or Black?*）中幾乎全是被動的主角，《交換妻子》也是如此。

《交換妻子》已經消失在螢光幕前，它的失敗可以歸咎於與電視劇相同的跳鯊現象。觀眾最初是為了當中的殘酷衝突（很難不偶爾滿足一下好奇心）收看，但當節目登上顛峰，製造出最大效果和觀眾群的時候，主角們產生了改變（壓抑且情感受挫的父親，學會與孩子們玩耍）。或許是因為從現實中創造真正的變化很難，也或許是因為節目製作人，將爭論和感官刺激放在首要目標（而非成長和成熟），使觀眾最終對這種大亂鬥感到厭倦，節目因此被取消（想要持續保持好奇心更難）。當節目奏效時，它呈現的是原型的變化；而當主角偏離了原型又拒絕學習時，這樣的節目也變得令人難以卒睹。

它忘了我們的經典原則——戲劇需要轉變。近年來幾乎沒有其他故事，比二〇〇四年第四頻道《冒充達人》的其中一集更感人與令人震撼。一位來自里茲工人階級的龐克族，被指名挑戰指揮皇家愛樂樂團；然後他改變了，負責接待他的中產階級家庭也變了；他的女友也在最後一刻離開了他。儘管發生了一切不利的因素，他還是成功演出了羅西尼（Rossini）的《阿爾及爾的義大利女郎》（*The Italian Girl in Algiers*），撼動整個阿爾伯特音樂廳。無論節目的構思多麼地嘲諷（在這種情況下看起來並沒有那麼嘲諷），他的改變和情感成長完美符合原型故事型態，創造了一個非凡的戲劇體驗。整個節目彷彿出自著名編劇李察・寇蒂斯之手，具有大多數電視劇夢想的力道和衝擊力。

因此，真人實境節目竊取了電視劇的外衣，佔用了它的原型形態。然而，真的有一個真正的原型形態存在嗎？這正是讓某些編劇憤怒的論點。意外創造出完美結構的東尼・喬丹（Tony Jordan）即持反對意見[14]。但這些反對的人，很多都抓錯了重點。偉大的作品不必盲目遵循這個形式，人們也更應該特別小心看待，堅持單一型態足以適用於所有戲劇的說法。

◎顛覆常規

創意與商業、傳統與顛覆傳統之間的相互拉扯與緊張關係，無不瀰漫於所有形式的藝術當中。美國音樂評論家，亞歷克斯・羅斯（Alex Ross）的二十世紀音樂史著作《餘下的只有噪音》（*The Rest is Noise*），輕鬆描述了二次世界大戰後，古典音樂被基督教基本教義派取代的情況。在那個時代裡，任何的音樂調性都可能被貼上法西斯的標籤，甚至約翰・凱奇（John Cage，美國先鋒派音樂家）都可以宣布「貝多芬（Beethoven）是錯的」。在每一種藝術媒介中，總有一個反傳統者，就像作曲家皮耶・布列茲（Pierre Boulez）一樣，堅持：「僅僅毀了《蒙娜麗莎》（*Mona Lisa*）是不夠的，因為那並不能殺死《蒙娜麗莎》，所有從前的藝術都必須被摧毀。」在這種衝動與憤怒中，可能可以創造出偉大的作品。它或許是非典型的，而且不可避免地使過程更加困難，但正如《火線重案組》證明，有些作品就應該如此。

但這樣的作品並未否定故事原型，而是證實了故事原型的存在。所有的故事，在某種程度上都有相似的特徵，即使它們變得更加前衛，實際上都是對故事原型的一種反應。法蘭西斯・斯布福德的《遍地紅》，本身就是典型故事形式的一個異形版本。書中的一個角色，觀看另一個角色演奏爵士大師邁爾斯・戴維斯（Miles Davis）的《藍與綠》（*Blue in Green*）：

「他舉起喇叭，開始吹奏，高亢而精準。沒有什麼能將這些音符固定在整首歌中，而且無論如何，你都能察覺到它們小心翼翼避開預期，溫和地拒絕接近或融入，或陷入不斷出現的結構暗示。」

馬賽爾・杜象（Marcel Duchamp）以他幫《蒙娜麗莎》畫了一撮鬍鬚一戰成名。但他本身也非常清楚，若是沒有《蒙娜麗莎》這幅畫，他的作品不可能存在，而且無論有人多麼希望，《蒙娜麗莎》這幅畫永遠無法被摧毀。故事也是如此。它們可能選擇不遵循傳統的形式，但即使不遵循，它們也像爵士樂一樣，是對這種形式的批判和回應。《白色緞帶》（*The White Ribbon*）是米歇爾・漢內克（Michael Haneke）對戰前德國鄉村生活的探討，刻意拒絕運用戲劇慣例。這是一部令人極度不安的電影，大部分魅力來自拒絕遵循觀眾所期望的原型結構，刻意不讓問題得到答案，其中的意義因而讓觀眾難以捉摸。故意不滿足人們對敘事都應該有一個結局的期待和渴望，挑戰了對結構形式的預期。

《李爾王》大致上是一部典型結構的作品，除了莎士比亞在第四幕中，打破嚴格的慣例，進行一段莎士比亞環球劇場藝術總監多明尼克・德羅古爾所形容「結構上的爵士即興演奏」。這會削弱整部劇嗎？一點也不，這只是強調了主題下潛在的瘋狂。

英國文學家塞繆爾・詹森（Samuel Johnson）曾批評約翰・多恩（John Donne）的詩歌，指控其將「異質思想透過暴力結合在一起」。他認為詩歌中的意象與其殘暴的並列，和多恩選擇的寫作形式不符。而多恩自負的形而上學理，以及他對韻律的拒絕（班・強生曾說他「應該被絞死」），當然是他的優勢；形式與內容的相互作用，正是他身為天才的基石。約翰・柯川（John Coltrane）的《我最喜歡的事》（*My Favourite Things*）是一首動人的音樂作品，但只有在意識到其原版《音樂之聲》（*Sound of Music*）的存在時，這首曲子才變得真正偉大。就如同電影《險路勿近》之所以具有震撼力，是因為有一個你知道在結構上不應該發生的事。以較不極端的例子來說——刻意省略一幕、中間點提前或向後的微妙轉變（或音樂家稱之的節奏自由，亦即從不同的小節借用節拍），都大大增加故事的豐富性和多樣性。

在義大利導演米開朗基羅・安東尼奧尼（Michelangelo Antonioni）的《蝕》（*L'eclisse*）結尾部分，女主角莫妮卡・維蒂（Monica Vitti）從右側進入畫面，然後向左側退出。按照電影的「語法」，她應該在下一個鏡頭中，從右側進入——但她根本不在右側[15]，這是她的最後一場戲，這場戲顛覆了女主角應有的傳統結尾手法。這場戲沒有廣角鏡頭，也沒有升降鏡頭的運鏡；取而代之的，是她離開後長達六分鐘的空蕩街景。這場戲的驚人戲劇力量，來自於它背叛了人們的期望，女主角的缺席毫無道理，當然以（《蝕》的）隱喻上來說，卻意味深長。

從義大利新現實主義到柏格曼、塔可夫斯基（Tarkovsky）和德萊葉（Dreyer）的作品，電影界總會週期性反抗典型並做出回應，也因此在過程中創造出非凡的作品[16]，但這些作品的力量，仍來自於其與傳統形式的關係，就像布拉克（Braque）和畢卡索的立體主義。

若我們說每一個敘事都與《末路狂花》相同，其實是荒謬的；就像認定所有的敘事作品都是對稱的，也同樣很荒唐——因為事實顯然並非如此。然而，當談論到「完美結構」時，就是潛意識中所指的完美平衡、完美對立，所有一切都勢均力敵、均衡協調。「完美」這個詞當然有許多含義，但「完美」不一定代表「好」。有許多完美的東西都很糟，也有很多不完美的東西卻卓越超凡。故事追求的形態就像水尋求水平面一樣，但缺失並不一定是失敗的跡象。

理查·福特（Richard Ford）於二〇一二年出版的小說《加拿大》（*Canada*），就是一個很好的例子，內容敘述了一個年輕男孩的故事。男孩平凡的父母親犯下了一宗銀行搶劫案，結果中間出了差錯。敘事者（男孩）遭到逮捕後，被父母遺棄，之後發現自己（精神上和實際上）來到了書名中的加拿大，和一個陌生人一起生活，而這個陌生人也因前半生犯下的暴力罪行，遭到另外兩個人的追捕。

這個故事分為三個部分，不但遵循「完美」的經典結構，也同時成功呈現自己的風格。在經典（「完美」）的電影結構中會有三幕，整個故事也會圍繞在搶劫案，以及兒子如何面對父母的行為來開展——可能是由早先的受害者扮演反派角色，然後在故事的最後三分之一處尋求報復。但這並非此故事的發展方式。相反地，故事本身分為兩大部分，第三部分實際上是一個後記。雖然各個獨立事件看似隨機且不相關，還是能察覺其中隱藏的典型結構。

故事中有一個非常明確的觸發事件：父母決定犯罪；一個非常明確的中間點：父母被捕和敘事者被流放到加拿大；一個危機點和高潮：結尾處與陌生人的敵人展開血腥槍戰。那主角呢？他似乎是一個被動的旁觀者，但當然不是——他正在為這本書做旁白敘事，這就是他追求的目標。銀行搶劫案和犯下完全不同罪行的新父親形象，從某種意義上是兩個完全不同的故事，但它們當然也是同一個故事。英雄被迫面對犯罪的後果，一個反派將指揮棒傳給另一個反派完成弧線（如《黑色追擊令》中主角的指揮棒被輪流傳遞，在《驚魂記》中也恰好發生在影片的中間位置）。像其他的每一個敘事一樣，《加拿大》也建立在相同基礎上，主角被拋進森林，尋找他的歸途路。《加拿大》的虛構敘事者回顧了自己的一生，發現了關鍵，這個關鍵既是小說本身的、我認為也是故事結構的關鍵：

「當我回想那些時光，從期待去大瀑布城上學開始，到父母的搶劫事件，到我妹妹的離去，再到越境進入加拿大，以及那幾位美國人的死亡，再延續到溫尼伯，乃至到我今天的處境——所有的這一切都是一體的，就像一首樂曲的樂章，或一個拼圖，無論越過了多少邊界，我都在其中試圖恢復，保持生活的完整及可接受的狀態。我知道只有我自己會建立這些聯結，但若不試著去建立聯繫，就等於讓自己陷入波濤，任由它把你推向絕望的岩石。西洋棋比賽可以讓人學到很多，每場比賽都是一場漫長對抗的一部分，追求的不是對抗、衝突、失敗甚至勝利，而是潛在於這些之下的和諧狀態[17]。」

在小說的結尾，敘事者引用了維多利亞時期，藝術評論家嘗試勾勒關於美的理論：

「羅斯金（Ruskin）寫道，構圖是一種不相等事物的排列組合。也就是說，這是由作者來決定什麼與什麼相等，什麼更重要，以及什麼是可以在人生快速前進中被排除的。」

故事形態的變奏無窮無盡，有時隱隱約約，有時殘暴地探索、挖掘，通常需要費盡心思，花很長時間才能找到原來的曲調，但即使找不到，也一定存在。在所有藝術中——音樂、詩歌、電影……偏離了確認原型的重要性。小和弦與其根音相連，這兩者之間的關係正是構成故事的主要元素。印度史上最成功電影《怒焰驕陽》（*Sholay*）的共同編劇賈維德．阿赫塔爾（Javed Akhtar），提出了敏銳的觀察：

「你一定見過孩子們玩著一根繩子和一顆小石頭。他們把繩子綁在小石頭上，然後開始在頭上揮舞。隨著他們慢慢放鬆繩子，小石頭畫出的圈愈來愈大。現在這顆小石頭是對傳統的反叛，它想要遠離……而繩子則是傳統，是持續性，它在控制著小石頭。如果你把繩子弄斷，小石頭會掉下來；如果你移除了小石頭，繩子就無法甩那麼遠。這種傳統和反傳統的緊張關係……在某種程度上是矛盾的，但實際上是一種綜合。在任何優秀的藝術作品當中，總是能找到傳統和反傳統的綜合體[18]。」

無論作品多麼激進，它之所以顯得激進的原因，是因為相對於原始形態而言，原型是無可否認的存在[19]。當彼得・摩根（Peter Morgan）將大衛・佛羅斯特（David Frost）對尼克森總統的訪談故事戲劇化時，做了一些關鍵上的改變：他讓佛羅斯特陷入困境（現實上並沒有），安排了最後一刻發現的關鍵證據（這些證據實際上已經掌握了八個月）。「最糟糕的時刻」——尼克森和佛羅斯特喝醉酒後的電話交談，事實上從未發生過；而尼克森在訪談中全盤招供的最後高潮，其實是發生在第八天和第九天，而不是電影中的第十二天。這些都是為了賦予影片合乎典型的故事設計，所做的合理改變[20]。

《請問總統先生》的結構，與摩根其他根據真實事件改編的作品，幾乎完全相同，包括《暗中交易》（*The Deal*）、《黛妃與女王》（*The Queen*）、《謎情》（*Longford*）和《魔鬼聯隊》（*The Damned United*）。如果你看過其他使用原始資料為本的編劇，就會發現在某種程度上，他們做的事情完全一樣。蕭伯納（George Bernard Shaw）曾說：「唯有透過小說，事實才能變得具啟發性或甚至可理解。藝術家、詩人、哲學家將它們從實際發生、但難以理解的混亂中解救出來，安排在藝術作品中[21]。」事實為了符合型態而被改變，以呈現出隨機性的現實無法提供的更多真相。

立體的、平面的、暫時性的缺陷、巧妙的手法、單一主角、多主角——這些都具有或追求一個同樣的模式，人們對於模式的渴望是絕對的，也是無法滿足的。觀眾與大衛・海爾的說法相反，他們並沒有「厭倦類型」，這一點從《變形金剛 3》（*Transformers: Dark of the Moon*）和《巴黎黑夜》（*Paris by Night*）的票房比較中可見一斑。只要能滿足人們對那種模式的渴望，人們就會狼吞虎嚥地接受。對大多數人來說，故事並不是奢侈品，它直接吸引了我們天生的慾望。我們渴望進入森林的旅程，無論是以何種變異形式，但變異性愈小，我們似乎愈能夠接受。

大衛．海爾的作品並不是典型的三幕結構（《誰為我伴》〔*Plenty*〕有十二個場景；《反神》〔*Fanshen*〕則有兩幕），如同法蘭克．柯崔爾．波伊斯並未刻意模仿莎士比亞的經典模式一樣。他們正確地反對機械式的寫作，不斷以獨特且具有挑戰性的方法，創作自己的藝術作品。然而他們的作品，雖然不是以傳統的三幕劇結構呈現，並不表示當中不包含這種結構。其實尋找結構本身就是一種干擾。畢竟到最終，這既不是關於三幕，也不是關於五幕；兩者都只是幫助我們揭開故事形態的工具。《教父》不是按照五幕劇的形式所寫，《末路狂花》也不是。海爾和柯崔爾．波伊斯的寫作參照了一個模式，他們的所有作品，都明顯遵循一個基本的結構形式，儘管他們熱切想讓作品與眾不同與獨特，仍然無法避免這個潛在的模式。

這是為什麼呢？又為什麼是這種模式？這兩個問題相互依存，接下來我們將藉由探討其中一個問題，揭示另一個問題的答案，同時發現為什麼故事對所有人都如此重要。

第22章 為什麼？

Why?

如果連反傳統的藝術家，也發現自己遵循某種預設的形態，這告訴我們什麼？這不代表他們意圖訛詐（雖然所有的藝術運動，都難免會有一些人誤把風格當做造反），而是其中必定有某個原因。為什麼故事會以相似的模式反覆出現？如果能回答這個問題，或許就能明白我們為什麼要說故事。從各處蒐集到的證據來看，必須先將一些理論納入思考。

◎社會因素

喬瑟夫．坎伯寫道：「神話中的英雄是因成長而偉大，而非成事[1]。」倘若故事的基因中，確實可能具有其存在的藍圖，那麼改變的路線圖，就可以被視為更廣泛的樣版。社會透過適應、拒絕食古不化和樂見變革而得以繼續存在——這正是原型所反映的模式。而說故事就像是這個過程的彙編，透過同理心邀請人們參與其中。正如坎伯所見，神話中的英雄必須擊敗現狀的守護者，意即守護過去的惡龍。對於神話來說如此，或許對故事也是這樣。

從某種程度上而言，故事無疑和「學習」相關：主角發現了某些事物，身為聆聽者的我們也同樣有所收穫。從這個角度來看，故事的原型可以輕易被解讀為一張地圖，鼓勵我們擺脫社會和心理壓抑，然後在過程中誕生一個全新的自我，擁抱未知，從中學習並成長。

◎預演因素

故事引領人們理解、經歷陌生的情境，透過在虛構的形式中預先排練情境、問題、衝突和情緒，讓人們變得更能理解、應對和解決真實生活中的問題。

神經學家蘇珊．格林菲爾德（Susan Greenfield）[2]認為，大腦是一塊肌肉——使用能讓它成長，變得更加熟練，而故事增進了細胞與細胞之間的鏈結。她認為，聽的故事愈多，說的故事愈多，寫的故事愈多，大腦就會發展出更多的分支，從而使我們更能處理和應對現實生活中的挑戰。

◎治癒因素

任何缺陷都可能置入原型故事，在敘事的過程中得到和解，因此顯然在某種程度上，故事提供了一個克服缺陷的模式，或可以稱之為治癒的範例。這對故事引擎來說，可能會是非常有用的橋段；事實上，長壽連續劇之所以能無止盡生存下來，是因為它擷取了人們一時之間的缺陷，像是嫉妒或對某個人的厭煩等（或甚至像在《東區人》令人難忘的某一集中，因為梳子不見而氣惱），再將這些情緒性的恨意或惱怒放進故事機器中解決。

故事範例是否經過刻意的「設計」仍有待商榷，但它似乎更可能是一個純粹目的的變體。當然，我們已經說明了在某個層面上，它似乎仍可能只是腦神經細胞衝撞下的產物。然而就算它僅是某種更深刻事物的副產品，理論上我們還是可以將任何問題引入故事機器，尋求解決這個事實，不但有效果又令人愉悅。

◎檢索因素

一個五十歲的人，腦袋裡應該裝多少訊息呢？即使是教育程度最低的人，也會擁有一生所累積的意見、知識和經驗。這些訊息如何儲存？更重要的是，這些訊息是如何被檢索和重新擷取？在《黑天鵝效應》（*The Black Swan: The Impact of the Highly Improbable*）一書中，納西姆・尼可拉斯・塔雷伯（Nassim Nicholas Taleb）寫道：「愈有秩序、愈不隨機、愈具備模式和敘述化的一系列單詞或符號，愈容易被存儲在我們的腦海，或記錄在一本書中，以便有一天你的子孫能夠閱讀。」我們把隨機混亂的訊息儲存起來，然後傾向以故事的形式檢索和擷取。就像電腦檔案夾名稱出現一大堆代碼一樣，故事將我們的知識連結成一段敘事，像一個優秀的操作系統，生動、清晰且易於理解。

◎萬靈藥因素

一位大屠殺倖存者看了《辛德勒的名單》（*Schindler's List*），被問及感想時他回答：「還可以，但你知道哪裡不對嗎？他們都逃脫了。」這是一個令人心酸的批評，但有助於說明，為什麼人們敘說某些故事時會有快樂的結局——它們給予希望。這樣的添加，是為了從混亂中創造秩序的極端形式，從無意義中提取意義。它使現實變得可以接受和理解，賦予現實意義。如果缺少了這樣的希望，現實世界可能令人難以忍受。

◎繁衍因素

大量故事以性關係和（或）婚姻象徵作為結尾，這顯示在某種程度上，故事提供了一個健康繁衍的範例。從最早的民間故事到今日的浪漫喜劇，傳遞的訊息大致相同：只有在達到平衡與和諧時，個體才會得到性關係的獎勵。

這個模式不僅出現在幾乎每個以「從此過著幸福快樂生活」為結尾的故事中，達西（Darcy）在《傲慢與偏見》（*Pride and Prejudice*）中遵循這個模式，威廉・薩克在《新娘百分百》中也是。這個模式可能在詹姆士・龐德中被無情地處理，或在《星際大戰》等電影中被扭曲，在這些電影——正如我們所提到的，故事的原型被去性化，愛的對象成為了妹妹，獎勵則變成了大眾的認可，但背後的故事源頭仍然顯而易見。這並非沒有前例，萊德・海格德的《所羅門王的寶藏》（*King Solomon's Mines*）是另一個來自上一世紀的去性化原型冒險故事，在當時引起了大轟動。

從《E・T・外星人》到《當哈利遇見莎莉》和《新娘百分百》；從《星際大戰》到《阿拉丁》（*Aladdin*）和《軍官與魔鬼》，男孩學會成為男人的故事骨架清楚可見；不過這並不限於男性。從《馴悍記》（*The Taming of the Shrew*）到《理性與感性》（*Sense and Sensibility*）和《簡愛》（*Jane Eyre*），再到幾乎每一本女性文學小說，同樣的過程也可見一斑，女孩擺脫她們的年少缺陷，成長為成熟的女性。

◎心理因素

顯然不是所有故事都和達到性成熟有關。《亨利四世》（*Henry IV*）中的哈爾（Hal）變得完整，但他的內在心理衝突與性無關，而是關於成為一名士兵，最終成為一個國王。

我們之所以會在許多故事中，發現性愛模式的存在，是因為另一個更大且更包容的原因。故事告訴我們，為了達到滿足（無論是性還是其他方面），必須在心理上達到平衡。根據榮格的說法，心理平衡的論點，不但合理又似乎符合邏輯。所有故事都可說是這些內在心理交戰的呈現，原型故事的核心，當然是自我驅使的渴望，以及深層缺陷的本我或需求之間的衝突；因此，榮格或許為我們提供了一個關於故事的最佳解釋[3]。

榮格提出了「個體化」的論點，「幸福」則透過整合不成熟人格的經驗、面向和矛盾，使之成為更大的整體來達成。對於榮格來說，心理健康在於平衡內在的矛盾元素，無論是男性與女性（阿尼瑪／阿尼瑪斯），還是透過他所謂的「四位一體」——個體從導師身上整合智慧，從愛情對象身上整合女性特質，從對手身上整合缺失[4]。

《綠野仙蹤》（*The Wizard of Oz*）就是這種內在心理模式的具體表現。遭受困境的桃樂絲（Dorothy）將內心的憂慮，投射到一個夢境世界，在那個世界裡她發現自己缺乏的部分，解決了內心的焦慮。按照同樣的邏輯，《仙履奇緣》裡的兩個壞姊姊，實際上是主角內在缺乏自信的外部象徵。通過驅除、同化並因此使對手失去優勢，仙杜瑞拉擺脫了自卑感，變得完整。相反地，如同黑暗的反轉，每次麥可・柯里昂殺人時，實際上都只是在摧毀自己好的那一部分；而《教父2》中弗雷多的死亡，當然是他本身良知的死亡，是他對自己的同情心和脆弱性的冷血謀殺。

文化評論家A・A・吉爾（A. A. Gill）認為：「偵探是一種集體超我，他們解決的犯罪事件，反映了人們內在的恐懼與慾望[5]。」倘若我們接受此一論點，那麼在邏輯上，沒有理由不接受「所有」故事都是內在心理衝突的展現，所有外部的對手，實際上都是內在心理分裂的投射。我們只需檢視立體故事的結構，就可以知道這點是如何成立的：在中間點時，自我驅使的「渴望」被捨棄，取而代之的是更有益處的「需求」認知——故事的敘述自此轉為主角如何掌握突然覺醒的內在意識。

這是許多神話中顯而易見的模式，但達倫・阿諾夫斯基（Darren Aronofsky）的電影《黑天鵝》（*Black Swan*），呈現出相對精彩且現代的視覺化過程，電影中妮娜（Nina）和她的黑影交纏，同時出現在一場死亡與完整的舞蹈中。當一群芭蕾專家相繼指責這部電影的不切實際時[6]，只能說他們畫錯了重點，這部電影並不是關於芭蕾舞，而是一部讓人理解黑暗面的重要性，以及為什麼童話故事總在殘酷邊緣徘徊的電影；它關於內在衝突是如何醞釀「壞人」——那些存在於我們內心深處的惡魔和黑暗。傳奇迪士尼動畫師法蘭克．湯瑪斯（Frank Thomas）及奧利．約翰斯頓（Ollie Johnston）曾經說過：「我們每一個人都是潛在的反派角色，如果被逼迫得太緊，緊到超過臨界點，自我保護系統就會啟動，讓我們做出可怕的行為[7]。」

人們可以抗拒、埋藏那些感受（這就是自我防禦機制的作用），但要達到真正的心理健康，則必須承認那些感受，與之和解。《美女與野獸》中的野獸從加斯頓（Gaston）身上，學到自己必須克服的無情和殘忍，因此戰勝了對方；《竊聽風暴》中維斯勒上尉從他的對手身上學到同情，救贖了自己的靈魂。而妮娜也是。這些角色都從自己的黑影中學習，就像孩子一樣，在泥土中玩耍來讓自己變得更安全、更健康。

因此，黑暗的同化是成長的重要關鍵。這種榮格式的潛在情緒，在波瑟芬妮的神話中，表現得尤為明顯：這位性純潔的女孩，被冥王黑帝斯（Hades）綁架到全是男性的冥界，後來被宙斯（Zeus，黑帝斯「善良」的同父異母兄弟）拯救，但在離開冥界之前，波瑟芬妮卻被迫吞下確保她每年都要回去的石榴籽。這裡有著非常深遠的象徵意義：男性與女性融合，平衡得以實現。人們透過融合「他者」來免疫，就像神經官能症透過其根源的和解得以治癒一樣。故事就像一張地圖，為我們指引了一條通向更大個體化，與隨之而來的心理健康之路。

這也解釋了為什麼政治正確的戲劇，感覺像宣傳品一樣乏味無趣，以及為什麼那些希望審查故事敘事的人，反而可能帶來比他們所害怕的作品還要多的損害。審查使心理真相遭到移除，取而代之的是否認和一廂情願的宣傳。一整個世代的孩子可能永遠不知道《E．T．外星人》中原本有槍（史匹柏覺得有必要在二十週年重新發行的紀念版中，刪除這個畫面，但他在三十週年版中，明智地把畫面重新加回），也不知道《淘氣阿丹》（*Dennis the Menace*）裡，阿丹曾經有一把用來射瘦弱的威爾遜（Walter）的玩具槍。而威爾遜在二〇〇九年的動畫版本中，也被改變得更男性化，但這麼做並沒有帶來更好的戲劇效果或心理健康。正如布魯諾．貝特海姆（Bruno Bettelheim）在《魔法的作用：童話的意義和重要性》（暫譯，*The Uses of Enchantment: The Meaning and Importance of Fairy Tales*）中表明的，假裝世界並不殘酷對孩子所造成的傷害，可能比如實呈現更大。

這些是說故事最常見的論點，但如果更深入研究比較神話學與宗教，其實遠不只如此。在最神聖文本中尋找潛在模式，以及追溯其單一來源的渴望[8]，成為十九世紀非常流行的消遣——這是一個歷史性的啟蒙運動，許多理論因此應運而生，神話被視為一切，範圍包含從被語言腐化的抽象思維[9]，到透過生、死與重生來體現的自然規律[10]。

這些理論都很有趣，且有其依據。但是，它們之中哪一個才是真理？能夠用來解釋經典故事的形態？為此這些理論必須通過考驗，如果形態不是根植於內容，那麼支持它的論點就無從驗證與確認。

榮格理論與故事的總體結構模式有著驚人的一致性，在對立面上的基礎概念也完全合理。這是一個具有說服力的組合，但我們必須謹慎視之，畢竟若是百分之九十的囚犯都喝茶，也不能就此斷定百分之九十的犯罪率都是茶造成的。相關性不代表因果關係，如果僅僅只是符合情況，並不能因此判定是正確的結論。

波瑟芬妮的旅程也同樣具有啟發性的一面。如果石榴籽是男性繁衍力的象徵，心理學上的潛台詞便顯而易見，生殖意義也同樣明顯，若再將治癒、預演、檢索和社會因素納入這個故事中，也不算太牽強。此外，這個故事最常見也最實際的解釋——作為季節性的創世神話——也很明顯。這讓我們陷入了兩難。如果一個故事符合了這麼多因素，是否有可能找到一個明確的答案？

◎我們為什麼說故事？

任何堅稱說故事只有一個具體理由的人，都會面臨抨擊，就像人類曾經堅持認為天體都是繞著地球轉一樣，而那些宣稱榮格對說故事的論述是唯一真理的人，也有可能遭到類似的命運。大膽宣稱一種理論，就會成為《米德鎮的春天》中的卡索邦。

每一個故事理論都有其價值，但最具說服力的一個，能包容其他所有理論的解釋。這並不會讓這個理論變得更正確，但會讓我們更接近可能的原因。倘若榮格的理論最站得住腳（它確實支持了喬瑟夫．坎伯及其眾多追隨者的理論），那麼我們必須謹記，榮格本身提倡的心理健康是以能力為考核，就像小說家費茲傑羅所說，在保持正常運作的同時，理解截然不同的分歧。心理健康最終是關於施行秩序與條理的能力。

◎秩序的角色

儘管仍有瑕疵，但存在主義明確指出一個基本真理——在一個無神論的宇宙中，無意義存在的悲慘恐怖，是任何人都難以承受的。我們存在，然後死亡，所有的情況都隨機而來，所有的成就最終都是徒勞，這簡直令人無法想像或忍受。凝視遠方的遙遠未來，人們發現自已無法忍受毫無秩序感的世界，無法想像隨機或任意而為；為了保持理智，必須謹守並維持某種模式。作為西方文化基石的《聖經》更是強化了這一點：它的無處不在和影響力，突顯了上帝是人們用來緩解內心恐懼的故事。

十八世紀英國小說大師勞倫斯．斯特恩（Laurence Sterne）筆下的英雄崔斯特姆．項迪（Tristram Shandy），計畫寫下自己的人生故事，但在寫了將近六百頁後，仍然停留在出生的那一天。項迪發現整個宇宙是無序和混亂的，諷刺的是，在他不知情的情況下，寫作本身的這個行為，就為世界帶來了秩序（項迪的計畫賦予了它經典的「探險」結構）。項迪無法掌控這種情況，我們同樣無法避免，因為我們是斯特恩筆下的十八世紀英雄，我們對秩序的追求與項迪如出一轍。

對某些人來說，這種傾向可能非常極端，對其他人來說則沒那麼強烈。在光譜的一端是亞斯伯格症和自閉症，而在另一端的我們，發現自己一直將幾乎「所有」的東西按照順序排列——從按字母順序排列的書籍，到對齊掛在浴室裡的毛巾。iTunes 驚人的成功顯然與人們對音樂的熱愛無關，而是與它能夠將隨機選擇的歌曲排列順序的能力有關。如果我們被要求隨機生成一組數字，時間久了，就會自動產生一個模式；即使是無政府主義者，也無法抗拒將編碼系統化的衝動。

波洛克不曾計畫出分形，但在他酗酒成癮的瘋狂腦袋中，找到了一種駕馭混亂的方法，就如同愛倫・坡創造出世界上第一個虛構偵探，來平息內心的恐懼一樣。C・奧古斯特・杜邦之所以成為理性的完美代表，或許並非巧合，因為他是一個能夠從任何混亂中，找到秩序與邏輯的人。當代評論家約瑟夫・伍德・克魯奇（Joseph Wood Krutch）曾說：「（這個）新主角並沒有瘋狂沉浸在可怕的罪行中，而是俐落地進行追捕。」愛倫・坡本身即以情緒不穩定著稱，克魯奇一針見血指出，愛倫・坡可能「為了不讓自己陷入瘋狂，所以發明了偵探故事」。在試圖馴服自己的惡魔時，愛倫・坡也找到了馴服人們的惡魔的方法。T・S・艾略特（T. S. Eliot）曾說：「人類無法承受太多現實。」——除非我們對宇宙的廣袤混亂進行某種分類，否則就無法保持理智[11]。

所有的故事理論都有一個共同點，也都圍繞著一個核心觀念：讓不完整的東西變得完整；讓意義得以被呈現。若以「秩序」二字概括故事的根基，聽起來未免太過簡單，但秩序確實關乎我們如何適應內在世界與外在世界間的差距。事實上，這整本書中談到的「家」，就是我們的內在自我，進入森林的旅程則是通往自我之外的一切。我們試圖理解事物的過程，包含了心理層面的調整，如何使內在與外在趨於平衡？如何在主觀與客觀之間融合？如何調節想要和需要？如何適應這個世界？

無論是關乎心理、性還是社會，每一個故事的定義，都建立在一個原則之上，那就是從混亂中創造秩序，在混沌的世界中賦予意義。一個觸發事件將一個看似有序的現實，炸成千萬碎片；然後一位偵探出現，追捕罪犯，將事物恢復到它們應有的位置上。

我們已經知道，三幕劇結構就是從混沌到秩序這個過程的產物。它是人們整理現實的藩籬，是一種像呼吸一樣輕易自然的模式。秩序化是一種感知行為，正是這種行為賦予了我們敘事、修辭和戲劇。正如認知科學家史迪芬．平克（Steven Pinker）所言：「戲劇情節的標準定義與智慧的定義完全一致……這並非只是巧合，因為角色在虛構世界中所做的事情，正是人類智能允許我們在現實世界中能夠施行的[12]。」我們的智慧就像一名偵探，被派去完成任務，吸收可用的證據，找到真相，使其回歸正軌。所有的敘事在某種程度上都是偵探小說，而敘事形式——戲劇弧線——只是這一過程的外在表現。所有的故事除了是一種是探索，也是發現與覺察。

故事，是吸收知識的「戲劇化」過程。戲劇中的主角虛擬了作者和讀者的渴望，他們都是追尋真理的偵探。在每個原型故事中，主角就像我們一樣在學習，而我們也都面臨不學習的後果——保持無知[13]；因此，如果我們繼續閱讀或觀看，就等於選擇了學習。知識的吸收深植於戲劇的每一個細胞中，人物的缺陷源自於尚未學習的知識。為了導正這些缺陷，故事逐漸開展，角色們逐步學習，模擬覺知的過程。

因此，戲劇模仿了大腦吸收知識的方式，這就是為什麼它與法律論證，以及與我們在學校學到的基本文章結構完全相同。這也是主題不可或缺，和為什麼會在任何作品中自然顯現的原因。無論是刻意還是無意識，所有的戲劇都是與現實進行論證的過程，接著從中獲得結論並與之妥協。所以，我們都是偵探，都在尋求一個和解的結果。

這個論點不僅適用於戲劇。

詩也是一種將不同事物塑造出意義的媒介（「我可以把你比喻為夏日嗎？」）。在所有的敘事、小說和非小說形態中，都可以看到完全相同的過程與結構，不過這些形式之間存在差異，其中戲劇是分幕的，因為它的設計是一次性觀看，而傳記、詩歌和小說，則有一致性的相同基本結構（音樂也是如此，流行歌曲中的間奏和奏鳴曲形式的闡述、發展和再現的結構，都與戲劇的幕形有著驚人的相似之處）。戲劇中會有一幕，書中會有章節；而在書籍中會有段落，在戲劇中則會有場景。句子和音符、片語和節奏，都是每種形式的特有單位，當它們以特定方式結合在一起，就能將現實轉化為故事。如果在散文和戲劇中的任何一個點連接不上，或是無法從前一個點繼續接續下去，就會失去秩序，讀者也會跟著迷失——再次陷入混亂之中。

因此，認為實境電視節目披上了戲劇外衣的這個說法，也不完全正確。戲劇之所以比實境節目先出現，可能只是剛好搭上經濟和技術的有利因素，因為兩者在敘事過程上的表現形式顯然不同。戲劇結構不是其他敘事形式的先驅；相反地，正如我開頭建議的，戲劇結構是提供人們理解所有敘事形式的一把最棒的鑰匙。因為敘事幾乎存在於我們所見和所做的一切之中，我們將所有經歷轉化為故事。

若閱讀任何一本非小說書籍、論文和新聞報導，都會看到一個非常熟悉的模式，那就是作者會積極探討一個特定的目標（亦即他們試圖表達的觀點），提出一個理論，探究它並得出結論。因此作家成為了主角，而所有這些不同形式的敘事正在做的事情就像偵探一樣，將全部的現象串連成一個因果鏈，這樣的結構與戲劇結構完全相同。

因此，戲劇就是人們對現實的論述。而思想是連續性的，就如科學家暨作家蘇珊・格林菲爾德所說，思想是一系列的事實，由「這件事發生是因為這個」的想法聯繫在一起。當一個觀點得到證實時，我們再將其與下一個觀點聯結起來，力求從中找到意義，故事就在這個過程中應運而生。

◎因果關係

丹尼爾・康納曼（Daniel Kahneman）在其著作《快思慢想》（*Thinking, Fast and Slow*，二〇一一年）中，透過「香蕉嘔吐」這兩個字的排列方式，比較了意識與無意識狀態下的思考差異。

他指出，我們的大腦一看到這兩個字，會立刻在兩者之間建立「時間順序和因果關係……形成一個簡略的情節——香蕉導致了嘔吐[14]」，因為在面對差異時，我們會馬上運用康納曼所稱「聯想的連貫規則」，這是一個我們已經觀察到的過程，那就是庫勒雪夫效應。

在《白宮風雲》第二集中，巴特勒總統發現，在他講了一個關於德州人的笑話後，他在德州的民調結果下降了。他的團隊堅信，巴特勒總統需要為這個笑話道歉，直到發現他正在思考一則拉丁文標語：「Post hoc ergo propter hoc」（「因為在此之後所以」）。他解釋自己在德州的民調或許下降了，但這並不代表就是因為那個笑話的緣故。因為某事發生在另一件事之後，所以必然是前者導致後者；這樣的想法不僅是一種常見的邏輯謬誤，當然也是敘事的源泉。敘事是環環相扣的因果關係，「Post hoc ergo propter hoc」就是故事。

康納曼在《快思慢想》以及尼可拉斯・塔雷伯在《黑天鵝效應》中，皆深入探討人們容易陷入塔雷伯所稱為「敘事謬誤」的現象，即「事後」的陷阱。以下是幾年前出現在BBC的地方新聞報導：

- 警方今日正在調查一起住宅失火案件。
- 一名女性和三名兒童被留院治療。
- 據瞭解，她涉及一場監護權爭奪戰。

我們立刻想問：「發生了什麼事？」並以最簡單的方式，將這三段話連在一起找到答案。大多數人應該會得出，丈夫是火災幕後黑手的結論（就像香蕉導致嘔吐一樣），但這些句子中，顯然沒有任何字句指出這樣的說法。

這種想要連結出因果關係的衝動，當然是電影製片的一大禮物。在J・布萊克森（J. Blakeson）二〇〇九年的電影《愛麗絲失蹤事件簿》中，兩名前詐欺犯綁架了一位百萬富翁的女兒並要求贖金，但實際上真正的目標不是愛麗絲的父母，而是其中一名綁匪，甚至劇情和電影名稱看似都不相關。布萊克森充分利用人們自然將事情按照先後順序推理的傾向，巧妙安排事件，迫使我們假設出與實際發生狀況相反的結論。他就如同阿嘉莎・克莉絲蒂僅僅只是透過並置的方式，就向觀眾撒下一個瞞天大謊，而這種謊言的揭穿時刻，也是喜愛這類型劇情的人們，最為期待的曲折情節。透過連續性事件賦予的敘事，就如驚悚小說作家熟練利用的那樣，其重要性遠遠超出剪輯所能表現的。

如康納曼和塔雷伯所示，我們很難不把事件故事化。這就是為什麼英國在一九七〇年代，有六名無辜的愛爾蘭人，在伯明罕搭乘火車離去時，被判定是在城市造成毀滅性傷害的炸彈客；這也是為什麼柴契爾夫人（Margaret Thatcher）會被拍到跨坐在坦克上的照片。聯想的連貫性影響所有人。如果你曾在電視圈工作，那你肯定知道與一部熱門劇集有關的任何人，不單只是演員，而是整個製作公司的每一位人員，都會變得如魚得水般容易找到工作。如果這部劇出現在你的履歷表上，你的薪水可能會連帶翻倍，因為雇主會陷入敘事謬誤之中。

事實上，任何一部成功劇集的工作人員中，有百分之九十都是可以替換的，或者成功的關鍵，只來自於某幾個特定人員和特定劇本的組合。只是我們經常忽略了這一點，往往看到對方的名字或履歷表，就自動推斷他們肯定在其中佔有一席之地。在《無恥之徒》獲得各方過度的讚譽之後，我聽到最明智、屬實，但也最令人痛苦的建言之一，就是：「或許少了你這部劇還是會成功。」

無法應對偶然性以及對失控世界的恐懼，使人們完全陷入對敘事的依賴——因為那樣，所以這樣：因為這樣所以你必須投這個人一票；如果你開這輛車，就會得到那個女孩。人們幾乎擺脫不了這種因果論。艾倫·索金的《魔球》（*Moneyball*），演出了奧克蘭運動家棒球隊經理比利・比恩（Billy Beane）的真實故事，他開創了一種非傳統的球隊選拔法，培養出一支球隊，能夠打敗資金足足多過他們三倍的對手。他摒棄主觀評估的傳統通用方法，轉而採用統計數據的客觀分析，選擇更「勤勞」的球員而非「明星」球員，同時拒絕了「大衛・貝克漢」（David Beckham）模式的吸引力（即直覺認為長得帥的人，會是更好的球員）。儘管外界對此抱持高度懷疑，比利・比恩的球隊最終打破了美國聯盟的二十連勝紀錄。

這部電影雖然推崇挑戰傳統，諷刺的是卻以布萊德・彼特為焦點。儘管自相矛盾，電影仍然成為了一部經典的美國宣言，因為它展現了一個人在孤立無援情況下的奮力一搏。《魔球》證明了人們無法停止將現實演繹成故事的事實。

當我還是英國孩童中的一代時，史考特船長（Captain Scott）在學校教科書裡是一位偉大的英雄，因為他在前往南極的途中死去。到了一九七九年，一個全新的故事版本出現了，這個版本把史考特船長，描繪成一個無能的傻瓜。二〇一一年，第三個版本出現了，在這個版本中，史考特船長根本不是為了極地競賽啟航，他更感興趣的是科學而非虛榮。到底哪一個版本才是真的？也許沒有一個是假的[15]。觀察事實，將它們聯結在一起做出假設，產生敘事。我們應該謹記的是，作家講述的故事，反映了作家本身與其所描述的時帶，以及他們想要描繪的人物[16]。

每一代人都會將看似客觀的訊息融入現實的版本，而人們永遠無法知道史考特船長的真相，因為我們並不在場，即使我們在場，史考特船長的真相、歐茲隊長（Captain Oates，南極探險家）的真相，還有阿蒙森（Amundsen，挪威極地探險家）的真相，都會有所不同。然而新聞記者暨政治評論家波莉．托比（Polly Toynbee），對別人認為她從事的是一個崇高的職業頗不以為然，她把自己的工作形容為知識的追求，「將混亂的現實化繁為簡，歸納成對與錯的敘述[17]」。這是一個非常精闢的見解，不僅適用於新聞業，也適用於生活。

因此，如果故事反映的是世界，為什麼這麼多理論家認為它起源於神話，並用榮格派的觀點來解釋？又為什麼從克里斯多夫．佛格勒到克里斯多福．布克，都認為故事的基石根源於此呢？

◎神話的角色

愛爾蘭王子康埃達（Conn-eda）被剝奪了應有的繼承權，善良的他面臨一個難以抉擇的決定：為了進入仙境城堡繼續他的追尋，他必須殺死他的馬並把皮剝下來。王子猶豫不決，但正是這匹馬說服他必須執行這項殘酷的行為。經過一陣煎熬後，王子殺死了忠實的坐騎，獲准進入城堡。這時，死去的馬奇蹟般地重生，變成另一位英俊的王子，然後正如所有美好寓言中的那樣，秩序重新恢復。

印度學家海因里希・齊默（Heinrich Zimmer）在《國王與屍體》（*The King and the Corpse*[18]）（一九四八年）中，重新講述了這則古老的異教神話[19]，這是一本早期的比較神話學研究之一。它敘述了一個人的故事：

> 「……雖然年輕時的品德無可挑剔……但他對於他的國度和世界中到處存在的邪惡渾然不覺……他對陰暗的另一面毫無所知，也對損害美德的無情破壞力量——野心和侵略的自私、暴力一無所知。在他仁慈的統治下，這些黑暗力量將會出現，破壞王國的和諧……。
>
> 也就是說，康埃達需要學習的還有很多。在他能夠應對生命不同層面的力量之前，他必須理解對立共存的普世法則。他必須體認到，完滿包含了在衝突時與對立面的合作，而和諧是解決緊張關係的基石。（他必須）……面對並整合自身性格中，最相互對立的事實，他必須正視邪惡力量，也因此需要沿著艱困探索的隱祕之路前行。他的神話和奇幻旅程，都是透過掌握和同化衝突的對立面，達到自我完成的痛苦寓言。這個過程通常用意外遭遇、險境、壯舉和考驗等典型的象徵性術語來描述。」

如果說喬瑟夫・坎伯曾是齊默爾的學生，應該不至於令人感到意外——事實上，他在齊默爾去世後，還曾經手編輯了他的著作。坎伯在自己的作品中也特別提到，英雄克服對立面的無限循環主題（坎伯提到希臘神話中偷金羊毛的傑森〔Jason〕，但荷馬的《奥德賽》或許更為明顯），他說：

「英雄，不管是神還是女神，男人還是女人，神話中還是夢中的人物，都會發現並同化他的對立面（他自己未曾察覺的自我），也許是透過吞噬對方，或是被對方吞噬。阻礙一一被克服。他必須放下他的驕傲、美德、美貌和生命，屈服或忍受絕對無法容忍的事物。然後他會發現，他與他的對立面雖然是不同的物種，但卻是同樣的血肉之軀。」

坎伯就如同之前的齊默爾一樣，認為自己已經在所有文明的偉大神話中，辨識出一個統一的模式。然而，在他們認為神話與榮格的理論基礎，是所有故事的基石時，顯然也陷入了敘事的謬誤。當坎伯寫到普羅米修斯（Prometheus）偷火、傑森尋找金羊毛和艾尼亞斯（Aeneas）進入冥界，他只發現了一個模式：「英雄神話歷險的標準路徑，乃是通過儀式準則的放大，亦即從『隔離』到『啟蒙』再到『回歸』，它或許可以被稱作單一神話的核心單位。」

坎伯在神話中發現的「啟程與回歸之旅」結構，如我們所見，存在於所有故事中。神話當然是基本故事結構的原始體現，但並不是神話創造了結構，而是結構創造了神話。這是為什麼？

牛頓的第三運動定律宣稱：「每一個行動都會有一個相等且相反的反應[20]。」這就是為什麼在劇情結構上，反派的對立角色如此重要的原因。除了能讓整齣戲變得更好，它還具有一個更重要的結構功能。《東區人》中的凱特想阻止女兒去西班牙，因為她要和哈利叔叔一起去。凱特知道哈利叔叔是個戀童癖，因為他在凱特小時候強暴了她，柔伊就是那次事件的結果，所以她無法在不透露自己就是柔伊母親的情況下，阻止女兒去西班牙。當我們在

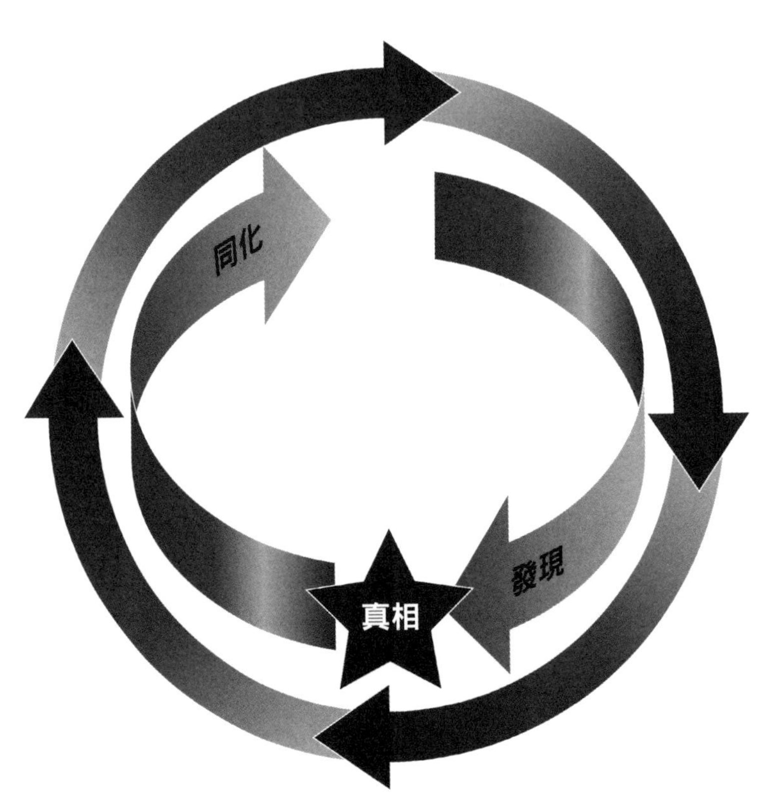

印度餐廳加入她們時，這兩個角色們正在玩真心話大冒險遊戲；而一個大祕密即將被揭露。柔伊在這時宣布了她的旅行計畫，凱特的謊言與柔伊的誠實形成對比。為了阻止柔伊去西班牙，凱特必須借用並被對手的特質同化：她必須被柔伊的誠實特質同化，接著告訴她真相。

柔伊：妳又不是我媽！

凱特：我就是！

我們知道這一刻就是預期的顛覆（你可以聽到鼓聲），我們也知道在故事中，主角會吸收對手的特質來達成目標（在康埃達王子的故事中看到了這一點），在這裡也看到了同樣的過程。

因此，坎伯所說「單一神話的核心單位」，其實只是一個場景。這個場景是兩個對立面的相互抗衡與較量，也是每個故事的基石。角色踏上旅程，遇見他們的對立面；論點遇上反論點，雙方各吸收了另一方的特質，然後再次重新開啟另一個同樣的過程。

《哈姆雷特》依然是最佳例子。從本質上來說，這是一個經典的偵探故事，前半部分圍繞在「克勞迪斯是否謀殺了國王？」開展，後半部分則圍繞在中途發現真相後的反應——「他確實殺了」。每個故事，甚至每個場景，都是這種結構型態的產物。角色踏上旅程，遇見他們的對立面，然後將對立面的特質吸收到自己身上。因此，對立面是我們必須關注的焦點。

◎對立的角色

希臘人在西元前四世紀初期，發展出一種稱為「蘇格拉底對話」（Socratic dialogue）的探究形式。劇中呈現了兩個角色，其中一個經常是蘇格拉底本人，然後透過一系列的問答尋求真理。我們可以在古希臘悲劇詩人索福克里斯（Sophocles）的《安蒂岡妮》（*Antigone*）中，清楚看到這種形式的基礎，同時也可以看到民主、司法系統[21]、新聞自由的誕生，以及從羅賓·戴爵士（Sir Robin Day）到傑洛米·帕克斯曼（Jeremy Paxman），整個英國電視記者學派的採訪技巧。

黑格爾對這個形式進行了改編和擴展。他認為，唯有不斷提出反對，才能找到真理；想法被提出、挑戰，然後產生一個新想法[22]。這個新想法又被挑戰，重複同樣的過程，直到由碎片組成完整的整體。故事也是如此。

大衛·西蒙在向HBO推銷《火線重案組》時，指出了一個絕妙的雙重性：「突然間，警察的官僚體制變得不道德、功能失調；而毒品形式的犯罪，也突然變成了一個官僚體制[23]

。」這個觀察是西蒙創造出傑作的基礎。安德魯・史丹頓和他的共同編劇鮑勃・彼得森稱其為二加二；希臘人稱其為戲劇性的轉折和醒悟；庫勒雪夫在圖像的並置中看到了它；杜象利用他的小便斗進行了探索。莎士比亞將之加諸在奧賽羅和伊阿古身上；珍・奧斯汀在伊麗莎白和達西中感受到了它；還有當柔伊對她的姊姊大喊：「妳又不是我媽！」凱特回應：「我就是。」

二〇一一年在倫敦舞台上，扮演科學怪人的演員和扮演怪物的演員互換角色演出，獲得了滿堂彩，但這並不是什麼新鮮事。因為約翰・巴頓（John Barton）早在一九七三年，於皇家莎士比亞劇團（RSC）完成了類似的創舉，他將扮演博林布魯克（Bolingbroke）和理查二世（Richard II）的演員互換，《衛報》當時寫道：「突然間，他們變成了鏡像[24]。」從結構上來說，他們一直都是鏡像。

就像《無事生非》（*Much Ado About Nothing*）的碧翠絲（Beatrice）和班尼迪克（Benedick）；《馴悍記》的凱瑟麗娜（Katharina）和皮楚喬（Petruchio）；羅密歐和茱麗葉；安東尼（Antony）和克麗奧佩特拉（Cleopatra）；《暴風雨》的普斯派羅（Prospero）和卡力班（Caliban）；馬克白和馬克白夫人；李爾和寇蒂莉亞；《亨利四世》的福斯塔夫（Falstaff）和亨利、哈斯伯（Hotspur）和哈爾；《特洛伊斯與克萊西達》（*Troilus and Cressida*）中的希臘人和特洛伊人；《錯中錯》（*The Comedy of Errors*）中的安提夫兄弟（Antipholuses）

和德洛米兄弟（Dromios）；《仲夏夜之夢》（*Midsummer Night's Dream*）中的貴族和工匠。莎士比亞的所有作品都建立在這個基礎上，所有的典型戲劇也都如此。從安蒂岡妮和柯里昂、《印度之旅》中的阿黛拉（Adela）和阿吉茲（Aziz），再到《東區人》中的創始家族——弗勒家族（Fowlers）和瓦茨（Watts）家族，對立之間的對抗正是故事的核心。

再一次回到針對角色的「圖解」。我們用非常簡單的方式，顯示出主角的內在變化，繪製《金髮尤物》和《馬克白》中的角色進展。轉變的路線圖也是基於同樣的模式，《末路狂花》中的塞爾瑪和露易絲持續對立，她們之間的辯證不斷變化，直到最終角色互換。這一點在莎士比亞的《理查二世》中更清楚地闡述：博林布魯克和國王，踏上了與二十世紀的塞爾瑪和露易絲相同的追尋之旅。理查在剛開始時，是一個被格洛斯特（Gloucester）的死亡陰影籠罩的國王，而博林布魯克則在他面前受到譴責。五幕之後，博林布魯克成為了國王，理查被囚禁，但新國王也因同樣的死亡事件遭到指責，正如他的前任一樣。對立之間的雙人舞（沒有任何榮格式的成長），不僅展現了這一點，它還給了我們完美的結構。

這張圖表描繪主角和反派的命運，可以非常清楚看到（雖然是以荒謬的模式呈現），這些對立面在每一幕中的表現。中間點當然非常重要，在第三幕的第二場戲中，理查二世放棄他的神聖王權，將一切交給了博林布魯克，除了他的聲名。這與《教父》中的情節驚人相似。當麥可・柯里昂把槍對準索洛佐和麥克勞斯基時，他面對與他先前信仰的一切完

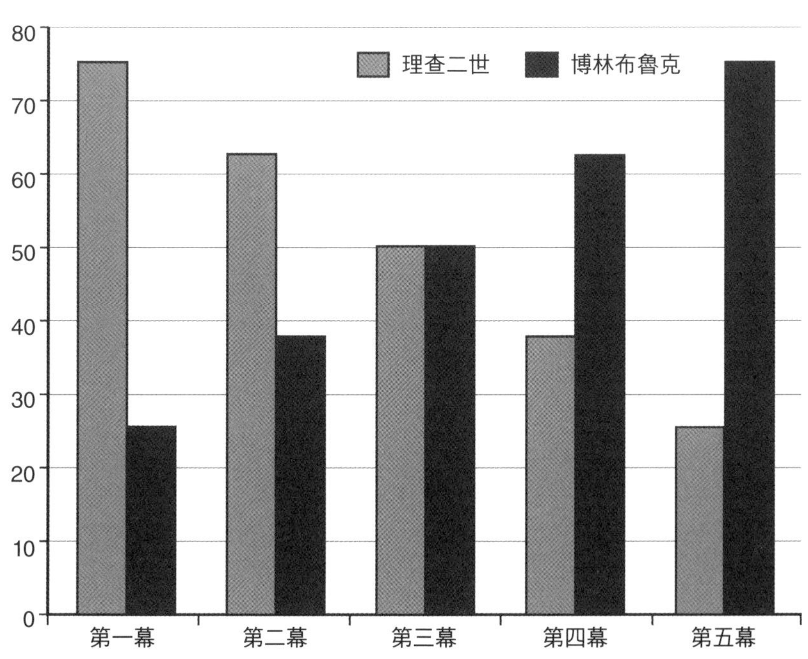

全相反的事物。凝望著森林，他扣下扳機，相互對立的兩邊成為一體，一個新角色誕生了[25]。

法蘭克．柯崔爾．波伊斯說：「三幕結構是一個無用的模式，它是靜態的[26]。」唯一合理的回答是，沒錯，如果它是靜態的，那它確實無用。正因為如此，主角就「必須」是積極的，因為故事一旦變得了無生氣就會枯萎。缺少了渴望——除非麥可扣下扳機，否則就沒辦法催化這一場景。

唯有事件才能鏈接這兩個對立面，接著產生融合。若沒有這樣的動能，細胞就無法運作，最終發生故障。因此在寫作時（就像我現在正在做的一樣），目的是綜合對立面，建構出一個連貫的整體，就像讀者試圖將一輛福斯金龜車的圖片，和「檸檬」這個詞連在一起一樣。在戲劇中，我們也看到主角做同樣的事情。他們的渴望像穿透細胞的能量，將其轉化成意義[27]。而每一刻的對立面合成都讓火炬保持火光，使火焰得以繼續傳遞。意義也從對立面的嫁接中誕生。

若以我們對化學、物理和生物學的認知來看，或許不應該感到驚訝；工黨政治家奈・貝文（Nye Bevan）曾說：「純粹主義者是貧瘠的。」我們的世界是由融合的瞬間所形成，從行星的形成到繁衍。米開朗基羅（Michelangelo）在西斯汀教堂的天花板上，捕捉到了這一刻。他描繪的是上帝賦予亞當生命，但我們真正看到的，是兩個完美平衡的對立面走到了一起——透過關係的融合，從指尖到指尖，生命誕生了。

◎故事形態的起源

無論對如何說故事，以及為什麼要說故事提出任何的說法，最後一定必須解釋敘事弧線的普遍性。一場戲會有開始、中間和結束，且包含了變化。將許多場戲連在一起，它們會成為幕；將幕連在一起，你就有了故事。

但若是將場景連接在一起時，會發生什麼？在一個場景中，增加另一個場景，就會產生一個新的中間部分；若再添加第三個場景，那麼第一個和最後一個部分會相互呼應。每次添加新的鏈接後，整體的形態就會隨之調整，以模擬原始的「細胞」結構；原本的危機變成行動斷點，然後是中間點或觸發事件，隨著鏈結的長度無限循環。跟隨故事的擴展，從一場戲到一幕戲，從一幕戲到整個故事，從故事再到三部曲（希臘悲劇故事《奧瑞斯提亞》〔*The Oresteia*〕，就是一個很好的例子）等等。

當對立面並置時，場景就會起作用，每個對立面都帶有新的現實或「真相」。真相一定要是相反的對立嗎？當然不是，只是對立面的效果最好。隨著故事發展，劇情一定要對稱嗎？當然不是，但對稱性最為合適；就像水尋求最容易的路徑一樣，感知——從而敘述故事，都必須尋求最令人愉悅且易於理解的模式。因此，中間點——承載核心「真相」的時刻位於中心，而缺乏這些特質的主角，則從一個相反的點開始。抵達中間點後，主角必須內化學到的特質，最簡單的展現方式，是進行角色轉變前後的「比較」，由此從簡單故事結構的節奏中，形成一個平行的樣態。

隨著故事的開展，對立面得以相互嫁接，觀眾逐漸推斷出因果關係，故事也變得生動起來。每個場景都是從前一個場景的情節中融合產生，每個場景宛如爆炸後的太陽般消亡，但創造出下一個場景的內容情節。隨著每一場戲的積累，一個新的樣貌出現了。敘事模擬智慧；

感知模擬偵探。理解、吸收對立面、對世界產生新的認知。這個新出現的樣貌，當然是我們非常熟悉的，這也解釋了為什麼會存在一個原型和完整的故事結構。

究竟那是什麼呢？

那是一個單一場景的分形放大。

這就是故事結構：單一的感知單位，不斷試圖模擬彼此，直到構建成一個巨大的版本。在每一個獨立場景中，角色都會面對自己的對立面——內在面對外部的謎團。那個謎團會被馴服，角色記取教訓、獲得改變後繼續前行。妮娜慢慢吸取黑天鵝的特性，一場接一場戲逐漸改變和成長，直到反派的特質被同化。每個場景都從上一個場景的終點開始，新的狀態遇到對立面，將其融入，並準備再一次遇到對立面。角色不僅在每個故事中都會進入森林，在每個場景中也會進入森林，就是如此簡單。原型故事是基本感知單元的分形放大，因為故事結構和場景結構就是同一件事。

這就是為什麼一個九歲的小孩，也能講出一個結構完美的故事。

同樣地，喬瑟夫．坎伯的單一神話，也只不過是場景結構的宏觀版本：一場在幾毫秒內完成吸收和整理外在事物的簡單旅程[28]。一旦認知這一點，就能明白「英雄之旅」不僅是一種創建。坎伯首次闡述，並由佛格勒普及的觀點，只不過是物理學的一種產物[29]，是有著開始、中間、結束和尋求對稱的因果鏈。在任何既定的戲劇結構中，角色必須根據某種模式改變和成長，這種模式由戲劇結構決定，而戲劇結構本身是情感心靈的產物。所以角色會往返於中間點，傾向（儘管他們不一定必須）走最簡單的路徑。

因此，英雄之旅實際上只是由結構決定的點和點之間的最快路徑，「轉變的路線圖」只是一個經由對稱弧線，從A到B的邏輯節奏進程。這是一種自然的形態，會自然而然地出現（作家也會遵循），這就是為什麼它會出現在《貝武夫：北海的詛咒》和《大白鯊》中的原因。它並非真的神祕，也非陰險狡詐[30]，而是人們理解、整理這個世界的一種自然連帶副產品。

◎普遍的故事

所以，如果要說是一個單一的故事，不如說是一個單一的故事形態。但如果這是真的，我們該怎麼解釋不斷重複出現的文學主題？為什麼有些主題和神話會一而再、再而三的出現？這中間肯定有一些普遍性的故事吧？

故事追求的是意義、是共鳴，否則我們為什麼要分享？當故事有了意義之後，就會被重複嵌入人們的集體意識中。關於母親、父親、萌芽的性慾，以及生命從這一代傳到下一代的故事，總是能夠引起共鳴、得以流傳，因為這些故事觸及我們的普遍慾望、情感和象徵，這些都是榮格對集體無意識的定義。榮格認為，作為一個種族，我們共享了大家都能理解的普遍象徵。顯然確實如此，但這並不是我們創造故事的原因。這種假設又是敘事謬誤，它僅僅解釋了為什麼有這麼多故事，集中在強大的主題上。當故事結構建立在對立上時，就會成為榮格思想的完美宿主，這也是為什麼它一次又一次地成功佔領——然而我們不能將症狀錯當成原因。人類述說無數關於各種事物的故事，但只有少數幾個留存下來，只有少數故事經得起時間的考驗。

那些得以流傳的故事，是自由市場的最終產物。如果一個故事的內容有價值，它就會歷久不衰。很少有人記得納胡．泰特（Nahum Tate）在一六八一年改編的《李爾王》版本，這大概是因為他給了這個故事一個不切實際的幸福結局。就像許多短暫流行的事物一樣，因為它沒有意義，所以無法留存下來。想要擁有更大的價值，就必須經得起超過一代人的時間考驗。莎士比亞的《李爾王》，已經陪伴我們超過四百年的時間，它就像許多希臘神話一樣，觸動人們的內心深處。故事如果具備能引起共鳴的內容，不僅僅只是因為它們是真理就會流傳下來；幻想故事（如《仙履奇緣》）也有長遠流傳的能力。自由市場讓我們認為的真理，和我們想相信的事物都得以長存。

「赫庫巴（Hecuba）對她有何意義，或者她對赫庫巴有何意義，以至於他為她流淚？」

哈姆雷特在戲劇中的這個問題，實際上是關於共情能力，也就是同理心的問題。二〇〇一年九月，雙子塔襲擊事件發生的四天後，《衛報》刊登了一篇由小說家伊恩·麥克尤恩（Ian McEwan[31]）撰寫的文章作為回應。

「這就是共情的本質，換位思考能想像別人的心境……如果劫機者能夠想像乘客的想法和感受，他們就無法繼續。一旦讓自己進入受害者的內心，你就很難再如此殘忍。想像自己是另一個人，是人性的核心價值。這是慈悲的本質，也是道德的初始。」

共情不只是一種理論。荷蘭神經科學研究所的克里斯汀·凱瑟斯教授（Professor Christian Keysers），針對人們如何看待故事以及對故事的反應，進行了廣泛研究[32]。一整個世代的人都記得在《大白鯊》中，看到漁夫的頭從船上掉下來，或者看見《法櫃奇兵》裡充滿蛇的蛇坑時，讓人忍不住往後退的情景。根據凱瑟斯的分析，產生共情時，我們在生理上確實與戲中主角融為一體。試想，當你看到「香蕉嘔吐」這兩個詞放在一起時，你的身體有何反應？或想想當你觀看《奪魂鋸》和《金手指》中，雷射光束在龐德大腿內側上升時的感覺。當龐德的心跳加速，我們的心跳也會加快。看著某人被打時，在我們大腦中引起反應的區域，和我們自己被打而引起反應的區域完全相同，屬於同樣一種生理反應，幸運的是觀眾不會有痛感。因此，故事確實讓我們所有人都「處於同一個波長上」，這就是亞里斯多德在《詩學》[33]中，談到人們所經歷的「憐憫和恐懼」，我們活在主角的生活中。

身為投入的觀察者，人們在腦海中體驗觀看對象正在經歷的事，從而開始理解。這不僅解釋了為什麼「展示」比「說明」更有力量，也代表共情具備了神經學的基礎。無論是情感上還是科學上，麥克尤恩的觀點都是正確的：故事具有連結的力量，使我們成為人。這就是為什麼我所謂「真正的原型」存在的原因，亦即隨著故事的開展，需求終將取代想要的故事引擎。

故事的主角想要的，本質上是對外在世界的抗拒；而我們就是主角，故事的存在是為了告訴我們，我們是對的。龐德之所以吸引人，是因為他就是我們，所以我們是對的；就像電視劇也是為了讓我們放心，相信生活一切美好。如果沒有這些故事，世界不僅會變得更沉悶乏味，還會顯得陰鬱黯淡；這就是為什麼在非類型敘事中，角色會學習。因為唯有如此，人們才能超越自我；只有這樣，才能建立真正的連結。

喬治．艾略特（George Eliot[34]）曾寫道：「藝術家帶給我們的最大恩惠……是同情心的延伸。建立在概念上和統計上的訴求，需要借助現成的同情心，和已經啟動的道德情感才得以實現；但偉大藝術家對人類細微生活的描繪，即使是市井小民和自私的人也會受到觸動，被引導到關注那些與自己無關的事物上，這可以說是一種道德情感的媒介。」她說：「藝術是一種超越個人界限，擴展人與人間接觸的方式。」故事使我們成為一體，而正是這個發生的過程，賦予了我們結構。

匈牙利哲學家暨文學評論家格瑞格·盧卡奇（Gyorgy Lukács）曾說：「藝術的本質是形式；它是為了戰勝對立，為了征服對立力量，為了從每一個離心力中創造出和諧，為了在所有之前與之外被遠遠隔開的陌生事物裡，創造出連貫性。形式的創造是對事物的最終審判，是救贖一切可救贖的最後審判，以神聖的力量拯救萬物[35]。」

人們極度需要強加秩序的性格，就是敘事結構的起點。美國詩人希薇亞·普拉絲（Sylvia Plath）談到她的創作過程時，曾說：「我認為我寫的詩，直接來自於感官和情感的經歷，但我必須說，我無法對那些來自針、刀或其他東西引起的哭喊感到同情。我認為人應該要能夠控制並操縱自身的經歷，即使那是最可怕、幾近瘋狂、被折磨之類的經歷，人應該能夠以豐富的知識和聰明的頭腦，掌控這些經歷[36]。」

我們或許可以像開始時那樣結束，讓我引用羅伯特·休斯的一句話：「藝術的基本目標，永遠是使世界變得完整和易於理解，讓一切回歸到原本的輝煌和偶爾的不堪，這些不是透過爭論，而是要透過感覺，然後縮小你和非你之間的差距，藉此從感覺再到意義[37]。」

說故事，源於人們需要對外在一切事物進行排序的需求。故事就像一塊被拖入偶然和隨機之中的磁鐵，將混亂的事物拖拉成某種形狀，幸運的話，甚至會拉成某種意義。每一個故事都是試圖套住可怕的現實、馴服並使之回歸秩序的一次嘗試。

每一個世代的人，都根據當代的事實解釋這個世界，如同認為地球是由天神阿特拉斯（Atlas）的肩膀所支撐、中世紀時代與後來的地心說、行星軌道是圓形的、宇宙是由水晶球組成的，以及香菸對健康有益的觀念一樣。

這些觀念在當代都被認為是事實，是科學理論毋庸置疑的結果。然而，它們也是「敘事謬誤」——因為這樣，所以那樣——的產物，後來也都證明它們是錯誤的。科學不是事實，而是一種模式，是由特定時期可獲取的知識建構而成，還包括了人們希望看到的東西。假若你正在尋找上帝存在的證據，那麼很有可能，你只會專注於選擇支持這個論點的事實。

人類歷史上充斥著從已知事實推斷而出的錯誤，有時候甚至衍生出災難性的結論。

故事理論也是如此。許多人都在研究敘事，也寫了許多關於故事結構的書籍。這些研究與書籍內容，都是作者從他們可獲取的知識中，得出的特有真理。從普羅普到納博科夫（Nabokov），從佛格勒到麥基——都提出了編寫故事的樣板模式，但這些都不是「事實」，這本書也不是。它們通常（顯然並非一定）只是符合當前多數經驗證據的模式。就像科學一樣，這些模式是最終不可知的隱喻。而榮格也是一種隱喻。那麼，為什麼不擁抱這個隱喻呢？故事可能是我們追求秩序之下的產物，是我們解決精神官能症的渴望，是生活或繁衍的模組；故事可以是（也可能確實是）——所有這些的總和。那麼，什麼樣的隱喻，能夠真正包含所有的一切？

在二〇一〇年的電影《冰封之心》（*Winter's Bone*）中，一名女孩在密蘇里州的歐札克山林深處，尋找失蹤的父親，山林中的狼和食人魔，如今變成了毒販和吸毒成癮者。這仍然是一個童話故事，只是場景設置在現代。人們無法停止講述相同的故事，因為「進入森林的旅程，是心靈從出生經歷死亡，再到重生的旅程的一部分。」

希拉蕊·曼特爾描述的旅程，是對於感知與成長的隱喻。而上帝，曾是我們為了在光明中理解恐懼所述說的故事。說故事也具有同樣的宗教基本功能：它融合了不同的事物，賦予人們樣貌形態，在過程中帶來寧靜。

它可能讓我們更接近上帝、伴侶，更接近適當的行為，或健康的心理狀態。雖然最終，我們根本也無法得知真正的結果。但進入森林的旅程，尋找失落的部分並使之完整，是我們絕對需要的。那個「完整的東西」可能是我們自己、一種狀態的恢復、一個謎團或任何一次又一次的墮落，就如同在場景中，也如同在故事裡，而一個簡單得可笑的過程定義了所有：兩個對立面相互融合，衝突平息了。

這就是為什麼我們像渴望毒品那樣的渴望故事，只有透過故事，才能讓內在的自我與外在的世界並行。在這個過程中，某種意義被建立起來，如果幸運的話，真理也會被發現。

故事看起來既是那麼簡單——又如此複雜。

Appendices

附錄

附錄一

《法櫃奇兵》的結構

Act Structure of Raiders of the Lost Ark

第一幕

一九三六年，在秘魯叢林深處一座佈滿機關和陷阱的寺廟裡，考古學家印第安納·瓊斯正在尋找金像。他成功找到金像，卻在走出寺廟時，遇見同為考古學家的死敵雷內·貝洛克。貝洛克隨即從瓊斯手中偷走了金像，留下其自生自滅。幸好瓊斯搭上了在外等候的水上飛機，逃過死劫。

第二幕

回到美國後，身為大學教授的瓊斯正在授課，軍隊卻派來人工智慧特務，通知他納粹們正在尋找恩師阿伯納·瑞文伍德（Abner Ravenwood）。據信，瑞文伍德持有那個自古流傳下來的手工製品，古埃及太陽神拉之權杖，而這隻權杖藏有失落法櫃去處的祕密。瓊斯明白若是納粹得到了它，就等同掌握了無可言喻的力量。於是，他被賦予找到權杖的任務。

第三幕

瓊斯在尼泊爾尋找恩師，卻在恩師桀驁不馴的女兒（同時也是他的舊情人瑪麗昂口中，得知恩師過世的消息。瑪麗昂手中有著權杖之首的零件，她拒絕賣給印第安納·瓊斯，卻不知道納粹黨派已悄然入侵她的酒館並縱了火。在一片混亂與爭執之中，邪惡的少校托赫特（Toht）把手放在權杖之首的零件上，燙下了印記。瑪麗昂和瓊斯帶著權杖之首逃脫，約定一同尋找那個失落的法櫃。

第四幕

他們抵達開羅，發現敵手貝洛克已經和納粹聯手挖掘「靈魂之井」——據說是法櫃最後停留的地方。納粹利用托赫特被權杖之首零件烙印下的痕跡，打造了贗品，認為如此就能找到法櫃。然而，事情卻不如納粹預期的順利，瓊斯和瑪麗昂拿出真正權杖之首的零件，找到了法櫃，卻被跟隨其後的納粹奪走。他們雙雙被監禁在靈魂之井中，不過，瓊斯和瑪麗昂還是找到了逃脫的方式。

第五幕

瓊斯和瑪麗昂跟隨法櫃來到納粹的小型機場，納粹計畫將法櫃運回德國。瓊斯打倒了一名巨漢，在納粹的卡車護送隊中追逐法櫃。瓊斯被槍擊中手臂，但仍不放棄，最後成功奪回了法櫃。

第六幕

運輸法櫃的船即將開往英國，貝洛克再度攔截了瓊斯和瑪麗昂，這次他帶著潛艇而來。法櫃被偷、瑪麗昂被擄走，瓊斯只好潛入水中，跟著U型潛艇跟蹤他們到一個與世隔絕的小島上。

第七幕

當瓊斯威脅要摧毀法櫃時，貝洛克只當他是虛張聲勢。瓊斯和瑪麗昂被綁在一根標竿上，被迫觀看納粹打開法櫃，他感受到直視法櫃的危險，命令瑪麗昂閉上雙眼。惡靈般的神祕力量湧現，殺死了現場所有的納粹黨派，然後法櫃再度闔上，回到了瓊斯的手中。

結局

法櫃被封印進一個寫著「最高機密」的木箱，接著被推入政府的巨大倉庫，裡面有著數千萬個相同的木箱，就此法櫃失去蹤影。

附錄二

《哈姆雷特》的結構

Hamlet – The Structural Form

很少作品能夠完全吻合泰倫斯立下的五幕劇架構，因為幾乎沒有人從一開始就能完全精準按照模板寫作。令人驚訝的是，不論在哪個年代、使用哪種媒材進行寫作，我們總能在這些不同的故事中，找到驚人的相似之處。就像雖然每個個體都有所不同，卻能擁有差不多的骨架結構，寫故事也是一樣的道理。篇幅有限，無法一一舉例，但《哈姆雷特》可說是英國文學中最偉大的戲劇作品，同時更成為其他作品在寫作時的象徵範例。

《哈姆雷特》的五幕劇結構一目了然，每一幕都包含重大的轉折點，並藉由每一個轉折點，讓角色立下新的目標。戲劇裡「轉變的階段」亦令人著迷。即使劇中某些時刻出現的時機點並未完全契合（就像我們期望奧菲莉亞之死能夠在第四幕發生，然而哈姆雷特卻在見到福丁布拉〔Fortinbras〕之際，就決定採取行動），但整體的雛形非常清晰。若是拿電影《末路狂花》和《哈姆雷特》相比好像有點荒謬，不過兩者在結構上，卻有某種程度的相似性，也讓故事的整體更有一致性、更普遍於世。

《哈姆雷特》摘要

第一幕

一位名叫哈姆雷特的丹麥王子，看見他的父親——已故國王的鬼魂。鬼魂向他傾訴，弟弟克勞迪斯和妻子葛楚（Gertrude）聯手謀殺了自己，要求哈姆雷特為自己復仇。

第二幕

哈姆雷特一時間不確定鬼魂是真實存在，或只是他幻想出來的產物，陷入了不停沉思「生存，亦或毀滅……。」的僵態。不過，在看到克勞迪斯派老朋友羅森克蘭茲和吉爾登斯頓前來監視自己後，他受到刺激，決定利用一群巡演的劇團，引起新王克勞迪斯的罪惡感而坦露罪行。「這場戲是關鍵。」哈姆雷特下定決心：「我會利用這一場戲，捕捉新王的良心。」

第三幕

在哈姆雷特的指導下，演員們上演了一場模仿國王被謀殺的戲劇。在第三幕第二場中的第四個場景（前後劇情幾乎達成對稱的結構），新王謀殺罪之嫌被揭露。哈姆雷特對這次的成功欣喜萬分，隨後在母后葛楚的房間和她對峙，並誤殺了新王的顧問波隆尼斯（Polonius），他也是被哈姆雷特矇騙相信其發瘋的人。在波隆尼斯死後，克勞迪斯決心要將哈姆雷特送往英國，計畫在途中偷偷謀殺他。

第四幕

哈姆雷特藏起波隆尼斯的屍體。在被流放英國的途中，他看見福丁布拉的軍艦，正在為一塊「佔領後除了命名外，沒有任何利益可言的小土地」而戰。軍人們為了微不足道的小事而死，讓哈姆雷特感到衝擊，更讓他清醒，下定決心要為父報仇。同時，大臣波隆尼斯之女奧菲莉亞（Ophelia），在得知父親的死訊後悲痛欲絕而精神失常；她的哥哥雷爾提斯（Laertes）從國外趕回，瞭解局勢後被克勞迪斯說服，決定合計謀殺哈姆雷特，為親人復仇。克勞迪斯的完美計畫，不僅可以殺掉哈姆雷特，甚至能擺脫所有罪嫌。但此時卻傳出奧菲莉亞自殺的消息。

第五幕

從流放中逃亡的哈姆雷特，來到愛人奧菲莉亞的墳前，拾起一旁已故弄臣的骸骨悲嘆：「唉，可憐的約里克（Yorick）……」雷爾提斯在刀刃上偷抹上毒藥，以擊劍的方式，與哈姆雷特進行決鬥；另一邊的國王克勞迪斯則在酒裡下了毒。哈姆雷特在一番苦戰後，殺死了雷爾提斯，但自己也被毒劍刺中而致命；皇后葛楚不知情地飲下了毒酒，雷爾提斯在死前揭露了克勞迪斯的陰謀，而哈姆雷特殺了弒父仇人後接著死去。最後，福丁布拉被指派為丹麥王國的下一位繼任者，他對世人宣稱哈姆雷特作為英雄而死，丹麥得以恢復了正義。

《哈姆雷特》中的轉變階段

第一幕

毫無察覺　　起初哈姆雷特對鬼魂一事一無所知

逐漸意識　　得知鬼魂的存在

覺醒　　哈姆雷特遇見渴望復仇的鬼魂

第二幕

疑惑 陷入「生存，亦或毀滅……。」的沉思

克服不情願 得知兩位好友被派來監視自己

接受 決心要藉由戲劇讓克勞迪斯認罪

第三幕

嘗試已知 用新的鼓舞方式訓練演員配合他演戲

中間點（關鍵認知） 誘使克勞迪斯和葛楚坦承犯下的罪

嘗試後來才知道的 怪罪葛楚，殺害波隆尼斯，被放逐英國

第四幕

懷疑 藏起波隆尼斯的屍體

愈來愈不情願 我們得知克勞迪斯欲殺害哈姆雷特的陰謀

退縮 遇見福丁布拉的軍隊，確認復仇的決心，以及愛人之死

第五幕

再次覺醒

重新接納

完全掌握

在墳前看見弄臣骸骨後，與雷爾提斯之戰

決鬥後，哈姆雷特殺死克勞迪斯，主角群死亡

雖然哈姆雷特已死，但他的故事將永遠被傳唱，這份光榮也回歸到哈姆雷特身上

附錄三 —— *Being John Malkovich – The Structural Form*

《變腦》的結構

這部電影在許多方面打破傳統，散發才華洋溢的光芒，同時也清晰地符合經典的結構模式，令人著迷。但導演查理·考夫曼對共情過程未經修飾的即興發揮，幾乎可以說是原型的結構。

此片片長一百零八分鐘，每幕長度幾乎完全對稱平衡，「進入森林」的模式非常清晰：不直接演繹，而是用潛台詞表達進入另一個地方，尋找自己缺少的部分。雖然電影省略了某些節奏、將其中一幕偷天換日到另一幕（例如發現通道的情節，發生在典型定義的第二幕中），但觀眾仍然可以看到，這部電影毫不費力地融入典型的五幕劇模式。

第一幕

克雷格·施瓦茨（Craig Schwartz）過著糟糕的人生，有段失敗的婚姻。雖然沒被承認，但他其實是一名才華洋溢的木偶師。克雷格透過神祕的萊斯特博士（Dr Lester），找到一份檔案管理員的工作，認識了同事美絲。他馬上被她的美麗所吸引，耀眼的美絲和自己邋遢的妻子璐特，就像兩個截然相反的存在。克雷格全然迷上了她，甚至做出一個美絲的木偶，模擬與她性愛。

第二幕

克雷格向美絲告白的隔天便被拒絕，卻意外找到了檔案櫃後的小門。推開之後，發現自己進入了約翰·馬可維奇的大腦意識，看見並體驗這個知名演員的日常。他也得知只能在馬可維奇的意識中待十五分鐘，超過時間便被會彈到紐澤西州的公路外。克雷格告訴美絲，美絲則向他建議可以讓其他人來體驗成為馬可維奇，一次收費兩百美元。克雷格同時也告訴了璐特，璐特親自嘗試後便為之著迷，徹底改變了她的生活。

第三幕

美絲和克雷格規畫出售「馬可維奇的意識之旅」。璐特沉浸在全新的體驗中，宣布自己是跨性別者。璐特第一次見到美絲便愛上了她。美絲雖然沒有直接回應璐特的情感，但她對馬可維奇很有好感，因此她們達成共識：當璐特進入馬可維奇的大腦時，就可以與心愛的美絲發生性關係——而這場性愛的戲碼，正發生在整部電影的正中間（大約第五十四分鐘）。

憤怒又嫉妒的克雷格（也是唯一沒有從中得到好處的人）綁架了璐特，將她關在籠子裡，並進入馬可維奇的意識和美絲發生了關係。隨著克雷格逐漸佔有意識，成為這副軀體的魁儡師，馬可維奇開始起疑。馬可維奇闖入萊斯特博士的大樓中，發現這場騙局，也跟著進入小門。他與克雷格在紐澤西州公路對峙，要求克雷格關閉可以進入他意識的小門。

第四幕

被囚禁的璐特從籠子裡逃出，告訴美絲事情的來龍去脈，諷刺的是，美絲卻坦承與克雷格操控的馬可維奇發生性關係，令她相當興奮。於是璐特去找萊斯特博士，博士像是背誦獨白一樣解釋了傳送門的存在，以及它如何提供人們青春永駐的祕密。博士和一群年長的夥伴，密謀要在馬可維奇四十歲時佔據他的意識，這樣就能確保永生不死。同時，克雷格愈來愈有自信，也理解自己的木偶師天賦就是最棒的才能，他決定要在美絲的陪伴下，完全佔領馬可維奇的意識，把馬可維奇變成世界知名的木偶師。萊斯特博士則提供璐特在馬可維奇身邊工作的機會，璐特此時也透露了一個驚人的消息（對克雷格而言最糟糕的時刻）。

第五幕

克雷格扮演馬可維奇，開啟木偶生涯並取得巨大成功。他與美絲結婚，美絲發現她懷孕了，但他們的關係開始惡化。與此同時，萊斯特博士的團隊，在璐特的通風報信下綁架了美絲，將她作為人質，迫使克雷格離開馬可維奇的意識。在這場大對決中，美絲和璐特一同墜入馬可維奇的腦中，璐特得知美絲腹中的孩子是自己（作為馬可維奇時）的，而不是克雷格（作為馬可維奇時）的。

克雷格在悔恨中離開了馬可維奇的意識，換老人們進入；璐特最後如願和美絲在一起。克雷格嫉妒地嘗試重新進入傳送門，卻發現自己出現在一個可怕的新地方……傳送門已不是先前的傳送門……。

鏡頭切換到七年後，我們看見美絲和璐特的孩子艾蜜莉（Emily）。透過她的眼睛，我們終於意識到克雷格被囚禁在她的體內——且將在那裡度過接下來的四十年。

《變腦》中的轉變階段

電影開場五十一分鐘之際，美絲說出了本片的主旨。與全心愛自己的璐特和克雷格共進晚餐時，她說道：

「我認為這個世界分為兩種人，一種勇敢追求自己想要的，一種不爭取自己想要的……對吧？那些充滿熱情、追求慾望的人，也許最終不會得到想要的東西，但至少他們充滿活力。所以臨終時，他們的遺憾就會更少一點，不是嗎？」

當觀眾初次看見主角克雷格時，他一無所有；但在認識美絲和傳送門後，一個誘人的新世界展示在他的眼前——在這裡，一旦他抓住了想要的東西，世界就將屬於他。從本質上來說，克雷格踏上一段逃離舊自我的旅程，卻帶來了可怕的後果。

最糟糕的是，克雷格沒有意識到那些潛在的威脅，雖然這可以視為一種退縮（畢竟他曾經只想成為木偶師），但這也是悲劇中常見的結構：最糟糕的狀況被翻轉，成為劇中主角野心的經典高潮。

第一幕

毫無察覺	克雷格對自己世界之外的事情一無所知
逐漸意識	克雷格找到工作，開始覺醒
覺醒	發現通往新世界的傳送通道

第二幕

疑惑	進入傳送門，卻不確定自己發現了什麼
克服不情願	告訴璐特，璐特堅持進入傳送門
接受	克雷格和美絲變成商業關係

第三幕

嘗試已知	璐特侵佔馬可維奇意識，說服美絲和自己發生關係
中間點（關鍵認知）	她們有了性關係——克雷格感到怒不可遏
嘗試後來才知道的	克雷格綁架璐特，自己爬入馬可維奇的大腦，和美絲發生關係

第四幕

懷疑

克雷格懷疑自己變成了怪物

愈來愈不情願

但這也只是自欺欺人，他開始持續侵佔馬可維奇的意識

退縮

他想出的計畫將讓他墜落

第五幕

再次覺醒

當美絲和璐特在馬可維奇的意識中爭執之際，克雷格感到動搖……

重新接納

重新踏上統治之路

完全掌握

他侵佔了意料之外的另一個人的意識

附錄四

《愛・慾・癮》的結構

My Zinc Bed – The Structural Form

大衛・海爾對「上癮」的探討，完全建立在對立面的調和之上：激情與壓抑、感受與投入、生活與生存。從古希臘劇作家索福克里斯的《安蒂岡妮》開始，描述兩種對立觀點的並存，以及兩者最終如何同化，不只是戲劇的「格式」，更是戲劇內容的「核心」。這部作品圍繞在一個改過自新的酒鬼，與其享樂主義的雇主之間，而這兩人都為了愛情奮鬥，這正是一個不可思議的劇本原型。事實上，海爾的戲劇觸及所有故事都有的中心辯證——甚至劇中某個角色也引用道：「榮格說，當我們愛著另一個人時，其實就是在試圖彌補自己的不足。但榮格也說，嘗試在另一個人身上找到完整的自己，是永遠不會成功的。」

《愛・慾・癮》不單是一部關於「生活和上癮」這種感受和情感壓抑的作品；在故事結構上更充滿許多隱喻。當維克多在保羅（Paul）面前挑釁地調製出瑪格麗特調酒時，維克多說道：「這杯酒在嘴裡凍得冰天雪地，喝下去卻像淪陷岩漿地獄。衝突，就是生活的核心，對吧？」這句話正是作品的主旨。

當然，這部劇並不是五幕劇結構，而是採用兩幕：每一幕都有六個場景。為了說明這部劇的潛在結構和規範，我冒昧地以五幕劇的方式說明，並在旁邊標記原本的劃分方式，以表明不論使用哪種結構敘事，劇情的架構依然會相同。看看保羅將如何從壓抑走向激情，在兩個極端之間找到自己的理解，並從中獲得模稜兩可的療癒。

《愛・慾・癮》摘要

第一幕

保羅・裴柏（Paul Peplow）是一位正在戒酒的詩人，他在百萬富翁維克多・奎因（Victor Quinn）的家中，經歷了一場糟糕的訪談，意料之外的是，維克多卻提供保羅一份文案寫作的工作（第三場結尾）。

第二幕

保羅遇見維克多的妻子艾莎（Elsa），她也是正在戒酒的酒精成癮者。他們激烈地爭論「戒酒互助會是否是邪教組織」，是否拯救了保羅，還是成為他前一段破裂關係的藉口，他們誰也沒想到，最後兩人居然接吻了（第四場結尾）。

第三幕

保羅完全融入了維克多的世界，開始重新生活，隨著他與維克多及艾莎的關係愈來愈深入，他逐漸感到恐懼、害怕和興奮。和保羅相反，維克多不怕酒精成癮的問題，壓根不接受「喝一杯就好」的準則，甚至在保羅面前挑釁地調製瑪格麗特來喝。保羅開始沉醉於這種危險之中，他終於喝了第一杯酒（第六場結尾）。事實上，他的確非常需要酒精，讓他有藉口將酒與愛混為一談。

（第一部分結束——中間點）

維克多離開了，喝醉的保羅出現在艾莎面前，告訴艾莎如果能得到她，自己就會永遠戒酒（第八場結尾）。說完，他將威士忌倒進了花盆。

第四幕

保羅開始懷疑維克多知道他和艾莎的婚外情。夏天就要結束，維克多和艾莎大吵一架，維克多指責艾莎飲酒過度。維克多的生意也遇到了問題。保羅則表示他要回到戒酒互助會，並且辭掉維克多給予的工作，離開這裡（第九場中間）。

第五幕

艾莎告訴保羅她愛他，懇求保羅不要走。但保羅卻告訴她，之所以與她相愛只是為了用新的癮取代舊的癮。天空變得灰暗，維克多走進來，暗示著他已經知道這場婚外情。儘管艾莎苦苦哀求，保羅卻決心離開。最後，維克多因酒醉死於一場車禍。保羅順利回到戒酒互助會，重新找回信心和判斷力，或許也找回了愛人的能力。劇中隱約模糊地提示著，保羅已經重新學會如何好好過生活。

《愛・慾・癮》中的轉變階段

第一幕

毫無察覺 保羅進到維克多的家裡，對這個人一無所知

逐漸意識到 開始認識維克多的為人

覺醒 接受維克多提供的工作

第二幕

疑惑 談到以前的自己

克服不情願 正視自己以前犯的錯誤

接受 與艾莎的第一次接吻

第三幕

嘗試已知 承認感到害怕，同時更加喜歡艾莎

中間點（關鍵認知） 保羅喝了酒——象徵墜入愛河的宣告，感受到「生活」的力量

嘗試後來才知道的	被生活和酒精的刺激渲染，為了艾莎戒酒
第四幕	
懷疑	當維克多開始懷疑時，從婚外情抽身
愈來愈不情願	看見自己對維克多和艾莎產生依賴的陰暗面
退縮	宣布自己加入戒酒互助會並離開
第五幕	
再次覺醒	拒絕艾莎的請求——因為與她相愛只是另一種成癮
重新接納	告知維克多自己將不再依賴他
完全掌握	保羅離開，獲得對自己生活的掌控權

附錄五

《教父》的結構

The Godfather – The Structural Form

《教父》就像長條糖果上的字母，從頭到尾都能維持在完美不變的位置，為我們展現了無與倫比的結構之美。《教父》更是現代悲劇的經典範例：英雄在精神上（而非肉體上）的滅亡，嚴謹地遵循悲劇的變化模式，是一種典型暗黑勢力的反轉。再說一次，不論是否以五幕劇的結構寫成，《教父》確實以另人不安的方式，揭示了明確的「進入森林」型態。

《教父》摘要

第一幕

麥可．柯里昂與未婚妻凱伊一起參加姊姊康妮與卡洛（Carlo）的婚禮。在向她解釋自身家族的黑道企業時，麥可說：「這是我的家族，與我無關。」但當他於紐約購物時，得知了父親維托．柯里昂被槍殺的消息。

第二幕

麥可的哥哥桑尼接管家族的一切，麥可則回到家中照顧父親。在探病的過程，他發現敵方第二次暗殺父親的行動，並在阻止的過程中感到興奮，而非害怕。警長麥克勞斯基對自己的失敗惱羞成怒，打碎了麥可的下巴。

第三幕

麥可設想一個謀殺貪污警長麥克勞斯基，以及腐敗毒梟索洛佐的計畫，他知道是這兩人企圖暗殺他的父親，處理掉二人後，麥可逃離到義大利，在西西里遇見了愛人並且成婚。然而仇人尋上門來，心愛的妻子亡於義大利。另一方面，紐約的當家桑尼被謀殺，老教父維托為了大局，發誓放棄為長子報仇，以自身的力量，尋求各方保證絕不侵犯自己的小兒子麥可，讓麥可安全回到美國。

第四幕

麥可回到紐約，向先前的未婚妻凱伊保證，會在五年內讓家族企業洗白。來自紐約其他家族勢力的壓力愈來愈大，麥可擴展勢力到內華達的計畫，被賭場老闆莫・格林（Moe Greene）恥笑；而自己庸碌的哥哥弗雷多卻聽從格林的話，讓局面進一步惡化。老教父維托在花園中平靜離世，死前他曾囑咐過麥可，家族之中必有內賊，而這個內賊接下來會提出某項「交易」暴露自己。

第五幕

家族的心腹泰西歐在老教父的葬禮上，向麥可提出五大勢力之一——巴西尼的交易。不動聲色的麥可，決定在姐姐康妮的兒子受洗日當天出手，殺了內賊泰西歐、巴西尼（Barzini）與格林等其他幫派的大人物，還有深知背後黑幕的姐夫卡洛。凱伊詢問麥可是否和康妮喪夫一事有關，但麥可只是注視著凱伊的雙眼，否認了一切。

《教父》中的轉變階段

毫無察覺　麥可站在家族公司外面

逐漸意識到　聽聞父親被暗殺一事

覺醒　匆忙趕回家中

第二幕

疑惑　讓桑尼拿下大權

克服不情願　制定復仇的計畫

接受　大家接受了計畫

第三幕

嘗試已知　實行暗殺計畫

中間點（關鍵認知）　殺了警長和索洛左

嘗試後來才知道的　麥可飛到西西里，愛妻被殺

第四幕

懷疑 麥可回到紐約，立誓洗白

愈來愈不情願 來自其他勢力的壓力

退縮 父親死前提醒家族中有叛徒

第五幕

再次覺醒 找到叛徒泰西歐

重新接納 肅清他方勢力

完全掌握 向凱伊說謊

附錄六——第一幕和最後一幕的對稱

First and Last Act Parallels: Some Further Examples

《王者之聲：宣戰時刻》

第一幕

(1) 因口吃而無法順利發表言論
(2) 拒絕與任何人交談
(3) 與良師益友的羅格絕交

第五幕

(1) 尋回羅格

(2) 捍衛自己的發言權
(3) 發表了精彩演講

《一曲相思情未了》

第一幕

(1)「我們還會見面嗎？」「不會。」
(2) 在冷漠外表下，說不出口的心裡話——厭倦和哥哥一直待在一起
(3) 遇見蘇西——想要追求她

第五幕

(1) 遇見莫妮卡——拒絕她的追求
(2) 拋開表面的矜持——兄弟倆互相擁抱
(3)「我們還會見面嗎？」「也許？」

附錄七——A Lightning Guide to Screenwriting Gurus

編劇大師的快速指南

如果你曾經懷疑天花亂墜銷售蛇油的商人，是否也在編劇領域橫行，那麼，你可以試著在網路上搜尋「劇本結構」這個關鍵字。

編劇大師太多了——有些很有趣，有些很無聊。最糟糕的編劇甚至捨棄事實，以滑稽、複雜、奇怪的術語和近乎盲目的肯定，不斷地要求金錢來換取「真理」。就像用金錢換取承諾的人一樣，這些惡劣的編劇，只為劇本原有的嚴謹結構，帶來了負面形象。

更讓人驚奇的是，如果遵循這些人的指示，你也能夠寫出一篇好故事——因為從根本來說，所有的編劇大師，都在試圖闡明差不多的事情。當你意識到所有的理論（實際上我的理論也是如此），本質上是相同的，便更證明了原型的存在，下面的圖表以縮寫形式，簡單整理了一些關鍵名稱的相似性。我將弗拉基米爾・普羅普和喬瑟夫・坎伯也整理進去，雖然他們兩位未必認為自己是大師，但加入他們的內容，就能夠更明白統一結構的論點。儘管程度不盡相同，但他們的模型都吻合結構。這樣的對照非常簡單扼要，想瞭解更多細節，當然應該仔細閱讀完所有內容，但我想要先簡單扼要地說明重點——所有人都在試圖捕捉劇本和故事的結構與形態。

	第一幕	第二幕	第三幕	第四幕	第五幕
泰倫斯／佛瑞塔格	開場和召喚行動 **觸發事件**	事情順利進行 得到一開始想要的東西 **轉折點**	反派勢力增強 開始出現問題 **中間點**	事情非常糟糕，與反派的最終對決 **轉折點／最糟糕的時刻**	克服缺陷 結局（好或壞）
弗拉基米爾·普羅普	邪惡或缺失	離別	掙扎 勝利 **中間點** 清算	回歸 追逐 迷失自我	艱難任務 婚姻
喬瑟夫·坎伯	天真 冒險召喚 童年分離	拒絕召喚 超自然力量的幫助	跨越門檻 與父親和解 **中間點** 神化	拒絕回歸 魔法飛行	獲救 自由生活 掌握兩個世界
茉琳·莫德克*	與女性分離 性別認同	試煉之路 雙頭龍（矛盾與衝突） 殺死邪惡力量	虛幻的恩賜 啟蒙與下沉至女性上帝 **中間點** 渴望與女性聯繫	野性女性 治癒	整合女性能量 超越二元

	第一幕	第二幕	第三幕
希德·菲爾德	設定	壓力點 對抗 壓力點	高潮與結局

	第一幕	第二幕	第三幕	第四幕	第五幕
佛格勒	普通世界 冒險召喚	不願或拒絕召喚 受到良師益友的鼓勵	跨越第一道門檻 試驗、盟友和敵人 最高試煉（中間點） 獎勵	追逐回歸之路 第三道門檻 死亡	復活 帶著靈藥回歸
布萊克·史奈德	開場畫面 陳述主題 設定 催化劑 觸發事件	辯論 進入第二幕 另一個故事	樂趣與遊戲 中間點 壞人逼近	失去一切 靈魂的黑夜	進入最後一幕 結局 最後的畫面

約翰·楚比（John Truby）	需求或渴望	第一次逆轉	計畫	第一次反擊	推進	表面上失敗了	第二次逆轉	由盟友揭示的真相	第三次逆轉	戰鬥	道德抉擇	新的平衡

	第一幕	第二幕	第三幕	第四幕	第五幕	第六幕	第七幕	第八幕
法蘭克·丹尼爾（Frank Daniel）*	現狀	外部的慾望蠢蠢欲動	探索新世界	克服第一次大考驗	力量集結	撞牆	絕望的行動	成功與結果

琳達·阿隆森（Linda Aronson）	常態	擾亂	主角	計畫	驚喜	障礙	複雜	支線故事	更複雜	更多障礙	高潮	結局

克里斯多福·布克	行動	夢想	挫折	惡夢	解決問題

麥可·霍格（Michael Hauge）	1. 設定	2. 新情況	3. 進展	4. 事情更複雜，風險變高	5. 最後的推進	6. 結果

＊茉琳．莫德克於一九九〇年的《女英雄的旅程》。

＊法蘭克．丹尼爾是一名編劇老師，發明「八段敘事模型」。

註解 Notes

開場白

1. 數不清的網路討論論壇：theweek.com/.../ top- 4 - avatar Pocahontas-mash- up-vide...-United States，這個論壇是眾多進行比較的網站之一。

2. 《急診室》劇組中，一位編劇的兒子寫給我的電子郵件，二〇〇七年。

3. 唯一接近的是匈牙利評論家拉約什・埃格里的《編劇的藝術》。本書原名為《如何寫一齣戲》（暫譯，*How to Write a Play*，一九四二年）；書中更多著墨在「詩意」而非「真理」。

4. 威廉・阿契爾（William Archer）於《劇作：工藝手冊》（暫譯，*Play-Making: A Manual of Craftmanship*，一九一二年）書中介紹了舞台藝術，鉅細靡遺地描述準理論家的兩難困境：一邊蔓延著迂腐的學究氣息，一邊則是江湖術士抓緊機會趁機湧入。這裡的「學究」指的是以形而上學或心理學的角度出發，創立一套規則的人，他們自稱來自某些沒聽過的大學，宣稱要帶來戲劇界的十誡。而「江湖術士」則指從最庸俗的劇院工匠中，含括最糟糕的做法，只對票房的神諭有野心的人。假如這些人成功達成高票房，也許就沒有如此卑劣。但是他們通常都缺乏洞察力，而且每一季、甚至每個月的票房神諭都會有所變化，這些人的想法就如古老星象學者的預測一樣，並沒有價值。

5. 吉勒摩・戴托羅在國際編劇節上發表演講；《暫停》（暫譯，*Time Out*），二〇〇六年七月十二日報導。

6. 二〇一〇年十二月，ＢＢＣ廣播電台節目《搖滾區》（暫譯，*Front Row*）將當時英國最成功的三名編劇聚集在一起，討論劇本領域的寫作藝術。節目中有許多充滿啟示的內容，但當對話開始急於抨擊劇本結構和工藝時，不禁讓人聯想到蒙提・派森（Monty Python）《四個來自約克郡的男人》（暫譯，*Four Yorkshiremen*）的模仿。

7. 《與狄尼洛的十個糟糕約會：另類電影清單指南》（暫譯，*Ten Bad Dates With De Niro: A*

Book of Alternative Movie Lists），大衛・海爾著，理查・T・凱利（Richard T. Kelly）編。

8. 查理・考夫曼於英國電影協會倫敦影展（BFI London Film Festival）的大師班講座紀錄，二〇〇八年。

9. 劇本的結構研究被輕視實在不足為奇。如果你讀過一般的編劇著作，就會發現這都是編劇大師們自找的。只要是宣稱絕對事實，卻缺乏仔細分析的劇本體系、不容許自己被質疑的劇本體系，甚至是任何以編劇大師們為核心的體系，基本上都無法建立在經驗事實的基礎上。

當有人可以一本正經地寫下：「將關鍵事件放在它該在的位置：第十二頁……第十二頁——引發事件。照做吧……」（布萊克・史奈德的《先讓英雄救貓咪》）你就知道自己正處於一個顛倒的世界；不必要的複雜化變得永無止盡（約翰・楚比的《故事寫作大師班》）；「主題」這一簡單原則，被重新賦予過度複雜且多餘的術語（羅伯特・麥基的《故事的解剖》）；還有那些像是取自死之華樂團（Grateful Dead）專輯封底的語言（克里斯多夫・佛格勒的《作家之路》）。這些書沒有帶來實質的幫助，反而像經典的邪教商業手段，令人感到可惜。書中許多內容確實有其價值，但這些呈現方式對作者本身毫無幫助。這些大師們將自己塑造成一種信仰，讓讀者盲目崇拜。這種理論稱不上是科學研究，除非能回溯到根本原因——我認為劇本結構研究也不應例外。

10. 美國編劇艾倫．索金接受《寫作雜誌》（暫譯，*Writing Magazine*）第十八卷的採訪，二〇〇三年二月。

11. 《反杜林論》（*Anti- Duhring*），弗里德里希．恩格斯著，一八七八年。

12. 摘自《新衝擊》（*The Shock of the New*），羅伯特．休斯著，一九八〇年。

第1章　什麼是故事？

1. 〈如何寫一部電影〉（How to write a movie），法蘭克．柯崔爾．波伊斯著，《衛報》，二〇〇八年六月三十日刊登。

2. 大衛．艾德加於《觀察家報》（*Observer*）中刊登的〈為邪惡辯護〉（暫譯，In Defence of Evil，二〇〇〇年四月三十日）中寫道：「當瑪麗．貝爾（Mary Bell）一案的受害者父母，於太陽報中寫下『瑪麗．貝爾並不值得被視為一個有感情的人』時，雖然可以理解，令人遺憾的是這確實讓其他人，包括我們，都得以擺脫責任。」所謂的「邪惡」，將惡人與我們區別開來，但這不過是一種自我安慰的幻覺罷了。讓人不安的是，若想明白「邪惡」的本質，需要認同，甚至同情才有可能理解。我們需要從惡人的角度看世界，才能明白怨恨和恐懼如何孕育那些做惡事的衝動——人們不得不痛苦地承認，在不同的情況下，這些糟糕的遭遇，可能會驅使我們做出可怕的事情。就像彼得．布魯克（Peter Brook）在《空的空間》（*The Empty Space*）中所提：「劇場裡，過去總是不斷被擦得一乾二淨。戲劇是一個人性的實驗平台，在劇場，我們可以測試和面對自己心中最黑暗的衝動，可以體驗所有內心深層的慾望，而且不用承擔後果。戲劇讓我們得以窺探靈魂深處——我們不必成為把父親趕到荒原的那個人，即使我們內心確實曾有過這樣的幻想……更甚的是，說實話我們也享受這種『觀眾視角』，因為這些被演出的黑暗面太難以承受，所以當它們被演出來時，我們其實也十分享受這樣的過程。」

3. 保羅．許瑞德（Paul Schrader）在談到《計程車司機》時曾說：「你可以讓『觀眾』對一個他們認為不值得同情的人產生共鳴。然後，事情就進入一個非常有趣的境地。」引自馬克．卡森斯（Mark Cousins）的紀錄片《電影史話》（*The Story of Film*），二〇一一年。

4. 參見羅伯特．麥基《故事的解剖》。

5. 引自佛杭蘇瓦．楚浮（François Truffaut）的《希區考克》，一九八五年。

6. 這完全是後現代的產物——蝙蝠俠其實引用了一九九六年的電影《征服情海》（*Jerry Maguire*）中的台詞。

7. 美國編劇艾倫・索金接受《寫作雜誌》第十八卷的採訪，二〇〇三年二月。

8. 斯坦尼斯拉夫斯基將這點傳達給演員們，演員們則宣揚出去，引起更廣泛的影響。十九世紀末，法國劇評家費迪南・布呂納蒂埃（Ferdinand Brunetière）宣稱：「戲劇是一種呈現，代表人類意志與那些限制和貶低人類的神秘力量，或自然力量之間的衝突。戲劇展現出一個人被置於人生的舞台上，與命運、社會法則、同伴，甚至與自己進行抗爭。有時候，還要對抗那些包圍住著他的野心、利益、偏見、愚蠢，以及惡意鬥爭。」參見《評論集》（*Etudes Critiques*）第七卷，一八八〇至一八九八年。

9. 更準確地說，這是安東・契訶夫筆下的一個角色，他在《無聊的故事》（暫譯，*A Dreary Story*，一八八九年）中敘述了自己的故事。

10. 美國導演希區考克於哥倫比亞大學的演講（一九三九年），引用自唐納德・斯波托（Donald Spoto）《天才的陰暗面》（暫譯，*The Dark Side of Genius*）。

11. 《女王密使》（*On Her Majesty's Secret Service*）、《007首部曲：皇家夜總會》以及《007：空降危機》等電影本都有機會賦予詹姆士·龐德這個受人喜愛的角色更多深度。後兩部甚至稱得上詹姆士·龐德的起源故事，能為這個角色提供更多的樣貌和可能性；第一部則是愛情電影，給予龐德更立體的空間。不過，龐德這個角色的變化也有其限制，如果變化得太多，就不再稱得上是龐德了（關於「變化」和「固有特色」的問題可以參見第二十章），因此電影製作人如何引導龐德，是最有趣且值得關注的議題。

12. 就我所知，這個術語由湯瑪斯·鮑德溫於一九四五年首次創立。後來希德·菲爾德曾使用過一次，但無疑是因為羅伯特·麥基的作品，才讓這個術語在現代開始廣泛流行。編劇圈中幾乎都採用了這個術語，可能是因為它能非常精確描述出該詞語的意思。

13. 什麼是「觸發事件」？關於這個議題，人們已經討論了很長的時間。施萊格爾在《戲劇藝術與文學講堂》（暫譯，*Lectures on Dramatic Art and Literature*，一八〇八年）一書中，定義「觸發事件」即是「在悲劇背景下，首次依照自由意志的行動」。佛瑞塔格則成為此概念的第一個實踐者。在《戲劇的技巧》（一八六三年出版，這本書也是首次提出五幕劇結構的著作），他寫道：「戲劇可以劃分成五個部分，同時包含三次重要的戲劇效果；這五個部分像是獨立存在，卻又連貫在一起。在這些戲劇性的時刻或是危機中，存在一個代表激烈行動即將開始的時間點，介於開場和高潮之間，這就是『煽動點（或是煽動力量）』。」（公正地說，佛瑞塔格的這段話完整概述了本書的前提。）

一八九二年，威廉・普萊斯教授（Professor William Thompson）在他自己的著作《戲劇技巧》（暫譯，*Technique of the Drama*）中提道：「當劇情出現對立方，且雙方發生衝突時，劇情才算正式開始……當英雄、正義方的支持者或反派力量宣布一個特定的目標時，戲劇機制的齒輪就開始轉動……這個元素一定會出現在每一部戲劇的第一幕中，通常不會離第一幕的結束太遠。」

六年後，伊麗莎白・伍德布里奇（Elisabeth Woodbridge）在《戲劇：法則與技巧》（暫譯，*The Drama; Its Law and Its Technique*，一八九八年）中指出：「戲劇始於所謂的『煽動力量』，那是一股能在現有的平衡中找到突破點，改變原有的安逸、引發戲劇衝突的力量」。布里斯・佩里（Bliss Perry）在他的《散文小說研究》（暫譯，*A Study of Prose Fiction*，一九〇二年）中，則指出了我們現在稱之為「觸發事件」於戲劇中的位置：「通常發生在第一幕的中間，或是接近第一幕結尾的地方，以及在一個結構良好的故事開頭不遠處，會出現所謂的『煽動點』（或『觸發動機』、『觸發時刻』等」。威廉・阿契爾在《劇作：工藝手冊》（一九一二年）中同意道：「無論如何，佛瑞塔格所提的『煽動點』應該在第一幕中演出。至於什麼是『煽動點』？我們傾向解讀成『點燃那條劇中的導火線』。用正確的術語來說，可定義成議題的『開始』。表示戲劇從潛藏的存在，轉而向觀眾宣告劇情的主旨。同時也意味危機的萌芽，那一片小小的雲，開始出現在海平面上了。」

對於以上所有內容，我要先對詹姆斯・D・布魯納（James. D. Bruner）表達我的感謝。他在一九〇二年寫了一篇非常優秀的論文，討論關於戲劇結構的問題，題為〈戲劇裡的煽動時刻〉（暫譯，The Exciting Force in the Drama）。他的論文不只在阿契爾之前總結了現存的學術觀點，更解決其中的明顯矛盾（可見本書內文第八章）。他意識到推動劇情的「觸發事件」和劇情中角色「採取的行動」，兩者容易令人混淆：「我要提出一個解決方案。首先，戲劇的煽動『原因』應該明確且嚴謹地與煽動『行動』分開。前者是煽動或觸發事件，後者是煽動力量或煽動點。例如，在索福克里斯的《安蒂岡妮》中，煽動的原因是新王克里昂（Creon）的法令，該法令禁止任何人為叛賊波呂尼克斯（Polyneices）收屍；而煽動點則是波呂尼克斯的妹妹、安蒂岡妮決心埋葬她的兄長之際。」這些內容被收錄在其發表的《現代語言筆記》（*Modern Language Notes*），一九〇二年一月。

14. 《007首部曲：皇家夜總會》中，詹姆士・龐德最終沒能抱得美人歸。而在《魔鬼終結者2》裡，雖然終結者在技術上達成了目標，但過程中他並沒有殺害任何人——這才是他真正需要學習的課題。

15. 有趣的是，這一幕在《異形》的第一版中被刪除了。後來又在一九九二年的導演剪輯版中被重新放入。

16. 《編寫電視系列劇》（暫譯，*Writing the TV Drama Series*），潘蜜拉・道格拉斯（Pamela Douglas）著，二〇〇五年。

17. 在《故事的解剖》中，羅伯特・麥基稱此為「危機點」，但我認為他錯了。

18. 拉約什・埃格里認為所有場景都是不可或缺的，儘管稍嫌迂腐，但這仍是一個不錯的觀點。他的觀點和約翰・霍華德・勞森（John Howard Lawson）在一九三六年表達的一致，當時勞森在《劇本創作理論與技術》（暫譯，*Theory and Technique of Playwriting*）中曾道：「這就是戲劇要達到的直接目標。」而這也是相當公正的論點。實際上，弗朗西斯科・薩西認為決定性的場景可以不只一個（每齣劇中提出問題時都有一個特定的場景）。但要有一個壓倒性的決定性場面，這個場面受到觸發事件的啟發——從意圖和目的來看，這將會是主角和對手之間的攤牌時刻，因此我認為這應該是劇中的最後一幕。

19. 《007：空降危機》以後現代的表現手法，扭轉了這個電影公式：龐德拯救世界，並獲得了……一位祕書？我並不認為這是女性主義想要爭取的目標和目的。

20. 感謝克里斯多福・布克對星際大戰的洞察力。

21. 《莎士比亞，我們的同代人》（暫譯，*Shakespeare our Contemporary*），簡・咖特 著，一九六二年。

22. 我們總會找到似乎不符合這種模式的劇本，就像人們普遍認為契訶夫的《三姐妹》（*Three Sisters*）中，主要角色們除了夢想前往莫斯科之外，並沒有採取任何實際行動。然而，契訶夫的天才之處在於，「以靜態的畫面展示慾望燃燒後的結果」。雖然三姐妹們表現得極為無聊和倦怠，但我們可以看到潛藏著炙熱慾望的結構——娜塔莎（Natasha）掌控了家裡，瑪莎（Masha）和同樣已婚的軍官維爾西寧（Vershinin），發展一段糟糕的婚外情。這些劇情都確實遵循正確的劇本結構，只是隱藏在「看似沒有情節」的錯覺下。契訶夫想呈現的戲劇化，並非戲劇中的慾望和過程本身，而是劇情隨時間推移不斷變化的結果，讓我們能夠回溯到最初的起因。

23. 再一次感謝克里斯多福・布克於《七大基本情節》中提供的術語——不過，對於其如何運作則是我自己解讀的。

24. 這當然取決於亞里斯多德《詩學》中「hamartia」的翻譯方式。有人翻譯成『致命缺憾』，但企鵝出版集團的版本（一九九六年）則堅決將其翻成『致命錯誤』。這個翻譯顯然更符合我們的定義。

25. http://www.filmmakermagazine.com/news/2011/12/tragedy-in-slowmotion-amcs-breaking-bad/

26. 許多人（如大衛．艾德加在《戲劇如何運作》〔*How Plays Work*〕中）留意到易卜生的《人民公敵》與《大白鯊》兩者間的相似性，儘管《大白鯊》展現了典型的英雄旅程，但《人民公敵》則被解讀為一個人通往啟蒙的道路，或帶有更黑暗的色彩——無論如何，它都與史蒂芬．史匹柏的電影基調相去甚遠。《大白鯊》中的英雄最終重返社會；而易卜生《人民公敵》的主角史塔克曼醫生（Dr Stockmann），在結局與整個社會為敵。這種黑暗風格在史蒂芬．史匹柏的電影裡幾乎不曾出現。

27. 另一種變化是「走入黑暗再返回光明的旅程」，在《希區考克》以及《真愛挑日子》（*One Day*）兩部電影中，可以找到這種結構。儘管這些電影看似展現了角色的墮落樣貌，但我們仍然能在表面的沉淪下，看出角色的變化歷程：從自私到無私的轉變。

第2章　三幕式結構

1. 艾倫·普雷特於二〇〇七年告訴我的故事。
2. 幕間轉折發揮了中間點的作用（詳情見本書後面的說明），且大大地提高了緊張感。
3. 《詩學》並未明確提到劇本中的幕結構，亞里斯多德認為故事應該有開始、中間和結尾，並由一連串有因果關係的事件連結在一起——這基本上就是傳統三幕劇結構的最佳定義。
4. 《接下來呢？》，馬克·諾曼著，二〇〇八年。
5. 《刀的三個用法》，大衛·馬密著，一九八八年。
6. 我不會說這是原創想法。最優雅地表述這一點的無非是馬密；而布萊克·史奈德在《先讓英雄救貓咪》中也曾提及過；拉約什·埃格里則在《編劇的藝術》中，將整個戲劇理論建立在辯證法之上。然而，卻沒有人深入探討這個細節，也沒有人研究其結構或其他方面的影響。

第3章　五幕式結構

1. 威廉．阿契爾在《劇作：工藝手冊》中主張：「賀拉斯傳承了亞歷山大立下的準則，賦予五幕劇一種不能被挑戰的權威，促使後來的劇作家抑制創作的自然節奏，被迫在這種人為結構之下進行寫作。但事實上三幕劇和五幕劇一樣，都不該被視為絕對準則。我們已經知道，一部戲劇中必有一個危機，且會透過一系列的其他問題發展出劇情走向。因此，一幕中不是包含一個問題，透過解決問題迎來暫時的和平，就是迎來更多的問題。對於主題明確的戲劇，問題的數量沒有上限規定；不過在現代的舞台或劇院裡，五幕結構已經算是戲劇的上限了，這僅是因為觀眾已有習慣的時間限制所致。

我們經常看到一部通俗劇，被分成「五幕、八場」，甚至更多小節，這其實意味該劇有八、九甚至十幕，但整齣戲中僅有四次的幕間休息。劇作家不應讓自己被習俗束縛，將主題強行壓縮成指定數量的幕。三幕是一個不錯的數字，四幕也是，五幕也不會有人反對。如果劇作家在創作中，發現自己想要寫出比五幕更多的劇情，那麼應當仔細考慮，自己是否在某些地方未能掌握凝練的藝術，甚至觸碰到了小說家的領域。」

阿契爾深信（但現在大多學者認為這是錯誤的），莎士比亞嚴謹地遵守五幕劇的寫作模式（見下文註解）。

2. 拉斐爾・貝爾於《衛報》及其部落格寫道，二〇〇七年三月一日。

3. 《莎士比亞的五幕結構》（暫譯，*Shakespeare's Five-Act Structure*），湯瑪斯・鮑德溫 著，一九四七年。

4. 鮑德溫將此進一步歸功於四世紀的羅馬文法學者多納圖斯（Donatus）。多納圖斯是第一位發現戲劇可以分為三個部分（引題、發展和高潮）的人，而他早期的羅馬同僚瓦羅（Varro），則被認為是自由藝術研究的創始人之一。

5. 《莎士比亞的五幕結構》，湯瑪斯・鮑德溫 著，一九四七年。

6. 索福克里斯的《伊底帕斯王》也是如此——儘管其加上了結語。

7. 在威爾弗雷・朱克斯（Wilfred T. Jewkes）的《女王伊麗莎白時期和英王詹姆斯一世時期的戲劇分幕結構》（暫譯，*Act Division in Elizabethan and Jacobean Plays 1583-1616*）中，檢視了一五八三年到一六一六年間，被寫出的兩百三十六部戲劇，其中約一半的作品是五幕劇的結構。朱克斯認為這其中大多作品的結構是隨意寫成，或由出版商添加至五幕篇幅，就像莎士比亞《第一對開本》（*First Folio*）（莎士比亞第一本劇本合集）中的許多劇作便是如此。到一六一六年，戲劇的分幕已被認為是劇作中的常規。

為了更清楚理解這個爭議，我舉一個關於莎士比亞《第一對開本》的例子：當時負責這本書的印刷工人有兩位，其中一位在《羅密歐與茱麗葉》劇本中的幕與幕之間，廣泛使用裝飾符號做出標示。不過，也有人認為被加上的符號，只是為了消耗當時印刷的紙張，因為它使用了較小的字體。莎翁學者W．W．格雷格（W. W. Greg）檢視一五九一年至一六一〇年間印刷的一百零二部戲劇，得出了約有百分之十九的戲劇作品擁有分幕結構的結論（《英國文學研究》〔暫譯，*Review of English Studies*〕，第四期期刊〈莎士比亞的分幕結構〉〔暫譯，Act- Divisions in Shakespeare〕，一九二八年四月。）。

查爾斯．R．福克在第三版的《莎士比亞戲劇學》（暫譯，*Arden Shakespeare*）中，提及《理查二世》的分析：「《第一對開本》的分幕結構和場景編號，究竟是莎士比亞原本的構思，或僅是英王詹姆斯一世時期的編輯、戲劇慣例？這確實是一個值得深思的問題。當然，《第一對開本》的五幕劇分法，或許只表現出對古典傳統日益增加的尊重，而這種傳統，至少到十七世紀才在大眾戲劇中完全確立；此外，這可能也暗示著伊莉莎白後期，戲劇結構發生變化的徵兆。根據其他與原稿接近的四開本來看，像《理查二世》這種劇作的草稿，似乎不太可能正式標註幕與場的分法；然而，這當然不排除莎士比亞有意識採用五幕結構的可能性。」

8. 這段摘要出自於美國學者法蘭克・戴斯（Frank Deis）。佛瑞塔格的作品非常複雜，有時端看譯稿也難以理解。戴斯的版本是我見過最精練的摘要。

9. 談到《凱撒大帝》的「朋友們，羅馬人，鄉親們」（第三幕第二場）這段場景時，小說家希拉蕊・曼特爾在《衛報》（二〇一二年）表示：「在某種程度下，我融入了那一幕。我一直都在關心革命、遊說、雄辯的議題，留意那個讓公民變成暴民的關鍵點；更廣義地說，我觀察一件事如何轉變為另一件事，不論是由虛轉實，或是暴動變成革命。在我眼中，這一幕戲包含了全部。」這席話不僅描述了自己的創作，也準確且中立地描述了「中間點」的作用。

10. 克里斯多夫・佛格勒認為「中間點」是「死亡時刻」，這個論點是基於珍妮・李（Janet Leigh）在電影《驚魂記》中，以及E・T・在《E・T・外星人》中的死亡（雖然實際上他並沒有死）。不過，其論點中的兩個舉例，於我而言似乎有些空泛。關於佛格勒的理論請參見第四章或後面的註解。

11. 克里斯多福・布克的《七大基本情節》令人感到沮喪。布克急於強加一個統一的劇本模式，忽視了不合適的關鍵元素（尤其是中間點）。不過，他也確實提出許多有用且精彩的見解。

12. 雖然布克並未明確探討其「模式」與幕結構的直接關聯，但他表示自己的「模式」與《馬克白》的結構相吻合。

13. 威廉·阿契爾在《劇作：工藝手冊》（一九一二年），寫下了以下內容。因為這段內容精準表達普遍的戲劇結構，於此我將完整引用：「在維多利亞時代中期，曾流行替情節劇中的每一幕賦予引人入勝的標題。我並不推薦這種做法，但對於劇作新手來說，這可能是一種不錯的練習：在寫劇本的草稿時，為每一幕設計一個描述性標題，可以寫在心裡，也可以寫在筆記中，這樣就能確保每一幕都有自己的特色，同時也能推進整齣戲的劇情。讓我們將這一原則應用到莎士比亞的《馬克白》上，每一幕的標題可能會像這樣——第一幕 誘惑／第二幕 謀殺和篡奪／第三幕 犯罪的瘋狂，揮之不去的悔恨／第四幕 報應來了／第五幕 得到報應。

莎士比亞心中是否也會浮現這種以幕為節點的節奏呢？我當然不是指他會為每一幕構思一些小標題或類似的東西，而是說他以幕為單位進行思考，並在心中將每一幕明確分配到危機發展中的某一階段。」

現在我們以最簡單直接、易卜生的劇作《人民公敵》來試試：

第一幕 無可救藥的樂觀主義者
史塔克曼醫生宣布他發現浴場的衛生狀況不佳。

第二幕 團結的多數
史塔克曼醫生理解到，他必須先與既得利益者抗爭，才能解決他發現的問題，但他確信團結的大多數人民將會支持他。

第三幕 命運的轉變
醫生從樂觀自信的巔峰跌落，明白那些團結的多數並沒有與他為伍，而是與他為敵。

第四幕 團結多數的戰爭
團結的多數群眾，發現自己的切身利益與少數特權者的利益趨向一致，於是和當權者一起掩蓋了真相，發起一場無聲的密謀。

第五幕 幻滅的樂觀，但不屈不撓
史塔克曼醫生被迫不談真相，且陷入一貧如洗的窘境；他本想逃跑，最後卻決定留在家鄉，即使無法為環境衛生議題奮鬥，也要對道德淪喪的情況抗爭到底。

每一幕都是一個獨立的小戲劇，推動下一幕的劇情，也代表了危機和問題的發展階段。雖然並沒有闡明確切的型態，但阿契爾已經非常清楚傳達了五幕劇的結構。

14. 希德．菲爾德提到了「關鍵點」——在傳統結構中，於第二幕讓劇情重新聚焦在主角目標的兩個時間點。當然，『關鍵點』象徵一幕的結束。所以可以說，菲爾德在不知不覺中提倡了五幕劇結構。

15. 令人著迷的是，學者們多年來努力闡明五幕劇結構。英國文學家布拉德利（Bradley，曾於牛津大學擔任詩學教授），在上一世紀主宰莎翁作品的評論走向。作為少數認同佛瑞塔格的學者，他認真對待劇本結構，並寫道：「在所有的悲劇作品中，總是有一方能夠在衝突中明顯佔有優勢，接著在到達某一個階段後，於另一方的反擊下逐漸處於劣勢。因此，我們會發現行動中存在一個關鍵的轉捩點。在轉捩點到來之前，衝突都不算真正確立，對立的兩股力量中，可能會有一方先讓步，又或是透過某些方式來和解，但一旦到達轉捩點之際，我們就會覺得事態已經不可能和平解決。這個轉捩點非常關鍵，因為看似佔有優勢的一方，已經確立了自己的勝利，雖然他或許尚未獲得所期望的一切，但仍然得到了相當大的好處；然而，實際上他正處於轉折點，即將開始走向衰敗。通常，轉捩點（危機）會出現在劇本中段左右；如果這個手法處理得很明顯，從結構上看，會使劇本分為五個部分，而不是三個部分。這五個部分依次展現：(1)尚未形成衝突的局面；(2)衝突的崛起與發展，其中一方逐步佔了優勢，直到達轉捩點；(3)危機爆發；(4)優勢方衰退；(5)悲劇性結局。

我們可以看出，第四、第五部分重複了第二、第三部分的發展軌跡，但優劣雙方的殞落和崛起，呈現相反的走向，從而朝向悲劇的結局，就如同第二部分和第三部分趨於危機一樣。」（摘自《莎士比亞悲劇：哈姆雷特、奧賽羅、李爾王、馬克白》〔暫譯，*Shakespearean Tragedy: Lectures on Hamlet, Othello, King Lear, Macbeth*〕，一九〇五年，二版。）

布拉德利所說的「危機」，就是我們說的中間點。然而，他也說對了——中間點是一個障礙，向主角展示了進退兩難之困境的核心，更是一個艱難的、拯救生命的選擇。也許布拉德利也會犯錯，就像他認為《羅密歐與茱麗葉》情節中上升的高潮，是第二幕結束時的婚姻（羅密歐殺死了對手提伯爾特〔Tybalt〕，將他驅逐出維羅納，這個情節理所當然地出現在第三幕中），這件事著實有趣，但無可厚非的是，布拉德利對於幕結構的描述非常精確。

16. 查理·考夫曼於英國電影協會倫敦影展的大師班講座紀錄，二〇〇八年。

17. 英國影評家約翰・羅素・泰勒（John Russell Taylor）在《精湛戲劇的興衰》（暫譯，*The Rise And Fall of the Well-Made Play*，一九六七年）中，對尤金・司克里布評價道：「他最主要的創意才華，在於知道吸引觀眾注意力的祕訣是『好好地講一個精彩的故事』……他不去馴服浪漫的內容、制定奢華的規則，而是設計出一個故事的『模具』，讓任何形式的素材，不論多麼奢侈和難以駕馭，都可以被倒入其中，做出一個優秀的故事。」

18. 根據韋恩・托爾維（Wayne Turney）的說詞，可以得知司克里布的完整公式，其中不難發現莎士比亞的寫作模式：

第一幕

說明性的輕鬆劇情。在接近尾聲時，雙方開始交戰並引發衝突。

第二幕、第三幕

情節在緊張的氣氛中搖擺不定，時好時壞。

第四幕

舞會的一幕。舞台上通常擠滿了人，接著發生某種爆發情節——醜聞、爭吵或挑戰。在這一刻，英雄的處境通常都看起來很糟糕。高潮就在這裡。

第五幕

一切都照著安排順利推進，如此一來演員們便能在最後一幕相聚和解，根據文學作品中的公平正義獲得應得的報酬，也加深了道德倫理的觀念。觀眾們心滿意足地離開劇院。

上述定義摘自托爾維對司克里布的一篇隨筆。我們尚無法確定，這個定義是否為司克里布原創，但此定義清晰描述出作品的結構。

19. 根據阿基巴德・亨德森（Archibald Henderson）在《蕭伯納：花花公子與先知》（暫譯，*Bernard Shaw: Playboy and Prophet*，一九三二年）中的記載。亨德森指出：「事實上，蕭伯納對劇作家瞭若指掌，卻對司克里布一無所知，甚至毫不在意。」這席話亦被史蒂芬・斯丹頓於〈蕭伯納欠司克里布的債〉（暫譯，Shaw's Debt To Scribe）中引用，該文章發表於《美國現代語言協會期刊》（*Publications of the Modern Language Association of America*）第七十六卷第五期（一九六一年）。不過，亨德森的主張顯然是錯的。斯丹頓在文章中強力證實了蕭伯納和司克里布作品間的相似性。

20. 《亨利克・易卜生的作品導讀》（暫譯，*Introduction to The Works of Henrik Ibsen*），威廉・阿契爾和查爾斯・阿契爾 著，一九一一年。

21. 〈蕭伯納欠司克里布的債〉，史蒂芬．斯坦頓 著，刊登於《美國現代語言協會期刊》第七十六卷第五期，一九六一年十二月。

22. 事實上，這將蕭伯納的《畢馬龍》（*Pygmalion*）描述得很好。然而，最後一幕一直讓我覺得缺乏戲劇張力，相較之下，《玩偶之家》（*The Doll's House*）反而是一部更精彩的作品。

23. 參見蕭伯納的《典型的易卜生主義》（暫譯，*The Quintessence of Ibsenism*）。

24. 《精湛戲劇的興衰》，英國影評家約翰．羅素．泰勒 著，一九六七年。

第4章　轉變之路

1. 事實上，無論是哪種導演（紀實或虛構作品），都在尋求人臉表情出現變化那一瞬間的特寫畫面。這點在《誰是接班人》或《街頭》（暫譯，*The Street*）同樣適用，但這樣的畫面，在體育賽事中總是難以被超越。選手意識到自己贏得或輸了比賽的瞬間，正是最精彩的時刻。最美麗且動人的例子，是英國賽艇選手凱瑟琳．考普蘭德（Katherine Copeland）在二〇一二年的倫敦奧運上，意外獲勝時的畫面。仔細觀察，在女子輕量級雙人雙槳賽抵達終點後，她慢慢意識到自己得到的成就，人們可以用唇語清楚看到她對搭擋蘇菲．霍斯金（Sophie Hosking）說：「我們的臉要被放在郵票上啦！」。

2. 出自文斯．吉利根《絕命毒師》第一季第一集。

3. 值得強調的是，有些階段是可以並且應該被省略的。在《理查二世》的第二幕結尾，理查並沒有意識到自己必須改變；相反地，莎士比亞將焦點放在他的盟友們逐漸離去。他人的行為直接影響理查的變化——也可以說他的改變，是因為外在環境使然。而在《亨利四世》第一部分中，人們不會看到亨利下定決心做出改變的那一刻，但在他那奇異且難忘的回應中，對於福斯塔夫提出不要流放他的懇求，亨利回答：「我會的。我將會流放你。」這裡即暗示亨利即將做出改變。當我們再次看到亨利時，他已經去尋找國王。亨利開始進行重塑自我的承諾。

4. 熟悉克里斯多夫．佛格勒作品的人都知道，他勾勒了我定義為「轉變之路」第一部分的輪廓。雖然他沒有承認三幕劇結構及其本質上的對稱性，也完全未觸及這個結構的完整意義——我的分析借鑒了他原本的研究，正如我的術語。另外，拉約什．埃格里的貢獻也應該受到肯定，他在《玩偶之家》、《羅密歐與茱麗葉》和《偽君子》（*Tartuffe*）中，找到了類似的角色轉變模式，但並未充分探討其含義，也未承認推諉在其中的作用。

5. 喬治・盧卡斯曾說過：「我意識到神話在現代早已起不了作用……西部片可能是最後一個告訴後人，何謂美國精神的純美國童話了。一旦西部片消失，將沒有任何東西可以取而代之。在文學領域，我們早已踏入科幻小說的時代……所以，我開始對童話、民俗故事和神話進行更深入的研究。」這段話更被普林斯頓大學的詹姆斯・葛羅斯曼（James B. Grossman）引用在他自己的〈雙面英雄〉（暫譯，The Hero with Two Faces）論文中。

6. 出於史蒂芬（Stephen）和羅賓・拉爾森（Robin Larsen）合著，經坎伯本人授權，與喬治・盧卡斯的訪談傳記《喬瑟夫・坎伯：心中的火焰》（暫譯，*Joseph Campbell: A Fire in the Mind*，二〇〇二年）。在這本書裡，盧卡斯詳細討論了這一影響。

7. 這份備忘錄即是一九八五年出版的《千面英雄》。其原文可於 http://www.thewritersjourney.com/hero's_journey.htm#Memo 查閱。

8. 《千面英雄》，喬瑟夫・坎伯 著。「單一神話」這個詞，來自詹姆斯・喬伊斯（James Joyce）的《芬尼根的守靈夜》（*Finnegans Wake*）（此書有許多作者自己創作的單字）。

9. 再次感謝佛格勒最初的洞見，儘管他屢屢未能充分理解自己發現的重要性，甚至忽略了本質上的對稱性和三幕式的結構。然而，這並不會削弱這些研究的意義——畢竟，若沒有佛格勒為我們奠定基礎，本書不可能完成。

10. 佛格勒在書中的開頭，就大量探討了角色的缺陷，並確實給出了變革的範本，但他從未將這個絕頂聰明的觀察，推至其研究邏輯的結論。

11. 神話敘事的語言，有時會讓人感到遙不可及。它混合了古老與新時代元素，且缺乏深層的批判性分析，使其帶上某種不幸的薩滿主義色彩。此外，這套理論的實際應用也充滿挑戰，佛格勒也曾經嘗試過（見第十二個註解）。最重要的是要記住，神話只是一種比喻。若揭開托爾金（Tolkien）式的包裝，便會發現這是一個非常簡單的框架——典型故事的核心，是尋找問題的解藥，找到解方，運用它來解決問題。坎伯強調的，正是神話敘事語言的真正重要性。只是如此一來，佛格勒的例子就顯得十分薄弱：若只是因為有人站在門前，就將他定義為「門檻守護者」，這樣的敘事是不夠充分的。史都華・佛伊特拉（Stuart Voytilla）在《電影與神話》（暫譯，*Myth and the Movies*）中，展示了神話在電影中的應用方式。不過，佛伊特拉在書中提出了令人尷尬的範例，連佛格勒都無法擁護他。

12. 在我看來，佛格勒完全搞錯了這一點。在他分析《綠野仙蹤》的闡述中，可見他似乎混淆了「中間點」和「危機」這兩件事。「中間點」應是與巫師會面、主角們第一次找到自己的勇氣之際，但佛格勒卻將其定位於打敗邪惡女巫的情節。他在分析《E・T・外星人》時也犯了類似錯誤，將「中間點」和「危機」混淆。雖然這樣的錯誤並沒有影響結果，而且事實上，如果你遵循他的範本，結構依然能夠成型——這個情況無疑告訴了我們關於「大師」的虛幻手段。

第5章 如何說故事

1. 《小說的五十堂課》（*The Art of Fiction*），大衛．洛吉著，一九九二年。
2. 一九一九年與蒙德里安的訪談。摘自馮．杜斯伯格（Van Doesburg）的展覽目錄，英國泰德美術館（Tate Modern），二〇一〇年。
3. 影集《軍情五處》第三季第十集，由本．理查茲編寫。影集則由Kudos電影與電視製作公司（Kudos Film and Television）為英國廣播公司第一台（BBC 1）製作。
4. 從《金手指》到《007：空降危機》，許多龐德電影的中間點，往往是發現反派的老巢。黑暗的洞穴無所不在……。
5. 義大利小說家安伯托．艾可（Umberto Eco），在他的文章〈佛萊明作品中的敘事結構〉（暫譯，Bond's fairy- tale ancestry，摘自《讀者的角色：文本符號學探索》〔暫譯，*The Role of the Reader: Explorations in the Semiotics of Texts*〕，一九七九年）中提出，詹姆士・龐德的故事有著童話故事的色彩（像是從龍爪下救出少女等情節），更提到佛萊明所有的作品，都建立在摩尼教的二元對立面上。艾可列出了故事的公式：

A. 龐德的上司『M』指派任務給龐德
B. 反派開始行動，直接或間接出現在龐德面前
C. 龐德行動，第一次阻止反派，或被反派阻止
D. 女主角出現
E. 龐德與女主角產生情愫
F. 反派抓住龐德，可能也一併抓到了女主角
G. 反派開始折磨龐德，可能也一併折磨女主角
H. 龐德殺死該電影的反派（因為龐德系列的終極反派是蘇聯反情報組織 SMERSH）
I. 龐德在療傷時和女主角戀愛，但最後失去她

在艾可的故事架構中，不難看出「走入森林」的敘事型態（以被反派俘虜為中心，並將女主角作為獎賞）。其實在這種結構中，女主角通常僅作為獎賞的附加物，真正的目標是揭露反派的陰謀（如《金手指》），以及阻止反派或是偷走解碼機。女主角當然會與

龐德的目標有著緊密相連的關係——一種額外的獎賞。艾可表示，在大多數的龐德系列電影中，龐德總會在故事結束時失去女主角（除了《女王密使》、《007首部曲：皇家夜總會》和《007：空降危機》這三部具有立體感的電影之外）。因為龐德並不是真的需要她們，他只是追求她們能提供的「性」罷了。正如《007首部曲：皇家夜總會》電影中所強調，龐德的終極目標，是成為完全無情的獨立個體。

6. 如果解讀弗拉基米爾·普羅普精彩卻複雜的《故事形態學》（*Morphology of the Folk Tale*）——對早期敘事研究帶來關鍵影響的重要著作，就會發現相同的結構，儘管它被隱藏在普羅普提出的三十一個關鍵階段中。其中大多都與類型相關，而不是敘事結構。將之簡化後，潛在的模式會變得非常清晰：

惡行或缺失——發生對家人造成傷害的某件事，或變得渴望獲得在家中缺失的東西
出發——英雄離家尋找或探索
對抗——英雄找到反派並與之對抗
勝利——英雄擊敗反派
清除——彌補了缺失
回歸——英雄返家
追捕——英雄被追捕

迷失自我——英雄失去身分

艱難任務——最後的試驗

婚姻——揭示自我認同，最終團結

7. 希拉蕊．曼特爾為《衛報》附贈別冊童話故事所寫的〈童話中的邪惡父母〉（暫譯，Wicked parents in fairytales），二〇〇九年十月十號。

8. 《銀幕貿易與冒險：我眼中的好萊塢與電影編劇》（暫譯，*Adventures in the Screen Trade: A Personal View of Hollywood and Screenwriting*），威廉．高德曼著，一九八三年。

第6章　分形結構

1. 觀察波留克列特斯（Polycleitus）的《持矛者》（*Doryphoros*），雕像呈現人體運動與靜止狀態間的張力，手臂和腿相互對應、成為鏡像；看看這座雕像如何在看似偏離中心的狀態下，達到完美的平衡與對稱。

2. 吉米．麥高文於一九八五年，在英國電視第四頻道的《有話直說》（暫譯，*Right to Reply*）節目中的訪談，以及與我的對話。

3. 拉約什·埃格里也曾提出類似的觀察言論，儘管他不曾提及中間點或對稱結構的作用。

第7章　揭開序幕

1. 麥基借用黑格爾的術語來描述「否定的否定」。由於雙重否定為「肯定」（這也是黑格爾的本意），要理解麥基真正的意思其實相當困難。我至今未曾遇到可以真正明白麥基意思的作家。

第8章　觸發事件

1. 菲爾德稱這為「第一個轉折點」，其實就是指同一件事。菲爾德也提到了三幕劇的結構，但沒有深入探討此事的背後含義。

2. 麥基在《故事的解剖》指出，《凡夫俗子》中的觸發事件，是康拉德神經質的母親將他的早餐摔爛的那一刻。但以架構清楚的三幕劇模式來看，那應該只算是第一個轉折點。之後的事故，才是真正導致康拉德去看心理醫生的關鍵。麥基認為康拉德的父親才是電影真正的主角。但就算這是真的（畢竟父親的個性相當被動，實在很難稱為主角），也不會將被摔爛的早餐認為是整齣戲的觸發事件。

3. 「對改變產生的決心」，相比布克「達成最初目標」的形容，更好地描述了第二幕的結束。因為角色在事件與過程中，必須「決定改變」才能達成目標——也就是承諾跨出自己的平凡世界。

4. 這是一種普遍流行的技巧，但經常會產生誤解。佛格勒以《星際大戰》為例，認定每部戲劇的第一幕都會包含「拒絕召喚」的情節。雖然這的確可行，但更常見且或許更有趣的手法，是將「主角接受暗示」的劇情，推遲到莎士比亞式的第二幕結尾，但有時這些轉折相當難以察覺。延遲的召喚通常也伴隨著第一幕的「省略」。幕和場同樣遵循「進入得晚，結束得早」的原則，省略第一幕的小高潮，延長主角對召喚的回應時間，最終在第二幕的劇情高潮中攀升頂點，也是很常見的手法。

5. 在《千面英雄》一書中，坎伯引用了《青蛙王子》（*The Frog King*）故事中的一幕——公主的球掉進水中並說道：「開始冒險的方式之一，是由看似偶然的錯誤，揭露一個未知的世界，使我們被捲入無法完全理解的關係之中。」

第9章　觸發場景

1. 達斯汀・霍夫曼在《小巨人》中飾演傑克・克拉比，此角色從十七歲到一百多歲，是電影史上由單一演員飾演年齡跨度最長的角色。

2. 《銀幕貿易與冒險：我眼中的好萊塢與電影編劇》，高德曼著，一九八三年。

3. 《小說面面觀》（*Aspects of the Novel*），E·M·佛斯特著，一九二七年。

4. 引自大衛·塞斯頓（David Sexton）在《倫敦旗幟晚報》（*Evening Standard*）訪談中提及的《超世紀封神榜》（*Clash of the Titans*），二〇一〇年三月三十一日。

5. 二〇〇六年時與我的對話。

第10章 連成一劇

1. 雖然聽起來有點不合理，不過『中間點』或多或少會在洞穴、森林或其他類似場景中出現，且這件事令人著迷。

2. 引自佛瑞塔格的《戲劇的技巧》，伊利亞斯·麥克尤恩（Elias J. MacEwan）譯，第六版德文授權，一九〇〇年。

3. 僅舉一些我最近看過或讀過的例子。電影：《神鬼認證：最後通牒》、《聖戰奇兵》（*The Last Crusade*）、《現代啟示錄》、《羅密歐與茱麗葉》、《冬天的故事》、《科利奧蘭納斯》（*Coriolanus*）、《星際大戰》、《諜影行動》、《妳是我今生的新娘》、《黑色追緝令》、《落日車神》（*Drive*）、《選戰風雲》、《大紅燈籠高高掛》、《看守員》（*The Guard*）、《異星大作戰》。

書籍：《蝴蝶夢》（*Rebecca*）、《琥珀眼的野兔》（暫譯，*The Hare With Amber Eyes*）、《人性污點》（*The Human Stain*）、《自由》（*Freedom*）、《卡魯》（暫譯，*Karoo*）。

戲劇：《閃耀之路》（暫譯，*Flare Path*）、《哈姆雷特》、《亨利四世》第一部。

每種類型的例子繁多到令人應接不暇。值得注意的是，這些舉例涵蓋了虛構與非虛構的作品。

如你所料，每一幕的小危機點，通常也包含死亡時刻——《教父》第一幕、《末路狂花》第一幕，以及《馬克白》第二幕。這種安排是否帶有靈性相關的理由？的確，死亡與重生的論點，對觀眾來說總是具有說服力，顯然這個時刻，論點將取代整體劇情。但一定要記得，每個危機點僅是一個困境，主角必須決定是否做出改變。如果轉折點圍繞在讓主角面對『不改變』的後果，那麼根據故事結構，應該發生最壞的情況。在「危機點」中頻繁出現的死亡場景，或許只是依循這個邏輯的結果。

第11章　Show and Tell 的表達方式

1. 摘自麥克・史金納在英國電視頻道ITV《南岸秀》（*The South Bank Show*）的訪談，二〇〇八年九月二十一日。
2. 安德魯・史丹頓的「理解故事：我的痛苦旅程」（暫譯，Understanding Story: or My Journey of Pain）講座，二〇〇六年。
3. 這位演員是伊萬・莫茲尤辛（Ivan Mozzhukhin）。庫勒雪夫的同事弗謝沃羅德・普多夫金（Vsevolod Pudovkin），在《文集》（暫譯，*Sobranie sochinenii*，一九七四年）中的〈取代演員的素人〉（暫譯，Naturshchik vmesto aktera）寫道：「觀眾對演員的表演高度讚賞，他們認為伊萬面對被遺忘的湯時，流露出沉重的沉思、對他望向死去女子時表露的深深悲痛而感動、讚嘆他看著玩耍中的女孩時，展現那抹輕鬆又自然的微笑。然而，這三個場景中的表情，其實是完全相同的。」

普多夫金更在自導自演的電影《母親》（*Mother*）中，表演了這種鏡頭語言，完善這個在鏡頭前的表演技巧。關於這種蒙太奇的實驗，具體細節也存在一些差異（鏡頭的數量、道具、特殊拍攝或透過剪接等）。庫勒雪夫在一九七四年的《庫勒雪夫論電影：列夫・庫勒雪夫的劇作》（暫譯，*Kuleshov on Film: Writings by Lev Kuleshov*）中寫道：「我將伊萬的同一個鏡頭，與其他鏡頭交替搭配，畫面因此獲得不同的感覺。這一發現令我震驚——我深信蒙太奇的力量是十分強大的。」

4. 安德魯・史丹頓的「理解故事：我的痛苦旅程」講座，二〇〇六年。

5. 摘自《觀察家報》，約翰・皮爾，一九九八年七月十七日。

6. 比如麥可・布林頓（Michael Billington）在《衛報》中的評論：http://www.guardian.co.uk/culture/2010/dec/15/michaelbillington-shakespeare-tv 或是多明尼克・德羅古爾的著作《威廉與我：莎士比亞如何控制了我的生活》（暫譯，*Will and Me: How Shakespeare Took Over My Life*）。諷刺的是，從一九七〇年代後期開始，隨著激進邊緣派的興起，以及愛德華・邦德、霍華德・布蘭頓（Howard Brenton）和大衛・海爾等編劇逐漸崛起，戲劇變得愈來愈電影化。就像布蘭頓和海爾合作的《厚顏無恥》（暫譯，*Brassneck*），幾乎可以算是一部電影。

7. 談到改編作品，我也會將BBC頻道二〇一二年的影集《空王冠》（*Hollow Crown*）歸類進來，但它當然是不同的問題。在《理查二世》、《亨利四世》第一部和第二部，以及《亨利五世》等作品改編前，導演們為此付出大量心血：擷取要拍攝的重點、重新調整順序、擴展所需的故事章節、刪減不必要的內容等——事前準備工作之多，恰恰凸顯了這點。這些改編都很優秀，但是，它們不能算是戲劇。莎士比亞的作品尤其值得討論。他使用的台詞和語言是如此具體，就像廣播用語一樣言簡意賅，聽者馬上就能理解每一句台詞的含義。例如《亨利五世》中合唱團邀請觀眾：「想像我們談論馬時，看到牠們驕傲的蹄印刻在大地上。因為現在是你們的思想來妝點我們的國王，帶領他們征戰四方。」波蘭斯基的《馬克白》或魯曼的《羅密歐與茱麗葉》都是很不錯的電影，但對我來說，唯有在空無一物的舞台上，才能夠最深刻地感受到莎翁作品的力量。

8. 就我的觀點而言，我認為「天才」（Genius）這個詞已經被過度使用，變得毫無價值。杜象的《噴泉》是一件具有洞察力、諷刺感和淘氣的作品，非常適合那個時代。不幸的是，這部作品也開啟荒誕無稽作品的風氣。

9. 《小說面面觀》，E．M．佛斯特著，一九二七年。

10. 與尼克．宏比（Nick Hornby）於《信徒雜誌》（暫譯，*Believer Magazine*）的訪談，二

〇〇七年八月。

11. 如果要被迫定義「肥皂劇」與「戲劇」的區別，我會說「不好的肥皂劇」（我必須澄清，並非所有的肥皂劇都是不好的）犯了這種罪。

12. 《詩學》，亞里斯多德 著，馬爾科姆・希斯（Malcolm Heath）譯，一九九六年。

第12章　角色與角色塑造

1. 《賈伯斯傳》，華特・艾薩克森（Walter Isaacson）著，二〇一一年。

2. 當《觀察家報》的記者尤安・費格遜（Euan Ferguson）寫到《謀殺》時，他說：「全國人民都在討論這部丹麥影集，好幾年來沒有其他新的犯罪驚悚片能做到這一點。」然而事實上，在丹麥五千六百萬的人口中，僅有三十萬觀眾觀看。這就是人們為了說服自己是大眾共識的權威人士所做的努力——彷彿自己置身於時尚俱樂部的中心。

3. 每個人對安全的定義，必然只適用於自己本身。在英國肥皂劇《東區人》中，大衛・維克斯只有在身處危險時才能感到安全——他所做的每一個選擇，都是為了讓自己感覺活著。麥克斯·史蒂芬尼克（Michaels Stefanik）在他的書《熱門鉅片》（暫譯，*The Megahit Movies*）中指出，有很多成功電影的核心主旨，都只是在尋找馬斯洛需求金字塔中的「安全感」罷了。

4. 請參見《社群網戰》DVD的附加內容：「崔特·雷澤諾、阿克提斯·羅斯（Atticus Ross）和大衛·芬奇聊配樂」（暫譯，Trent Reznor, Atticus Ross and David Fincher on the Score）。

5. 我要感謝東尼·喬丹讓我認識這個迷人的悖論。

6. 在《迴轉幹探》影集前置作業，進行到第三十五版草稿的階段時，我曾以英國電視台第四頻道戲劇部門負責人的身分，寫信給Kudos電影與電視製作公司的營銷總監簡·費瑟史東（Jane Featherston）：「我感受不到劇中其他角色的存在。我依然認為應該讓湯姆和一個七〇年代、帶有強烈雷根風格的警察組隊，將這部劇的理念體現為『一對完美搭檔』。這樣能為我們節省很多工作。我預設這個警察會是葛夫（Geoff）……然後，我們還有『完美搭檔』的公式，兩個人對同一件事有截然不同的看法。讓我們好好利用這個設定吧。」（我寫給簡的電子郵件，二〇〇三年六月二十三日。）

當時的我並不覺得自己有什麼先見之明，因為我們已經討論過這個主題了。我們都知道這齣戲的準備還沒上軌道——不過，關於「完美搭檔」的想法，我們的直覺是對的（後來湯姆和葛夫很快就變成劇中的戴森和韓真）。我們沒有人知道「對立理論」，因為作家們不需要知道。隨著我和簡的討論愈來愈熱烈，我愈相信這就是直覺，偉大的作家能夠感覺到怎麼做才是對的，某種程度上，我們都能在直覺上感受到戲劇中需要「對立方」的存在。

7. 瑞奇・賈維斯，摘自《詞彙雜誌》（暫譯，*The Word Magazine*），二〇一一年六月。

8. 你可以在《摩登家庭》（*Modern Family*）中看到類似的理念。

第13章 角色與結構設計

1. 我很感謝蘿芮・赫茲勒（Laurie Hutzler）和她對「角色圖譜」的研究，她的觀察為我提供了許多見解。雖然赫茲勒大多數的理論都過於複雜，但她對不同「問題特質」的闡述，我認為非常有價值。

在《絕命毒師》第五季最終季發布會上，《娛樂週刊》（*Entertainment Weekly*）（二〇一二年七月二十日）採訪了主演布萊恩．克蘭斯頓（Bryan Cranston）。克蘭斯頓飾演的角色華特．懷特，原本是一名溫和的化學老師，卻逐漸轉變為製造冰毒的制毒師。以下是記者丹．史尼爾森（Dan Snierson）和克蘭斯頓的訪談：

記者：這一季，華特展示了自己最腐敗、最自大的一面——永遠無法賺到足夠的錢和尊重來填補內心空洞。

克蘭斯頓：早期的華特大部分的時候是善良的，但是腐敗逐漸侵蝕他的內心，而現在情況正好相反，他成為一個內心敗壞，只保有一點點良知的人。我喜歡這個角色的複雜性。人本來就有多個樣貌，才能去感受不同的情感。我希望他能做出一些像英雄一樣的舉動，拯救某人或某些東西……。

記者：例如去救一輛遇到危險、上面載滿小孩的車子？

克蘭斯頓開玩笑道：一輛載滿孩子的校車，然後我會讓這些孩子加入我的冰毒實驗室。他們應該感激我，因為我救了他們的性命。我還會對他們說：「工作沒做完就別回家！」

吉利根（編劇）：也許他們會一起做出葡萄口味的冰毒。你懂的，也要顧及孩子的口味。

2. 埃格里在此處持不同觀點：他認為應該要有一方勝出，似乎否定了「結合」的概念。

第14章　角色個性

1. 《自我與防禦機制》（暫譯，*The Ego and the Mechanisms of Defence*），安娜・佛洛伊德著，一九三七年初版，一九六八年修訂。

2. 喬治・范蘭（George E. Vaillant）於《適應生活》（暫譯，*Adaptation to Life*，一九七七年）中的分類。就像心理分析總有很多分歧和變化，在這裡，我僅簡單列出作為參考。

3. 我必須認同威廉・英迪克（William Indick）的洞見，他的《給編劇的心理學》（暫譯，*Psychology For Screenwriter*，二〇〇四年），對我來說有非常大的幫助，書中舉了一些引人入勝的假設，讓我以驚奇的速度快速理解這些理論。其中有一兩個例子就是他自己的電影，這簡直是最好的示範。

4. 薛尼・盧梅在《電影製作》（暫譯，*Making Movies*，一九九五年）中寫道：「在早期的電視時代，當『廚房水槽現實主義』盛行時，我們總要去『解釋』角色。大約在故事的三分之二處，角色會闡述一些讓自己變成現在這副模樣的心理原因。帕迪・查耶夫斯基和我曾戲稱這種風格為『橡皮鴨戲劇學派』——某人曾經奪走他的橡皮鴨，這就是他成為瘋狂殺手的原因。那時這種手法蔚為流行，對許多製片人和製片廠來說，至今仍是如此。我總是試圖消除這種橡皮鴨的解釋。角色應該透過現在的行為讓觀眾認識他，且隨著時間推移，他的行為會漸漸揭露出心理的動機。如果編劇必須讓角色講出原因，那麼對於角色描寫的方向就有問題了。」

5. 菲爾德在《實用電影編劇技巧》（*Screenplay*，一九七九年）中，曾提到「生命循環」和其在戲劇中的價值，但並未探索其起源或背後目的。

6. 西蒙・史蒂芬斯於《觀察家報》的採訪，二〇〇九年八月三十日。

7. 《當小鹿班比對上哥吉拉：電影業的本質、目的與實踐》（暫譯，*Bambi vs. Godzilla: On the Nature, Purpose, and Practice of the Movie Business*），大衛・馬密 著，二〇〇八年。

8. 《小說面面觀》，E・M・佛斯特著，一九二七年。

9. 製片人試圖在《007：空降危機》中，補充一些關於龐德的背景。接下來我要說的，顯然是我個人的看法，但我和馬密一樣，我並不想知道。

10. 大衛・芬奇於《衛報》的採訪，二〇一一年二月二日。

11. 我相信這是亞里斯多德所說的「淨化」（Katharsis）的意思，或如一九九六年企鵝出版集團《詩學》譯本中提到的「淨化」。人們透過與他人共情來感受恐懼；透過共情驅逐內心的惡念。

第15章　對話與角色塑造

1. 大衛・海爾於英國電影學院獎的演講，二〇一〇年九月。
2. 儘管沒有確切的紀錄，最常被引用的時間是一九一八年。
3. 來自喬斯・溫登的〈十大寫作技巧〉（暫譯，Top 10 Writing Tips）一文，由凱瑟琳・布瑞（Catherine Bray）發表於英國第四頻道的《天賦雜誌》（暫譯，*Talent Magazine*）。

第16章　闡述與說明

1. 一九九〇年代英國電視劇的開場台詞。
2. 這是麥基在《故事的解剖》一書中的術語。還有一個出乎意料但也不錯的範例，是易卜生的《海達．蓋伯樂》，其中泰斯曼（Tesman）和僕人伯莎（Bertha）娓娓道來劇情的發展。如阿契爾在《劇作：工藝手冊》中說道：「易卜生的舞台最接近法國的傳統，讓男僕和女僕在打掃時拉開故事序幕」。阿契爾也指出，從《社會支柱》（*The Pillars of Society*）到《玩偶之家》再到《野鴨》（*The Wild Duck*），易卜生詮釋手法的有趣變化。《社會支柱》從一個縫紉聚會中角色的八卦開始；《玩偶之家》以知己的方式呈現；《野鴨》則透過一場激烈的爭論傳達訊息。這三個階段描繪了易卜生詮釋手法發展的整個歷程——從新手到大師。

3. 二〇〇五年到二〇一二年，都是由我負責《霍爾比市》影集，我顯然有既得利益。但我必須說它現在已是一齣非常不一樣的影集，尤其是在過去幾年的光陰中，它蛻變成一個更加優秀的節目。

4. 其實在該集的這個時刻，觀眾已經知道病人死了，而柯林醫生卻在下一幕，告知觀眾這個已知的事實，這是新手編劇會犯的致命錯誤之一。但是，這裡的重複是有效的，因為它堆疊了情感，以重複的敘述，告訴觀眾柯林醫生的情緒，消除了需要解釋他正感到緊張和害怕的必要。這點依然很有效，透過角色的情感傳遞訊息，讓角色和劇情更加融合，抹去編劇的存在痕跡。謝謝傑德．默庫里歐，他的解釋和示範讓我清楚地理解了這一點。

5. 我和傑德．默庫里歐的電子郵件，二〇〇六年七月。

6. 同上。

第17章　潛台詞

1. 《編劇大師班》（暫譯，*Screenwriters' Masterclass*），泰德．塔利著，凱文．史考特（Kevin Conroy Scott）編，二〇〇六年。

2. 這些其實是來自哈利．柯爾比（Harry H. Corbett）和克里夫．古溫（Clive Goodwin）在BBC頻道《六十年代的表演》（暫譯，*Acting in the Sixties*）節目中的採訪，在一九七〇年被出版成書籍。布萊恩．菲利斯運用傑出的文筆，將這些採訪內容編織成一個具有情境的深度對談。

3. 《格奧爾格．齊美爾的社會學》（暫譯，*The Sociology of Georg Simmel*）第四部分〈祕密與祕密社會〉（暫譯，The Secret and the Secret Society），柯特．吳爾芙譯，一九五〇年。

第18章　電視劇與結構的歡呼

1. 據信，世上第一部電視劇是《女王信使》（暫譯，*The Queen's Messenger*）。這部劇於一九二八年九月在紐約的W2XB（由奇異公司擁有）播出，編劇為來自愛爾蘭的哈特利．曼納斯（Hartley Manners）。《紐約先驅論壇報》（*New York Herald Tribune*）描述了當時的情景：「導演莫蒂默．史都華（Mortimer Stewart）站在兩台攝影機中間，鏡頭對準了女主角伊瑟塔．茱威爾（Isetta Jewell）和男主角莫里斯．藍道（Maurice Randall）。在導演前方有一台電視接收器，即時顯現發射器傳來的影像；他則透過一個小型控制台控制輸出畫面、切換攝影機的鏡頭，並調整淡入或淡出的畫面呈現。目前還無法確認，其他沒有安裝奇異公司操作裝置的地方，是否可以成功接收到節目的訊號。觀看這次實驗性節目的大眾普遍認為，以像是廣播的方式來看影片的時代尚未到來。至於當前的系統，是否能帶來商業性質及公共性質的效用，依然是個未知的問題。」

《紐約時報》（*The New York Times*）評論道：「在奇異公司舉辦的無線電視技術發表會上，我們發現過去幾年來，時空的限制已被大大地突破，今天下午更是邁出了巨大的一步，讓人們得以一窺未來的奇蹟。」並總結道：「電影雖然已經十分成功，但若得以解決目前的技術困境，無線電視將超越電影。」

2. 《英國廣播史》（暫譯，*The History of Broadcasting in the United Kingdom*）第二卷內文〈無線技術的黃金時代〉（暫譯，The Golden Age of Wireless），阿薩·布里格斯（Asa Briggs）著，一九六五年。

3. 〈第一部電視劇——BBC和貝爾德的實驗〉（暫譯，The First Play by Television-BBC and Baird Experiment），《泰晤士報》刊登，一九三〇年七月十五日。

4. 〈角色列表〉（暫譯，Dramatis Personae），尚恩·薩頓 著，《泰晤士報》刊登，一九七二年十一月二日。

5. 《英國電視：插圖指南》（暫譯，*British Television: An Illustrated Guide*），泰斯·伐哈馬奇（Tise Vahimagi）著，一九九四年。

第19章　系列劇與連續劇的結構

1. 出自大衛·西蒙為拉斐爾·阿爾瓦雷斯（Rafael Alvarez）於《火線：訴說出口的真實》（暫譯，*The Wire: Truth Be Told by Rafael Alvarez*，二〇〇四年）所寫的序言。

2. 同上。

3. 《電影史話》，馬克・卡森斯 導演，二〇一一年。

4. 我想提出一個有趣的補充：大衛・西蒙的觀點之所以流傳，就是因為愈困難、要求愈高的作品，愈有可能得到評論家的青睞。當我還在第四頻道擔任戲劇部門的總監時，我們很快就理解，如果讓主角死亡，就愈有可能得獎。我們還發現，如果他們自我了結，得獎的機會就更高。《心靈鐵窗》（*Boy A*）、《祕密生活》（暫譯，*Secret Life*）和《紅騎士》（*Red Riding*）都源於這個『優良傳統』，在 YouTube 上這三部甚至被戲謔地稱為「艱辛英國電影獎」（http://www.youtube.com/watch?v=- HX aj2 IYY n 8）。我並不是在否定這三部作品的價值，只是這三部作品可能不適合參加喜劇競賽。但當創作者去世後，情況可能有所不同——希區考克生前也曾因較低俗的娛樂表現手法而受到嘲笑，但在他離世後，卻被封為戲劇天才。

無論國內有多成功的影集，就像泰・柴爾斯（Ted Childs）在上世紀晚期，於英國公共電視ＩＴＶ所製作的《除暴安良》、《保鑣》、《莫爾思探長》（*Inspector Morse*）、《巔峰診所》（暫譯，*Peak Practice*）、《士兵啊士兵》等作品都非常出色，但依然等到美國電視推出《黑道家族》和《六呎風雲》（*Six Feet Under*）後，國內的影集才開始受到認真對待。雖然只挑出柴爾斯來討論可能不太公平，但他的作品堪比任何「嚴肅」的電視劇。我感到很遺憾，因為英國電視劇最成功的製作人從未得到名譽，而許多才華不及他的卻備受讚譽。

第20章　系列劇的改變

1. 鮑勃・戴利於《娛樂週刊》的採訪，二〇一二年三月三十日。
2. 這並不像聽起來的那麼貶義。很多戲劇都是由謊言堆砌而成的世界。約翰・勒卡雷（John le Carré）批評《軍情五處》是垃圾，因為劇情沒有描述出現實的模樣，這有點像批評一隻貓演得不像狗——戲劇本來就不是為了呈現事實，而是為了娛樂大眾。所以，戲劇全是謊言。
3. 伊娃・朗格莉亞於《娛樂週刊》的採訪，二〇一二年三月三十日。
4. 我是《迴轉幹探》最初委託的編劇，但在第四頻道拒絕這個節目不久後我就離開了；後來又重拾這部劇，並與才華橫溢的《超時空奇俠》製作人茱莉・加德納（Julie Gardner）合作。

第21章　重返家園

1. 公正地說，麥高文並不是唯一的參與者，但在他的劇集中，衝突展現得活靈活現，這也是其他編劇無法企及的。而在那個時候，《溪邊》擁有一些電視圈最優秀的編劇們。
2. 麥高文為BBC編劇室的演講內容，里茲，二〇〇九年。
3. 第四頻道播出的《寫下錯誤》紀錄片，一九九九年。
4. 《莎士比亞的五幕結構》，湯瑪斯・鮑德溫 著，一九四七年。
5. 《廣告狂人》第一季第一集〈煙霧迷濛你的眼〉（暫譯，Smoke gets in your eyes），馬修・維納（Matthew Weiner）編劇。
6. 《阿諾・班奈特的日記》（暫譯，*The Journals of Arnold Bennett*），阿諾・班奈特 著，一八九七年十月二十五日。紐曼・佛洛爾（Newman Flower）編，一九三二年。
7. 給予故事正反雙方一樣的權力，會讓導演有更大的詮釋空間，這也是莎士比亞的作品之所以長壽的關鍵之一。

8. 引自安東・契訶夫於企鵝出版集團版本的《劇本選》（暫譯，*Plays*，二〇〇二年），理查・吉爾曼（Richard Gilman）的導讀。

9. 將契訶夫與易卜生進行比較是很有啟發性的。《海達・蓋伯樂》的劇情和《萬尼亞叔叔》（*Uncle Vanya*）或《三姊妹》一樣複雜；相對來說，《人民公敵》著重於描述主角（單一人物），將他人描述為愚蠢之輩。這是一部非常有力的作品，它同時也是有效的宣傳。深入探討史塔克曼醫生的偏執被推到前線的觀點，讓人感到十分有趣；而正如前所述，史塔克曼醫生對地方政府的批判，就像格林・貝克（Glenn Beck）和福斯新聞事件的先驅。這部作品不太會受到自由派人士喜愛，但我想它可能會是更有趣的故事。

10. 麥高文認同安德魯・史丹頓的觀點：「要寫出好的故事，就必須讓主題和論點充盈其中。」他還補充了另外一個關鍵：「主旨和論點不能比故事顯眼。在看完故事之前，觀眾都不該察覺到你想要討論的主題或論點。」引自《馬克・勞森談……》（暫譯，*Mark Lawson Talks To...*），BBC4，二〇一〇年十一月。

11. 《編劇的藝術》，拉約什・埃格里著，一九四六年。

12. 艾倫．楊圖（Alan Yentob）向ＢＢＣ內容審查組提交的報告（二〇〇〇年）。

13. 艾斯塔．庫克在一九九七年的皇家電視學會演講說道：「我在麥克風後站了六十年，而在鏡頭前面，站了能製作成今生回憶錄那麼長的時間。」

14. 「那麼《波希米亞狂想曲》（*Bohemian Rhapsody*）呢?!」東尼．喬丹和我討論草稿時提到，二〇一〇年十月。

15. 馬克．卡森斯在《電影史話》中提到這一點，此節目引人入勝，內容在當時頗為挑釁。他也討論到《最後一部電影》（*The Last Movie*），見下面補充。

16. 人類的本能之一，是對主流文化有所反應——這是社會發展的方式；有些趨勢從不受喜愛到眾人追捧，或是從上一代的地下文化，轉變為這一代的主流趨勢，這也是論點與反論點的關係。當影評家大衛．湯姆森（David Thomson）描述丹尼斯．霍柏（Dennis Hopper）的《最後一部電影》是「裝腔作勢的表現」時，不僅諷刺了霍柏的愚昧，更戳破了當時流行文化的美好泡泡。湯姆森說霍柏犯下的致命錯誤，是相信「叛逆是藝術的本質」，就像很多渴望成為「最特別」的作品，都會下的註腳一樣（雖然也不是全部都是如此）。《白色緞帶》（*The White Ribbon*）是一部很好的電影，那麼德米安．赫斯特

（Damien Hirst）算不算偉大的藝術家呢？打破傳統的確能帶來好的結果，但不會總是如此。雖然由大師來打破傳統形式，有時能捎來好作品，但在最糟糕的情況下，它卻會成為經典的驗證：評審和觀眾總是把他們想要的（例如嚴肅、感覺充滿藝術的）作品，至於需要的作品之上。

作曲家約翰・亞當斯（John Adams）在《和聲學》（暫譯，*Harmonielehre*）的開場，說了一段非常貼切的話：「即使我非常尊敬、甚至畏懼阿諾・荀貝格（Arnold Schoenberg），我還是要誠實地承認，我真的非常不喜歡十二音列。這種技法的美學之於我而言，就像是過度膨脹的個人主義。作曲家好像成為某種神，聽眾則必須像來到神壇前一樣，虔誠地聆聽。荀貝格為現代音樂帶來太多苦痛，二十世紀後古典音樂的粉絲迅速減少，很大部分的原因就是新作的品質不斷下降。」

戰後，德國開始著迷於打破傳統藝術格式，讓人不禁想將這種趨勢，歸因於其戰敗國的身分。不論是政治上的紅軍派（Baader Meinhofgang）、音樂的酸菜搖滾（Krautrock），或後戲劇劇場（Postdramatic Theatre）（將敘事視為一種背叛），德國人急於摧毀上一輩留下的作品。貝爾托・布萊希特（Bertolt Brecht）是另一個典型的範例，他提倡「間離效果」理論——觀眾應該抽離情緒、用理智而非感性看待一齣戲。聽起來非常牽強，畢竟要觀眾看戲時不產生共鳴，簡直強人所難，除非戲劇本身很糟糕，或觀眾本身有精神障礙，否則根本做不到。幸運的是，布萊希特的戲劇作品比他的理論表達好很多。

17. 理查・福特於二〇一二年的加拿大。

18. 《電影史話》，馬克・卡森斯 導演，二〇一一年。

19. 有些作品只是看起來過於激進。就像巴茲・魯曼（Baz Luhrman）曾說：「如果你眼中的電影，只是在美麗的佈景、華麗的服裝、浩大的場面和強烈的情感起伏中徜徉……這時有人突然出現，對你說：『這是一個身穿印有《先驅論壇報》標語的 T-Shirt、搭配牛仔褲的女孩』，你會回應：『可不是嗎？這才像生活嘛。』」事實上，這是另一種電影手法。語言是活物，會改變、會進化。不管時代怎麼改變，人們還是會說『我愛你』或『我要殺了你』。但如何去表達『我愛你』或『我要殺了你』，則是一種潮流。」引自《電影史話》，馬克・卡森斯。

20. 《弗羅斯特／尼克森：記者、總統與懺悔》（暫譯，*Frost/Nixon: One Journalist, One President, One Confession*），大衛・弗羅斯特 著，二〇〇七年。

21. 《蕭伯納傳》（*Bernard Shaw: A Biography*），麥可・霍羅伊德（Michael Holroyd）著，

一九九七年。

第22章 為什麼？

1. 《千面英雄》，喬瑟夫・坎伯著，一九四九年。

2. 蘇珊・格林菲爾德（曾獲頒大英帝國勳章，牛津大學林肯學院的突觸藥理學教授）在「生命學校」（暫譯，School of Life）講座中說道，二〇一一年十二月十一日。

3. 這幾乎就是克里斯多福・布克在《七大基本情節》中提到的論點，與喬瑟夫・坎伯及其神話界的追隨者觀點非常相像。在我看來，布克的論點被一種類似《每日郵報》（暫譯，*Daily Mail*）式的抨擊削弱了，這種抨擊針對過去兩百年故事敘述的歷程變化。他強力地主張工業革命之後，人性中的某些部分開始腐敗，這種腐敗導致了與原型情感成熟之旅的決裂。他引用暗黑反轉的崛起來證明這點，並認為法國作家司湯達（Stendhal）、英國小說家約翰・布萊恩（John Braine）、《科學怪人》、《白鯨記》和《金剛》（*King Kong*）等，是喪失倫理且不道德的作品。雖然這些類型的作品確實有所增加，但我認為將它們視為支持黑暗的作品是不合適的，這些作品並沒有認同亞哈（Ahab）船長、喬・蘭普頓（Joe Lampton）或是法蘭克斯坦（Frankenstein）的所作所為。其實，每一部作品都和經典神話相關，《科學怪人》被稱為「現代版普羅米修斯」是有原因的。這些作品就像對不停改變的社會做出回應，以自己的方式取得藝術上的勝利，並扎根於布克原先讚美的劇情原則上。他抨擊《白鯨記》、《金剛》和《科學怪人》裡的黑暗英雄和光明怪物，但在某種意義上，這不就是悲劇的良好定義嗎？

4. 我們與埃格里的想法再度有所出入，他表示劇情應當著重在傳遞的主旨，而非正反雙方一同迎來好的結局，否則主角將不會學到任何東西。他的理論和黑格爾相去甚遠。

5. 《星期日泰晤士報》電視專欄，A．A．吉爾，二〇一一年。

6. 塔瑪拉．羅尤（Tamara Rojo，舞蹈家、芭蕾舞團藝術總監）於《觀察家報》抱怨：「對話很荒謬、情節很虛假，角色更是諷刺。」二〇一二年四月十五日。

7. 《迪士尼的反派》（暫譯，*The Disney Villain*），法蘭克．湯瑪斯／奧利．約翰斯頓 著，一九九三年。

8. 坎伯曾在《千面英雄》中提過：「神話已被現代知識解讀為古人用來認識世界的原始方法（弗雷澤〔Frazer〕）；作為一種從史前時代流傳下來的詩意幻想產物，被後代誤解

（穆勒〔Müller〕）；作為一種寓言性的指示儲藏庫，塑造個體融入社會（涂爾幹〔Durkheim〕）；作為人類的集體夢境，暗示人們內心的原始衝動（榮格）；作為人類最深刻的形而上洞見的傳統載體（庫拉瓦斯達米〔Coomaraswamy〕）；以及作為神給予子民的啟示（教會）。這些都是神話，由評判者自己立下判斷。當我們不再探討神話的本質，而是關注其如何運作、在過去如何為人民所用、對現代人們的影響，神話便顯現出如生命一般的本質——順應著個體、種族和時代的癡迷與需求。」

9. 馬克思．穆勒（Max Müller，一八二三至一九〇〇年）認為這類抽象的概念，來自人們對任何事物都賦予人格化的下場。

10. 弗雷澤（一八五四至一九四一年）最早於一八九〇年出版的《金枝：巫術與宗教之研究》（*The Golden Bough*），影響了後來的《荒原》（*The Waste Land*）和《現代啟示錄》。

11. 我們選擇去執行的秩序，反映出個人的性格特質，一個不安或偏執的人對事件的解讀，會與一個精神穩定或是擁有不同心理結構的人截然不同。考夫曼對「秩序」的解讀，也揭示了他許多特質。

12. 《思緒是如何運轉的？》（暫譯，*How the Mind Works*），史迪芬．平克著，一九九七年。

13. 諾爾・蓋格勒（Noel Gallagher）並沒有看完裘德・洛（Jude Law）主演的《哈姆雷特》，他說道：「這齣戲長達四小時，卻沒有一刻是我可以看懂的內容。我當時心想，『他們說的是英文沒錯，但是他們說的不是人話。我可以理解演員們詮釋台詞的功力，但……這他媽的到底在演什麼？』」引自《倫敦旗幟晚報》（*London Evening Standard*），二〇一一年九月。

14. 《快思慢想》，丹尼爾・康納曼著，二〇一一年。

15. 這些版本可由以下作品代表：(1)《南極探險家史考特》（暫譯，*Scott of the Antarctic*），約翰・米爾斯（John Mills）著，一九四八年。(2)《地球的盡頭：探險家史考特與阿蒙森的南極競賽》（暫譯，*The Last Place on Earth: Scott and Amundsen's Race to the South Pole*），羅蘭・亨特福德（Roland Huntford）著，一九七九年。本書後來翻拍成電視劇，由馬丁・肖（Martin Shaw）主演。(3)最新的版本——《冰之帝國》（暫譯，*The Empire of Ice*），愛德華・拉森（Edward J. Larson）著，二〇一一年。

16. 補充說明，寫作的時代背景也是影響之一。隨著戰爭勝利的光環褪去，一九七〇年代晚期是許多指標性人物形象破滅的時期。

17. 波莉．托比在《衛報》的〈如果《週日太陽報》崛起，魯伯特．默多克也會東山再起〉（暫譯，If the Sun on Sunday soars Rupert Murdoch will also rise again）一文中提到：「新聞媒體並不是完全的真理，即使是可信的新聞，也會參雜一些巧妙的『寫故事』技巧，找對一個切入角度，讓灰色地帶變得非黑即白。我們將混亂的現實變成『對錯』的敘事。我們都渴望看到更多故事，我從沒有一刻對這個行業感到舒心或榮譽。」（二〇一二年二月二十三日。）

18. 《國王與屍體：征服邪惡的故事》（暫譯，*The King and the Corpse: Tales of the Soul's Conquest of Evil*），海因里希．齊默著，坎伯編，一九四八年。

19. 請見葉慈集結成冊的《愛爾蘭農村的童話民間故事》（暫譯，*Fairy and Folk Tales of the Irish Peasantry*）。從「康埃達」（取父母的名字合成）這個名字，可以看出這是愛爾蘭康諾特省（Connacht）的創世神話。

20. 菲爾德在《實用電影編劇技巧》（一九七九年）中提到了作用力和反作用力的反應，但主要是探討被動角色的問題，並沒有提到更深層的含義。

21. 最諷刺的是，法律訴訟中往往模糊了焦點，人們不關心「真相」，只在乎哪個律師可以講出更動聽的故事，陪審團座席成為說故事大賽的評審區。

22. 黑格爾在《大邏輯》（*The Science of Logic*，一八一二年）中寫道：「正因為事件本身包含矛盾，才會產生脈絡。這是所有進化和發展的過程。」埃格里將這段話引用至《編劇的藝術》，並補充說明：「正題、反題、合題，就是萬物的規律。所有的事情都會朝著他們的對立面變化。現在變成過去，未來變成現在，沒有任何事情是亙古不變的。不停變化就是存在的本質，所有事件經過時間的洗禮，都會向對立面發展。一切事物本身都包含對立面。」

23. 出自大衛．西蒙為拉斐爾．阿爾瓦雷斯於《火線：訴說出口的真實》（二〇〇四年）所寫的序言。

24. 劇評家麥可．布林頓（Michael Billington）回憶他對一九七三年那場演出的印象。《衛報》，二〇〇〇年四月。

25. 正如《羅密歐與茱麗葉》修士指出的（第二幕第三場）：「世上沒有什麼卑劣之物，不為世間奉獻一些特殊的善。也沒有什麼真正的善，若偏離那美好的用途，就會反叛其本源，跌入濫用之中。美德因誤用而成罪惡，罪惡也因行動而獲得尊嚴。在這小小花蕾中，同時藏有毒與藥：這花的香氣令人陶醉，品嘗後卻讓心靈淪陷。勢不兩立的兩國之主，依然紮營於人間，既有恩典，也有粗暴的意志；當粗暴的意志佔上風時，腐蝕的死亡便迅速吞噬那植株」——他很有可能正是在談論麥可·柯里昂。

26. 〈如何寫一部電影〉，法蘭克·柯崔爾·波伊斯 著，《衛報》，二〇〇八年六月三十日刊登。

27. 在《故事的解剖》中，麥基談到戲劇正是在「縫隙」中誕生。

28. 坎伯在《千面英雄》中寫道：「英雄的神話冒險之旅，就是放大『通過成年禮』的公式；即分離、啟蒙、回歸，這可稱為神話的核心模板。普羅米修斯升上天界，竊取火焰回到凡間。傑森開船穿越石陣進入神奇大海，繞過守護金羊毛的巨龍，奪回他應得的王位。艾尼亞斯下到冥界，渡過可怕的亡者之河，餵食看門的三頭巨犬克爾柏洛斯（Cerberus），最終得以與已故父親的靈體交談。」

29. 克勞德·李維史陀（Claude Levi-Strauss）提出，所有神話都是二元對立架構而成。受到黑格爾的影響，他在《結構人類學》（*Structural anthropology*）第一卷的〈神話的結構研究〉（暫譯，The Structural Study of Myth，一九五五年）中說道：「神話的目的是嘗試提供一個邏輯模板來克服矛盾（若矛盾是真實存在的，這種嘗試就不可能成功）。」這是一個複雜的論點，甚至有點荒謬，不能令人完全信服，但似乎為後人啟發了關於「故事」的一個基本真理。

30. 當然，除非你盲目地模仿它。作家尼爾·蓋曼（Neil Gaiman）在閱讀《千面英雄》時，讀到一半時就停了下來，他說：「如果這是的——那我不想知道，我寧願在無意中完成，而不是被告知模式是什麼。」

31. 《愛，遺忘》（暫譯，*Only love and then oblivion*），伊恩·麥克尤恩著，首次發表於《衛報》，二〇〇一年九月十五日。

32. 想瞭解更多，請參見克里斯汀·凱瑟斯的《共情大腦》（暫譯，*The Empathic Brain*），二〇一一年。

33. 《詩學》，亞里斯多德著，馬爾科姆·希斯譯，一九九六年。

34. 引自喬治·艾略特對德國民俗學家黎爾（W. J. Riehl）《德式生活自然史》（暫譯，*The Natural History of German Life*）一書的評論，發表於《西敏評論》（暫譯，*Westminster*

Review），一八五六年七月。

35. 引用自格瑞格・盧卡奇的〈美學文化〉（暫譯，Aesthetic Culture），一九一〇年。我非常感謝亞歷克斯・羅斯的《餘下的只有噪音》，讓我接觸到這部作品。

36. 《詩人之聲：當代詩人訪談錄》（暫譯，*The Poet Speaks: Interviews with Contemporary Poets*），由希拉蕊・莫瑞絲（Hilary Morrish）、彼得・歐爾（Peter Orr）、約翰・普雷斯（John Press）和伊恩・史考特（Ian Scott K）進行訪談，一九六六年。

37. 摘自《新衝擊》（*The Shock of the New*），羅伯特・休斯著，一九八〇年。

參考文獻 Bibliography

- Alvarez, Rafael, *The Wire: Truth Be Told* (2010)
- Archer, William, *Play- Making: A Manual of Craftsmanship* (1912)
- Aristotle, *The Poetics*, translated by Malcolm Heath (1996)
- Aronson, Linda, *Screenwriting Updated* (2001)
- Baldwin, T.W., *Shakespeare's Five-Act Structure* (1947; later edition, 1963)
- Booker, Christopher, *The Seven Basic Plots: Why We Tell Stories* (2004)
- Booth, Wayne C. *The Rhetoric of Fiction* (1961)
- Bradley, A. C. *Shakespearean Tragedy* (1904)
- Campbell, Joseph, *The Hero With a Thousand Faces* (1949)
- Cousins, Mark, *The Story of Film* (TV series, More 4, 2011)
- Cunningham, Keith, *The Soul of Screenwriting: On Writing, Dramatic Truth, and Knowing Yourself* (2008)
- Dancyger, Ken and Jeff Rush, *Alternative Scriptwriting* (2006)

- Davis, Rib, *Writing Dialogue For Scripts* (3rd edn, 2008)
- Davies, Russell T., *Doctor Who: The Writer's Tale* (2008)
- Dethridge, Lisa, *Writing Your Screenplay* (2003)
- Douglas, Pamela, *Writing The TV Drama Series: How To Succeed as a Professional Writer in TV* (2005)
- Eco, Umberto, 'Narrative Structures in Fleming', *The Role of the Reader: Explorations in the Semiotics of Texts* (1979)
- Edgar, David, *How Plays Work* (2009)
- Egri, Lajos, *The Art of Dramatic Writing* (1946)
- Eisenstein, Sergei, *The Film Sense* (1942)
- Field, Syd, *Four Screenplays: Studies in the American Screenplay* (1994)
- Field, Syd, *Screenplay: The Foundations of Screenwriting* (1979)
- Field, Syd, *The Screenwriter's Workbook* (1988)
- Flinn, Denny Martin, *How Not To Write A Screenplay: 101 Common Mistakes Most Screenwriters Make* (1999)
- Forster, E. M. *Aspects of the Novel* (1927)
- Frazer, Sir James George, *The Golden Bough* (1890)
- Frensham, Ray, *Teach Yourself Screenwriting* (1996)
- Freud, Anna, *The Ego and the Mechanisms of Defense* (1937; revised edition,1966)

- Frey, Northrop, *The Great Code* (1981)
- Freytag, Gustav, *Technique of the Drama; The Authorized Translation of the Sixth German Edition*, translated by Elias J. MacEwan (1900)
- Frost, David, *Frost/Nixon: One Journalist, One President, One Confession* (2007)
- Frye, Northrop, *Anatomy of Criticism* (1957)
- Garfinkel, Asher, *Screenplay Story Analysis: The Art and Business* (2007)
- Goldman, William, *Adventures in the Screen Trade: A Personal View of Hollywood and Screenwriting* (1983)
- Gulino, Paul, *Screenwriting: The Sequence Approach* (2004)
- Harmon, Dan, Channel 101 (www.Channel101.Com), in particular 'Story Structure 101 – Super Basic Shit', and the articles that follow it
- Hauge, Michael, *Writing Screenplays That Sell: The Complete Guide to Turning Story Concepts into Movie and Television Deals* (1988)
- Hegel, Georg, *The Science of Logic* (1812–16)
- Highsmith, Patricia, *Plotting And Writing Suspense Fiction* (1989)
- Hiltunen, Ari, *Aristotle in Hollywood: The Anatomy of Successful Storytelling* (2002)
- Hughes, Robert, *The Shock of the New* (1980)
- Hulke, Malcolm, *Writing For Television* (1980)

- Indick, William, *Psychology For Screenwriters: Building* Conflict in Your Script (2004)
- Isaacson, Walter, *Steve Jobs: The Exclusive Biography* (2011)
- Jewkes, Wilfred, *Act-Division in Elizabethan and Jacobean Plays* (1958)
- Kahneman, Daniel, *Thinking, Fast and Slow* (2011)
- Kelly, Richard T. (ed.), *Ten Bad Dates with De Niro: A Book of Alternative Movie Lists* (2007)
- Keysers, Christian, *The Empathic Brain*, November 2011
- King, Stephen, *On Writing* (2000)
- Kott, Jan, *Shakespeare Our Contemporary* (1962)
- Larsen, Stephen and Robin, *Joseph Campbell: A Fire in the Mind* (2002)
- Lawson, John Howard, *Theory and Technique of Playwriting* (1936)
- Levi- Strauss, Claude, 'The Structural Study of Myth' in *Structural Anthropology*', vol. 1 (1955)
- Lodge, David, *The Art of Fiction* (1992)
- Logan, John and Laura Schellhardt, *Screenwriting For Dummies* (2008)
- Mamet, David, *Bambi vs. Godzilla: On the Nature, Purpose, and Practice of the Movie Business* (2008)
- Mamet, David, *Three Uses of the Knife* (1998)
- McKee, Robert, *Story: Structure, Style and the Principles of Screenwriting* (1999)
- Morris, Elisabeth Woodbridge, *The Drama; Its Law and its Technique* (1898)
- Norman, Marc, *What Happens Next? – A History of Hollywood Screenwriting* (2008)

- Ondaatje, Michael, *The Conversations: Walter Murch and the Art of Editing Film* (2004)
- Perry, Bliss, *A Study of Prose Fiction* (1902)
- Pinker, Steven, *How the Mind Works* (1997)
- Propp, Vladimir, *Morphology of the Folk Tale* (1928)
- Ross, Alex, *The Rest Is Noise: Listening to the Twentieth Century* (2007)
- Sargent, Epes Winthrop, *Technique of the Photoplay* (1916)
- Schlegel, A. W., *Lectures on Dramatic Art and Literature* (1808)
- Schmidt, Victoria Lynn, *45 Master Characters* (2007)
- Scott, Kevin Conroy (ed.), *Screenwriters' Masterclass* (2005)
- Seger, Linda, *And the Best Screenplay Goes To...Learning from the Winners:Sideways, Shakespeare in Love, Crash* (2008)
- Seger, Linda, *Making a Good Script Great* (1987; 3rd edn, 2010)
- Simmel, Georg, *The Sociology of Georg Simmel*, translated by Kurt H. Wolff, Part IV , 'The Secret and the Secret Society' (1950)
- Snyder, Blake, *Save the Cat! Goes to the Movies. The Screenwriter's Guide to Every Story Ever Told* (2007)
- Snyder, Blake, *Save the Cat! The Last Book on Screenwriting That You'll Ever Need* (2005)
- Stefanik, Richard Michaels, *The Megahit Movies* (2001)

- Surrell, Jason, *Screenplay by Disney* (2004)
- Sutton, Shaun, *The Largest Theatre in the World* (1982)
- Taylor, John Russell, *The Rise and Fall of the Well-Made Play* (1967)
- Thomas, Frank and Ollie Johnson, *The Disney Villain* (1993)
- Thompson Price, William, *The Technique of the Drama* (1892)
- Tierno, Michael, *Aristotle's Poetics For Screenwriters* (2002)
- Tilley, Allen, *Plot Snakes and the Dynamics of Narrative Experience* (1992)
- Truby, John, *The Anatomy of Story: 22 Steps to Becoming a Master Storyteller* (2007)
- Vogler, Christopher, *A Practical Guide To The Hero With a Thousand Faces* (1985)
- Vogler, Christopher, *The Writer's Journey* (1996)
- Voytilla, Stuart, *Myth and the Movies: Discovering the Mythic Structure of 50 Unforgettable Films* (1999)
- Waters, Steve, *The Secret Life of Plays* (2010)
- Yeats, W. B., *Fairy and Folk Tales of the Irish Peasantry* (1888)
- Zimmer, Heinrich, *The King and the Corpse: Tales of the Soul's Conquest of Evil*, edited by Joseph Campbell (1948; 2nd edition, 1956/1971)

致謝 Acknowledgements

如果不是遵循曾在故事結構上掙扎的前人們鋪設的道路，這本書不可能完成。若不提及這些人會很不公平，他們是喬瑟夫·坎伯、希德·菲爾德、諾斯洛普·弗萊、威廉·阿契爾、羅伯特·麥基、克里斯多福·布克、E·W·薩金特、弗拉基米爾·普羅普、克里斯多夫·佛格勒；還有蘿芮·赫茲勒和威廉·英迪克的寶貴見解。他們的著作和意見全都值得一讀，但我特別推薦拉約什·埃格里的《如何寫一齣戲》，是戲劇史上首次真正地針對辯證結構提出見解。接下來是大衛·馬密的《刀的三個用法》，其中所涵蓋的一切，都是建立在理論基礎上。如果馬密不是那麼忙於創作劇本，他絕對能夠寫出一本權威的說故事書，因為他在《刀的三個用法》中，比其他人都還要接近故事。

請讓我試著盡可能向每位同仁表達我的感激之情，即使我和他們的觀點不同，那也只是基於本書提倡的創造性對立的精神。如同埃格里曾在他的序言中所說：「這都是辯證，現在應該要有人不同意我的觀點。」我必須感謝大衛・洛吉，他的《小說的五十堂課》帶領我認識倫納德・麥可斯和他的對稱性；韋恩・C・布斯（Wayne C. Booth）演繹與告知的偉大著作《小說的修辭學》（暫譯，*The Rhetoric of Fiction*，一九六一年），還有弗拉基米爾・普羅普的《故事形態學》，為我開闢了一條道路。丹・哈蒙（Dan Harmon）的有趣網站（channel101.com）囊括了一些對故事結構的智慧觀察，協助我驗證自己的想法，對於想要快速知道「如何做」的人們來說，非常值得一看。

藝術與音樂密不可分，羅伯特・休斯的《新衝擊》和亞歷克斯・羅斯的《餘下的只有噪音》（二〇〇七年），兩者不可或缺。然而如果缺少了安德魯・史丹頓解鎖了一切，卻被嚴重忽視的「理解故事：我的痛苦旅程」講座，這些都沒有任何意義。

倫敦大學學院的約翰・穆蘭教授（Professor John Mullan），極度慷慨地投入他的時間和耐心，引領我接觸俄羅斯形式主義。環球劇院的多明尼克・德羅古爾則對莎士比亞的表演設計，提出極富見解的質疑。泰恩河畔之紐卡斯爾大學（University of Newcastle-on-Tyne）的琳達・安德森（Linda Anderson）指導我，讓我對自己的觀點充滿信心，至今仍然賦予我無限的靈感。我帶著對文學的熱愛離開了紐卡斯爾大學，不知該如何運用這份熱情。然而旅程一旦開始，就會遇見許多關鍵人物——吉米・麥高文激勵了我；東尼・喬丹教導我；保羅・

格林葛瑞斯（Paul Greengrass）開啟我對五幕劇的認知，保羅・艾伯特（Paul Abbott）讓我知道如何實際運用，他不計後果地火力全開，令我大開眼界。這些人激發了我的好奇心，也因此催生了這本書。

多年來與我一起合作的作家，是我真正（從未被彰顯）的導師。傑德・默庫里歐（當年對我非常有耐心和寬容）、史提芬・摩法特（Stephen Moffat）、多明尼克・米海拉（Dominic Minghella）、蓋・希伯特（Guy Hibbert）、艾胥莉・菲羅（Ashley Pharoah）、馬修・葛拉罕（Matthew Graham）、尼爾・克羅斯、麥克・布倫（Mike Bullen）、艾比・摩根（Abi Morgan）、彼得・摩根、賽門・博凱（Simon Burke）、彼德・包克爾（Peter Bowker）、泰瑞・強森（Terry Johnson）、東尼・葛朗德、凱特・布魯克（Kate Brooke）、馬克・卡特利（Mark Catley）以及賈斯汀・楊（Justin Young），他們是如此獨特的存在。而那些樂於和我閒聊的人也是如此，特別是羅素・戴維斯（Russell T. Davis）、艾倫・普雷特與李察・寇蒂斯，都非常慷慨地投入他們的時間、批評和支持。

我也要感謝作家學院的魯姆・森・古普塔（Rumu Sen Gupta）、海琳娜・波培（Helena Pope）、貝琳達・坎柏（Belinda Campbel）、凱薩琳・麥格林（Kathlyn McGlyn）、大衛・羅登（David Roden）、尼爾・厄凡（Neil Irvine）、卡洛琳・歐瑪羅德（Caroline Ormerod）及學生們。東尼・喬丹曾經形容他們是「被我強迫吸菸的小獵犬」。我從他們求知若渴（與辯駁）的努力不懈中，學到了非常寶貴的一課。特別是塞里・梅里克（Ceri Meyrick），雖然她已經有兩個小孩，但是她總是在我犯錯時，非常有耐心地提點我，尤其是當我表現得像是她的第三個孩子時。

麥克（Mike）與博納黛・奧提根（Bernadette Octigan）給了我超過職責所需的心靈滋養和愛爾蘭人的好客。還有珍妮・羅賓斯（Jenny Robins）、伊恩・克里奇力（Ian Critchley）、克萊兒・包威爾（Claire Powell）、詹姆斯・唐達斯（James Dundas）、露西・瑞雪兒（Lucy Richer），特別是班・史蒂文生（Ben Stephenson），他們沒必要幫助我，卻都竭盡心力為我找到思考之處。

而當草稿終於完成時，吉米・麥高文、東尼・喬丹、賽門・艾胥頓、瑞秋・沃德洛（Rachel Wardlow）、蘿斯・馬歇爾（Rosie Marcel）、保羅・尤英（Paul Unwin）、維多莉雅・菲兒（Victoria Fea）和露西・戴克（Lucy Dyke）都詳加閱讀，提供了寶貴的見解。英文中大概沒有比「你願意讀我的書嗎？」還要糟的一句話，但是他們都願意為我這麼做，實在讓我感動萬分。所有的回應與批評都一針見血，正如各領域專家應該做的，他們的讚揚與批評名符其實。

若是缺少了羅勃・威廉斯（Rob Williams），這本書就不會存在。他纏著我寫這本書，然後緊迫盯人直到我完成。他和艾瑪・佛斯特許多年來閱讀過無數次的草稿，更投入了無限的熱情和數不清的註記，兩人從一開就支持著我，從未缺席過。我也要感謝莎拉・透納（Sara Turner），因為她是第一個讓我相信這一切都是值得的人，說得再多也不能夠表達對他們的感謝。

最後，當然還有企鵝出版社的派翠克・洛夫藍（Patrick Loughran）、珍・羅伯森（Jane Robertson）以及海倫・康福特（Helen Conford），他們向我展示了編輯的專業；高登・偉斯（Gordon Wise）更是一位專業的經紀人。還有我的父母，他們讓我在書的圍繞下成長。以及珍妮佛（Jennifer），如果沒有她……。

出處 Credit

p. 79 - 'Yummy Mummy Lit' satire, reproduced by kind permission of Rafael Behr and Guardian News and Media Limited

p. 136 - Jackson Pollock, Number 1, 1950 (*Lavender Mist*), reproduced by kind permission of National Gallery of Art Images

p. 145 and 245 - extracts from *Apocalypse Now*, screenplay by John Milius and Francis Ford Coppola, reproduced by kind permission of Faber and Faber Ltd

p. 157 - extract from *EastEnders*, by Tony Jordan, reproduced by kind permission of the author and the British Broadcasting Corporation

p. 183 - 'VW Lemon', reproduced by kind permission of Volkswagen pic

p. 187 - Willem de Kooning, *Excavation*, 1950, copyright © The Willem de Kooning Foundation, New York/ARS, NY and DACS, London, 2012

p. 196 - extract from *Tinker Tailor Soldier* Spy (1979), screenplay by Arthur Hopcraft, reproduced by kind permission of the estate of Arthur Hopcraft and the British Broadcasting Corporation

p. 199 - extract from *Butch Cassidy and the Sundance Kid*, screenplay by William Goldman, reproduced by kind permission of the author, ICM Partners and Applause Books

p. 213 - extract from Chris Rock, *Bigger & Blacker* reproduced by kind permission of Chris Rock

p. 238 - extract from *Holby City* reproduced by kind permission of the British Broadcasting Corporation

p. 243 - extract from *Cardiac Arrest*, screenplay by Jed Mercurio, reproduced by kind permission of the author and the British Broadcasting Corporation

p. 254 - extract from *The Curse of Steptoe*, screenplay by Brian Fillis, reproduced by kind permission of the author and the British Broadcasting Corporation

p. 301 - extract from *Canada*, by Richard Ford, reproduced by kind permission of Bloomsbury plc, copyright © Richard Ford and Bloomsbury Publishing pic

另翼文學 BA6321

走入森林 故事結構的五幕之旅

INTO THE WOODS: A FIVE ACT JOURNEY INTO STORY

作者——約翰・約克（John Yorke）
譯者——何佳芬
附錄譯者——林宜彤
企劃選書——何宜珍
責任編輯——鄭依婷

版權——吳亭儀、江欣瑜、游晨瑋
行銷業務——周佑潔、賴玉嵐、林詩富、吳藝佳、吳淑華
總編輯——何宜珍
總經理——彭之琬
事業群總經理——黃淑貞
發行人——何飛鵬
法律顧問——元禾法律事務所 王子文律師
出版——商周出版
115台北市南港區昆陽街16號4樓
電話：(02) 2500-7008 傳真：(02) 2500-7579
E-mail：bwp.service@cite.com.tw
Blog：http://bwp25007008.pixnet.net./blog
發行——英屬蓋曼群島商家庭傳媒股份有限公司城邦分公司
115台北市南港區昆陽街16號8樓
書虫客服專線：(02) 2500-7718、(02) 2500-7719
服務時間：週一至週五09:30-12:00；13:30-17:00
24小時傳真專線：(02) 2500-1990、(02) 2500-1991
劃撥帳號：19863813 戶名：書虫股份有限公司
讀者服務信箱：service@readingclub.com.tw
城邦讀書花園：www.cite.com.tw
香港發行所——城邦（香港）出版集團有限公司
香港九龍土瓜灣土瓜灣道86號順聯工業大廈6樓A室
電話：(852) 2508-6231 傳真：(852) 2578-9337
E-mail：hkcite@biznetvigator.com
馬新發行所——城邦（馬新）出版集團〔Cité (M) Sdn Bhd〕
41, Jalan Radin Anum, Bandar Baru Sri Petaling,
57000 Kuala Lumpur, Malaysia.
電話：(603) 9056-3833 傳真：(603) 9057-6622
E-mail：services@cite.my

封面設計——copy
內頁設計排版——copy
印刷——卡樂彩色製版印刷有限公司
經銷商——聯合發行股份有限公司 電話：(02) 2917-8022 傳真：(02) 2911-0053

2024年12月24日初版
定價620元 Printed in Taiwan 城邦讀書花園 www.cite.com.tw
ISBN 978-626-390-348-7
ISBN 978-626-390-346-3（EPUB）

線上版讀者回函卡

國家圖書館出版品預行編目（CIP）資料

走入森林：故事結構的五幕之旅／約翰・約克（John Yorke）作；何佳芬；林宜彤譯.
-- 初版. -- 臺北市：商周出版：英屬蓋曼群島商家庭傳媒股份有限公司城邦分公司發行,
2024.12 464面；17×23公分 譯自：Into the woods : a five act journey into story
ISBN 978-626-390-348-7（平裝） 1.CST：劇本 2. CST：寫作法 812.31 113016710

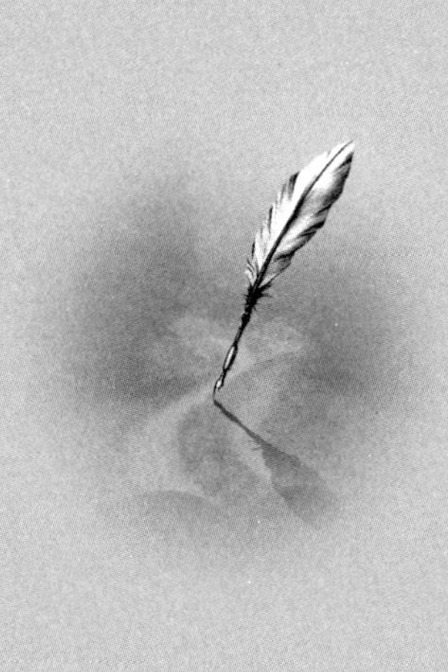

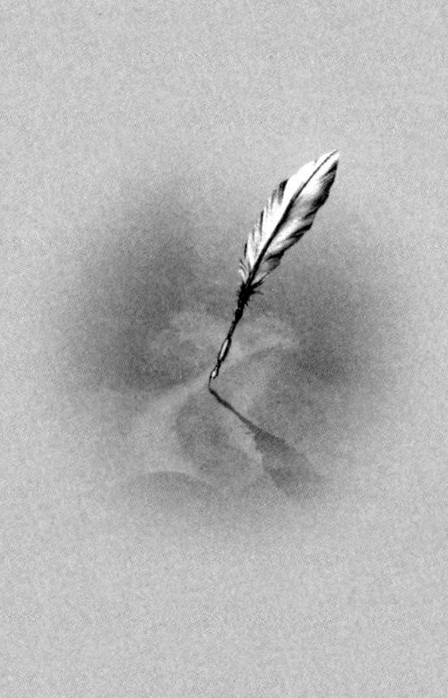